Gerd Gaiser

Die sterbende Jagd

Roman

Lizenzausgabe 1989 für
Wissen Verlagsgesellschaft mbH, Herrsching

Gesamtherstellung: Mohndruck, Gütersloh
Printed in Germany
ISBN 3-8075-0006-5

Der 2. Weltkrieg
Autoren als Augenzeugen

Vor 50 Jahren brach der Zweite Weltkrieg aus – Anlaß genug, sich diese Zeit mit allen individuellen und politischen Katastrophen neu zu vergegenwärtigen. Aus der Vielfalt der Bewältigungsliteratur haben wir jene Zeugnisse ausgesucht, die in der damaligen Kritik literarische Weltgeltung erlangten und in Millionenauflagen gedruckt wurden. Einzelne Schicksale in existenztiellen Nöten und lebensgefährlichen Situationen vor, während und nach dem Krieg zeigen exemplarisch die Möglichkeiten auf, wie Menschen in Ausnahmesituationen reagieren können. Als Chronisten ihrer Zeit führen Autoren unterschiedlichste Welten vor Augen und schildern mögliche Auswege. Heroisch-kämpferische Naturen versuchen, sich mit ihren Idealen gegen sinnlose und selbstmörderische Einsätze zu behaupten. Die politisch propagierten Parolen und der Ruhm, fürs Vaterland zu sterben, sind dem nackten Kampf ums Überleben gewichen; soldatische Tugenden, Kameradschaftsgeist und christliche Nächstenliebe in einer wahnsinnig gewordenen Welt der Materialschlachten garantieren die letzten Formen von individueller Moral und Integrität und bieten die einzigen Chancen, diese Zeit nicht nur physisch zu überleben.
Jenseits jeder Verherrlichung des Krieges sind diese Bücher »Anti-Kriegsbücher«, die gerade in Zeiten politischer Planspiele des Auf-, Ab- und Wettrüstens zugunsten des Wirtschaftsfaktors Waffenindustrie verdienen, wieder gelesen zu werden, weil sie das tatsächlich erlebte Grauen aufzeigen.

Der Autor

Gerd Gaiser (1908–1976) studierte Malerei und Kunstgeschichte. Während des Krieges leistete er seinen Dienst bei der Luftwaffe ab. Seit 1949 schrieb er Erzählungen und Romane, arbeitete zuerst als Lehrer an einem Gymnasium, dann als Professor für Kunstgeschichte an der Pädagogischen Hochschule in Reutlingen. Gerd Gaiser war Ordentliches Mitglied der Akademie der Künste in Berlin und der Bayerischen Akademie der Schönen Künste. Seine Bücher wurden in 15 Sprachen übersetzt und erhielten mehrere Literaturpreise.
Seine Romane und Erzählungen befassen sich gesellschaftskritisch mit der deutschen Nachkriegszeit: 1949 erschienen die Erzählungen »Zwischenland«, in den 50er Jahren schrieb er die Romane »Eine Stimme hebt an« (1950), »Die sterbende Jagd« (1953), »Das Schiff im Berg« (1955), »Schlußball« (1958), ferner die Erzählungen »Einmal und oft« (1956), »Sizilianische Notizen« (1959), »Gib acht in Domokosch« (1959), »Am Paß Nascondo« (1960), »Gazelle Grün« (1965) und »Ortskunde« (1977).

Darum geht schrecklich über
Der Erde Diana,
Die Jägerin, und zornig erhebt,
Unendlicher Deutung voll,
Sein Antlitz über uns
Der Herr. Indes das Meer seufzt, wenn
Er kommt —

HÖLDERLIN

1.

Als Cornils, genannt der Fähnrich, an seinen Rottenflieger durchgab, daß er versuche, zum Platz umzukehren, stand ihm schon die Kabine voll Rauch. Sehr schnell fiel nach der Kehrtkurve die Umdrehungszahl. Cornils schloß den Brandhahn; schon hatte er viel Höhe verloren; keine Rede davon, daß er sich halten konnte. Da sah er ein, daß er aufs Wasser herunter mußte. Er zog die Sprengladung ab, welche die Kabinenhaube öffnete, und setzte auf, ohne das Fahrwerk auszufahren und ohne Trimmung und Landeklappen zu verstellen. Der Aufprall war hart, Cornils schlug, obwohl ihn die Gurte hielten, mit dem Gesicht an, es funkte in seinen Schwindel wie von einem Knüttelhieb, und sofort spürte er Blut zwischen den Zähnen. Vielleicht vierzig Meter schoß die Maschine auf dem Wasser entlang und kippte dann über die Schnauze. Cornils, halb von Besinnung, riß die Sitzgurte auf, kam frei und strudelte nach oben. Er griff um sich und öffnete die Preßluftflasche seines Schlauchbootes, das sich zischend blähte. Da merkte er, daß der Packen des Fallschirms noch an ihm wuchtete. Die Masse, die viel Luft hielt, hob sein Gesäß an und drückte ihn kopfunter hinab. Er stieß und würgte und soff viel Salzwasser. Endlich vollbrachten seine Hände den Griff, der ihn löste, er kam frei und brachte den Kopf über sich. Noch gluckerte es um ihn, und die Luftblasen wichen nur langsam aus den Säcken und Tüten seiner unförmlichen Bekleidung. Sein Herz ging hart, er spürte Brechreiz, dann einen Augenblick der Gleichgültigkeit, ein eigentümliches Flattern in seinen Lippen, und dann versuchte er zappelnd, das Schlauchboot unter den Rücken zu bringen. Das gewichtlose Ding tänzelte, es gab keinen Halt her; es schlug schließlich um, so oft er verzweifelt Gewalt brauchte. Er spie einen ekelhaften Fluch aus, der feine Herr Cornils, der immer ungern zu Fuß gegangen war. Jetzt brauchte er nicht mehr zu Fuß gehen. Wie eine Katze im Bach, dachte er. Ich muß versaufen. Es war ein ganz blauer Tag, von jener süßen Bläue, die Kopfweh macht, bloß der Himmel ein wenig wirblig, voll weißer Federspiele.

Da hatte sein Rottenflieger ihn angedrückt und donnerte niedrig über ihm. Der berstende Donner, der Druck im Gehör brachten Cornils plötzlich wieder in den Besitz seiner selbst. Oder vielmehr es schoß ihm ein Wort durch den Kopf, ein lächerliches papierenes Wort aus dem Luftwaffenverordnungsblatt, das Wort hieß: Verhaltungsmaßregel. Cornils war in den Bach gefallen, und jetzt hatte er sich zu verhalten. Und wenn er sich verhielt, wurde er wieder Cornils. Ich muß arbeiten, sagte er zu sich. Ich muß ruhig zu arbeiten versuchen. Ich habe überhaupt die Schwimmweste vergessen. Es ist eine Blamage, nicht an die Schwimmweste zu denken. Er fing an zu fingern, aber er fand die Stahlflasche nicht, sie war nicht zu greifen. Das lag an dem unteren Westengurt, den er nicht ordentlich festgezogen hatte, jetzt war die Weste verrutscht, das ganze Zeug mit ihr, er gelangte nicht an die Flasche. Verdammt noch einmal, dachte er, man muß den unteren Westengurt immer stramm halten. Um diese Zeit war sein Rottenflieger das zweite Mal über ihm.

Cornils mußte die Schwimmweste mit dem Mund aufblasen. Er arbeitete schnappend, aus der dünnen Kraft seiner Lungen, bis sie trug. Dabei hielt er mit einer Hand das Schlauchboot an sich. Dann ruhte er eine Weile aus, hustete und spuckte noch ein paarmal Blut durch die Zähne, und dann dauerte es noch eine Weile, bis er über das Boot Meister wurde. Immer noch barst sein Rottenflieger hin und her über ihn weg. Cornils konnte ihn nicht beachten, aber es war sehr gut, daß Isselhardt bei ihm aushielt, auch wenn er nicht heruntersteigen konnte und ihm helfen. Als er mit letzter Anstrengung endlich das Boot unter den vorgestreckten Beinen durch in seinen Rücken zog, sah er die Leuchtpistole aus seiner Schenkeltasche ins Wasser gleiten. Er konnte nicht zugreifen und sie halten. Nun war auch das hin: Rauch, Blitz und Knall. Er konnte die Munition hinterherschicken. Übrigens blieb jetzt das Flugzeuggeräusch fort. Es kam nicht wieder. Aha, dachte Cornils, er hat an sich selbst denken müssen. Denn die Luft war plötzlich finster geworden, und während ein Schauer prasselnd über ihn herfiel und Kälte und Entkräftung ihn schüttelten, machte er sich klein und schwer in der krängenden Wanne, und es patschte ihm süß und salzig in sein aufwärts gewandtes Gesicht.

2.

Cornils lag also im Bach, wie die Umgangssprache es nannte: keine bedeutende Persönlichkeit, noch berufen, künftig eine Rolle zu spielen, weiter nichts als ein kleiner Flugzeugführer im Unteroffiziersrang. Sein Unfall war nicht angenehm und konnte mörderisch werden für den Betroffenen, aber außergewöhnlich war dieser Unfall nicht und hätte jeden anderen auch treffen können, er kam an so manchen aus diesen Staffeln, die über See zu fliegen gezwungen waren. Auf dem Lande hätte es eine simple Bauchlandung abgesetzt.

Der kleine Verband, aus dem der Fähnrich und sein Rottenflieger sich hatten lösen müssen, war von dem Küstenplatz Randvig gestartet. Er befand sich auf dem Flug über die Meerenge nach dem Festland, wo er in Janneby West eigene Kräfte verstärken sollte, die dort zu einem Sonderauftrag versammelt wurden.

Die Staffel in Randvig, zu der die Flugzeuge gehörten, lag einsam und am weitesten abgesetzt von allen Einheiten des Geschwaders, das weit auseinandergezogen die Küsten zu decken hatte. Randvig war der nördliche Kopf der Brücke, mit dem die Verteidigung auf die große gebirgige Halbinsel hinübergriff und dabei die Meeresdurchfahrt überwachte. Der kleine Absprunghafen lag abgeschieden und besaß von Land her kaum Zugänge; auch die Nachrichtenwege waren anfällig. Zwanzig Minuten, nachdem die Flugzeuge mit Kurs auf Janneby gestartet waren, hatte die Sprechverständigung mit der Bodenstelle aufgehört, und man wußte jetzt in Randvig noch nichts von dem Seenotfall. Am Platz befand sich der Rest der Staffel mit fünf klaren Flugzeugen von den zwölf, über die sie zusammen verfügte.

Der Platz hatte einen heißen Mittag, wirblig, die Luft kochte von Zirren, als der Kondens eines Aufklärers für einen Augenblick sichtbar wurde. Er zog senkrecht dort oben weg.

Die Staffel in Randvig setzte auf diesen Gegner, der fast täglich Besuch machte, nur noch selten eine Alarmrotte an. Die Starts waren unnütz und verschlissen Maschinen und Sprit. Es war ein eleganter Gast, der die Phantasie reizte, aber sein Steigvermögen und das lückenhafte Meldewesen machten die Jagd aussichtslos. Seine Kurse zackten sprunghaft auf den Lagetischen der Auswertungen, man verlor ihn, und plötzlich stürzte er sichtbar auf einen Punkt, der seine Neugier erregte. Erst im Abflug, weit über See, pflegten die Geräte ihn regelmäßig zu fassen und führten dann nutzlos etliche Minuten lang den Entschwindenden.

Jetzt aber blühte dort sein Kondens wie eine Eisnadel aus der blauen Glocke, floß aus und wanderte in einer hohen Strömung ab. Sie standen vor den Baracken, die Köpfe im Genick. Ein heißer Atem von Kiefern, eine Luft voll Schwefelregen wehte von den Granitbergen.

Einen Start, Herr Hauptmann, sagte einer der Flugzeugführer.

Nichts. Wir sind hier, um Geleitschutz zu fliegen. Ich brauche meine paar Mühlen.

Ich allein. Ich bitte, daß ich allein starten darf.

Womit denn, Hörath? Sie haben ja nicht einmal was zu fliegen.

Da steht doch die Neun, Herr Hauptmann.

Cornils' Maschine? Wenn die klar wäre, hätte Cornils mit ihr verreisen können.

Da fehlt bloß der Werkstattflug. Sie ist klar, Herr Hauptmann.

Nichts zu machen, Hörath. Sie kriegen mich nicht herum.

Bitte, starten zu dürfen.

So was von Geilheit, sagte der Hauptmann. Starten Sie, Feldwebel Hörath.

Und schon befand sich Hörath auf seiner Jagd. Es war die gleiche Zeit, zu der Cornils im Wasser um sein Leben kämpfte, aber Hörath flog in einem anderen Raum: ein einzelnes Flugzeug mit gelber Schnauze, verloren in der Leere ohne Maß und gierig auf ein ebenso einzelnes, ebenso winziges, in der Leere ohne Maß ebenso verlorenes Ziel. Alles geschah weit abseits und weit über dem Wetter, dessen Böen jetzt auf den Unteroffizier Cornils herunterprasselten.

Die Neun war eine Maschine, die herrlich stieg. Hörath, der sie schon früher geflogen hatte, bemerkte es wie eine Liebkosung. Er sprach mit ihr. Später äußerte er zu diesem Flug, es sei etwas Fixes in ihm gewesen, daß er den Start haben müsse. Er hatte tagelang aufgepaßt und besaß seinen Plan. Er stieg. Unten blieb noch eine Weile die See mit ihrem gründigen Blau, die Schären wie Würfe von schwarzen Klümpchen, die spritzend eintauchten. Dann fing ihn ein flockiges Glänzen ein; er zog durch und ließ bald die Dunstschicht unter sich, locker und weich wie ein Seidenflor, der im Luftzug sich blähte. Es war jetzt ganz klar um ihn, süß und sterbensklar; über ihm, noch immer in großen Höhen, Zirren von wunderlicher Bildung; in seinem Nacken die Sonne so grell, daß der Luftschraubenkreis ihn ein paarmal blendete. Es glänzt, dachte er, man muß die Latte spritzen. Um diese Zeit merkte er, daß die Bodenverständigung ausblieb.

Jetzt war er allein. Er konnte nicht rufen, und niemand rief ihn. Gut so, sagte er zu sich. Los. Laß es gehen. Dann sah er den Gegner halbrechts vor sich, abfliegend, ungefähr in der gleichen Höhe.

Als sie eine Minute geflogen waren, hatte der Verfolgte sich noch nicht vergrößert. Als sie zwei Minuten flogen, schien es Hörath, er würde sogar wieder kleiner. Aber in der dritten Minute wurde das Ziel plötzlich groß. Er ist schneller als ich, dachte Hörath, aber offenbar hat er mich noch nicht gesehen. Es ist sein Abflug. Er paßt nicht mehr auf. Ein undeutliches Bedauern überkam ihn, eine Art von Scham. Dann sagte er laut: Was ist das für eine Maschine? Er kannte den Typ noch nicht. Er prägte sich die Kennzeichen ein. Er lud durch, und das Lichtkreuz glomm geisterhaft im Reflexvisier. Als er geschossen hatte, zeichnete der Gegner mit einer weißen Fahne. Ein Fetzen aus seiner linken Fläche trudelte an Hörath vorbei. Das Flugzeug stürzte, fing ab und flog eine Kehrtkurve. Es zog einen mächtigen Streifen hinter sich her. Hörath setzte den zweiten Angriff an und flog einen dritten. Zusammen stürzten sie durch den Wolkenschleier und dann dem Wasser entgegen, das jetzt von Gischtstreifen getigert war. Randlose See. Hörath blieb an dem Gegner, er kam so nah auf, daß er die Chiffre am Rumpf lesen konnte. Er sprach die Buchstaben nach. Es qualmte drinnen, er konnte nichts in der Kabine erkennen. Er schoß nun nicht mehr. Er dachte: Sie sollten verdammt jetzt aussteigen. Der Seespiegel rückte herauf, auf hundert, auf achtzig Meter, jetzt war es für sie schon zu spät, das fremde Flugzeug schloff ein und sackte gleich weg. Es wallte, ein Rauchknäuel stand auf der Stelle, später kamen Trümmer hoch, aber sonst nichts, kein Mensch. Hat er eigentlich geschossen? sagte Hörath zu sich. Entweder er war gleich fertig oder flog unbewaffnet. Ein Höhenflugzeug, ein schneller unbewaffneter Aufklärer. Da fiel sein Blick auf das Rotlicht, das am Instrumentenbrett glimmerte. Ach du Satan. Er hatte keine Vorgabe mehr, und Höhe hatte er auch nicht zu verschenken. Er sagte sich, daß er seinen Heimathafen kaum mehr erreichen konnte. Sehr unwahrscheinlich, daß er noch bis Randvig zu fliegen vermochte.

3.

INDESSEN lief auf dem Platz Janneby West das Unternehmen an, zu dem Randvig hatte Verstärkung abstellen müssen. Gewöhnlich lag in Janneby bloß ein Schwarm, der die Schiffswege überwachte. Jetzt aber brachte das Unternehmen starke Belegung. Am Vorabend, schon unter Lichtern, war rumpelnd ein Transportflugzeug eingefallen und hatte Funker und Nachrichtengerät abgesetzt. Noch später kam eine Kolonne von Kraftfahrzeugen. Ein Bodenkommando kroch steifgerüttelt von den verstaubten Gefährten und verlor sich in die Baracken. Am Morgen gab es viele neue Gesichter im Horst.

In dem großen Wirtschaftsgebäude, das erhöht lag, wuchteten zwei weibliche Angestellte die Läden auf. Denn solang der Horst kaum belegt war, half man sich mit der Küchenbaracke am Platz drunten. Da kommt aber etliches an, sagten die Mädchen zu einander.

Ich habe den Geelhaar gestern nacht noch gesehen, sagte die eine, die Henny hieß. Den Oberwerkmeister. Übrigens geht er da drunten, Bidden, und peilt herauf.

Tatsächlich. Dann kommt auch die Sarowskistaffel. Schick dich, Henny, du mußt Kuchen backen für deinen Dicken.

Noch ehe die erwarteten Jäger einfielen, zog ein Verband von Zerstörern durch. Sie kamen aus Süden und verlegten voraus nach einem nördlichen Hafen. Gegen elf Uhr trieb ihre Ankunft den Horst auf. Sie näherten sich, zur Linie aufgeschlossen, und überflogen den Platz Fläche an Fläche. Dann im Nu hatten sie zur Reihe abgebrochen, kurvten ein und drückten Maschine hinter Maschine das Rollfeld an.

Vom Liegeplatz der Jäger aus, rote Nummern eins bis vier, Schwarmführer Oberfeldwebel Gritzner, wurden die Landungen einzeln begutachtet. Es waren Sportsleute, die dort in ihren Liegestühlen Bereitschaft machten, und solange sie sonst nichts zu tun hatten, sahen sie sich das Treiben mit den Augen von Sportsleuten an. Der Platz Janneby wurde als nördlichster Hafen des Festlands viel angeflogen, auch wenn er für den Einsatz selten eine Rolle spielte. Gelegenheit gab es genug, die schnellen Jäger und die umtriebigen Zerstörer, die Transport- und Überführungsflieger, die würdigen Storchpiloten und die Herren Fernaufklärer in ihrem Verhalten zu beobachten.

Gritzner, ein grobschlächtiger, windroter, sarkastischer Mensch mit einer spröden Stirnhaut und einem Froschmaul sagte, indem er Tabakkrümel von seinen schrundigen Lippen pflückte: Sieh es dir an, Dietmeyer, wie sich die Angeber jetzt aufgebaut haben. Die Landungen waren nicht schlecht, aber da hast du es: achtzehn Schlitten so dicht wie die Ferkel an der Muttersau.

Die zweimotorigen Flugzeuge standen eng zusammengefahren, hochbeinig, mit sperrigen Lattenflügeln. Dicke Tankwagen wabbelten behutsam zwischen ihnen herum.

Ein Feldwebel, der neben Gritzner stand und nicht zu dem Schwarm gehörte, sagte: Was übrigens Sau angeht, Gritzner, ich hätte gerne so etwas wie eine halbe Sau aufgeladen. Weißt du mir nicht einen Tip? — Der Feldwebel hieß Zehrer. Er war ein sogenannter unproduktiver Jagdflieger gewesen und hatte seine fliegerische Laufbahn gewechselt. Jetzt verschaffte er sich Kommandos bei Stäben, denen seine produktiven Fähigkeiten einleuchteten, und bekleidete Dienststellungen, die in keiner Kriegsstärkenachweisung aufzufinden waren. Er hatte kriegswichtiges Gerät hergeflogen und besaß Auftrag, nicht leer zurückzukommen. Man kannte ihn überall, wo eingekauft wurde, bei allen Kassen und Kommandanturen.

Ich metzge nicht, sagte Gritzner rüde, obwohl er mit Zehrer ganz gut Freund war. Mach dich an Henny ran, die besorgt; oder geh zu den Küchenbullen. Das weißt du doch besser als ich.

Dann fuhr er fort, auf die tankenden Flugzeuge deutend: Jetzt da eine Bombe hinein. Das wäre spaßhaft. Aber der liebe Gott läßt uns nichts geschehen.

Vor der Baracke der Flugleitung saßen zwei Feldwebel einer Schützenkompanie, die aus dem Osten kamen, und sahen auch zu, obwohl sie nichts von Flugzeugen verstanden. Sie warteten geduldig eine Gelegenheit ab, weiter mitgenommen zu werden.

Alles Angabe, sagte der eine. Ich würde gerne bei uns mal was von der Sorte antreffen. Eine Weile kamen jeden Tag zwei, aber ich glaube, es waren immer die gleichen. Man hat sie herumgezeigt. Das ist auch schon lange her.

Das will ich nicht sagen, meinte der andere. Ich habe sie schon wie die Schinder draufgehen sehen. Laß sie. Wenn alle richtig sind, sollen sie ruhig ihre Schlipse tragen.

Und ein Stück von ihnen, an der gleichen Barackenwand, warteten ein halb Dutzend Unteroffiziere und Männer der Horstkompanie. Ein Feldwebel führte für alle den Marschbefehl. Ihre Rucksäcke, prall gestopft, auch Pappschachteln dazwischen, lagen auf einem Haufen. Die Männer waren herausgezogen und zu einer kämpfenden Truppe versetzt. Sie blickten über das Rollfeld zurück nach den Unterkünften. Jetzt gingen sie diese Baracken schon nichts mehr an.

Schreibstubenpersonal, dachte der Feldwebel, braucht man immer. Bei Neuaufstellungen ist selten schon alles besetzt.

Mein Paket, dachte der Unteroffizier neben ihm und stellte sich dabei ein Paket vor, das drei von den harten, fetten und übermäßig gesalzenen Würsten dieses Landes enthielt. Er hatte Mühe gehabt, Karton und Bindfaden für das Paket aufzutreiben. Sie schmecken nach nichts als nach Salz, dachte er, aber es sind fette Würste. Ob Wispel das Paket mitnimmt, wenn er auf Urlaub fährt? Mein ganzer letzter Wehrsold steckt drin. Hilde hat Hunger. Ach was, Wispel wird schon ein anständiger Kerl sein.

Ich werde mein Tagebuch weiterführen, dachte ein Obergefreiter mit Brille. Das Tagebuch war seine Höhle, eine Einsiedelei, in der ihn niemand erreichen konnte. Er führte es mit sich wie die Schnecke ihr Haus.

Ein älterer Soldat neben ihm dachte: Ich kann Herta schreiben, daß ich mich freiwillig gemeldet habe. Und Herta wird mit mir zufrieden sein. — Sie wird zufrieden gewesen sein mit mir, dachte er weiter, sie hat es dann selber ja so gewollt.

Der Soldat war der einzige, der sich zu dieser Versetzung freiwillig gemeldet hatte. Er hatte auch als einziger wirkliche Angst.

Die drei übrigen dachten ungefähr: So genau weiß es niemand. Maschen gibt es überall, und davonkommen kann man immer. Irgendeine neue Scheiße wird es schon sein.

So ein Heini in so einem Dingsda, fing der eine von den zwei Schützenfeldwebeln wieder an, sag mal, der bezieht doch ganz anständig Fliegerzulage? Und mehr als eins vor die Birne kriegen kann er doch auch nicht.

Abschießen lassen kann sich jeder, sagte der andere, aber nicht jeder kann abschießen. Das wird bar honoriert.

Kurz nach Mittag waren die Zerstörer weitergezogen. Sie erschienen hoch am Himmel noch einmal über dem Platz und hielten dann Kurs über See nach Norden. Bald aber dröhnte das Rollfeld häufiger von einfallenden Einheiten. Es war die dritte Gruppe des Geschwaders, also die siebente, achte, Teile der neunten und eine unterstellte Staffel, die erwartet wurden. Die Staffeln kamen von den südlicheren Plätzen Scholm und Flarup. Selbst eine Schulstaffel, die in Sollwitt lag, war mit eingesetzt. Gritzners Maschinenwarte hatten überall mit Einwinken zu tun. Vor den Gefechtsstand rollten vier Flugzeuge, die Winkel am Rumpf trugen. Das war der Stabsschwarm der Gruppe. Ihr Kommandeur, ein Major Schildknecht, leitete diesen Einsatz. Rund um das Feld nahmen die bullenköpfigen Focke-Wulf Einhundertneunzig überhand. Dagegen fielen mit ihrem zierlicheren Umriß die gelbschnäuzigen Messerschmitts auf, die der Neunten gehörten und aus Randvig kamen. Leutnant de Bruyn, der Staffeloffizier, hatte sie herübergebracht. Er landete nur noch in Schwarmstärke, nachdem ihm der Unfall unterwegs zwei Maschinen abgehängt hatte.

Holla de Bruyn, schrie Brede, ein kleiner Leutnant mit Schrammen im Gesicht, der Technische Offizier der Gruppe, der im Kübel zwischen den Liegeplätzen herumbarst. Ich begrüße Sie. Sie sollen ja Anhang eingebüßt haben.

Cornils, sagte de Bruyn, indem er die Haube löste. Sein Kaczmarek ist mit ihm umgekehrt.

De Bruyn sprang von der Fläche und faßte den Kleinen brüderlich um die Schultern. Brede war einundzwanzig und umtriebig wie ein junger Hund. Er trug eine unvorschriftsmäßige Mütze vom Schnitt der Gebirgstruppen. Sein verschrammtes Gesicht stammte von einer Bruchlandung.

Geben Sie doch einmal Ihr Vehikel her, sagte de Bruyn, damit ich etwas über Cornils rauskriege. Es war Dreck in der Luft. Ein Gewitter stand hinter uns.

Sofort, sagte Brede. Steigen Sie ein. Ich komme Sie auch wieder abholen, wenn wir abends zur Freßoper fahren. Ihre Leute nehme ich auch mit. Die Schnitzel sind schon bestellt.

Und Brede bediente sich eines unfeinen Vergleichs, um den Umfang der bestellten Schnitzel anschaulich zu machen. Im Fahren fragte er weiter: Was brauchen Sie noch an Personal?

Zwei Erste Warte, sagte de Bruyn, kommen mit der Weihe herübergeflogen.

Sagen Sie mir Bescheid, wenn Sie mehr brauchen. Ich kann mit Leuten aus meinem Werftzug aushelfen.

Danke, sagte de Bruyn, indem er vor dem Gefechtsstand absprang. Also auf nachher, Brede.

4.

Als das Gewitter, das über Cornils herfiel, auch auf den Platz Randvig prasselte und soeben der Rottenflieger des Fähnrichs allein zurückgelandet war, erwachte in seiner Baracke ein Obergefreiter des Technischen Personals. Der Mann war Motorenwart und hieß Eusebius Moell. Moell hatte die Nacht über und bis gegen Mittag an der gelben Neun gearbeitet, dem Flugzeug, das gewöhnlich Cornils, genannt der Fähnrich, flog. Dann war er vom Oberwerkmeister zur Ruhe geschickt worden. Die Unterkunft stand

ganz leer, alle Männer befanden sich auf ihren Arbeitsplätzen, und doch wurde der übermüdete Mensch wach, weil Geräusche und Bewegungen draußen jetzt offenbar auf ihn Bezug hatten.
Er wachte mühsam auf, und im Halbtraum liefen die Nachbilder der vergangenen Arbeitsnacht langsam verlöschend herunter: Huschen der Handlampen, das Greifen verölter Finger, mattes Geleucht der Werkzeuge. Ein kleiner Achterschlüssel lag in dem Dunkel, im Grund der Zelle verrutscht. Das Bild jagte ihn auf. Der Achterschlüssel, sagte er zu sich und saß aufrecht. Plötzlich empfand er die Hitze, die in der knackenden Bude schwelte. Der Schweiß trat ihm aus; er spürte den Schweiß an seinem Hals, in der Brustrinne hinunterfließen. Er war nun ganz wach, und eine Welle von Haß schloß sich über ihm.

Moell kam von einfachen Leuten, falls er überhaupt von Leuten kam, denn gekannt hatte er bloß seine Mutter, und war ein mühsamer, rechtlicher und genauer Mensch, dem die Dürftigkeit seiner Jugend anhing und der überall seinen Weg hatte gegen den Berg gehen müssen. Ein Mädchen, wie das so heißt, hatte er nie besessen; jetzt besaß er eines oder hatte das wenigstens bis vorgestern geglaubt.

Ragnhilt, dieses Mädchen, hieß bei der Staffel spottweise die Feuerlilie ihres Haars wegen; doch hatte de Bruyn behauptet, daß sie auf ihre Art eine Schönheit sei. Sie hatte Dienst auf dem Platz gesucht, und das hieß, daß sie auch von einfachen Leuten kam. Denn wer ein Ansehen zu vergeben hatte, hielt sich zurück von der fremden Truppe. Sebius wußte selbst nicht, wieso er Glück bei ihr hatte; Glück hatte er jedenfalls; vielleicht ging alles von dem Mädchen aus. Bei Moell ist Sonntag, sagten von ihm seine Kameraden. Und wirklich, er fuhr am Sonntag zum Beispiel mit ihr in die kleine Stadt. Es war ein Nest mit niedrigen sauberen weißen

Holzhäusern; die Luft roch nach Fischen, und in den Vorgärtchen blühten Ilgen und Tränendes Herz. Sie machten sogar Besuch bei einer verheirateten Schwester Ragnhilts. Sie waren wie Brautleute; Moell hatte um Heiratsgenehmigung nachgesucht. Er hatte bisher nicht gewußt, was das Leben bieten konnte.

Aber da war auch von ungefähr der große Herr Cornils, der Fähnrich, wie man ihn nannte; der nahm wohl gern etwas mit, auch wenn er nicht gern zu Fuß ging. So stand er einmal an dem Steig, wo Ragnhilt abstieg, wenn sie abends ihr Rad hinaufschob nach Krogemyren. Es lohnte sich, daß man ihn ansah, den fliegenden Ritter in seinen weichen Stiefeln, in seiner Kanalbluse, mit seinem gelben Seidentuch, um den Fußknöchel den Gurt mit Signalpatronen. Ein Mann wie gemalt, und Eusebius war bloß sein Erster Wart. Ragnhilt konnte nicht, wie sie wollte, an ihm vorübergehen.

Moell also hatte die Nacht in der Werfthalle zugebracht, wo die Neun Kompressionsprobe machte. Er arbeitete dort einsilbig mit dem Zweiten Wart und den Motorenschlossern, dann und wann den Schweiß wischend, eine Verständigung tauschend oder einen Bissen Brot zwischen die Zähne schiebend. Die Türen waren zugefahren geblieben, und so fand kein Morgen in die hallende Höhle, in der verdrossen die Schwüle des Vortags stockte.

Als Moell einmal durch eine Seitenpforte austrat, erstaunte er an dem reinen Blenden der Frühe. Die Werfthalle lag in einer Schlucht. Ein Steinrutsch war überwuchert von Königskerzen. Dort standen die gelben Leuchten wie ein Hofstaat, verwundert vom Berg gestiegen, ratlos und bereit. Moell bückte sich zu einem Rinnsal, tauchte die Arme ein und erfrischte die Augen. Dann angelte er nach seinem Trunk, einer Flasche Milch, die er zwischen überspülten Steinen kühlte. Wer mit Bleibenzin umging, bekam einen täglichen

Satz an Milch. Der ehemalige Schmied blinzelte aus den übernächtigen Augen und führte, ehe er ansetzte, den Handballen über den Flaschenrand. Da kam querab zwischen den Farnkräutern Cornils vom Berg herunter.

Der Fähnrich hatte die Hände in seinen Taschen und hob fahrig mit langen Schritten die Stiefel im Unterholz. Er kam ziemlich nahe heran und sah dann erst plötzlich Moell stehen. Es war sicher, daß er ihn sah und daß er sogar seinem Ersten Wart mitten ins Gesicht blickte, und doch tat er, als wäre da nichts, änderte bloß eine Kleinigkeit seine Richtung und schlenkerte weiter, die Schultern hochgezogen und den Kopf vornüber gesenkt. Da entstellte sich Moell, als hätte der Schluck, den er nahm, ihn vergiftet. Er wandte in seinen öligen Fingern die Flasche und leerte sie aus ins Gras.

Und jetzt saß er immer noch aufrecht auf seiner Bettstelle. Es roch stickig und nach dem Harz der fichtenen Wände, fern lärmte ein Motor, eine Tür platschte, Schritte entfernten sich eilfertig. Es war etwas geschehen, und sofort sah Moell wieder den Achterschlüssel vor sich. Im Augenblick sah er ihn sogar ganz genau, wie er sich festgesetzt hatte, zwischen Zahnscheibe und Radkette der Höhentrimmung verkeilt. Er machte eine Bewegung, und die Bewegung hieß ungefähr: klemmt da etwas und bleibt die Maschine, wie sie beim Abbremsen gestanden hat, schwanzlastig getrimmt, und sie kommt nun auf Fahrt, da kann der Steuerdruck nicht mehr vom Flugzeugführer gehalten werden, und dann macht die Maschine *so* — das bedeutete die Bewegung. Es war so deutlich, daß er zurücksank und sich aufs Gesicht wälzte. Ein lediges Kind, von der Armut vergiftet, da habt ihr es. Endlich vom Feldgericht aufgehängt. Er ächzte.

Dann fuhr er heraus und fing an, unter dem Dach hin gegen die nächste Baracke zu laufen. Vom Trauf platschte es, der Platz war eingehüllt, es rollte im Fjord. Moell riß eine

Tür auf, es stank drinnen; Zwei saßen da, die sich Kaffee geholt hatten. Moell schrie: Was ist denn eigentlich los?

Los? sagte der eine kauend und schnitt ein Stück Brot in Würfel. Das Neueste ist bloß, daß dein Fähnrich gerade im Bach liegt.

Der kleine Gefechtsraum stand ganz gedrängt voll von Menschen, denn die halbe Belegschaft flüchtete hier herein vor dem Guß. Alle wandten sich, als Moell die schnappende Tür aufriß und anprallte und wassertriefend in dem niederen dumpfen Gelaß stehen blieb. Er sah die Gesichter undeutlich, lauter weiße Scheiben, und sie blickten ihn an, als wäre er sein eigenes Gespenst. Sie hätten sich wieder ihrer Beschäftigung zukehren können, denn dabei war ja nichts, wenn ein Erster Wart hereinkam, aber seltsam, sie blieben alle ihm zugewandt. Es hilft nichts, dachte Moell schwer atmend. Es ist heraus. Sie wissen es alle schon.

Eusebius Moell sagte mit entstellter Stimme: Ich bitte, eine Meldung machen zu dürfen, Herr Hauptmann.

Und? sagte der Kapitän. Wir haben jetzt keinen Kopf für Meldungen. Melden Sie morgen; oder was rennen Sie denn so sonderbar?

Er sagte es vor allen, die herumstanden: Herr Hauptmann, ich melde, daß der Unfall des Unteroffiziers Cornils meine Schuld ist.

Nichts mehr. Dann sagte der Kapitän spröde: Ihre Schuld? Wie kommen Sie auf diese sonderbare Entdeckung?

Ich melde, sagte Moell her wie etwas Eingelerntes, daß durch meine Schuld ein Werkzeug in der Zelle liegen geblieben ist. Ein verklemmter Schlüssel.

So. Und wann ist Ihnen das mit dem Schlüssel eingefallen?

Ich wußte es plötzlich, als ich vorhin aufgewacht bin.

Was haben Sie daraufhin unternommen?

Ich bin sofort hierhergelaufen.

Gelaufen ist gut. Ist Ihnen klar, was Sie auf dem Gewissen haben?

Jawohl, Herr Hauptmann.

Wissen Sie, was Sie sind? Sie sind ein Scheißwart, Obergefreiter Moell.

Der Hauptmann sagte nichts mehr und kehrte sich um zum Fenster; Moell hatte sonst nichts mehr zu sagen, und alle andern im Raum sagten auch nichts. Alles in dieser Bude, auf die der Regen platschte, in dieser Bude mit triefenden blinden Scheiben war häßlich. Merkwürdigerweise war Moell der einzige, der nicht häßlich aussah. Dann drehte der Kapitän sich herum, sie machten alle schnell Platz, und er sah keinen an und ging durch die Tür nach hinten.

Und dann sagte der Oberwerkmeister laut und etwas abschätzig, wie wenn einer mit einem Narren zu tun hat: Was wollen Sie denn eigentlich, Moell? Das war doch bei Cornils ein Kolbenfresser. Isselhardt hat es gesehen, es kam weißer Rauch aus dem Motor, und das war ein Kolbenfresser und nichts sonst.

Das ist gleich, sagte Moell und vergaß sogar die dienstliche Anrede. Ob das ein Kolbenfresser gewesen ist oder nicht, das spielt keine Rolle.

Aber jetzt kam der Hauptmann schon wieder herein, bückte sich vor nach dem Himmel und sagte dann schräg herüber: Ihr seid alle wohl durchgedreht, und sogar der Oberwerkmeister hat den Kopf nicht beisammen. Merkt ihr denn nicht, daß Cornils überhaupt nicht die Neun geflogen hat? — Und dann schrie er beinahe: Mit der Neun, Obergefreiter Moell, ist Feldwebel Hörath gestartet! Und der ist auch überfällig! Und wo Ihr Fähnrich schwimmt, das wissen wir ungefähr und werden ihn auch herausholen. Aber kein Mensch weiß, wo Hörath heruntergefallen ist.

Gehen Sie dort hinein, sagte der Kapitän mit einer trockenen Stimme. Kommen Sie ohne Befehl nicht wieder heraus.

5.

Gegen Abend war in Janneby auch die Staffel des Oberleutnants Sarowski gelandet. Auch sie kam aus Scholm herauf. Sarowski war nicht zu überhören, seine schnarrende Stimme füllte den Liegeplatz. Sarowski war schlank, aber von vollen Wangen, er hatte einen erheiterten durchdringenden Blick. Er sah alles, besaß aber eine Gemütlichkeit, die freilich Schrecken erregte bei denen, die er sich vornahm. De Bruyn hatte einmal von ihm gesagt, er sehe aus wie Nikolaschka mit Leberwurst und einem Schmiß Pfeffer. Jetzt ging er vor seinen Flugzeugen hin, etwas schiebend, den Patronengurt unterm Knie und mit nachlässig aufgestülpter Mütze. Auf dem Schirm dieser Mütze, die wie gewalkt aussah, lag die Kordel locker und unordentlich, und unter dem Mützenrand löste sich eine Strähne von schwarzem und glattem Haar. Er schlenkerte in der Hand seine Pelzhandschuhe, und sein Koppel hing etwas, weil die Pistole nach unten zog.

Sarowski pfiff seinen Hunden Sarras und Sauzahn, zwei Mißgeburten, die mitgeflogen waren und endlich jaulend heranlümmelten. Dann versammelte er seine Piloten und ließ sie wegtreten, nachdem er ihre Stümperhaftigkeit im Verbandsflug gerügt. Der Verbandsflug war sein Steckenpferd. Er entwickelte über ihn einen Vortrag, in welchem er seine Leute mit Hirschen, Hechten, Brötchen und Mitgliedern bürgerlicher Vereine verglich. Die Männer verzogen keine Miene; Sarowski war beliebt; man verlangte von ihm derartige Ansprachen, deren Wendungen weitergereicht wurden.

Überall um den Platz begann es jetzt von Flugzeugführern zu wimmeln. Ihre blaugrauen Blusen und gelben Schwimmwesten bewegten sich hell zwischen den schwarzen Überanzügen der Wartungstrupps. Sie besuchten einander auf ihren Liegeplätzen, denn die meisten kannten sich. Auf irgend einem Platz hatten sie schon einmal beisammengelegen. Geräuschvolles Wiedersehen entstand. Ein Stelldichein entwickelte sich vor der Gefechtsbaracke. Die meisten führten ihr Zeug, das sie brauchten, in einer Aktentasche mit, und die Taschen stapelten sich. Man stolperte über die Taschen, und Gruppen rannen zusammen und trennten sich wieder. Rund um das Treiben lärmte die wirre Geschäftigkeit der plötzlichen starken Belegung, das Schnurren von Kraftwagen und Getucker von Schleppern, das Tosen einer abgebremsten Maschine oder das stoßende Heulen einer anderen, die gerollt wurde. Da und dort blitzte schon ein Licht oder fiel ein heller Streif durch Türritzen. Man war unbekümmert, denn es gab kaum eine Feindtätigkeit.

Endlich verlor sich ein Schub nach dem anderen in die Unterkünfte. Die meisten machten sich lang, sobald sie gegessen hatten. Nur der Gefechtsstand blieb die ganze Nacht über lebendig, und die Fernschreiber rasselten. Türen klappten; vor dem diensthabenden Offizier stapelten sich die rosa Kommandoschreiben. Standortmeldungen und Befehle folgten die ganze Nacht, Auftrag für die Besatzungen, die morgen zu fliegen hatten, aber jetzt betraf es sie nicht. Wahrscheinlichkeit sprach dafür, daß etliche soeben den letzten endlichen Schlaf schliefen. Alle und keiner stellten sie diese Berechnungen an. Sie hatten sich in die flauschigen mohnroten Decken gewickelt, die diesem Horst gehörten, und schliefen. Da und dort hatten sie vergessen, das Radio abzustellen: und das lief leis weiter, spie röchelnd Lügen, Eiapopeia und schräge Musik aus und endete aus Versehen mit einer falschen Hymne. Vielleicht auch erstattete es noch eine Weile Bericht von eigenen Truppen, die sich erfolgreich auf vorbereitete

Stellungen rückwärts absetzten, das alles sehr weit fort, niemand hörte es an, es röchelte forsch, flach und beunruhigt und erstarb endlich knackend, oder eine Stimme sang süß schläfernd *Lili Marleen.*

Doch war in der großen Horstkantine unten das Leben noch nicht erstorben. Der weite, niedrige, ganz schmucklose Raum war mit nackten Tischen und Bänken vollgestellt. An der Decke brannten unverkleidete Glühbirnen, und schwarze Vorhänge schlappten unfreundlich vor den Fenstern herab. Kommandos hierher waren begehrt, weil das Land keinen Mangel kannte, während überall sonst die Verpflegung schon dürftig zu werden begann. So hing ein dicklicher Fettgeruch in dem Raum, denn es wurde noch unablässig gebraten. Das Bodenpersonal, das schlechter lebte als die Flugzeugführer, nützte die Gelegenheit aus, sich mit Fleisch vollzuschlagen. Den Zuguß sparte man nicht, so reihten sich Flaschen bald auf den Tischen, und auch der wasserhelle Aquavit floß. Die Kantine war ein Sammelort vieler durchfliegender Besatzungen, der Kurier- und Transportflieger und der Gäste mit Flugerlaubnis, die auf Beförderung warteten. Das alles traf sich, und es schwirrte von Zurufen.

An einem Tisch ungefähr in der Mitte saßen ein paar ältere Dienstgrade der Sarowskistaffel mit Gritzner zusammen. Der Feldwebel, der Zehrer hieß und eine halbe Sau suchte, hatte sich auch eingefunden. Ein anderer Feldwebel namens Hessedenz, ein Freund Gritzners, war erst seit kurzem wieder bei der eigenen Staffel; er hatte, nachdem er das zweitemal abgeschossen worden war, ein Kommando bei einer Schule gehabt. Gritzner und Hessedenz genossen ihr Wiedersehen; sie knurrten sich an. Die Runde ließ sich betrachten, es blinkte in ihr von Spangen und Auszeichnungen. Sie waren fast alle Männer, die den Aderlaß der Kanalschlachten überlebt hatten, und sie sahen Aufträge wie den bevorstehenden für einen Klacks an. Gritzner sowohl wie Hessedenz konnten Offiziere werden, aber sie hatten beide die Gelegenheit abgelehnt. Gritzner meinte, das Geld reiche ihm, und er wolle sich die Fassade nicht neu verputzen lassen; und Hessedenz meinte, der Ton strenge ihn zu sehr an.

Sarowskis Leute waren weder fein noch übermäßig gebildet. Von Eleusis zum Beispiel, wo sie einmal gelegen hatten, wußten sie nur, daß dies ein lausiger Einsatzhafen in Attika war, dessen Rollfeld greulich staubte. Sonst pflegten sie keine Erinnerungen an Attika noch antikische Sehnsüchte. Dagegen taten sie etliches, um ihren rauhen Ruf zu nähren. Im Heimatkriegsgebiet, wo sie neuerdings lagen, hatten sie seit ein paar Wochen nicht viel zu tun. Sie liebten die Öffentlichkeit nicht und schossen Rauchbälle nach Unbefugten, die sich in den Staffelbereich verirrten. Sie hielten Hunde, und manche von diesen waren zu unanständigen Stellungen abgerichtet, mit denen sie auf Wink die Würde hoher Besucher schändeten. Ein gemütvoller Horstkommandant hatte einmal auf gewisse Beschwerden geäußert, man müsse Flugzeugführern vieles zugute halten, trügen doch diese stündlich ihr Totenhemd auf dem Leib. Sarowski erfuhr es, und sogleich bat man den freundlichen Mann zum Kaffee. Die Besatzungen lagen aufgereiht in langen mit Holzwolle gestopften Bombenkisten, sie hatten Hemden übergestreift und lagen wie Mönche, deren Regel ihnen im eigenen Sarg zu schlafen befiehlt. Sarowski, der die Honneurs machte, erklärte, seine Leute seien bei ihren Exerzitien. Gerne befestigten sie ihren Gästen Landerauchzeichen unter dem Sitz. Für Landerauchzeichen hatten sie eine Vorliebe, denn auch der Wagen eines sehr hohen Luftgaubeamten kam bei schneidiger Abfahrt einst plötzlich in einer pestgelben Wolke zum Stehen. Damals hatten sie eine geballte Ladung von Landerauchzeichen angewandt.

Hessedenz murrte: Ich höre da dauernd etwas von über See fliegen. Ohne mich! Ich fliege keine fünfzig Meter mehr über See.

Zehrer, der überall mitreden konnte, weil er ein Gedächtnis wie ein Eisschrank besaß, sagte: Das hast du nach deinem ersten Malheur schon gesagt, Hessedenz.

Bloß weil ich das Wasser nicht halten kann! In der roten Acht hinter einer Spitfire, da ist es so weit, ich denke an meinen Vorsatz und: scheiß drauf! im gleichen Augenblick; schon wieder ist der Bach unter mir. Die Federbeine platzen grade dem Biest raus, und wie ich so hinsehe, klapp, sagt es, flupp, sagt es, daß ich das Genick einziehen muß, und die Gläser spritzen so komisch vom Instrumentenbrett, es ist rein gar nichts abzulesen auf den Apparaten. Braucht's auch nicht mehr, denn die Lage ist hergestellt, ich liege schon wieder im Bach. Nie mehr, ihr Lieben. Nie mehr, sag ich mir immer, willst du mit der Unterhose vorm Wind segeln.

Sie trugen kräftiger auf, denn an den Tischen daneben begann allerlei Volk mitzuhören. Es machte ihnen Spaß, aber sie taten nicht, als merkten sie etwas davon.

Die Neunte, berichtete Gritzner, war heute auch schon am Schwimmen. Cornils. Leutnant de Bruyn hat ihn unterwegs verloren.

Der feine Herr Cornils? Da hat er sich ja seine Hose naß gemacht.

Nicht der Rede wert. Er hatte ein bißchen Pech, denn das Wasser kam auch von oben. Aber nach zweieinhalb Stunden hatten sie ihn bereits gefischt. Daß sie ihn wiedergefunden haben, war das viel größere Kunststück, denn er konnte kein Signal schießen. Seine Pistole soll ihm über Bord gegangen sein.

Die Pistole über Bord? krächzte Hessedenz voller Verachtung: Daran seht ihr die ganze Anfängerei. Eher würde ich mich gleich selbst über Bord schicken. Die Pistole ist von allem das einzig Wichtige. Ich habe da Verfahren entwickelt, die gehören in die Dienstvorschrift über Verhalten in Seenotfällen. Wenn ihr zum Beispiel so im Bach liegt und zappelt und fangt das Geknalle an mit der Signalmunition; wißt ihr was? Ihr braucht bloß nach jedem Schuß die Pistole senkrecht ins Wasser zu tunken. Die Hülse springt heraus wie geölt, ihr habt gar keine Schererei mit dem Ausziehen. Das macht bloß so: blubb! Und schon kann die Knallerei weitergehen. Aber am besten ist es, ihr setzt eure Mühle immer dahin, wo ein eigenes Schnellboot schwimmt.

Übrigens hatten sie drüben in Randvig zur gleichen Zeit um Hörath den größeren Bammel. Sie hatten Hörath allein starten lassen auf einen Aufklärer, und Hörath kam nicht zurück. Erst gegen Abend war er wieder da nach einer Zwischenlandung in Gjusvig. Der Sprit hatte ihm eben noch bis Gjusvig gereicht. Er will eine Mosquito abgeschossen haben.

Das seh ich mir aber an. So ein Ding steht bis jetzt bloß in den Flugzeug-Erkennungstafeln. So viel Zahn hat er ja gar nicht drauf. Die kann er ja gar nicht kriegen.

Gritzner zuckte die Achseln: Abwarten. Nichts Genaues weißt du noch nicht.

Erzähl doch mal das, sagte Zehrer zu Hessedenz, mit deiner Außenlandung auf der falschen Seite.

Was ist da zu erzählen? Außerdem ist das gar nicht mir passiert. Nun also, ich mußte nach unten durchstoßen, und wie ich herauskomme, sehe ich schon den Platz liegen. Das hast du gut hingekriegt, denke ich, und seh' mich nicht weiter um. Erst wie ich die Landeklappen ausfahre, steht da groß an so einer Halle: *No smoking.* Da denke ich: Kaum. Es reicht eben noch über das Hallendach weg und ade. Ich hatte ein bißchen das Ufer verwechselt. Und deshalb fliege ich keinen Schritt mehr über See.

Abgesehen von morgen, sagte Gritzner. Du wirst dir ganz schön über See den Arsch martern.

Morgen? Na ja. Wenn es ausdrücklich befohlen wird.

6.

Die Nacht von Janneby West: Wo das Rollfeld endete, fing die Saat an und stand fast mannshoch, licht und noch grün, die Ähren ungebogen; der Kern schlief in ihnen, noch weich und weiß, und der Kern duftete. Er duftete so, daß die Nacht von dem Duft seines Wachstums erfüllt war. Die Mäuse schlüpften: leiser Pfiff, winzige Laute, Würgen, Gezappel von kleinen Beuten da und dort. Dann kam der Mond auf und stand über dem Himmelsrand niedrig, so daß die Schatten der Moränenzungen lang wurden, das wellige Land wie eine längst erstarrte Dünung im Mond lag; dazwischen ein Findling, der auch einen langen Schatten warf, ein Eichkratt, ein Gehöft, und einsam die Tumuli der verblichenen Fürsten.

Die Nacht, die in Randvig einfiel, spröde, zögernd, blaß wie zu Umarmungen, indessen der Abend sich nach den hohen Feldern zurückzog, in die Wetter über den Inlandgebirgen, in die Amboßwolke, die langsam in Kupfer und Amber zerging. Noch mehr Licht schwand. Ein Boot stand im Elv, wo das Wasser vor dem Fjord stockte und glatt wie ein Spiegel gerann. Nebel kamen und gingen, sie wechselten: wie der Hauch eines Mundes gegen die Scheibe das Glas trübt, und dann das Glas wieder blank wird. Das Bild des Bootes stand in dem Spiegel verkehrt, schwarz und scharf wie gestochen, das verkehrte Bild viel wirklicher als der Gegenstand, lauter verwechselte Wirklichkeiten. Ein ferner Scheinwerfer tastete an dem Himmel hin und erlosch.

Die Nacht der Posten in Scholm, der Posten in Flarup, in

Sollwitt, in Niebüll, in Evje, Gulde und Helgen, die Nacht der Funker in ihren Bretterbuden. Die Nacht auf den dunklen Gefechtsständen, in denen die Lampen nichts als die Hände der Schreiber bestrahlten, die geneigten Gesichter der Fernsprecherinnen mit den Schalldosen am Ohr, und wo auf den Glaswänden die glimmenden Punkte hinwanderten wie im Lichtspielhaus.

Die Nacht der einsamen Mosquito zehntausend Meter über dem Boden, die ihr Ziel suchte in der dröhnenden Stille: das Glimmern der Zeiger, die kleinen Lichter an Bord, das Flüstern der Atemdusche, die das Leben der Menschen speiste, die Menschen selbst Teile der Maschine und von ihr genährt, die Maschine ein Punkt in der Nacht, unfindbar, unsichtbar gelenkt und von Sendern angetastet und weitergereicht, andere Sendstrahlen nach ihr suchend; und dann die einzige grelle Entladung am Boden, von oben nicht stärker als das Aufzucken eines Streichholzes, und doch barsten Mauern darin und Skelette von Stahl verglühten, und Menschen erstickten dort unten und kamen um.

Die Nacht der Häftlinge in den Baracken, die auf nackten Brettern sich quälten, zusammengepfercht, manche halb von Sinnen, im Traum röchelnd; der Brodem von Haß und Erniedrigung über den Lagern, manche schlaflos, manche die Tränen im Mund.

Die Nacht junger Leute, die aneinander stöhnten, Wange auf Wange gelegt; unheilbare schreckliche Nacht, niemals wiederkehrend, Nacht voller Uhrenschläge, voll tickender Wecker mit phosphoreszierenden Ziffern, die gleichmäßig die Zeit fraßen und sich sättigten an ihrem Tick, an ihrem Tack.

Die Nacht der getroffenen Stadt, in welche das Feuer aus einem röhrenden Himmel herunterfloß und die Seelen sich krümmten in Feuerstürmen, die Menschen wegschmolzen wie Staub, der auf heißer Platte funkt und zergeht; und der

Engel des Herrn barg sein Angesicht, der das Unheil nicht wenden durfte.

Die Nacht über dem Watt, bei Hohlebbe, wenn die Sände bloß lagen und die Priele gurgelten; im Schlick schlürfte und schmatzte es, haschte sich ungreifbar hin und her; das Quorren der Vögel, ein Schrei, laut und leise, unmeßbar gegen die riesige Stille. Ein Rind hob sich auf von der Fenne, vom Mond blau, mit seinem schmerzhaften, sprachlosen, wahnsinnigen Blick.

Die Nacht einer jungen Mutter mit ihrem Kinde in sich, über ihr Kind horchend hingekrümmt, sie selbst über sich selber, indem sie dem Schwirren nachhorchte, das hoch in der Nacht hing, der mörderischen, dem Schwirren der Mücke, die giftig nach Leben trachtete, nach dem Leben in ihr, nach ihrem eigenen Leben.

Die Nacht allen Lebens, nach dem die Harpune des Tods zielte und das Fleisch grausen machte. Das Fleisch wand sich, es wehrte sich, warnte und sandte Träume herauf, und die Träume legten sich an die Schwellen des Geistes mit Seufzen und schreckten ihn.

7.

Noch standen Sterne am Himmel, da hatten die Liegeplätze in Janneby West sich schon belebt. Nah und fern flutete regelloses undeutbares Geräusch, kam auf- und abschwellend, konvulsivisch, metallisch böse das Heulen der warmlaufenden Flugzeugmotoren. Ein Kübel war unterwegs und holte die Besatzungen aus ihren Unterkünften zusammen. Jedesmal sprang vor dem Wirtschaftsgebäude eine Fuhre ab und kam pelzgestiefelt den hellen Kiesweg herauf. Jedes Rudel brachte einen Schwung Morgenkälte mit sich in die übernächtige, abgestandene Luft des Frühstücksraums. Die Tische fingen an sich zu füllen.

Was ist denn das eigentlich, sagte Sarowski und blickte auf wie jemand, der unbewußt schon eine ganze Weile gereizt wird und plötzlich entschlossen ist, nichts mehr hinzunehmen: Was ist da für eine Musik drin?

Eine Etude für Pianoforte klang durch den Raum; in den Pausen, wenn das Stimmengewirr abflaute, wurden die Töne vernehmlich, elegant und sehnsüchtig, voll von unheilbarem Schmerz.

Stellt das Ding ab, rief Sarowski ungeduldig über die Köpfe weg. Seht zu, daß hier eine Musik hereinkommt, die man anhören kann.

Aber der Befehl wurde nicht gleich ausgeführt oder war nicht durchgedrungen; der Klang fiel unverletzlich, süßtropfend herein. Sarowski hatte zu essen aufgehört, er sagte zu seinem Nebensitzer: Ich verstehe nicht, wie so etwas Musik sein soll. Wie wenn der wüsteste Stümper sich hinsetzt und seine Schande bald da bald dort auf einer Taste herumwimmert. Können Sie sich denn da etwas dabei denken? Sagen Sie einmal, Theilacker, rief er und beugte sich vor nach einem seiner Leute: Kennen Sie denn vielleicht das Zeug, Theilacker?

Der Befragte, ein hübscher, etwas zu dicker Junge, antwortete: Jawohl, Herr Oberleutnant. Es ist Chopin.

So was, sagte Sarowski, hat auch noch einen Namen. — Gott sei Dank. Das Stück war fort, und nach etlichen Krachlauten kam der Schutzengel. Ein stärkender Jazz ergoß sich.

Die roten gesunden Gesichter der Burschen glühten, die Erregung, der genossene Kaffee trieben ihr Blut kräftiger um. Keiner frühstückte lange; sie häuften auf eine Scheibe Brot, was vorgelegt wurde, und schlangen sie mit ein paar Bissen hinunter. Dann verlangten sie Kaffee nach und griffen nach Zigaretten.

Hessedenz rief über den Tisch: Hat Teilacker die Perragorda bei sich? Ohne die Perragorda fliege ich nicht über See!

Er meinte ein Amulett, das Theilacker zum Spott seiner Kameraden unter dem Hemd trug. Theilacker fiel unter den anderen auf, er hatte einen Kapellmeister zum Vater und war eine Mischung von Wildling und Muttersöhnchen. Sein Mondgesicht, seine rundlichen weißen Glieder und horoskopischen Neigungen, auch daß er eingestandenermaßen hinter süßen Sachen her war, das alles reizte den Spott. Der Gefreite, in dessen scheinbar gelassenem Blick eine Kleinigkeit Tücke glomm, ertrug die Angriffe unbewegt. Kaum jemand ahnte, daß in ihm der Ehrgeiz wütete, doch war er wie alle Schwärmer brutal und flog Angriffe, die ihm niemand zutraute. Das verschaffte ihm Achtung, obwohl man ihn gerne hänselte.

Theilacker biß ruhig in eine Scheibe Weißbrot und entgegnete mit seiner höflichen und beleidigenden Aussprache: Jawohl, Herr Feldwebel. Ich würde sie niemals vergessen.

Guck ruhig einmal hin, Dettmering, sagte einer der Unteroffiziere zum andern. Los. Tu ihr den Gefallen schon.

Halt's Maul, sagte Dettmering widerwärtig, steckte seine Zigaretten weg und zog den Reißverschluß gegen die Halsgrube. Aber sobald er den Blick hob, begegnete er den Augen des Mädchens, das Kaffee brachte. Er hatte einmal etwas mit ihr gehabt, und das Gesicht bekam ihm nicht gut.

Der erste Schwarm rollte pünktlich zum Start. Es war immer noch keine Sonne herauf, die Welt grün, duftlos, ohne Schatten, der Himmel wie Glas. Die Flugzeuge hoben sich schnell in der spröden Helle, verkleinerten sich und waren dann weggesogen, nur ihr Geräusch wanderte herrenlos noch eine Weile zurück. Bald lag die schwarze, die unfruchtbare, die furchtbar kalte See unter ihnen.

Das Unternehmen, das den Decknamen „Drehbühne“ führte, betraf die Bewegung eines eigenen Verbands schwerer Schiffseinheiten, dessen Marsch in enger Sicherung zu begleiten war. Er trat mit Büchsenlicht in den Bereich und mußte geschützt werden, bis wieder die Nacht ihn aufnahm. Die Schwärme begannen, sich am Geleit abzulösen.

De Bruyn, zu seinem Liegeplatz unterwegs, sah Brede aus der Maschine klettern. Brede hatte die erste Ablösung mitgeflogen und krähte soeben mit seinen Warten. De Bruyn rief ihn an.

Danke, rief Brede. Sie schwimmen. Puppenlustig schwimmen die Pötte da unten im Bach. Aber dagegen ich! Fliegen Sie doch mal so eine Krähe, de Bruyn. Ich weiß nicht, wie mir ist, aber ich denke doch draußen dauernd, der Schlitten schüttelt. Ein paarmal bilde ich mir ein, daß das ganze Tragwerk wackelt, und die Staudüse fuchtelt bloß so herum, wenn ich durch die Scheibe blicke. Wollen Sie vielleicht einmal sehen, de Bruyn?

Der Kleine kletterte in den Sitz so flink wie ein Eichkater und ließ anspringen. Es knallte und funkte. Brede bückte sich, suchte, saß und wiegte den Kopf. Dann fing er wieder mit seinen Warten eine schreiende Unterhaltung an. Er hatte de Bruyn vergessen.

Über den ganzen Vormittag blieb die Luft strahlend und duftig. Der Platz lag halbe Stunden lang leer und wie aufgegeben, er füllte sich wieder mit wimmelndem Treiben, sobald ein Verband zur Ablösung startete oder der abgelöste von See her einfiel. Das Unternehmen lief. Jetzt hatte niemand Zeit für einen eigenen Gedanken, die Tankwagen rollten und die Flugzeugwarte stürzten sich auf die landenden Maschinen. Sauerstoffgerät, Schlepper und Anlaßwagen waren unterwegs, und Kübel schnurrten zwischen den Liegeplätzen. Das Licht glomm in der Gefechtsbaracke hinter dem

Schriftkasten: *Ruhe! Einsatz.* Es summte und schrillte. Stimmen murmelten gedämpft, kein Wort wurde laut außer den Anweisungen des Kommandeurs, der die Bewegungen überwachte. Er hatte einen Fettstift in der Hand und schmierte Rechnungen auf den Belag des Kartentisches. Die Zeichner lagen bäuchlings über die Platte her, und die Fernsprecher empfingen Meldungen. Startzeiten, Flugwege, Umkehr und Überschneidungen waren zu errechnen. Zufälle verwirbelten diese Rechnungen; dann wischte der Finger, und der Stift änderte Ziffern.

Beck, sagte Schildknecht, der Kommandeur: gehen Sie doch hinüber auf Nummer Fünf. Meine Zigarrenkiste muß dort auf dem Tisch stehen.

Dann fuhr er fort zu dem Nachrichtenoffizier: Schicken Sie jetzt Ihre Männer nacheinander zum Essen. Wenn wir einen Angriff bekommen, so wird das ungefähr im Quadrat Emma Quelle sein, also von fünfzehn Uhr ab. Wir haben Zeit.

Der Gefreite Beck kam zurück und meldete, daß sich auf Nummer Fünf keine Zigarren befänden.

Tatsächlich, sagte der Major, die Kiste war leer. Sie sind schon wieder alle. Schildknecht war groß und breit, er hatte eine gewölbte, sehr wohlgebildete Stirn und rötlich blondes Haar, das sich ringelte, aber an den Stirnecken schon stark zurückwich. Jetzt sah er zugleich gesammelt und gelangweilt aus, und sein offenes, großflächiges Gesicht zeigte einen kniffligen Zug, der nicht recht hineinpassen wollte. Er blickte über die Karte weg und beobachtete durch die Scheiben, wie eben ein zurückkehrender Schwarm zur Landung ansetzte; er mußte sich bücken, damit der Fensterrand nicht die Sicht schnitt, und sein einer Mundwinkel zog sich nach oben, so daß man seine Zähne sah. Geben Sie doch eine Zigarre her, Scheelius, sagte er wie aus Versehen zu einem Leutnant, der

Adjutantendienst machte. Schildknecht konnte sich an keinen Adjutanten gewöhnen; er holte sich diesen und jenen der jüngeren Offiziere heran und versuchte es mit ihnen. Aber nach ein paar Wochen kehrten sie wieder zu ihrer Truppe zurück.

Der Adjutant bot an, und der Nachrichtenoffizier reichte Feuer; dabei sagte er: Herr Major sollten nicht rauchen. Der Stabsarzt —

Der Stabsarzt, sagte der Kommandeur, kann mir den Buckel hinunterrutschen.

Satan! schrie eine Stimme vor dem Gefechtsstand, wer ist das denn?

Das erste Flugzeug war eben ausgerollt. Nummer vier kam mit einer Braßfahrt an, setzte auf, hüpfte weg, als wollte sie ein Haus überziehen, setzte wieder auf und tanzte. Es gab weite Sprünge, und die Grenze des Rollfeldes kam schon nahe heran.

Weiße Vierzehn! Dettmering.

Die Männer vor dem Gefechtsstand bogen sich, sie ächzten. Dann war es so weit. Ein Acker mit hoher Saat schaffte es. Die Maschine ruckte, stellte den fischhellen Leib senkrecht und ging auf den Rücken. Ende.

Inzwischen war der Kommandeur schon mit einem Satz am Kübel. Vier von den Flugzeugführern, die müßig gestanden hatten, sprangen auf, und Brede mit seinem zerhackten Gesicht warf sich herein, als der Wagen schon anfuhr. Der Major sagte nichts; er hatte die Zigarre fortgeworfen und zog die Luft vernehmlich zwischen den Zähnen durch. Keiner sagte etwas, sie wußten alle Bescheid über Bruchlandungen. Von jenseits flitzten die Feuerwehr und der Ambulanzwagen. In windender Fahrt ging es die Ringstraße entlang.

Man sah durch die Ackerflächen eine wüste Fährte, bald

das eine und bald das andere Laufrad pflügend und wieder weggehoben, dazwischen die Spur des Spornrads, als habe das Untier den Schweif geschleppt. Dann fraß die Spur tief, jetzt mußte mit Wucht auf die Bremsen getreten worden sein, und die Maschine hatte sich überschlagen. Der Lattenschlag hatte fette schwarze Erde ausgeschleudert, und in der weißhalmigen Saat lag das Flugzeug, die Federbeine nach oben, mit verbogenem Quirl. Es knackte. Das Spornrad, das einzig Lebende, lief immer noch sehr schnell um. Aus einem Spalt sickerte Treibstoff wässerig hell am Rumpf herunter.

Die Axt! schrie Brede. Sie wuchteten, bis von der Kabinenhaube, die ganz eingewühlt war, ein Stück sichtbar wurde. Der Major hatte jetzt seine Schultern ganz allein unter dem Rumpf. Sein Gesicht lief an. Schnell, sagte er und wiederholte es schon stimmlos. Schneller. Brede wütete mit der Axt gegen die Erde los, bis die Scheiben freikamen. Dann warf er sich in die Mulde, zwängte mit kundigem Griff die Haube nach rückwärts und sich selber dicht an die Öffnung. Kopfhaare und Fleisch, vom Druck blutlos, wurden sichtbar. Äh, sagte Brede, heraus mit dir. Er sah weiße Augenspalten und etwas Blut im Nasenwinkel. Eilig, mit Kraft den heruntersackenden Körper aufnehmend, kappte er die Gurte. Viele Hände faßten jetzt zu und zogen an beiden. Einen Augenblick lag Dettmering gelb und still, er kam ihnen klein vor; dann fing er wild an zu schlagen. Der Stabsarzt war da, und die Sanitäter hatten Mühe, mit dem Bewußtlosen fertig zu werden. Endlich brachten sie ihn auf die Bahre.

Der Kommandeur war ein wenig gekrümmt hervorgekommen. Jetzt, ohne Mütze, mit seinen großen verschmierten Händen, ölfleckig und verklumpt, sah er wild und kräftig aus. Sein Gesicht, obwohl gerötet und von der Anstrengung entstellt, hatte etwas Frisches, das Zutrauen einflößte, und der knifflige Zug war verschwunden. Scheelius, sagte er, holen

Sie gleich nachher Bescheid über Dettmering. Und zu Brede: Fahren Sie, Brede. Brede saß am Steuer und fuhr mäßig; mit Seitenblicken bemerkte er, wie der Major neben ihm ein paarmal vorsichtig den Brustkasten hob und senkte. Seine großen fleckigen Hände, die auf den Knieen lagen, zitterten.

Gegen Mittag zeigte sich von Westen her Aufgleitbewölkung, die langsam den Himmel überwuchs. Um diese Zeit führten die Geräte ein einzelnes Ziel, schnell fliegend und in großer Höhe. Eine Rotte wurde darauf angesetzt und kletterte über dem Geleit. Der Aufklärer stieß durch die Wolkendecke und blieb etwa eine Minute sichtbar; die Jagd erreichte ihn nicht. Bald sammelte eine Abhörstelle seine Funksprüche ein.

Schön, sagte der Major im Türrahmen, es wird, wie zu erwarten. Scheelius, rechnen Sie mal aus, wann der Herr Kontra eintreffen kann. Und dann, zur letzten Ablösung muß alles in die Luft. Wir können es nicht auf Alarmstart ankommen lassen. Sammeln Sie Meldungen ein, was wir an Maschinen zusammenkriegen.

In Emma Quelle durchlief das Geleit den Bereich seiner höchsten Verletzlichkeit. Es war zugleich auch der äußerste Raum, der von Janneby aus noch beflogen werden konnte. Die stehende Bedeckung war verstärkt worden, auf dem Absprungplatz alles in Bereitschaft. Der Gefechtsstand zirkelte. Dann kam die erste Meldung über einen erfaßten Anflug. Ein paar Minuten gingen hin, dann gaben die Fernsprecher nach den Liegeplätzen: Sitzbereitschaft. Die Tür am Gefechtsstand krisch, Schildknecht stapfte heraus und zu seiner Doppelwinkel. Die Warte griffen zu, während er in den Gurten wuchtete und sich zurechtbog. Er sah jetzt wieder unfreundlich aus, blickte die Leute nicht an und gab barsche Weisungen.

Na, Scheelius, schrie er zu seinem Adjutanten hinüber. Eine Klaue haben Sie wie ein besoffener Affe. Aber vielleicht können Sie fliegen.

Ein Viertel nach sechs sah man vom Gefechtsstand im weiten Halbrund sämtliche Maschinen mit flatternden Latten an ihren Liegeplätzen. Siebzehn Minuten nach sechs wurde zweimal Rot geschossen.

Die Focke-Wulf Hundertneunzig ruckten an und rollten zum Start. Sie rumpelten taub auf mißgeschaffenen Beinen wie Vögel, die nur zum Fluge erschaffen sind. Sie stoben über die Bodenwellen brüllend und wieder verhaltend heran, als ob sie vor platzender Kraft kaum rollen könnten und müßten das eigene Wüten noch einmal beschwichtigen. Es war ein Hoppeln und Rappeln, ein Anrasen über das Feld: wie Vögel im Koller tiefgespreizt über den Boden hinfegen, der Saft schießt in sie und die Stöße wetzen stäubend im Grund, so liefen sie an. Vom anderen Ende, tiefer am Rasen, hurtig und höhnisch, wippend, tanzten die schnellen Gustavs heran. Eine schräg hinter der andern, heulten die Maschinen los, hoben die Schwänze an, lagen waagerecht und zogen plötzlich so leicht weg wie Laub, das ein Stockhieb aufwirbelt. Zweiundzwanzig Minuten nach sechs hatte der Verband gesammelt und entfernte sich schnell gegen Westen.

8.

Um diese Zeit etwa, und noch ehe die Ablösung heran war, kamen die beiden Schwärme Sarowskis, die schon gegen vierzig Minuten am Geleit kurvten, unerwartet ins Gefecht. Jetzt gegen Ende des Tages fingen die Besatzungen zu ermüden an, Widerwärtigkeit, eine stumpfsinnige Qual krochen die Rücken herauf, Gedröhn und Mahlen, das eingeengte Sitzen marterten den Willen, die Augen hingen verdrossen am Zungenspiel der leisen Zeiger vor ihnen. Plötzlich in den Kopfmuscheln Rasseln, ein Schrei: Nomaden! und noch einmal: Nomaden von links! Viele Nomaden!

In einem Augenblick schienen Wasser und Luft zu kochen. Vor den Schiffen vorbei, aus denen ein Feuerschlag schmetterte, warfen die Schwärme sich auf die Feindseite. Dort, ganz dicht über dem Wasser, fegten Flugzeuge sehr schnell heran. Die Jäger stürzten entgegen. Jeder suchte den Gegner, schnitt sein Bild an im Visier, sah das Bild tanzen, dann ausgezirkt, rasend herangewachsen, die Feuerschnur; und dann Himmel und wieder Flugzeug, See, scheckig von Gischt und hin und her funkender Einschlag. Es hämmerte aus allen Rohren. Der Gegner warf ab; aufgeregt schäumten Torpedos und scherten Bomben die Wasserfläche um die zackenden Schiffe. Springbrunnen wie ein Feld voll Narzissen. Es sott wie ein Braukessel um die arbeitenden Rümpfe. Schon war die Handlung zerfiedert in Einzelgefechte; keiner übersah mehr das Ganze, Gegner jagten sich und verloren einander; jeder drehte den Kopf fleißig hinter sich und visierte nach vorn. Entlang dem Geleit ging die Jagd, das die Flugzeuge wie Hetzhunde umkreisten und zur See die Bewacher mit äußerster Fahrt umpflügten. Zähe Angreifer waren noch einmal auf Position gegangen und versuchten sich am gezielten Wurf. Eine Hampden, der ein Jäger wie eine Horniß aufsaß, zerbrach schwarzrauchend, tauchte ein und versank.

Das alles sahen die Bedienungen der Schiffsflak in zerstückten Bildern. Während sie selber in ihren Ständen von den zackenden Leibern herumgerissen wurden und ihnen der Schweiß in die Augen troff, brodelte vor ihnen das Getümmel, durch das die Flugzeuge mit den weißen Nummern wie Raubfische schnellten. Öllachen brannten auf See, zwei kleinere und eine große Fackel ein Stück nordwestlich davon. Dann war der Schall abgeronnen, das Motorengeräusch floh wie Wolkenschatten und blieb seitwärts stehen, ein Geschütz kläffte sinnlos noch hinterher. Jetzt war auch das Licht bleigrau, die hohe Wolkenbank im Steigen. Es war die Zeit, in der Sarowski daran denken mußte, sich abzusetzen. Da nahm mit tieferem Röhren die schwere Schiffsflak, die bisher geschwiegen hatte, das Feuer auf. Sie schoß nicht nach Sicht, sie schoß nach Gerätewerten. Die Gruppen lagen im hohen Gewölk.

Jener Verband, der im Tiefflug angegriffen hatte, war den Geräten entgangen. Der zweite, stärkere, der über den Wolken anflog, wurde geführt. In dem Augenblick, als die schweren Rohre den Kampf aufnahmen, war auch die Masse der Jäger aus Janneby schon im Gefecht mit ihm. Sie suchten ihn abzudrängen. Von diesem Gegner sah niemand auf den Schiffen etwas, und die Besatzungen droben sahen kein Wasser unter sich. Quer zwischen beiden Schaubühnen wallte der griese Vorhang, den die Geschoßgruppen zerschlissen.

Seltsamerweise hatte bei diesem Gefecht ein verirrter Jäger die erste Feindberührung. Es war ein Unteroffizier Rodenbeck aus Sarowskis Staffel, ein Neuling, der noch nicht lange von der Jagdschule gekommen war. Rodenbeck hatte eine Startverzögerung, und als er freikam, konnte er seinen Verband nicht einholen. Er war aufgeregt, mochte aber um keinen Preis zurücklanden; so versuchte er, Kurs zu halten und zog allein durch das Schichtgewölk. Er wußte selber nicht wie das weitergehen solle, da wollte der Zufall, daß er den feindlichen Verband ankommen sah. Den ganzen Pulk sah er schräg zum eigenen Kurs und etwas tiefer über dem Wolkenfeld hinziehen: ein nobler Verbandsflug, der da stattfand zwischen zwei Wolkenschichten, der unteren und einer zweiten, weit höheren, und zwischen beiden Schichten die gleißenden Rümpfe, von einer Sonne, die beinah waagerecht einfiel, grell angestrahlt. Rodenbeck sah herunter auf sie, und da er diese seltsame Sonne hinter sich hatte, wurde er offenbar selbst nicht gesehen, es war auch gar nicht der Mühe wert, daß einer ihn sah. Da hing er, ein Punkt, mückenklein, ein schlagendes Herz ohne Zwiesprache über den metallenen Schwärmen. Er dachte: Du kannst jetzt nichts gesehen haben, du kannst wegdrücken und durch die Wolken hinunterfallen und hast bloß den Anschluß verloren gehabt und bist kein Jäger und kommst davon. Dann dachte er weiter: Ja so, und: Das also ist es jetzt. Das hier. Hier und jetzt. So sieht es aus. Er hatte es sich oft vorgestellt und geglaubt, er stelle es sich ganz genau vor, aber jetzt war es doch nicht so. Vorstellen ist gar nichts. Vorstellung ist Schimäre. Jeder ist ein Held in der Vorstellung und vermag Gedanken zu fassen. Nachher muß es die Angst oder der Rausch tun. Plötzlich wurde ihm frei, der Schock floß von ihm. Er sagte leichtfertig, als wäre er jemand anders: Na also. Und doch waren seine Hände aufgeregt.

Er suchte sich eine Maschine, in der dritten Welle am weitesten links, und drückte an. Während er durch die Schnüre der Abwehr ausscherte, blieben alle Gedanken weg; erst nachher, im weiten Ausholen, dachte er: Ob ich getroffen habe? Natürlich habe ich getroffen. Treffer kann ich auf jeden Fall melden. Aber dann sagte er weiter zu sich: Das ist ja Unsinn. Mein Lieber, du weißt ganz genau, daß du überhaupt nicht geschossen hast. Vielmehr geschossen hast du, aber es hat nicht geschossen. Die Maschine hat nicht geschossen. Treffer? Man wird sehen, daß in dem Flugzeug kein Schuß fehlt. Er schwitzte vor Ärger, und zugleich waren seine Hände eiskalt. Er drückte ärgerlich auf die Knöpfe. Es schoß ganz und gar nicht.

Plötzlich sah er die Seinen. Sie kamen den Bombern gerade entgegen, ihre Position war nicht gut, sie mußten gegen die Sonne angreifen. Sofort nahm er Richtung auf sie und versuchte, Anschluß zu finden. Sie fuhren ihren Angriff in eine wahre Kanonade hinein. Ich habe nicht durchgeladen, fuhr es Rodenbeck durch den Kopf. Ganz einfach: ich habe vergessen, durchzuladen. Das Gefecht war im Gang, der gepanzerte Heerzug hatte an Ordnung verloren, eine der schweren Maschinen sackte nach unten durch. Dann sah Rodenbeck an ihr vorbei ein eigenes Flugzeug abschmieren; die kranke Maschine feuerte noch, Rodenbeck erkannte die weiße Nummer Elf, er sagte: das war Dietmeyer. Gleich darauf drückte noch einer mit dünner weißer Fahne durch die Wolken. Dann sah er zwei der Bomber sich schwerfällig gegeneinander schrägen, sie berührten sich, überschlugen sich in einem lodernden formlosen Gemächt und verschwanden ebenfalls. Dann sah er Bomben sich aus den Schächten lösen und schwänzelnd Richtung nach unten suchen. Jetzt verschwand die Sonne, die minutenlang greinend mit gelben Fluten den Raum durchschossen hatte, und dafür lagen Schatten wie Stangen von Blei in der Luft. Es funkte. An Stellen, wo nichts gewesen war, standen plötzlich die Sprengpunkte der Flak, rot wetternd und dann wie rußiger Blumenkohl. Die Flugzeuge schaukelten in den Böen. Rodenbeck nahm eine Maschine an, sie flog langsam, er sah einen Schützenstand, an dem die Waffe herabhing, kam seitlich heran und gab einen langen Feuerstoß ab, dann verlor er den Gegner, der in die Wolken hinabdrückte. Sehr hoch wirbelte ein einzelner Jäger, den ein Strahl noch erreichte, wie ein Insekt gleißend. Es war der Blick in eine der aufgerissenen Wolkendecken barocker Himmelskuppeln. Ein paar Wölkchen wie zerrissene Wollflocken, schwefelgelb, flatterten vor dem wässerigen Lila des oberen Firmaments. Der Jäger stürzte durch eines der Wölkchen, es hüllte ihn einen Augenblick ein, leicht, feucht, anmutig wie ein Schleier.

Die Gegner lösten sich. Die Jäger, an der Grenze ihrer

Reichweite, viele verschossen, gingen auf Kurs zum Hafen. Zum Sammeln blieb keine Zeit.

9.

Da und dort bekam eine Rotte die andere zu Gesicht oder schloß sich ihr ein einzelnes Flugzeug an. Alle strebten mit hoher Fahrt in die gleiche Richtung. Die Sicht war schlecht geworden. In den Kopfmuscheln raschelten Stimmen und suchten sich. Die Spannung fiel ab, es wurde lockerer in den Kehlen.

Sarowski, der sich schon früher aus dem Gefecht hatte lösen müssen und sich der Küste näherte, schrie grob dazwischen. Er sah die Seinen unordentlich hinter sich und befahl aufzuschließen. Aus dem Raum rief zornig Hessedenz, der abgehängt hatte: Teufel, wo ist der Platz? Und ein Ruf antwortete: Unter mir, Dussel. Das war einer, der schon zur Landung ansetzte, und als der Frager erbost zurückrief: Frage Standort? — kam eine ruhige Stimme: Hast du Pech, mußt im Bach liegen.

Plötzlich ein Ruf: Der Weihnachtsmann!

Mit einem Schlag lag voraus der Platz in seiner schmucken Befeuerung. Die Lichtpunkte, rot, weiß und grün, Ketten von Lichtern, lockten metallisch wie Christbaumkugeln. Das Personal, das am Boden wartete, sah von der nordwestlichen Ecke her Flugzeug nach Flugzeug anschweben. Die Landungen zogen sich hin, die letzten Maschinen hatten auch Lichter gesetzt und fielen über die Randbauten herein wie müde Enten. Die meisten kamen mit ihren letzten Tropfen. Mit Handlaternen winkten die Warte ein. Man zählte die Vögel und harrte auf Nachzügler. Auf Dietmeyer brauchte man nicht mehr zu warten. Ein Pulk kam ziemlich geschlossen hinter dem Kommandeur herein, dann wieder einzelne Landungen. Zuletzt rollte auch der fluchende Hessedenz aus. Der Motorenlärm ebbte fauchend ab und ließ langsam wieder andere Laute vernehmlich werden. Zugmaschinen tuckerten vor den Flugzeugen vorsichtig, während Männer Zeichen gebend vorausliefen, zu den Hallen und Splitterboxen.

Der Gefechtsstand notierte. Ununterbrochen schrillten Fernsprecher. De Bruyn, der mit seinen Gustavs überfällig war, meldete sich von der anderen Küste. Er hatte sich über See entschlossen, den näheren Platz Randvig anzufliegen, und hatte seinen Schwarm dort, gleichfalls mit dem letzten Tropfen Sprit, hingesetzt. Als sie standen, sahen sie sich vollzählig, obwohl der Gefreite Rossa stürzend beobachtet worden war. Rodenbeck, der sich ihnen angehängt hatte, war der Zaungast. Über Rossa kam weder in der Nacht noch am folgenden Tag eine Meldung. Vermißt blieb in Janneby auch der Gefreite Theilacker, von dem niemand etwas zu berichten vermochte.

Eine Entspannung nahm schnell sich aller an, die gelandet waren. Erst später vielleicht, auf dem Grund ihres Schlafs, zitterte nach, was hinunter war. Der eine warf eilig ab, was ihn drückte, streckte und schüttelte sich, andere schirrten sich voll Gemächlichkeit aus und dehnten so das Behagen. Sie schlenkerten mit den Gliedern. Das Leben, zu einem heißen stahligen Ding im Innern zusammengeronnen, schoß füllig zurück bis in die Spitzen der Finger und prickelte. Schwarze Zigarren wurden angezündet. Gruppen und Kreise bildeten sich um ausfahrende Gebärden, und Laufgäste wechselten neugierig von einer Versammlung zur andern. Sarowskis Köter, häßlich wie Teufel, schnüffelten an den Pelzstiefeln. Der erste Kübel schaukelte, dicht geladen, zum Wirtschaftsgebäude hinauf. Manche der Burschen ließen das Gefährt ziehen und schlenderten, um sich die Füße zu vertreten, zu zweien und dreien die Trampelpfade.

Das Unternehmen war abgelaufen, die Schiffe standen morgen weit außer Bereich. Morgen ging es andere an. Keiner, der hier handelnd beschäftigt gewesen, fragte diesen Schiffen nach, noch erfuhr er von ihrer Bestimmung. Er sah nur, ob er das Seine getan hatte. Er brauchte sonst nicht zu denken. In der Hölle, wer denken muß. Die Jagd: eine Waffe von Spezialisten. Spezialisten für Ernährung und Bekleidung, für Sauerstoff, Fallschirme und Sicherheitsgerät, für Gesundheitsüberwachung, für Nachrichten, für Sprechverkehr, Spezialisten für Zelle und Motor, für Treibstoff und Munition, für Bordwaffen, für Geheimhaltung, Spezialisten für Denken, Spezialpersonal für den Tod. Alles war ausgeteilt, jeder spielte das Seine.

Der Kommandeur hatte sagen lassen, man möge nicht auf ihn warten mit dem Essen, und so wurde aufgetragen. Die wenigsten machten hier, wo Speisen unbeschränkt angeboten wurden, von ihrer Truppenverpflegung Gebrauch.

Ausgezeichnet, sagte ein Hauptmann, der zum Stab gehörte und Mayer-Pütz hieß, indem er den Fleischplatten entgegensah. Eine ganze Schüssel voll Kriegsziele.

Mayer-Pütz war ein nichtfliegender Offizier, ein Fabrikant in mittleren Jahren, der daheim eine Jagd gepachtet hatte. Zu seinen verschiedenen Verwendungen gehörte das Amt eines Kasinooffiziers, und in dieser Eigenschaft hatte er sich an dem Kommando beteiligen lassen. Der Feldwebel Zehrer, der die halbe Sau suchte, war seine rechte Hand. Jetzt lachte Mayer-Pütz wohlgefällig über seinen Witz von den Kriegszielen.

Das Sicherste ist, sagte der Stabsarzt trocken, Sie fressen pränumerando, Herr Mayer-Pütz.

Sagen Sie mal, fragte Mayer-Pütz, der sich gern bildete, Doktor, was braucht eigentlich ein Mensch so zu seiner Abendmahlzeit? Ich meine, bloß um zu bestehen.

Das Schüsselchen Sahne, das Sie eben als Dessert vor sich

stehen haben, und dazu ein Stück Brot würden für einen Menschen Ihres Alters genügen.

Was heißt: Ihres Alters, sagte Mayer-Pütz gekränkt. Sie fressen ja selbst, Doktor.

Egal, sagte Sarowski, solang überhaupt noch Schweine fett werden.

Haltet euch dran, sagte der Stabsarzt.

Der Gefechtsstand setzte seine Meldung ab, einen vorläufigen Bericht über Verlauf, über Erfolge und Verluste des Unternehmens.

Jäger hat niemand gesehen? fragte der Kommandeur. Er saß am Lagetisch und hielt sich gerade, das Lampenlicht fiel voll auf sein großes, rötliches Gesicht. Offenbar sind sie tatsächlich ohne Jäger gekommen.

Alle Flugzeugführer sind befragt worden. Es war kein Jäger dabei.

Da habt ihr Glück gehabt. Das wird nicht so bleiben.

Droben beim Essen war Schildknecht aber wieder ganz aufgeräumt, er nahm auch nachher Platz bei den Flugzeugführern, die aushielten. Er sah umher und sagte laut: Nur Kopf hoch, meine Herren. War das vielleicht etwas?

Anfänger, sagte er, ließ sich Feuer reichen und zog die Mundwinkel breit. Habt ihr einmal fünf Stunden fliegen müssen, schon seid ihr beleidigt für eure Eingeweide. Was aber richtig Geleit fliegen heißt mit Chancen von eins zu sechstausend fürs Heimkommen, das haben hier bloß noch Sarowski und ich studiert. Euer Heimweg, entschied die Höhere Führung, der geht uns nichts an. Der ist eure eigene Angelegenheit.

Das Wasser war dort drunten wenigstens wärmer, sagte Sarowski grinsend.

Wir hätten uns bei der anderen Couleur die Maschinen pumpen sollen, sagte der Stabsarzt.

Der Kommandeur sah ihn an, ohne das Gesicht zu verziehen. Dann fragte er statt einer Antwort: Was ist denn mit Dettmering?

Kleine Schäden, Herr Major. Ich schätze auf drei bis vier Wochen.

Worauf er sich umgeschnallt zur Bestrafung meldet.

Es ist noch Kuchen da, sagte das Mädchen, das Bidden hieß, Herr Theilacker hat sich Kuchen zurückstellen lassen.

Trag den Kuchen auf, sagte Gritzner. Her damit. Kuchen oder Plumpudding, das ist fast das gleiche.

Was soll denn das heißen: Plumpudding, fragte Scheelius.

Das kennen Sie nicht? sagte der Major. Brede, belehren Sie den Adjutanten.

Eine alte Geschichte, sagte Brede. Wir hatten einen Verpflegungstroß erbeutet und darin fast eine Wagenladung Plumpudding in Dosen. Abends sitzen wir vor dem Zelt und fröhnen dem Plumpudding, und es sagt grade einer etwas über Malguth, der damals vom Einsatz nicht mit zurückgelandet war, und der auch so gerne dem Plumpudding fröhnte. Da steht auch schon Malguth da, guckt in die Teller und schreit: Unverschämtheit! Um ein Haar, ihr Böcke, habt ihr mir nichts drin gelassen! Malguth hatte wo eine Bauchladung hingelegt, jetzt war er wieder da. Ein paar Tage drauf probieren wir es mit zwei Feldwebeln, die fehlten. Wenn Gritzner nicht hier dabei säße, der es miterlebt hat, würde ich lügen und sagen, daß der Plumpudding alle beide beischaffte. So aber bleibe ich bei der Wahrheit und sage, daß einer noch abends kam und der andere, weil wir zur Vorsicht doch einen Rest hatten stehen lassen, den Morgen darauf. Bloß bei dem Oberleutnant Hasse, das war damals der Adjutant, hat es keinen Wert gehabt. Es war sogar so ein richtiges ulkiges Châteauschloß, wo wir damals tafelten, und wir stocherten herum an dem Pudding, und den Rest wollte keiner aufessen aus Aberglauben, bis einer ungeduldig wurde und rief: Ach was, der Hasse war auch immer ein Gegner davon, etwas stehen zu lassen. Und fraß den Plumpudding auf.

Jetzt kam der Nachrichtenoffizier herein.

Habt ihr etwas von Theilacker, fragte der Kommandeur, oder von Rossa?

Der Oberleutnant meldete: Ich habe noch einmal die Stellung Ibis befragt. Ibis hat bis gegen neunzehn Uhr vierzig zwei Ziele geführt, die sich in zweihundertsiebzig Grad entfernten. Es sollen zwei Ziele gewesen sein; dann verschwanden beide plötzlich und noch in Reichweite des Geräts.

Das war Theilacker, murmelte Gritzner halblaut. Sag bloß noch, er hat sich draufgeschmissen. Heimfliegen konnte er da ohnedies nicht mehr.

Von See, schloß der Nachrichtenoffizier, haben wir keine Meldungen. Kein Aufschlagbrand, auch keine Signale.

Sind alle Seenotstellen aufgerufen?

Jawohl.

Haben Sie sonst noch etwas für mich?

Ein paar Fernschreiben.

Halt, rief der Kommandeur dem Leutnant Scheelius nach, was haben Sie denn im Sinne?

Bitte gehorsamst, mich für eine halbe Stunde abmelden zu dürfen. Ich habe auf dem Gefechtsstand noch etwas zu erledigen.

Was denn zu erledigen?

Eine Verschlußsachenangelegenheit, Herr Major.

Das ist aber bei Ihnen ein seltsamer Eifer für Verschlußsachen. Fliegen können Sie zwar ein bißchen, aber für Verschlußsachen haben Sie sich noch nie interessiert. Warten Sie. Geben Sie gleich die Bereitschaften für morgen durch: Mit Büchsenlicht Fünfminutenbereitschaft für zwei Schwärme. Das Übrige in Halbstundenbereitschaft, falls keine anderen Befehle eingehen. Wer besetzt heute nacht den Gefechtsstand?

Oberleutnant Kreysler, Herr Major.

Der Kommandeur sah den Nachrichtenoffizier an und sagte: Schon Ihre zweite Nacht, Kreysler.

Das hat nichts zu sagen, Herr Major.

Gut. Um sechs will ich eine Wettermeldung. Und wie steht es jetzt mit einem Doppelkopf? Die Herren Gritzner und Brede spielen freiwillig, wie ich sie kenne. Und der Stabsarzt wird befohlen, damit Oberleutnant Sarowski zu Bett gehen kann. Ach siehe da, es kommt noch unser verehrter Herr Stabsintendant. Eigentlich haben wir ziemlich viel Personal mitgenommen.

Der Zahlmeister, ein wenig ansehnlicher Mann mit den lederigen Zügen eines Geizkragens, verbeugte sich und trat von der Seite an den Sessel des Kommandeurs heran. Er machte eine Meldung, indem er seinen Mund dem Ohr des Majors näherte.

Fragen Sie nicht so viel, sagte der Kommandeur und bekam einen roten Kopf. Hauptsache, daß genug von dem Zeug da ist. Macht eure Transaktionen alleine.

Halt, rief er noch einmal seinen Adjutanten zurück und ließ den Zahlmeister stehen. Scheelius, nehmen Sie das Fernschreiben hier an sich, Sie können es dann auch sofort eintragen. Lesen Sie durch, was darin steht. Wir müssen Personal abgeben.

Wir auch?

Jawohl, lieber Herr. Haben Sie noch nichts davon gehört, daß der Konsum zunimmt? Ich will das morgen mit den Kapitänen besprechen, die anwesend sind. Jetzt können Sie gehen.

Scheelius, der Adjutant auf Probe, und der Oberleutnant Kreysler gingen gemeinsam zum Gefechtsstand hinab. Scheelius sagte zu Kreysler: Ich muß Sie um eine kleine Gefälligkeit bitten. Es handelt sich um eine Vernichtungsverhandlung.

Scheelius hatte Pech gehabt. Die zwei Köter Sarowskis waren auf ungeklärte Art in sein Dienstzimmer eingedrungen und trieben, als Scheelius wieder eintrat, ein ungesetzliches Spiel mit Geheimen Kommandosachen. Scheelius hatte nur Fetzen in seiner Gesäßtasche bergen können.

Wir müssen eine Vernichtungsverhandlung anlegen, sagte er. Ich bitte Sie, als Zeuge zu unterschreiben, Herr Kreysler. Bei der Bedeutung des Inhalts ist eine sofortige Vernichtung nach Kenntnisnahme zu rechtfertigen. Ich hoffe bloß, daß die Köter keine Teile verschleppt haben.

Und die beiden Herren gingen daran, ein Schriftstück aufzusetzen, wonach die Geheime Kommandosache, betreffend Unternehmen Drehbühne — folgte Briefbuchnummer des Absenders sowie eigene Briefbuchnummer —, auf Vollständigkeit geprüft und durch Feuer vernichtet worden war. Scheelius zog die Fetzen aus seiner Gesäßtasche, hielt ein Streichholz darunter, und beide Herren unterschrieben die Urkunde.

Um diese Zeit rollte der Feldwebel Hessedenz im Schlaf unter seiner mohnroten Decke. Er hatte einen üblen Traum; der Gefreite Theilacker suchte ihn auf und sagte in seiner höflichen beleidigenden Aussprache: Ich bitte Herrn Feldwebel, mir meinen Kuchen nehmen zu dürfen. Das sagte aber Theilacker nur aus Bösartigkeit, denn er sah genau, daß Hessedenz soeben daran war, den letzten Bissen davon in den Mund zu schieben, und daß Hessedenz deshalb nicht einmal imstande war, Antwort zu geben, und so fuhr Theilacker fort: Wo Herr Feldwebel mir doch befohlen hatten, mit der Perragorda zu fliegen, und ich so lange draußen geblieben bin, bis Herr Feldwebel zuhause waren.

Hessedenz wußte darauf nichts zu sagen, er erwachte mit einem Kloß im Hals, und ein Licht im Zimmer wäre ihm angenehm gewesen. Er hätte auch nichts dagegen gehabt, wenn etwa Gritzner zufällig auch aufgewacht wäre. Aber Gritzner war überhaupt nicht da, der spielte mit dem Kommandeur Doppelkopf, und so mußte Hessedenz mit dem ärgerlichen Erlebnis allein fertig werden.

Ein unsympathischer Traum, sagte er zu sich und suchte nach einer Zigarette. Und im Grunde kommt das alles bloß von der verdammten Seefliegerei.

10.

Kreysler war um sechs Uhr fünfzehn früh vom Gefechtsstand gegangen, durch einen perlenden, langsam treibenden Nebel, der nur ein paar Schritte weit sehen ließ. Es hatte geregnet, und Kreysler sog gierig die Feuchte und Frische ein nach der Staubluft der Gefechtsbaracke. Er fröstelte sogar etwas, und das Frösteln war wohltätig, er ging wie durch Watte. Trotz seiner Müdigkeit hatte er das Gefühl, eine Nacht wohl angewendet zu haben. Kreysler, ein wenig gesprächiger Mensch und schon in mittleren Jahren, war in Zivil Baurat auf einem Telegraphenbauamt und gehörte der Fliegertruppe an, doch hatte er als Bordfunker durch einen Unfall seine Fliegertauglichkeit eingebüßt. Anschluß fand er wenig und suchte offenbar keinen, vor Abenden im Kasino empfand er ein Grauen. Da aber in einer Truppe niemand sich absondern kann und die tägliche Reibung Menschen, die auf Einsamkeit angewiesen sind, übermäßig verbraucht, so waren die Nächte, in denen er Dienst machte, Kreyslers Zufluchten. Er mußte dann wach bleiben; Besonderes gab es selten zu erledigen, und die Nachtbesatzung war seine Einöde, in der ihn niemand suchte. So wanderte er dann unter den Lampen und zwischen den matt schimmernden, mit Milchhaut bezogenen Lagekarten umher oder er setzte sich schließlich in seine Koje, wo er zu schreiben anfing oder einfach stundenlang rauchend dasaß, ohne die geringste Schläfrigkeit, ein Bein auf einen Stuhl gelegt und den Kopf in die Hand gestützt. Die Männer trugen auf dem Gefechtsstand Sportschuhe, um wenig Geräusch zu machen, und erschien dann einer mit einem Fernschreiben im Eingang der Koje, so bestürzte es ihn, Kreyslers ruhigem und ganz wachem Blick zu begegnen, nachdem er den Offizier für schlafend gehalten hatte. Das alles war sonderbar genug, um Kreysler einen unbehaglichen Ruf einzutragen, sonst zeigte er aber keine besonderen Eigenschaften. Er selbst kam erfrischt aus solchen einsilbigen Nächten.

Kreysler hatte sich in der Unterkunft auf sein Bett geworfen; das andere, aus dem Brede zum Dienst aufgestanden war, lag unordentlich und zerwühlt, die Läden waren noch nicht zurückgestoßen, die Luft vom widerlichen süßen Rauch einer Morgenzigarette geschwängert, ein Wecker, der Brede gehörte, tickte aufsässig, die Ziffern phosphoreszierten im Zwielicht. Kreysler blies die Luft von sich und stieß den Laden hinaus, offenbar war die Baracke leer, und eine Zufriedenheit darüber erfüllte ihn, während er bleiern hinüberschlief.

Ein Geräusch weckte ihn, er hob gewohnheitsmäßig sofort die Uhr ans Gesicht; und solang er zwinkernd auf die Zeiger starrte, stieg es auch sogleich in sein Bewußtsein wie Schlammwolken, die aus dem Grund eines Weihers aufwirbeln und sich nun nicht mehr setzen, sondern nach und nach die ganze Tiefe überziehen. Der Krieg, dachte er mechanisch wie jeden Morgen. Der Krieg, den wir verlieren. Und der Zusammenhang war damit gegenwärtig: Dieser Krieg, er, Kreysler, ohne Einwilligung oder Ausweg hineinverwickelt, eine belanglose Nummer, er konnte durchaus nichts erwarten oder beanspruchen, was nicht andere ebenso traf. Dann die stumpfe Neugier, die Erwartung, wie das alles weitergehen werde. Nun ja, dachte er, nicht alle werden alles erleben müssen. Die Uhr zeigte zwanzig Minuten nach zehn.

Sogleich stand er vom Bett auf und ging auf das Waschbecken zu. Im Spiegel sah er das Fenster und durch das Fenster den Blick gegen Norden: feuchte Frische, eine blaue Himmelslücke in dem Geschleier, ein Streifen Grün. Etwas berührte ihn unangenehm an dem Ausblick, eine widerwärtige Empfindung, die seltsamerweise aus diesem Himmelsloch zu fallen schien, er wußte selber nicht, was und wie.

Als er sich eben rasierte, klappte die Windfangtür am Flurende, und ein Schritt näherte sich eilig. Die Bodenbretter ächzten unter diesem hastigen und offenbar erregten Tritt, das Knacken lief voraus den ganzen Gang herunter, jetzt verhielt der Schritt vor einer Tür, man hörte ein schnelles Pochen und sogleich das Schnappen der Klinke; ein kurzes Verweilen, es war ja alles schon leer, dann klappte die Tür wieder zu und der Schritt rückte weiter. Mich, sagte Kreysler und horchte, ohne sich zu rühren: es sucht jemand mich. Es ist übrigens Scheelius. Er wußte nicht, warum er sich so verhielt, aber er gab kein Zeichen und streckte auch nicht seinen Kopf aus der Tür mit dem halb abgefegten Schaum im Gesicht; er stand gerade so wie ein Kind, das sich versteckt hat und nun gebannt auf seine Entdeckung wartet; dann, als der Schritt heran war, und schon mit dem Pochen, rief er sofort: Herein. Scheelius kam ins Zimmer.

Scheelius war hochbeinig und langköpfig wie ein Elch, auch sein stakender und federnder Gang erinnerten an einen solchen. Er hatte ein grobes, schlichtes, beinahe schwarzes Haar, und sein Untergesicht war von einem blauen Schatten umflogen. Seine Oberlippe, obwohl sie kräftig entwickelt war, zog sich etwas hinauf und ließ lange Schneidezähne sehen. Das Trinken, das Schießen nach Vögeln und den Umgang mit Pferden hatte er auf seinem väterlichen Gute gelernt. In allem Schriftwesen sah er aber so etwas wie eine Angelegenheit minderer Stände.

Er kam ein paar Schritte herein und sagte: Bitte machen Sie sich schnell fertig, Herr Kreysler, der Kommandeur verlangt Sie. Jawohl, eine Meldung im Dienstanzug. Sie können sofort mit mir fahren.

Kreysler sagte nichts, er fragte nicht einmal: Was ist denn; er war gelassen wie man vor mörderischen Aufregungen einen Augenblick noch gelassen ist; er hielt seinen Rasierapparat unter den Wasserstrahl und sagte dann erst: Sofort. Und erst als er in die Bluse fuhr, fragte er: Was gibt es denn überhaupt? Und das kleine vergißmeinnichtblaue Wolkenloch zog vage vor seinem Blick vorbei.

Ich wollte Sie selber holen, sagte Scheelius und sah ihm mit seinen glänzenden stutzigen Pferdeaugen zu, hören Sie her, vor anderthalb Stunden ist Schaaken angegriffen worden von etwa siebzig schweren Bombern, alles Viermotorige, und Verluste, und Treffer in Hafenanlagen und Rüstungswerken. Und jetzt ist die Sauerei da.

Ja, sagte Kreysler, so. Und was will man von mir?

Sie sollen den Verlegebefehl für uns gestern abend bekommen haben. Stellen Sie sich das vor, das ganze malerische Panorama heute morgen, und nicht ein einziger eigener Jäger in der Luft. Sind Sie fertig, bitte? Los, sagte Scheelius. Wir müssen fahren. Warum haben Sie den Befehl nicht weitergereicht?

Der Wagen schnurrte. Der Fahrtwind schlug Kreysler ins Gesicht; perlenhafte Bläue, die wieder durch eine Himmelslücke herunterfiel, feucht schimmernde Grasnarbe, Windsäcke weiß und rot flatternd, ein herrlicher Morgen, zu allem Beginnen gut, ein Segler- und Anglermorgen. Aber da ist der

Krieg, dachte Kreysler, der Krieg, der dich nichts angeht, und doch kannst du dich nicht absentieren; du mußt auf Draht sein. Niemand kann sich heraushalten, jeder muß aufpassen, oder er fällt. Es kommt auf ihn herunter unversehens durch ein harmloses Wolkenloch. Er spürte sein Koppel, das gegen die unteren Rippen drückte, und die Pistole, und er dachte kalt und aufmerksam: eine Stadt namens Schaaken, eine Stadt von siebzigtausend Einwohnern, und Treffer auf Hafenanlagen und so weiter, das alles kommt jetzt auf dich, auf einen gewissen Oberleutnant, der Kreysler heißt. Hafenanlagen und Rüstungsbetriebe. Taubenfarbener, phantastischer Morgen.

Was war denn das eigentlich für ein Befehl, Herr Kreysler? sagte Scheelius. Er fühlte sich unsicher und wußte nicht recht, wie er sich zu diesem älteren einsilbigen Menschen verhalten sollte, der dienstlich etwas ausgefressen und der gestern abend noch mit ihm eine gewisse Verhandlung über Geheime Kommandosachen unterschrieben hatte.

Es war kein Befehl, sagte Kreysler mit einer Stimme, der man nichts anmerkte. Ich habe durchaus keinen Befehl erhalten.

Und dabei blieb er auch vor dem Kommandeur. Schildknecht saß breit auf dem Liegemöbel in der Gefechtsbaracke, einem unansehnlichen, mit billigem Seegras gestopften Ding. Machen Sie die Tür zu, sagte er zu dem Adjutanten, und gucken Sie vorher raus, ob keiner von den Schreibern da mithört. Er griff, ohne hinzusehen, in die Zigarrenkiste und kraspelte darin mit den Fingern. Seine Art, Zigarren zu rauchen, war mörderisch; er sog sich in hastigen Zügen die Lungen voll und entließ, wenn er redete, häßliche gelbgraue Schwaden. Dabei sah er mit seinem blauen verwilderten Blick auf das glimmende Ende und blies noch darauf, als sollte es schneller hinunterbrennen; auch ließ er die Asche nicht wachsen, sondern strich sie unablässig mit ruhelosen Bewegungen ab.

Ein zuverlässiger Weg, pflegte der Stabsarzt zu ihm zu sagen, ein zuverlässiger Weg, sich schnell zu ruinieren. Herr Major werden es so nicht sehr lange treiben.

Sie auch nicht, sagte der Kommandeur leutselig, obwohl Sie zu feig sind, um Zigarren zu rauchen. Sie können mir den Buckel hinunterrutschen.

Jetzt sah Schildknecht unangenehm aus; sein großes Gesicht lag in Falten, und sein kräftiges rotblondes Haar stand verwirbelt auf. Er schwieg verkniffen, nachdem er Kreyslers Meldung angehört hatte, blies ein paarmal auf die Zigarre und sagte dann: Halt, noch einmal. Also Sie sprechen gegen elf Uhr nachts mit dem Hauptmann Tröger, dem diensthabenden Offizier beim Abschnittsführer, und der gibt Ihnen den Befehl durch, nach dem wir mit Büchsenlicht zu verlegen haben. Sie aber verbummeln diesen Befehl einfach, Sie denken nicht daran, mich oder den Adjutanten in Kenntnis zu setzen. Sie denken, nun was eigentlich? Mir egal, was Sie denken. Der böse Feind kommt und schmeißt uns ins Frühbeet, daß die Scherben bloß so herumspritzen, und wo ist die Jagd? Die Jagd liegt in Janneby West in den Federn. Sie schnarcht. Sie ist sogar überrascht, daß sie unten vermißt wird. Und im Raum Schaaken ist nicht einmal eine einzige Staffel zu finden.

Kreysler wartete, bis er zu Ende war, und antwortete mit seiner trockenen Stimme: Jawohl, Herr Major. Hauptmann Tröger ruft meistens um diese Zeit unseren Gefechtsstand an. Er frägt nach Neuigkeiten und dehnt auch gern die Unterhaltung noch etwas aus. So war es auch heute nacht, wir sprachen vom Einkaufen, und ob die Fliegerzulagen in Kronen ausbezahlt würden. Am Schluß sagte

Hauptmann Tröger dann: Nun also, dann könnt ihr ja morgen wieder zurückverlegen.

Und hat Ihnen das nicht genügt?

Ich habe so eine Bemerkung nicht als einen Befehl angesehen. Ich mußte annehmen, daß ein förmlicher Verlegebefehl nachfolgen werde.

So. Und als was haben Sie denn dann diesen Fernspruch aufgefaßt?

Nun eben als ein Gespräch. Als eine Art von privater Mitteilung. Wie man eben so ein Gespräch abschließt.

Sie machen mich lachen. Sie glauben im Ernst doch nicht, wenn ein Herr vom Führungsstab mit Ihnen spricht, so vertreibe er sich die Zeit mit privaten Mitteilungen. Sollten Sie das weiterhin annehmen wollen?

Nein, Herr Major.

Ich brauche Sie im Augenblick nicht mehr. Aber warten Sie draußen.

Als die Tür geschlossen war, sah der Major Scheelius mit einem schrägen Blick an und sagte umgänglich: Und Sie, Scheelius, Sie hätten diese Worte auch nicht als Befehl aufgefaßt?

Jawohl, Herr Major.

Was Jawohl? Jawohl ja oder jawohl nein?

Nicht als Befehl, Herr Major.

Der Kommandeur suchte, er zog erst einen, dann den nächsten Reißverschluß auf und zu. Endlich besann er sich, streckte die Hand aus und kraspelte in der Kiste. Jetzt blitzte die Sonne draußen. Schildknecht schlenkerte das Streichholz aus und sagte dann trocken: Ich auch nicht. Aber das hilft nichts, Scheelius. Jemand muß jetzt dran glauben.

Ein Gespräch kam. Man ist aufgeregt, sagte der Major und ließ sich Zeit, bis er den Hörer aufnahm. Er sprach eine ganze Zeit lang und blieb, nachdem er abgelegt hatte, mit einem undurchdringlichen gerunzelten Gesicht sitzen. Dazwischen sagte er zu dem Adjutanten: Geben Sie auf jeden Fall für alle sofortige Verlegebereitschaft.

Endlich stand er auf, stieß die Tür hinaus und wanderte in den anstoßenden Raum. Ganz hinten stand Kreysler am Fenster und blickte hinaus, er nahm sofort Front auf, als der Kommandeur herauskam, und Schildknecht betrachtete ihn, kehrte um und rief erst von der Tür aus zurück: Kommen Sie doch noch einmal herein, Kreysler.

Nun, sagte er, nachdem er wieder Platz genommen hatte, haben Sie nachgedacht? Es ist klar, daß Sie einen Befehl vermasselt haben. Es hat deutlich geheißen: Verlegung mit Büchsenlicht.

Nein, Herr Major. Vor allem ist das Wort Büchsenlicht niemals gefallen. Ich entsinne mich ganz genau.

Dann werden Sie an Ihren Erinnerungen kleine Korrekturen anbringen müssen. Höhere Dienststellen haben immer die Mittel in der Hand, um zu beweisen, daß sie im Recht sind. Wollen Sie vielleicht gegen die Niederschrift des Führungsgefechtsstandes angehen? Und dort steht die Durchgabe mit Uhrzeit eingetragen und mit dem Wortlaut: Verlegung mit Büchsenlicht. Sie werden sich entsprechend erinnern müssen.

Das wird unmöglich sein, Herr Major.

Unmöglich? Dann kann Ihnen niemand helfen. Wahrscheinlich wird es nicht einmal der liebe Gott tun.

11.

An diesem Vormittag, droben über See, auf dem Platz Randvig, wohin er abends zurückgelandet war, hatte de Bruyn ein paar Stunden nachgeschlafen. Da er frisch und kein Einsatz in Sicht war, ging er eine Runde um den Staffelbereich. Wie die meisten der Männer spürte er, daß von diesem Ort starke Wirkungen ausgingen; er selbst genoß den Aufenthalt im Bewußtsein seiner Vergänglichkeit, die ihn köstlicher machte. Sie alle hatten auf vielen Plätzen gelegen, deren Namen sie nicht einmal mehr ohne Besinnen zusammenbrachten, und die meisten dieser Plätze sahen einander ähnlich, ihr Lärm, ihre Gerüche, die Aufschüttungen und Baracken an ihren Rändern unterschieden sie kaum voneinander. Es waren Rollfelder, über die gelbe Staubhosen wanderten, kahle Rollfelder im Norden, über denen der nämliche Wind wochenlang raste und ins Gesicht Tränen trieb, tückich versumpfte oder von frischen Einschlägen zerfetzte Rollfelder, Plätze, die eine giftige Tarnschminke trugen und stanken von Farbeinspritzungen, oder auch Plätze, die überhaupt weiter nichts als ein Name waren, ein Schlammloch mit einer Piste, die daran vorbeiführte, ein paar verbeulte Kanister im Sand, und das hieß dann vielleicht: Ain El Ghazala. Aber in diesem einen, in der entseelten Öde, der Gestaltlosigkeit, die ihrer Bestimmung entsprach, waren sie gleich. Doch von dem Ort Randvig ging Fülle aus. Randvig war kaum ein Platz, es war eine Auwiese, grünflimmernd zwischen Bergstöcken ausgespart und nur gegen den Fjord offen, aus dem die Granitufer rosagrau aufschossen. Das Gestein war geädert, es war streifig von Quarzgängen und glitzerte von Katzengold. De Bruyn hatte oft das Gefühl, als spiele das Leben sich hier ab wie auf Böden und zwischen Wänden aus magischen Stoffen, deren Ausstrahlungen sich mischten und einander steigerten. Die Felshäupter waren nackt, aber in den Rinnen und Schluchten rauschte es von Gebüschen, von Syringen, Traubenkirschen und verwildertem Obst. Die Eichen trieben aus und standen mit bronzenem Laub um kleine eirunde Moore, die das Wollgras tupfte. Aus Granitschüsseln lief die klare Flut über. Wenn die Sonne schräg stand, glissen diese Wannen wie flüssiges Zinn. Die Erdbeeren begannen zu glühen und dufteten auf dünner Narbe über dem Glimmergeschicht. Von den Anlagen des Platzes sah man wenig. Der Schutz, den Wände aus Stein und wucherndes Buschwerk gewährten, war geschickt ausgenützt. Nahe den Bootsländen und dem Fluß entlang, der süß und klar von den Bergen strömte, lagen die Unterkünfte locker verstreut, weiß und bunt wie eine Ferienkolonie. Es waren einstige Sommerhäuser. Schlängelpfade verbanden die Hütten.

Das Übermaß an Licht, die Flamme des nordischen Sommers ließ ihnen wenig Ruhe in diesen Tagen. Das Licht zehrte, die Nächte währten kurz, die Bereitschaften lang, und jeder verschaffte sich Schlaf, wo er gerade abgelöst war, im Schatten einer Hütte, auf einer Kiesbank am Fluß. Etliche verlegten sich aufs Fischen, um ihre Kost aufzubessern. Große, glasige Quallen trieben im Fjord aufwärts und nesselten die Schwimmer. Es war ein Kiefernjahr. Der Schwefelregen wehte über die Pfade und lag wie Safran auf den Tümpeln. Der Sommer teilte sonderbare Erregungen aus und seltsame Müdigkeiten. Die Tage zögerten und eilten zugleich, die Sonne ging über Gilsheia auf und schwand über Roksheia hinunter, der Mond folgte ihr nach und blieb hinter ihr zurück, lange Tage, schwindende Nächte, es waren trunkene Wochen, sie hatten die Trunkenheit von Abschieden, Abschieden von hilfreichen Täuschungen, Abschieden aus der Welt.

De Bruyn ging langsam um den Platz, über dem die Luft flimmerte. Maschinenwarte bewegten sich halbnackt zwischen den abgestellten Flugzeugen. Er sah die Gefechtsbaracke im Schatten liegen, daneben ein Sonnensegel aufgespannt und Liegestühle mit gestreiftem Leinen. Zwei Männer spielten mit einem Hund. De Bruyn dachte: wie eine Gartenwirtschaft. Er kam schlendernd zurück.

Sie lagen da in ihren Faltstühlen und machten einen eigenartigen Dienst zwischen Langeweile und mörderischen Erregungen. Vor Tagesanbruch kamen sie im halben Schlafwandel aus ihren Unterkünften und sanken in ihre Stühle, um fortzuschlafen. Das Radio nahm sich ihrer an und brachte sie über den Tag, vor dessen Ende sie den Platz nicht wieder verlassen durften. Zu ihren Liegeplätzen gehörte das narkotische Plärren, dem sie kaum zuhörten und dessen Verstummen sie dennoch beunruhigte wie betrogene Süchtige, wenn ein Gerät ausfiel. Sie wußten selten, ob heut oder morgen oder die nächsten zwei Wochen ein Startbefehl kommen würde, aber sie mußten damit rechnen, mit dem Bissen im Mund oder mitten im Wort aufzustehen und dann im Laufschritt zu ihrer Maschine das letztemal gesehen worden zu sein. Es waren lauter junge Leute, die hier lagen und sich bräunten wie Sommerfrischler, kaum einer über dreiundzwanzig, Leute der ersten Wahl, denn wenige können ein Jagdflugzeug erfolgreich bedienen. Lauter Leute, die viel kosteten und die sorgfältig geschont, unterhalten und doch ohne Rücksicht geopfert wurden. Niemand nimmt dem Jagdflieger einen Teil seiner Aufgaben ab, er ist allein, er muß sein Flugzeug steuern und Anschluß an seinen Verband halten und den Luftraum beobachten und seine paar Dutzend Skalen und Zeiger im Auge haben und das Geräusch seines Motors überwachen, und er ist dabei behindert durch enge Kleidung, durch Gurte und Funksprechgerät und Höhenatmer und die Belästigungen seiner Natur, die sich zur Wehr setzt gegen Schleuderbewegungen, Sauerstoffmangel, Unterdruck und Wärmeverlust, und er muß bei alledem die Figuren des Kunstflugs beherrschen und den Willen besitzen zu kämpfen. Er muß ein Kunstschütze sein, und wenn er seine Knöpfe drückt, feuern zwei Paar Kanonenzwillinge, die Maschinengewehre noch nicht gezählt. Das ist nur eine beschränkte Auswahl, die da mitkommt, und auch wer es durchhält, kann nicht so lang wie er möchte.

Alle diese jungen Männer, die sich hier räkelten und nur darin behindert waren, daß sie ihre schwere Kleidung nicht ablegen durften, daß Pelzstiefel und Schwimmweste sie belästigten, sahen gesund aus. Sie neckten ihre Hunde, warfen ein Spiel Karten aus oder naschten von ihrer Bordverpflegung. Sie wußten, daß sie eine Auswahl darstellten, und nahmen die Vorrechte, die man ihnen zumaß, für selbstverständlich. Sogar die Verschiedenheit der Dienstgrade spielte eine beschränkte Rolle. Mancher junge Offizier flog in einem Schwarm, den ein erfahrener Feldwebel führte. Einen bürgerlichen Beruf besaßen nicht viele. Bei den meisten stand in ihren Papieren als Beruf eingetragen: Schüler. Das gemeinsame Leben glich ihre Gesichter einander an, die zugleich lässig und beunruhigt blickten. Sie hatten zu viel Zeit und gar keine vor sich. Sie besaßen eine Intelligenz ohne Wortschatz und das Vermögen, eins und gleich mit ihren Maschinen zu sein.

Jetzt also fehlte Cornils, und Rossa, der Gefreite, fehlte auch. Hörath war mit einem Abschuß zurückgekommen. De Bruyn wußte Bescheid über alle Vorgänge, es war noch am Abend lange davon gehandelt worden. Cornils herauszuholen, das war nicht leicht gewesen. Sobald das Gewitter durchgezogen war, starteten sie und suchten. Viel Anhalt hatten sie nicht, sie konnten bloß mit Borduhr und Kompaß koppeln, und die gischtige See machte das Erkennen schwer. Doch fanden sie einen Farbfleck, denn Isselhardt hatte einen Farbbeutel abgeworfen, und von dem aus fanden sie Cornils, obwohl er ein Stück davon abgetrieben war. Aber auch

Cornils hatte dann seinen Farbbeutel ausgebracht und hinterließ eine Fährte. Sie sahen ihn sogar mit dem Schal winken, sonst hatte er ja nichts mehr, um Signale zu geben. Immerhin war ziemlich viel Glück dabei gewesen, daß sie ihn sahen, und von da an lösten sie Rotte nach Rotte sich über ihm ab, bis ein Wachboot heran war. Dann hatte ein Lazarett zunächst den Fähnrich aufgenommen.

Während der Suche nach Cornils war Hörath überfällig geblieben. Jede Spur fehlte, aber dann nach Stunden landete er plötzlich herein, als ob nichts Besonderes wäre, und wackelte über dem Platz.

Hörath kam an und wackelte, sagte der Kapitän zu de Bruyn, als sie beide allein waren. Wir sahen ihn wackeln, und die Warte liefen, und niemand konnte sich erklären, woher Hörath kam. Hörath kam aus Gjusvig, er hatte eben noch Gjusvig erreichen können und auch versucht, eine Meldung durchzugeben, aber die Leitung war wieder einmal gestört. Jetzt meldete er seinen Abschuß; aber abgesehen davon fing für mich der Fall ja erst an. Von dem sonderbaren Betragen des Moell haben Sie doch gehört.

Ungefähr. Zwischen Moell und dem Fähnrich hat etwas nicht gestimmt.

Also ich fragte Hörath nach seiner Landung: Ihre Maschine war funk - unklar? — Jawohl, funk - unklar, sagt Hörath. — Nichts sonst? — Gar keine Beanstandungen. — Hörath wußte natürlich bis dahin auch nicht, daß Cornils schwamm. Ich kletterte sofort selber in die Maschine und suchte sie ab, da war gar nichts, keine Spur von einem Achterschlüssel. Mit einem Wort, Moell hat Würmer im Kopf. Man wird ihn auf Urlaub schicken müssen.

Übrigens, fuhr der Kapitän fort, ließ ich Moell abends noch einmal kommen, um ihn für seinen Teil an dem Abschuß Hörath anzuerkennen. Ausfragen wollte ich ihn nicht, aber die Angelegenheit beschäftigte mich doch etwas. Moell sagte, Glück habe er schon gehabt mit diesem harmlosen Ausgang, aber kein Verdienst daran. Für ihn ändere sich im Grunde nichts. Denn gedacht gewesen, das sei so gut wie getan, so ungefähr drückte er sich aus. Was sagen Sie dazu, de Bruyn?

Das kann ich ganz gut begreifen. So ein Obergefreiter schleppt erstaunlich viel Gewissen mit sich herum.

Aber es ist doch verschroben.

Schon. Trotzdem: viel Ehre, Herr Hauptmann.

Der Hauptmann war zu einem Gespräch in die Baracke gerufen worden. Es währte etliche Zeit, dann trat er wieder heraus, blieb vor der Tür stehen, sah sich um und winkte, als er de Bruyn bemerkt hatte.

Gehen Sie ein paar Schritte mit mir, de Bruyn. Hören Sie zu: es gibt Neuigkeiten. Zunächst, der Kommandeur besucht uns noch heute. Und dann scheint drüben eine ganz dicke Luft zu sein. Schaaken ist angegriffen und stark beschmissen worden, ein Angriff mit ungewöhnlichen Kräften und mit neuen Maschinen. Schaaken, das rohe Ei, verstehen Sie? Und das alles, solang in Scholm kein Jäger liegt. Keine Jagd in der Luft bei dem ganzen Feuerwerk.

Ich habe so ein Gefühl, de Bruyn, fuhr der Hauptmann fort, als stünden uns Veränderungen bevor. Wir werden erst einmal Luft holen müssen. Also zunächst will der Kommandeur bei uns landen und auf dem Rückweg den Rodenbeck wieder mitnehmen. Dann soll heute schon Hauptmann Dumont vom Geschwaderstab tödlich verunglückt sein. Der Kommandeur deutete etwas an von Umbesetzungen. Machen Sie sich gefaßt darauf, daß Sie hier die Staffel übernehmen, de Bruyn.

Jawohl, Kapitän.

12.

Aber drüben in Janneby hatte Schildknecht die beiden Herren aus seinem Stab noch immer vor sich und fing auf einmal in einem niederträchtigen gespielten Ton an: Also bis hierher, meine Herren. Ich wollte ja nur beweisen, daß Sie, Scheelius, immer noch kein Adjutant sind, wenn Sie auch ein bißchen fliegen können. Und Sie, Kreysler, haben trotz allem geschlafen oder jedenfalls sich ins Bockshorn jagen lassen. Umgang mit höheren Stäben will auch gelernt sein. Haben Sie vielleicht an die Wetterwarte gedacht, Kreysler? Obwohl Sie bei Tagesanbruch selber das Wetter eingeholt hatten. Also ich habe das Wetter nachträglich festgestellt. Mit Büchsenlicht, als wir angeblich hätten verlegen müssen, hatten wir nämlich am Platz zehn Zehntel Bedekkung: zwanzig Meter Sicht und tiefe, bis zum Boden herabreichende Bewölkung. Also wird das Platzwetter von Janneby alle Fragen aufheben und unsere dienstliche Laufbahn retten. Wir konnten gar nicht starten. Zum Beispiel habe ich nachgefragt, wann hier am Platz qbi aufgehoben wurde. Das war gegen neun, also zu einer Zeit, um die der Angriff auf Schaaken bereits rollte. Wir hätten niemals mehr einzugreifen vermocht. Sie können gehen, Herr Kreysler. Und der Adjutant strengt sich an und faßt einen Bericht ab für höhere Ansprüche.

Und nach einer Weile kam er wieder zu Scheelius heraus und sagte: Wenn es nicht anders befohlen wird, so lassen wir die Staffeln einzeln zurückverlegen. Oberleutnant Sarowski kann mich einen Tag vertreten, und ich selber besuche noch die Staffel in Randvig. Ich nehme Brede mit. Der Adjutant darf nach Hause fliegen.

Ein lehrreicher Morgen, sagte er dann noch, was meinen Sie dazu, Scheelius? Wenn ich Ihr Alter wäre, ich würde

Ihnen den Rat geben: Sohn, lasse die Finger von Dienststellungen. Nun, fliegen können Sie nicht übel, Scheelius.

Und Scheelius dachte: Der Teufel soll aus dem Alten schlau werden. Daß er jetzt sich nicht eilig nach Scholm verfügt, wo er hingehört und wo die Stäbe ihn an der Strippe haben, das werden sie ihm ankreiden. Aber das kümmert ihn nicht. Ich will froh sein, wenn ich wieder bei einer Staffel bin.

Was wollen Sie, Doktor, sagte Schildknecht gleich darauf zu dem Stabsarzt, der ihn aufsuchte. Er biß eine Zigarre ab und spuckte die abgebissene Spitze in den Raum. An mir machen Sie keine Geschäfte. Ich habe mir gestern das Innenleben verklemmt unter der weißen Vierzehn, aber das ist kein Fall mehr für Sie. Was macht Dettmering?

Dann fing er plötzlich an, dem Stabsarzt die Angelegenheit mit Kreysler zu erzählen. Da Schildknecht mit seinen Adjutanten Pech hatte, war der Doktor, der ihm den Buckel herunterrutschen konnte, sein eigentlicher Vertrauter.

Sie kennen ja doch das schöne Spiel, Doktor, sagte er. Etwas ist verpatzt, der General ist angeblich außer sich, vorläufig weiß er zwar noch nichts davon, aber immerhin, eine derartige Mitteilung fördert die Untersuchungen. Eine Dienststelle tobt auf die nächste herunter, jede muß den Nächstschuldigen ausfindig machen, jedem flattert die Hose und jeder muß einen Befehl suchen, mit dem er sich decken kann, und muß einen Rüffel nach unten austeilen, der sein Ansehen festigt. Niemand hat eine Schuld, verantwortlich ist niemand, bis endlich sich einer findet, der Pech hat und nicht mehr ausbiegen kann oder es nicht will, weil er vielleicht ein Narr ist. Zum Exempel also: am besten dran ist der Kommodore, denn ihn schützt seine dienstliche Abwesenheit; er hat mit dem Ringelpietz hier gar nichts zu tun gehabt. Für mich steht es schon etwas schlechter, der ich das Vergnügen hatte, an seiner Stelle zu dirigieren; immerhin, ich bin salviert, denn ich bekam keine Kenntnis von jenem merkwürdigen mitternächtlichen Orakel. Etwas wird zwar an mir hängen bleiben, darauf nehmen Sie ruhig Gift, Doktor, aber das kommt zum andern und regt mich nicht auf. Den Kapitänen ist ohnedies nichts am Zeug zu flicken. Also bleibt Kreysler. Der Abschnitt, die obere Dienststelle, hat Glück, denn siehe da, es ist ein Telefongespräch geführt worden, und Kreysler hat Pech gehabt, denn er hat ein solches Gespräch abgenommen. Über den Inhalt dieses Gespräches lassen sich nachträglich Feststellungen treffen. Das ist doch ulkig. Wissen Sie was? Wenn nichts geschehen wäre, so hätte man heute im Laufe des Tags uns in aller Ruhe zurückbefohlen. Leider hat der Gegner sich störend bemerkbar gemacht. Das ist im Krieg reichlich unpassend.

Der Major saß breit da, mit auseinandergestellten Knieen, er grinste, obwohl das gar nicht hierherpaßte, und fuhr sich mit der Hand in sein verwüstetes lockiges Haar. Er sieht aus wie Alboin, dachte der Stabsarzt, wie Alboin oder irgend so ein Gewaltkerl aus Langobardien. Wenn er aber so ein Gesicht macht wie jetzt, sieht er wie eine ältere ziemlich gewöhnliche Frau aus, wie ein kniffliges und enttäuschtes Eheweib. Was geht da eigentlich vor? Er ist abgeflogen. Aber da spielt auch noch etwas anderes.

Und wissen Sie, was noch das Verrückteste ist von allem? Daß uns das Platzwetter von Janneby den Gefallen tut. Niemand ist schuld, na Kreysler ein bißchen, der wird es auch noch zu spüren bekommen, weil sein Gedächtnis so bockig war. Aber wir haben ein Platzwetter und das lenkt ab von den Tatsachen. Lauter Lügen, alles gut für Vernebelungen. Nun ja, was mich angeht, ich fliege zunächst einmal auf Besuch nach Randvig.

Wenn auf jedem Platz an dem bißchen Küste da, fing er wieder an, wenn auf jedem Platz läge, was hingehört, dann brauchte es dieses Gezappel gar nicht. Und wenn das zweitens Maschinen wären, bei denen nicht jeder nach der roten Ampel zu schielen brauchte, kaum daß er in der Luft ist, und die man nicht vollzupacken brauchte mit da einer Gondelwaffe und dort einem Zusatztank, bis sie nervös werden wie falsch aufgeschirrte Gäule: dann brauchte die Jagd da nicht herumzuhopsen wie ein gebissener Storch, und brauchten nicht auf einem einzelnen fliegenden Unteroffizier drei Führungsstäbe herumzuknien und Untersuchungen durchzuführen, warum Schaaken kaputtgeschmissen ist. Die Wahrheit ist aber: Schaaken wäre so oder so beworfen worden, denn wir hätten es nicht verhindern können. Trotzdem, man muß einen Kommandeur finden, der geschlafen hat, oder einen Nachrichtenoffizier, der geschlafen hat, und oh Wunder, jetzt findet sich sogar ein Platzwetter, das alles ganz leicht erklärt. Man kann etwas melden, man kann sich wieder beruhigen. Alle die Lüge, Doktor, all das Getue frißt mich an wie zuviel Magensäure. Es gibt bloß ein einziges Geheimnis der Führung: viel Maschinen besitzen, die besseren Maschinen besitzen und von den besseren immer etliche mehr als die anderen.

13.

Der Kommandeur war gegen Abend in Randvig gelandet und wollte zur Nacht bleiben; das nahm etwas wunder, daß er jetzt, wo es bei den höheren Dienststellen schwirrte, sich Zeit für einen solchen Abstecher genehmigte. Er war ein anerkannter Mann, erfahren, in zahlreichen Luftkämpfen ausgezeichnet, das gab ihm gewisse Rechte; doch bestand auch kein Zweifel, daß er zu Eigenmächtigkeit neigte und daß sein Verhalten nicht mehr den Erwartungen entsprach, die man oben hegte.

Jetzt hatte er sich mit Hauptmann Rohde, dem Kapitän, zurückgezogen, und über dem, was zu besprechen war, rückte die Zeit vor. Er fragte:

Wird Sie de Bruyn hier ersetzen können? Sagen Sie Ihren Eindruck.

Vollkommen, Herr Major.

Er ist doch immerhin ziemlich jung.

De Bruyn kann eine Staffel führen. Er kann das am Boden und in der Luft.

Gut. Wir verschaffen ihm einen älteren Bodenoffizier, der ihn unterstützt. Was ist mit dem Schwarm in Gjusvig?

Der macht Sorgen. Leutnant Claas ist seiner Aufgabe nicht gewachsen.

Fliegerisch?

Nein, als Person.

Warum haben Sie mir nichts gemeldet?

Ich hatte die Absicht, Herr Major. Ein Bild davon habe ich erst seit gestern. Hörath, als er von Gjusvig kam, hat mir berichtet, weil er es für seine Pflicht hielt. Ich nehme an, daß sie es ihm drüben gesteckt haben.

Mir paßt diese Wirtschaft sowieso nicht. Da eine Staffel und dort ein Schwärmchen, überall so als ob und bloß, damit sie oben Fähnchen zu stecken haben, und keine Masse und im ganzen übler als gar nichts. Von mir aus. Wir werden uns ohnedies bald konzentrieren müssen. Was schlagen Sie vor?

Den Schwarm aus Gjusvig zurücknehmen. Er erfüllt keine wesentlichen Aufgaben.

Ja. Der Kommodore soll es durchsetzen. Aber was macht denn dieser Claas drüben?

Er findet keinen Abstand und keinen Anschluß. Die Leute wollen ihn nicht.

Sagen Sie bloß, daß auch noch Weiber im Spiel sind.

Jawohl. Das Mädchen, das drüben aufräumt.

Tutti, sagte der Kommandeur und fing an zu lachen. Die habe ich auch schon gesehen.

Claas hat sie mit Beschlag belegt, und die Leute haben sich daraufhin zurückgehalten, aber erwarten konnte man auch nicht, daß sie jetzt plötzlich als eine Dame behandelt werden sollte. Hörath hat solche Vorkommnisse angedeutet. Einmal zum Beispiel ist sie beim Abräumen, und Rossa, der grade eine Gastrolle drüben gibt, sitzt da und hat die Beine auf einen Stuhl gelegt, das Mädchen muß sich vorneigen, um an das Geschirr zu kommen. Rossa hebt ein Knie an, davon verliert sie das Gleichgewicht und muß um sich greifen, um nicht zu fallen, und Rossa, wie er so sitzt und ohne die Zigarette aus dem Gesicht zu nehmen, langt in aller Gemütsruhe aus und verpaßt ihr eins auf den Hintern. Grade da kommt Claas in die Tür, sieht es mit an und wird rot und weiß nicht, wie er sich helfen soll. Sie sind alle verlegen und wissen nicht, ist es Zorn bei ihm oder schämt er sich, und sie warten ab, was er sagen wird, und er sagt im Befehlston: Unterlassen Sie dieses Benehmen, Rossa. Ich bitte mir aus, daß solche Scherze überhaupt aufhören. Tutti ist für Sie meine Braut. — Darauf ist nun keiner gefaßt, und Rossa antwortet aus seinem frechen Gesicht: Jawohl, Herr Leutnant, und steht nicht auf dazu. Und von da an lachen sie hinter Claas' Rücken.

Blöder Hund, sagte der Kommandeur. Weiter.

Claas treibt es immer ungeschickter. Er fängt an aufzupassen und streicht um das Mädchen herum wie ein Schießhund. Ich muß annehmen, es ist sein erstes Mädchen, Claas kommt aus einem anständigen Haus und geradewegs von der Penne. Endlich schließt er sie ein und sich selber mit ihr. Da ist der rückwärtige Raum für die Flugzeugführer, und er geht mit ihr hinein und verlangt, daß die Leute draußen bleiben. Aber die Leute wollen sich hinlegen und ausruhen können bei den langen Bereitschaftszeiten, und sie sagen das laut, und Claas läßt es geradewegs auf Streitereien ankommen.

Na schön, sagte der Major mit einer Milde, auf die Rohde nicht gefaßt war. Rohde dachte: eine gottserbärmliche, niederträchtige Milde. Wissen Sie, sagte Schildknecht weiter in eine quallige Rauchwolke hinein, die er vor seinen Mund legte: das ist zwar eine Affenblamage, aber so wunderbar ist es auch nicht. Das macht doch alles die Schnellbleiche. Man kann doch die Leute nicht einfach durch Anstrich als Dienstgrade kenntlich machen und sie dann zum Versand bringen. Herunter von der Schulbank und hinein in die Schlitten, ganz schön. Aber wenn einer sich selber nicht führen kann, wie soll er Männer führen? Das ist auch viel verlangt. Sagen Sie einmal, Rohde, der Claas, das ist doch so ein Seidenhaar und kriegt schnell einen roten Kopf? Ich denke mir, reden habe ich ja noch nie einen davon gehört, daß so ein Männchen es mit der Panik kriegt. Er möchte noch kräftig mal in den Kuchen beißen, bevor abgetragen wird. Nun ja, und dabei verliert er die Contenance. Da haben auch die Vorgesetzten geschlampt. Sie haben geschlampt, Herr Rohde, und der Kommandeur auch.

Schön, fuhr der Major nach einer Pause fort, und Rohde wunderte sich über seine Gesprächigkeit. Wir werden den Claas bestellen, wir werden ihn kräftig anscheißen, und er wird einen roten Kopf bekommen und versetzt werden. Im Grunde fehlt so einem Kerl ganz einfach der Alte. Der Alte, der ihn ins Lot bringt und ihm ein paar runterhaut, wenn es passend ist. Ich habe einen gehabt, Rohde, den hätten Sie kennen müssen. Der ist mit uns Söhnchen umgesprungen, ein bißchen zuviel war es freilich, das war schon der reine Haß, der da hochkam, Haß gegen alle Väter und Vorgesetzten;

aus reinem Haß sind wir zu den Preußen gegangen. Komischer Fall, verstehen Sie das? Ich auch nicht. Also Claas wird sofort abgelöst.

Jawohl, Herr Major.

Ich würde mir selber noch Gjusvig ansehen, aber es bleibt keine Zeit dazu. Wir starten morgen mit dem frühesten zurück, Rodenbeck soll sich auch bereit halten. Sie selbst übergeben an de Bruyn und kommen nach, sobald Sie fertig sind. Heute abend müssen Sie mich behalten. Es tut mir leid, wenn ich Ihnen auf die Nerven falle, Rohde. Von Rossa wissen Sie immer noch nichts?

Keine Nachricht.

Der Abend wurde lang, denn Ablenkungen bot der abgeschiedene Felswinkel keine; niemand mochte die braunrosa Wolkentürme betrachten, die schweigsam über den Inlandgebirgen standen, oder hatte Lust anzusehen, wie aus dem Rollfeld der Bodennebel um die schwarzen Maschinen stieg. Sie saßen im Bereitschaftsraum auf, einer unfreundlichen Holzbude, aus welcher ein Trangeruch nicht zu vertreiben war. Sie lebten nicht gut hier, jedenfalls weit weniger fett als die auf dem Festland drüben. Es gab als zusätzliche Kost ein paar Fische, oder jemand brachte einen Korb lebender Hummern; die standen dann in der Ecke und wurden mit Bier begossen, damit sie frisch blieben: keine appetitliche Wirtschaft. Und dann gab es eine Art Rollmöpse, die mit Sauerkraut gefüllt waren. Das alles roch nicht sehr fein. Doch war frischer Kaffee gebrüht worden, und sie besaßen noch einen algerischen Rotwein aus den Tagen der Beutezüge.

Man rückte zum Spiel zusammen. Wie die meisten Aktiven, deren Erziehung im Kasino vor sich gegangen war, hatte Schildknecht einen Ruf als gefürchteter Hocker. Er konnte Nächte durchspielen, liebte ein breites Leben und sah gern eine Art Hofhaltung. Hier auf dem entlegenen Platz, fern von den Neugierden und Geschäftigkeiten der Stäbe, erheiterte er sich offensichtlich. Es war da noch etwas gegenwärtig von dem rüden Glanz der Feldzüge, auf welche die Pause gefolgt war, die den Wechsel der Rollen vorbereitete. Schildknecht war laut und steckte mit seiner Aufgeräumtheit an, aber nicht alle hielten mit; andere spielten gleichgültiger oder legten schließlich die Karten hin; und wer bloß kiebitzte oder ein Gespräch unterhielt, wäre gern aufgestanden. Ermüdete Blicke flüchteten dann und wann seitwärts in das leere Dämmern.

Da wurde plötzlich von dorther ein Schaben vernehmlich, ein Tasten, als suche eine Hand nach der Türklinke. Ein paarmal strich die Hand hin und her, und dann bog die Klinke sich nieder. So unbeträchtlich das Geräusch war, es genügte, um alle aufmerksam zu machen; sie sahen, mit einem Schlage verstummt, jetzt der Tür zu, die langsam, mit einem unausstehlichen Seufzen hereinwich. Alle spürten einen Augenblick des Unbehagens. Jemand, der hier herein gehörte, trat nicht so ein. Der Unteroffizier Isselhardt sagte später, er habe ganz schnell gedacht: Rossa, und dann: Dummes Zeug.

Langsam schob jemand, der unsicher oder geblendet war, sich in den Spalt, indem er zuerst einen Fuß hereinsetzte und dann sich selbst ruckweise und linkisch nachzog. Damit wurde deutlich, daß keinesfalls der Gefreite Rossa, sondern ein Mensch in der Uniform einer Baukompanie Eingang suchte. Soviel sich erkennen ließ, war es ein älterer Mann mit dem Steifen und Krümmlichen eines schweren Handwerks in seinen Bewegungen, und das lieblose Habit saß ungeschickt auf seinen Knochen. Die Flugzeugführer kamen kaum mit solchen Leuten zusammen; sie sahen Bautrupps vielleicht einmal an den Platzrändern arbeiten oder zwischen Geleisen eines Verschiebebahnhofs ihr Essen empfangen, mit dem sie dann auf einem Holzstapel, im Schatten eines Güterwagens Mittag hielten, das Blechgeschirr zwischen ihre Kniee geklemmt: keine Eroberer, kaum Soldaten, eher Unterworfene, Bewohner einer schwereren, spärlich erhellten, geduldigen Welt. Der Mensch hier besaß die großen, klammen und beholfenen Hände eines Zimmermanns; unter einem dichten, eisengrauen Haupthaar blickte ein faltiges und besorgtes Gesicht. Er klinkte erst sorgfältig wieder die Tür zu, nahm dann neben ihr Aufstellung und schloß die Hacken der derb gewichsten Schnürschuhe aneinander. Beim Gruß saß der Kopf nicht ganz so, wie die Vorschrift es wollte, auf seinen Schultern. Dann fragte er mit etwas befangener Stimme, ob sich hier der Gefreite Rossa befinde.

Die Jäger starrten ihn an, und er starrte sie auch an, das Licht mochte ihn blenden und der wogende Rauch dazu; das machte ihn unsicher, die Lampe und dann die vierzehn grell angeschienenen Gesichter, die ihn aufgestört musterten, und niemand sagte etwas.

Mann, sagte der Kommandeur endlich und rollte die Zigarre zwischen den Lippen: Was wollen Sie denn von dem Gefreiten Rossa?

Ich bin sein Vater, entgegnete der alte Mann und wurde plötzlich grau auch in seinem Gesicht.

Rossa, am Vortag abgeschossen und seither vermißt, war ein forscher Hund gewesen. Alle sahen ihn in diesem Augenblick vor sich, sein wildes weißes finniges Gesicht, seine unbarmherzigen Augen und den scharfen Scheitel auf seinem Kopf. Er hatte ein Mundwerk besessen, das zu verwüsten vermochte, und kein Vorgesetzter kam leicht bei ihm durch. Jeder hatte geglaubt, daß er Rossa für einen unangenehmen Menschen halte, aber jetzt war doch niemand erleichtert, ihn los zu sein. In der Luft zum Beispiel war er ein Kamerad, der keine Rücksicht auf sich selbst kannte. Hinter wem Rossa saß, der brauchte den Kopf nicht zu drehen. Rossa blieb Gefreiter, aber daran war er selbst schuld, denn so oft er zur Beförderung heranstand, konnte er sich zum Beispiel nicht verkneifen, dicht überm Erdboden eine Rolle zu fliegen, bevor er landete; oder er ritt sonst ein tolles Pferd. So wurde er mehr beachtet als mancher höhere Dienstgrad, und er wußte sein Ansehen zu brauchen, ohne gerade unziemlich aufzutreten. Bekam er Urlaub, tat er dick, trug eine verwegen geschneiderte eigene Uniform und konnte wohl einen Kavalier vorstellen mit allen halbseidenen Zweideutigkeiten eines solchen Worts. Verdammt will ich sein, war eine seiner Reden, wenn ich nicht heut noch einer den Rock aufschlitze. Er hatte zahlreiche Mädchen erobert, die ihm ihre Bilder schickten. Auf den Liegeplätzen reichte er diese Bilder herum und ließ sie begutachten. Die forscheste unter diesen weiblichen Personen, ein Gesicht, das ihm durchaus gewachsen schien, war keine von diesen Mädchen; er zeigte dieses Bild immer als letztes und heimste gern Anerkennung dafür ein. Es stellte angeblich seine Schwester dar, die er Hildchen nannte: ein Weib, um Pferde zu stehlen mit ihr. Verdammt noch einmal, wenn so etwas nicht meine Schwester wäre. Was dann? Darauf gab Rossa keine Antwort. Also eine Schwester, ja. Das ließ sich vorstellen. Aber daß der forsche Rossa einen Vater besitzen sollte, das kam allen ganz ungereimt vor. Ein paar schreiende Weiberstimmen lärmten aus dem Lautsprecher, das Nichts wie aus dem Fleischwolf, medusisch, glissando und in Vierteltönen. Man ließ hier Sender laufen, auf deren Hören das Zuchthaus stand.

Der Kommandeur sprach allein weiter, er sagte laut und sah dabei einmal nach rechts und dann nach links und dann auf seine Zigarre herunter: Rossa? Da haben Sie Pech, da Sie offenbar grade von auswärts kommen. Rossa ist auf einer Dienstreise.

Aber offenbar hörte der Mann etwas falsch oder bloß die Hälfte oder hörte schon gar nicht mehr hin, weil er ein Gesicht nicht fand unter diesen vierzehn; denn er verfärbte sich langsam noch mehr, und seine Finger vollbrachten seltsame Greifbewegungen, bogen und streckten sich, offenbar wußte er nichts von seinen Fingern. Paßt doch auf, ihr Büffel, rief der Major, warf die Karten hin und war schon aufgestanden; er rief, während ein paar sich mit dem Mann abgaben, noch lauter und schüttelte ihn sogar am Arm: Hören Sie doch genau her. Sie haben doch offenbar was in die falsche Kehle bekommen. Ihr Sohn ist, sage ich, kommandiert. Er ist auf einer ganz gewöhnlichen Dienstreise.

Sie hatten aber noch eine Weile Arbeit, dem Gast aufzuhelfen, als dieser schon saß und sich mit dem Sacktuch die glitzerige Stirn tupfte. Er entschuldigte sich und gewann langsam an Sicherheit, indem er berichtete, daß er einen weiten Anmarsch gehabt und zwei Tage bloß aus der Tasche gelebt habe. Dann sei er von der Fähre herauf gekommen, von keinem Posten angehalten, und ungefragt an die richtige Tür gelangt. Sofort ließ der Kommandeur Kaffee einschenken und hieß den Küchenbullen bewegen, damit er etwas Essen beischaffe. Während der Alte aß, sahen ihm alle zu, auch Schildknecht hatte die Karten nicht wieder aufgenommen, bis er bemerkte, daß seine Aufmerksamkeit den alten Herrn befangen machte, da sagte er: Los, ihr Herren. Weiter gespielt. Aber doch horchte er nachher aufmerksam zu, was der Alte erzählte, den der forsche Rossa als Vater hatte. Hörte man zu, so war sein Erscheinen zwar merkwürdig genug, aber doch nicht wunderbar. Der alte Bausoldat lag mit seiner Einheit, die dort Arbeiten ausführte, auf einem Absprunghafen der Nordküste. Er hatte seinen Sohn fast drei Jahre nicht gesehen, auch nicht viel Post bekommen. Als Flugzeugführer und mit seinen Auszeichnungen kannte er ihn überhaupt nicht. Es ließ ihm keine Ruhe, als er jetzt ihre beiden Standorte verglich und eine Verbindung sich herausstellte. Seine Dienststelle bewilligte ihm fünf Tage: das reichte ungefähr hin und zurück. Ein Frachter, der Leergut führte, hatte ihn mitgenommen. Jetzt hatte er noch eine Nacht und einen halben Tag Zeit.

Er war müde und steif, die beschwerliche Fahrt war vergeblich gewesen. Aber nach dem Entsetzen des ersten Augenblicks kam ihm langsam die Enttäuschung erträglich vor. So zeigt ein geringeres Übel sich oft vor der schwarzen Wand der Vernichtung versöhnlich angestrahlt. Er lebte für eine kurze Zeit auf, gewann Zutrauen und blickte sich stolz und neugierig um in dem Kreis, dem sein Sohn angehörte und wo er so wohl aufgenommen worden war. Sie schenkten ihm ein, unterhielten ihn und versäumten nicht, hinlänglich von seinem Sohn zu reden, und der Kommandeur gab ihm zu rauchen und redete ihn mit „Alter Herr“ an. Er streckte sich, lachte ein paarmal ohne rechten Grund, es war ihm ganz leicht zumute; er war nun doch angekommen, ein paarmal lachte er noch wie im Halbschlaf, und sie sahen, daß er ein wenig schielte und ins Plappern geriet. Da sorgten sie ihm für eine Unterkunft und ließen ihn schlafen. Der Abend kam ihnen plötzlich ganz gut gelungen vor.

Rossa, meine Herren, sagte der Kommandeur zu ihnen, Rossa ist auf Dienstreise. Und er bleibt es, solange dieser alte Herr sich hier aufhält.

14.

An diesem gleichen Abend suchte in Scholm, wo der Geschwaderstab lag, der Leiter eines Bergungskommandos den Adjutanten des Geschwaders auf, einen Oberleutnant, der Waaga hieß. Der Bergungstrupp war den ganzen Tag um die Maschine des Adjutanten beschäftigt gewesen, die aus ungeklärten Ursachen abgestürzt war, und Waaga selber hatte an diesem Tag eine Stunde lang für tot gegolten.

Die Verwechslung war so gekommen: beim Stab des Geschwaders befand sich seit kurzem ein Hauptmann Dumont; dem war von einem Luftkampf ein steifes Bein geblieben, so daß nach Entscheid der Ärzte seine Laufbahn als Flieger zu Ende war. Dumont, ein untersetzter, eigentümlich quirlender, dunkelhaariger und helläugiger Mensch, der von Kräften strotzte, hatte eine Weile bei höheren Kommandostellen Stabsdienste tun müssen, bis er es endlich erreichte, daß man ihn wieder zu einem Verband versetzte. Denn er hatte das Fliegen im Kopf. Ein erlisteter Flugversuch gelang ihm, und sogleich ertrotzte Dumont einige weitere ungesetzliche oder halbgesetzliche Flüge, nach denen sich für ihn wieder Aussichten einstellten. Man sprach von einer neuen Verwendung.

Dumont sagte morgens, als sie beide allein waren, zum Adjutanten: Ihre Maschine, Waaga. Sie leihen mir auf eine Stunde Ihre Maschine aus. Es könnte doch, zum Beispiel, ein Werkstattflug sein.

Scholm war an diesem Morgen überaus ruhig. In Scholm lag damals außer dem Stab des Geschwaders die Dritte Gruppe, die Schildknecht führte, ohne die Randviger Staffel. Im Augenblick aber, da die Gruppe vollzählig nach Janneby abgezogen worden war, befand sich am Platz kaum ein Kriegsflugzeug. Der Stab selbst, der an dem Unternehmen nicht beteiligt war, hatte wenig zu tun, denn auch der Kommodore war abwesend; er befand sich in einem besonderen Auftrag vorübergehend an einer anderen Front. Das war möglich, denn die Einsätze an dieser Küste befahl nicht der Geschwaderchef, sondern ein Abschnittsführer, dem die Verteidigung insgesamt unterstand. Alles wohl geregelt und dennoch verzwickt, viel Befehlsgewalt, wenig kämpfende Einheiten, die zu springen gezwungen waren. Als Waaga, der Adjutant, die Bitte des Hauptmanns hörte, kam ihn sogleich ein törichtes unbehagliches Gefühl an. Er mochte die Bitte Dumonts, der im Rang höher stand und ihm doch nicht befehlen konnte, nicht abschlagen. Trotzdem war ihm nicht wohl bei der Handlung, die er jetzt verantworten sollte, obwohl sie nicht eigentlich zulässig war. Eine ungenaue Angelegenheit, dachte er. Wie Kinder, die sich etwas herausnehmen, sobald der alte Herr aus dem Hause ist. Hoffentlich wird es keine Dummheit.

Er stand, trank im Stehen seinen Kaffee aus und sah Dumont an.

Jawohl, Herr Hauptmann, sagte er. Also ein Werkstattflug für meine Maschine.

Dank Ihnen, Waaga.

Dumont hatte auf dem Absatz kehrt gemacht und winkte schon im Gehen. Der Hauptmann erhitzte sich leicht, und seine Behinderung, die ihn anstrengte, hielt ihn in Schweiß. Auch jetzt, in der Frühe, hatte er schon Perlen auf der Stirn, und seine Bluse zeigte Ränder unter den Achseln. Es war ein heller und sanfter Morgen hier in Scholm, ein taubenfarbener Morgen. Waaga sah Dumont nach, wie er über die Terrasse davonhumpelte. Scholm war ein Friedenshorst, er besaß elegante Gebäude, alles noch wohl gehalten; es roch nach Kaffee, und die Gardinen wehten über den spiegelnden Boden und blähten sich. Dumont wäre an einem Stock leichter gegangen, aber er sträubte sich gegen den Stock, er wollte nicht am Stock gesehen werden; so schob er massig und quirlend zugleich über die Terrasse und tauchte die Stufen zum Vorplatz hinunter. Mit kleinen Rucken versank er vor dem Nachblickenden und kam erst weiter vorn auf dem Kiesweg wieder mit seiner ganzen Gestalt zum Vorschein, wie ein Petz, der die Kette schleppt, und sein Schatten fiel gerade vor ihn.

Und etwa vierzig Minuten später wurde Waaga, der Adjutant, totgesagt. Küstenwachen beobachteten den Absturz und Aufschlag eines einzeln fliegenden Jägers, und außer der Winkel Eins befand sich kein anderes Flugzeug in der Luft. Den Oberleutnant Waaga selber erreichte die Meldung von diesem Unfall auf der Kommandantur, wo er eben vorsprach.

Da sind Sie ja in Person, sagte der Stabsoffizier des Horstes verwundert. Gratuliere, Herr Waaga. Es bringt Glück, wenn einer fälschlich totgesagt wird.

Danke. Ich bin aber auch *pro domo* nicht abergläubisch. Es ist Hauptmann Dumont gewesen. Ich muß sofort hin.

Einen Augenblick noch! Die Vermittlung sucht Sie für ein Gespräch mit Ihrem Chef. Ihr Kommodore ist wieder im Land, er muß sich beim Abschnittsführer aufhalten, wenigstens rief er von dort aus an. Er wollte wissen, ob Sie die Gruppe aus Janneby schon zurückerwarten.

Die Gruppe? sagte Waaga. Das wird doch alles von dort befohlen. Darüber muß man beim Abschnittsführer doch besser Bescheid wissen. Die Verlegungen machen doch nicht wir. — Und während er den Hörer aufnahm, dachte er noch: Das hat uns gefehlt. Es ist passiert, Dumont ist abgestürzt, und schon ist der Alte da. Verflucht. Wie bei den kleinen Kindern.

Als das Gespräch beendet war, hatte Waaga in der Sache Dumont nichts mehr zu veranlassen. Arzt und Bergungskommando waren schon nach dem Orte des Unfalls unterwegs. Waaga hatte sogar nicht einmal mehr Zeit, über den Hauptmann Dumont nachzudenken, denn die Ereignisse überschlugen sich. Eine Stunde später schon war der Angriff auf Schaaken in vollem Gang, und in Scholm gab es keine

Gruppe, um sie dagegen einzusetzen. Der unerwartete Stoß, mit dem der Gegner seinen allgemeinen Angriff einleitete, machte plötzlich deutlich, wie unzulänglich die Verteidigung beschaffen war. Sie glich einer Decke, die zu kurz war und von unruhigen Händen hin und her gezerrt wurde. Wohl erhielt die zweite Gruppe des Geschwaders, die in Niebüll lag, Startbefehl, aber sie hatte einen zu weiten Anflug und traf erst ein, nachdem der Gegner geworfen hatte, zumal auch der ganze Angriff spät erkannt worden war. Am Nachmittag fielen verspätet die Staffeln aus Janneby wieder ein, und zugleich trieb auch die Rückkehr des Kommodore den Geschwaderstab auf und bewegte den Platz bis in die hintersten Werkstätten. Der Aufruhr, den die unerwartete Lage geschaffen hatte, das Hin und Her, die Befehle, Untersuchungen und Berichte, die Wirbel, wie sie hinter Fehlschlägen herziehen: ein lärmvoller aufreibender Tag war dem taubenfarbenen Morgen gefolgt, aus dem der Hauptmann gestürzt war.

Und jetzt also, nachdem der Tag das Ereignis vergessen gemacht und niemand im Stab Zeit gehabt hatte, sich mit Dumont zu befassen, lange nach Büchsenlicht, erschien der Leiter des Bergungstrupps. Der Mann, ein technischer Inspektor des Horsts, saß ermüdet, so wie er von draußen hereinkam, über und über voll Schlick, bei Waaga, dem Adjutanten, im Raum. Um diese Zeit waren die Diensträume des Geschwaders schon leer, die Schreiber in ihren Unterkünften, nur bei dem Adjutanten und auch im Zimmer des Kommodore, wohin die Tür angelehnt stand, brannte Licht.

Das Kommando hatte den ganzen Tag gearbeitet und kam ohne Ergebnis. Da ist keine Möglichkeit einer Bergung, sagte der Inspektor, der die Mundart der Gegend sprach. Die Aufschlagstelle liegt nicht weit hinter dem Außendeich. Ein paar Fetzen Blech, das ist alles, was wir zu bieten haben. Da ist ein Loch, exakt rund und nicht allzu groß, die Maschine hat da senkrecht hineingeschlagen. Sie kennen den Boden hier nicht, Herr Oberleutnant. Was hier Weide und Acker ist, das schwimmt, und darunter kommt, was wir Fließ nennen, lauter Unfestigkeit. Was die Narbe durchschlägt, das säuft ab, und es bleibt im Sinken. Sie können es merken, da ist jetzt noch ein Quirlen und Arbeiten in dem Schlamm und ein Schmatzen von Blasen, das sinkt, als wolle es in den Grund der Erde hinab. Wir haben Bretter gelegt und mit Stangen, mit Pumpen und Schippen gearbeitet. Aber die schweren Teile lagen noch immer bei zwei Mannslängen unter uns, und bis zum Abend hat die Tiefe zugenommen. Da kommt keine Pumpe und kein Hebezeug nach. Wir müssen aufgeben.

Der Inspektor erhob sich, denn er bemerkte den Kommodore, der während seines Berichts hinter ihm in der Tür erschienen war.

Ich habe gehört, sagte der Geschwaderchef. Geschieht noch etwas?

Mit dem frühesten fahre ich morgen noch einmal hin, Herr Oberstleutnant. Hoffnung kann ich nicht machen.

Wir danken Ihnen.

Jetzt muß ich dem Alten gleich die andere blödsinnige Angelegenheit beibringen, dachte Waaga, solang der Inspektor sich abmeldete. Waaga war Reservist, er nannte seinen Vorgesetzten bei sich den Alten, obwohl er selbst an Jahren ein wenig älter und der Kommodore ebenfalls keine gesetzte Erscheinung war. Mit dem Chef eines Jagdgeschwaders konnte man nicht warten, bis sein Lebensalter für seinen hohen Rang reif war, denn ein Mensch reifer Jahre konnte in der Luft keinen Jagdverband führen. Aber der Oberstleutnant setzte das Gespräch über den Unfall nicht fort, vielleicht wollte er es hinausschieben, Waaga erschien es fast so. Er sprang sofort auf etwas anderes über.

Ein Wort zu dem Hauptmann Vehlgast, den ich mitgebracht habe. Wissen Sie, wer Hauptmann Vehlgast ist?

Nein, Herr Oberstleutnant.

Das wundert mich, denn sein Fall ist an sich ziemlich bekannt geworden. Nun ja, Sie sind Kriegsoffizier. Aber als mein Adjutant müssen Sie Bescheid wissen. Also Vehlgast ist ein alter zuverlässiger Jagdflieger, aber es stimmt etwas bei ihm nicht, und zwar kommt das in gewissen Abständen. Er kann sich dann nicht halten. Er hat in Volltrunkenheit ein Delikt begangen, das sich nicht aussprechen läßt und das die oberen Dienststellen in schwere Verlegenheit brachte. Es endete mit Degradierung und mit Versetzung in eine Feldeinheit. Vehlgast hat sich aber herausgehauen, und außerdem gab es auch Leute, die ihn nicht aus den Augen ließen, bis ein Gnadenakt ihm Rang und Eigenschaften zurückgab. Eine undeutliche ud jedenfalls seltene Geschichte. In sein altes Geschwader soll Vehlgast begreiflicherweise nicht zurück; so hat man ihn mir gegeben. Was schlagen Sie für eine Verwendung vor?

Die dritte Gruppe. Major Schildknecht kann Offiziere brauchen.

Da wäre Randvig, von wo wir den Rohde wegholen. Aber das sieht mir nach Verbannung aus, und Vehlgast hätte einen Leutnant als Staffelführer. Ich möchte es auch de Bruyn nicht zumuten. Sarowski, das wäre gut, aber Sarowski hebt mir selber zu gern einen. Und Flarup ist mir wieder zu weit vom Schuß.

Dann gleich mit Hauptmann Rohde zur Siebenten.

Also Rohde, sobald Rohde ein paar Tage da ist. Wann kommt er herunter?

Er übergibt an de Bruyn. Major Schildknecht ist zugegen.

Dann die Sache Kreysler. Man wünscht seine sofortige Ablösung. Bei den Abgaben an Personal melden Sie Kreysler mit. Oder sprechen Sie einmal unter der Hand mit dem Sachbearbeiter. Lassen Sie morgen den Leutnant Bergwein kommen; er kann den Dienst für die Gruppe mitversehen, bis wir Ersatz haben.

Jawohl, Herr Oberstleutnant. Bisher war Oberleutnant Kreysler günstig beurteilt. Der gegenwärtige Fall —

Der gegenwärtige Fall ist kein Thema. Mit einem Wort, Kreysler wird von mir nicht gehalten. Schildknecht soll ihn zu Beckert nach Flarup schicken. Beckert wird nicht viel für ihn zu tun haben. Von mir aus kann er sich ein paar gute Tage machen.

Waaga antwortete nicht, er kritzelte etwas auf dem Block, und der Kommodore sah flüchtig herüber und sagte mit einem Ton zwischen Spielerei und Schärfe, der ihm eigen war: Es heißt Jawohl. Ihnen paßt die Sache wohl nicht.

Nein, Herr Oberstleutnant.

Gut. Sie brauchen nicht immer Jawohl zu sagen.

Der Kommodore war schmal und auffallend dunkelhäutig, er trug eine Rabennase im Gesicht und verblüffte im Gespräch durch jähe Umsprünge und eine spöttische Leichtigkeit, an die Menschen, die aus dem Norden kamen, sich erst gewöhnen mußten. Doch schien auf dem Grund seines Wesens eine Melancholie zu liegen, die durch Verantwortungen beschwerlicher wurde. Er befreite sich gewaltsam von ihr. Leute seiner Dienststellung lebten von Selbstherrlichkeiten und verfuhren wie Condottieri, die sich nach Instinkt und Gefallen ihre Gefolge zusammenholten oder sie ausräumten. Selbst das oberste Personalamt war nicht allmächtig ihnen gegenüber. Denn jeder Befehl hat Maschen, die ein Durchschlüpfen erlauben, und wer über Figuren verfügt, kann Figuren mattsetzen. Auch Zuteilungen, die scheinbar nach einem papierenen Schlüssel erfolgen wie der Nachschub an Menschen, an Material und Ersatzteilen, nehmen einen weiten Weg, an dessen Zweigstellen und Überkreuzungen Eingriffe möglich sind für den, der ergebene Leute besitzt und der zu steuern versteht. Wenn der Kommodore einen Mann kennen lernte, von dem er sich etwas versprach, so fand er auch Mittel, ihn an sich zu bringen. Um so leichter ließ er einen fallen, der ihm gleichgültig war. Er zeigte rasche und zuweilen schroffe Entschließungen, zu denen er sich vielleicht zwang. Aber er hatte nicht gerne Leute um sich, die schnell Jawohl sagten.

Was ist mit dem Antrag Schleißner auf das Verwundetenabzeichen?

Jawohl, Herr Oberstleutnant.

Jawohl ist gut. Der Kommodore war aufgestanden und ging, die Hände in beiden Taschen, im Zimmer herum. Er liebte Stiefel nicht sehr und trug deshalb wie fast immer die lange Hose und leichtes Schuhzeug, er hatte einen engen leisen Gang und ließ die Schultern hängen, solange er so durchs Zimmer schob. Wenn ihn wie jetzt etwas belustigte, so verzog er das Gesicht kaum, aber er besaß dann mit seiner Rabennase einen Scharm, als spiele Kasperl den Condottiere.

Das ist doch eine spaßige Geschichte, Waaga. Schleißner hat einen angeschossen, er sieht ihn wegdrücken, und indem er beobachtet, schiebt er die Luke auf, macht den Hals lang und klopft mit dem Finger am Schieberrand: Fällt er, fällt er nicht — flupp, und da hat's ihn am Finger.

Daß sich Schleißner, als Staffelführer bewährt und mit bestätigten Abschüssen, so etwas ausdenkt. Geben wir die Sache ein?

Jawohl, Herr Oberstleutnant.

Ich auch. Schleißner, das ist einer von denen, die alles machen, und die einen Ehrgeiz haben zu sterben. Aber sie wollen ausgezeichnet, sie wollen auch vorher verwundet gewesen sein. Sie haben es eilig. Machen Sie es auch eilig, Waaga. Aber arbeiten Sie einen anderen Wortlaut aus.

Und dann kam er noch einmal auf Kreysler und sagte, während er auf seinen geräuschlosen Sohlen im Zimmer stehen blieb und unter der Lampe den Kopf senkte: Ich habe nichts gegen Kreysler, aber ich will ihn auch nicht. Er hat nie etwas schlecht gemacht, niemals eine Dummheit, aber das ist auch alles. Kreysler ist lau. Wissen Sie, was, Waaga? Der ist das gerade Gegenteil von einem Jungen wie Schleißner. Der ist überhaupt nicht da.

Und dann endlich brachte er die Rede auf den Hauptmann Dumont und fragte: Wie halten wir es mit den Formalitäten?

Waaga dachte: Jetzt kommt es, und sagte: Leider ist da bereits etwas veranlaßt.

Und was ist veranlaßt?

Eine Benachrichtigung in die Heimat. Herr Hauptmann Fuchs hat mit Hauptmann Tröger ein Gespräch gehabt kurz nach dem Unfall. Und Hauptmann Tröger kennt Frau Dumont und wollte sofort auf geeignetem Weg die Nachricht vermitteln, damit es nicht auf dem Instanzenweg ankommt, und er ließ sich den vermutlichen Zeitpunkt der Beerdigung nennen und hat ihn durchgegeben. Hauptmann Fuchs hat nicht abgewartet, was der Bergungstrupp mitbringt. Er sagt, eine Beerdigung gibt es auf jeden Fall.

Das ist ja dummes Zeug, sagte der Kommodore böse. Wie kann so etwas hinausgehen, ohne daß Sie sich einschalten? Lieber hätte ich einen älteren Herrn hingeschickt, soviel ist mir Dumont noch wert.

Es ist der Dienstbereich von Hauptmann Fuchs. Herr Hauptmann kommt von einer Fliegerschule, er hält sich an die Gebräuche, die dort bei Unfällen üblich waren.

Der Teufel soll euch holen mit euren Dienstbereichen und euren privaten Dienstwegen. Dafür sind Sie Adjutant hier, damit solche Dummheiten nicht passieren.

Jawohl, Herr Oberstleutnant.

Schicken Sie ein Fernschreiben los oder was Sie wollen. Halten Sie die Dame auf.

Jawohl, Herr Oberstleutnant. Das wird kaum möglich sein.

Auf jeden Fall machen Sie diese Sache allein. Sehen Sie zu, wie Sie fertig werden.

Der Kommodore verschwand wieder in seinem Zimmer, und Waaga setzte sich auch wieder hin und dachte: Er geht heute lange nicht, obwohl wir genug haben. Es währte längere Zeit, dann kam der Kommodore aufs neue heraus und sagte dicht an der Kante von Waagas Tisch: Hat denn eigentlich jemand etwas vermutet über die Ursache dieses Absturzes?

Nein, Herr Oberstleutnant. Da wird auch kaum etwas festzustellen sein.

Und Sie hatten doch das Flugzeug selbst schon geflogen?

Jawohl. Aber ich komme wenig zum Fliegen in letzter Zeit.

Wie lange war Dumont in der Luft?

Zehn oder zwölf Minuten.

Und dann wie ein Stein herunter. Ein Unfall wie der des Oberfähnrichs Eck vor acht Wochen. Was halten Sie von solchen Betriebsunfällen?

Wenn sich keine Ursache finden läßt, kommt in die Akten: Bedienungsfehler.

Finden Sie keine andere?

Das Gespräch wurde nicht fortgesetzt, aber die Nacht rückte immer mehr vor, und der Kommodore erschien noch ein paarmal in seiner Tür und machte die Runde durch beide Zimmer, er blieb auch stehen, als verlange ihn nach einer

Anrede oder als suche er selbst nach einer. Dann sagte Waaga mit einer veränderten Stimme: Wir haben heute wieder einen Offizier verloren. Und Heinold und Neunhöfer sind die letzten von dem Schub Oberfähnriche im Frühjahr.

Was wollen Sie damit sagen? Das ist ihre Berufung gewesen.

Waaga stand auf und sagte in dienstlicher Haltung: Ich bitte gehorsamst, Herr Oberstleutnant, um meine Versetzung in eine Staffel.

Bitte gehorsamst: viel Widerstand und viel Ergebung in diesem Wort, das der Brauch war. Der Mensch willens und hoffend, ohne Macht gegen höheren Willen, ein Wille immer machtlos gegen den nächsthöheren, dumme großartige Ohnmacht, grenzenlose großartige Freiheit. Bitte gehorsamst. Wille und schon kein Wille mehr.

Der Kommodore sagte, als hörte er nicht ganz zu und wäre bei einem anderen Gedanken: Also um die Sache Dumont nehmen Sie sich morgen an. Und dann sah er Waaga an und fuhr fort, als rede er zu einem andern: Weil Sie wohl meinen, Sie hätten selber in jene Maschine gehört, und das wollen Sie jetzt nachholen. — Und dann erst, als wäre das nun die Antwort und das Vorige weiter nichts als Selbstgespräche, schloß er barsch: Was soll das heißen, was fällt Ihnen ein? Sie werden hier bleiben.

Nach dieser fand noch eine Art von dritter Unterredung statt, obwohl diesmal der Adjutant kein Wort äußerte. Der Kommodore hatte ihn durch die Tür angerufen: Gehen wir —, als aber Waaga hinüberkam, blieb er noch sitzen hinter dem Arbeitstisch, der ganz leer war. Er verließ nur Schreibtische mit einer abgefegten Platte. Es lag nichts da, und offenbar hatte er schon etliche Zeit unbeschäftigt so gesessen. Waaga sah ihn an, sein Gesicht, das von der Tischlampe angeschienen war, ein mageres Gesicht mit den Falten einer Magenkrankheit, dieses Berufsleidens, ein verlorenes, jähes und übermäßig gespanntes Gesicht.

Der Kommodore zog noch einmal die Schublade auf, mit deren Schlüssel er gespielt hatte, und brachte ein beschriebenes Blatt zum Vorschein.

Der Oberfähnrich von Schwersenz, sagte er, hat mir heute diese Meldung abgegeben. Lesen Sie.

Waaga las wie befohlen das Blatt durch und antwortete nichts. Das Blatt betraf einen Vorfall, dessen Zeuge der Oberfähnrich an einer anderen Front geworden war, und der offenbar sein Gewissen aufregte. Waaga las sorgfältig, dann wollte er das Blatt zurückgeben, aber der Kommodore hatte schon wieder abgeschlossen und den Schlüssel eingesteckt.

Schwersenz, sagte er, hat mir die Sache mündlich vorgetragen. Ich habe ihn angehört und ihm entgegnet: Es freut mich, daß Sie zu mir kommen. Aber glauben Sie, daß wir da, Sie oder ich, etwas ausrichten können? Belasten Sie sich nicht, Schwersenz, sagte ich zu ihm, halten Sie Ihren Kopf frei und seien Sie froh, wenn Sie selber mit Anstand durchkommen. — Aber Schwersenz war damit nicht zufrieden. Er meinte, der Anstand gehöre allen und sei unteilbar. Und ich sagte ihm wiederum, Kriege würden bekanntlich ja nicht von Barmherzigen Schwestern geführt, sonst wäre alles gut, und im übrigen könne er ja leicht Gegenrechnungen aufstellen. Stoff sei vorhanden. Aber Schwersenz antwortete, der gehe ihn nichts an, das sei nichts als Krämerei.

Krämerei sagte er, fuhr der Kommodore fort, und ich fragte ihn etwas ungeduldig: Was versprechen Sie sich denn eigentlich von Ihrem Vorgehen? Nicht viel, entgegnete Schwersenz. Aber das ist auch nicht wichtig. Es kommt nur darauf an, daß immer einer da ist, der laut sagt, was Unrecht ist. — Was meinen Sie zu so einem Oberfähnrich? Endlich frage ich ihn, was er denn nun Handgreifliches von mir erwartet. Und er will Tatbericht eingereicht haben. Einen Tatbericht gegen Unbekannt.

Schwersenz ist jung, Waaga, und wenn er mit seinem Kommodore spricht, so hat für ihn der Kommodore immer noch etwas vom lieben Gott an sich, und man kann den Oberfähnrich nicht enttäuschen. Ich wollte nicht anfangen, mich mit ihm über Dienstwege zu unterhalten, über die Mittelstellen und Verbindungsstäbe, die so eine Sache durchlaufen würde; selbst wenn sie ans Ziel käme, so würde kein Mensch mehr die Schuldigen finden. Machen Sie es schriftlich, Schwersenz, sagte ich zu ihm, und geben Sie es ohne allen Dienstweg an mich. Und da ist die Sache.

Waaga hatte das Blatt wieder hingelegt, aber der Kommodore sagte mit einer Bewegung: Sie verstehen mich nicht. Ich habe es damit an Sie weitergegeben. Sie können es behalten, Waaga.

Und er sah Waaga an. Er hatte jetzt wirklich ein altes Gesicht, auch seine Stimme klang älter, aber nicht kalt; es war immer noch seine warme einnehmende Stimme, die er hatte, wenn es auf einen Scherz hinausging.

Schwersenz hat recht, sagte er, der Anstand ist unteilbar. Ausrichten kann ich nichts, aber ich möchte gern, daß die Meinungen der Oberfähnriche erhalten bleiben. Legen Sie eine Sammlung an, Waaga. Ich hätte ganz gern, wenn Sie uns überlebten.

15.

In dieser Nacht schlief de Bruyn, der dem Major seinen Schlafplatz abgetreten hatte, in der Gefechtsbaracke. Hinter dem Bereitschaftsraum gab es ein ziemlich enges Gelaß, in dem zwei Bettstellen aus Eisenrohr, jede zweistockig, aufgeschlagen standen. Freilich zog die Bereitschaftsrotte es meist vor, die Spanne Nacht auf Liegestühlen im vorderen Raum zu verbringen, wo man freier atmete.

De Bruyn hatte sich, ohne etwas abzulegen, auf eines der oberen Betten hingestreckt; er lag allein und war sehr rasch eingeschlafen. Wovon er dann erwachte, das wußte er nicht, auch nicht, wieviel Zeit verstrichen sei, doch erschien ihm die Zeit seit dem Einschlafen kurz. Er blieb regungslos liegen, in einem gewissen bleiernen Behagen, das mit körperlicher Bangigkeit gemischt war, zu träge, um die Uhr ans Gesicht zu führen, er dachte schwerfällig: Wieso und wozu war ich denn nun eigentlich aufgewacht, und was treibe ich da: wohin geht es? Graue fließende Helle, die heillose Helle des nördlichen Meers lag draußen und drinnen, ein Halblicht, das weder Umrisse zeichnete noch Schatten entstehen ließ. De Bruyn spürte eine seltsame Aufregung in sich zunehmen, eine Aufregung wie von Gift oder beginnendem Fieber, er fing an, auf etwas zu warten, aber er wußte nicht, auf was. Da hörte er es das erstemal.

An der Wand, unmittelbar neben dem Kopfende der Pritsche, auf der er lag, stand ein Schrank, ein gewöhnlicher graublau gestrichener Mannschaftsspind. Der Schrank war nicht mehr verschließbar und gehörte niemandem; eine einflügelige Schraube, ein sogenannter Wiener Reiber, hielt die Tür zu. Weder auf dem Schrank noch hinter dem Schrank befand sich etwas, der Schrank stand mit seinen dünnen Wänden nachlässig zugedrückt da, und jetzt klopfte es in diesem Schrank. Es klopfte, war dann verstummt und fing wieder an zu klopfen. De Bruyn hob den Kopf langsam, ob er seinen Ohren trauen könne, hob den Kopf und suchte mit Blicken die Stelle, woher das Geräusch kam. Da war kein Zweifel, die Laute wanderten nicht und kamen auch nicht verwischt; von einem Fleck, vielleicht handgroß und eine halbe Armlänge vor der Bruyns Gesicht, gingen die Töne aus. De Bruyn schob sein Gesicht vor, obwohl er sich etwas scheute, und die Töne gewannen noch an Deutlichkeit; es klopfte jetzt gleichsam vor seinen Augen. Das Geräusch war angenehm, zierlich wie etwa ein Trommeln von Fingerkuppen auf dem Boden einer Geige, ein anmutig bemessenes Klopfen.

Jetzt hört sich alles auf, dachte de Bruyn und stützte sich auf die Ellbogen. Etwas unbehaglich war ihm, er spürte es im Zwerchfell, aber nicht widerwärtig. Wer will da etwas von mir? Laut sagte er: Bitte, was wird hier gewünscht? Ich kann es leider nicht raten. Aber es kam keine Antwort.

Doch wenig darauf wiederholten sich die Zeichen. Und de Bruyn dachte: Ich muß wirklich nachsehen. Ich bin sozusagen verpflichtet, die Sache zu untersuchen. Er rutschte vom Bett, und obwohl seine Finger sich sträubten, drückte er den Schraubenflügel zur Seite und zog die Tür auf. Der Spind war fast leer, das Innere dämmerte. Ein Eimer und zwei Scheuerbesen waren darin abgestellt, auf dem Eimer der schadhafte Korb, in dem die Hummern aufbewahrt worden waren. De Bruyn zog den Korb heraus und hielt ihn gegen das Fenster, nichts als ein paar Löcher im Geflecht, es roch nach Meer und Tang und auch nach feuchten Scheuerlappen und nach Heringen, und de Bruyn bewegte auch die Besen und stieß an den Scheuereimer und drückte dann die Tür wieder zu. Kaum daß er aber wieder lag, kamen die Zeichen dicht neben seinem Kopf.

Offenbar meldet sich da jemand, dachte er, aber wer oder was? Es steht nichts davon in der Verordnung über Frequenzen und Rufzeichen. Auch die Auswahl an Leuten ist ziemlich groß, die sich etwa melden könnten, es hat keinen Sinn, daran herumzuraten. Vielleicht Rossa? Rossa auf seiner Dienstreise, das könnte möglich sein.

Er horchte, aber nichts bestätigte seine Frage. Endlich dachte er: Nun, so bin ich es wahrscheinlich selber. De Bruyn an de Bruyn. Ende. Bitte kommen.

Und er antwortete: Viktor Viktor, was *Verstanden* bedeutete.

Ein kleiner Wirbel, fast zierlich, fast feierlich zufrieden, beschloß das Stück. Na ja, dachte er, nun doch stärker betroffen, das war immerhin eine merkwürdige Angelegenheit. Er blieb liegen ohne einen Gedanken, leer, aber nicht unbehaglich. Ihm selbst schien es, als ob er hell wach bleibe und als werde er nicht wieder einschlafen, aber doch zog sich sein Bewußtsein immer mehr aus ihm zurück. Als er endgültig erwachte, merkte er, daß er noch einmal sehr fest geschlafen hatte.

16.

In dieser Nacht stand in einer Hauptstadt des südlichen Heimatkriegsgebiets, in einem lichtlosen, von Bomben angeschlagenen Bahnhof, einer der vielen Züge, die warten mußten, weil Einflüge den Verkehr unterbrachen. Die Abfahrt verschob sich endlos, und die Verwitwete Eva Dumont, soeben über den Tod ihres Mannes verständigt und zu seiner Bestattung gerufen, saß eingeengt in ihrem Abteil, das mit Menschen gefüllt war. Obwohl kaum gesprochen wurde, hielt in dem Wagen eine Unruhe an, ein Poltern, Gedräng und Streifen, denn immer wieder stiegen Reisende aus, um vergeblich Erkundigung einzuziehen, oder zwängten sich andere durch den Gang, die noch einen Platz suchten. Eva Dumont sah durch einen Ritz in der Fensterblende hinaus auf ein Stück wüsten, von Splitterschlag häßlich gesprenkelten Bahnsteigs, wo Menschen vage vorüberkreuzten. Es schien ihr eine ziellose ohnmächtige Bewegung wie von Baumstrünken oder toten Körpern, die eine Trift bald schneller und bald zögernder über einen dämmerigen Grund jagt. Sie nahm es wahr, obwohl sie nicht die Absicht hatte, etwas zu sehen; in ihrer Starre wollte sie weder teilen noch geteilt werden, dies alles, der Aufenthalt, die Menschen waren ihr gleichgültig. Doch konnte sie nicht verhindern, daß dann und wann ein Umriß, eine Gebärde, ein Schritt ihr auffielen und an ein flüchtiges Bild ein matter Gedanke anschoß, den sie sogleich verscheuchte. Sie haßte die Bilder, welche sie ablenkten. Ein paarmal strich lebhafter und offenbar eilig eine weibliche Person vorüber. Sie trug trotz der Jahreszeit einen weißlichen Pelz umgehängt, der im Zwielicht schimmerte, kein elegantes Stück, mehr eine Felljacke, wie sie im Felde getragen wird, und Frau Dumont dachte wider Willen: Was will diese Person bloß, was macht sie sich zu schaffen? Da ist sie wieder. Sie steigt ein und steigt aus, sie sucht und holt ein und gibt auch Auskunft; spielt sie sich auf? Ich kann Personen nicht ausstehen, die so viel Gegenwart verbreiten. Aber was geht mich das an, dachte sie dann und flüsterte diese Worte ein paarmal wie eine Formel, mit der sie sich abschloß: Was geht das mich an? Das ist mir doch gänzlich gleichgültig.

Gnädige Frau? sagte ein Mensch in Uniform ihr gegenüber, den sie erst jetzt bemerkte.

Bitte? Nein, danke. Ich hatte nichts gesagt.

Bitte sehr, gnädige Frau.

Frau Dumont saß aufrecht, ohne anzulehnen, sie wandte jetzt den Blick in den Wagen zurück, sie hätte lieber die Augen geschlossen, aber vermochte es nicht, sie konnte sich noch zu wenig wehren, und wieder belästigte sie ein anderes Gesicht. Das Gesicht gehörte einem Mitreisenden, der schräg gegenüber eine Ecke besetzt hatte. Er saß unter der blau verschmierten Glühbirne so, daß er etwas von dem räudigen

Licht auffing. Es war ein großes, rotes, erbittertes und erschrockenes Gesicht, das Gesicht eines eigensinnigen alten Menschen, der etwas durchsetzen will und der erschrickt und in seinem Inneren wütet, weil ein blinder Unverstand ihm seinen Weg zu verlegen droht. Der Herr war weißhaarig, er trug eine Brille mit dicken Rändern und eine Reisemütze. Auch hatte er eine Überjacke von kräftigem Stoff nicht abgelegt, die mit Pelz besetzt war. Auf seiner Brust hing am Riemen ein Feldglas, und er hielt mit beiden Händen den Lauf einer Jagdflinte zwischen seinen Knieen. So glich er auf den ersten Blick einem der Herren, die sonntags nach ihrer Jagd unterwegs sind. Doch legte ein zweiter Blick eine andere Vermutung nahe: diese Sachen wurden zu keinem Zweck mitgeführt. Es waren vielmehr Sachen, die gerettet werden sollten. Dort saß ein Mensch, der sich retten wollte, ein Flüchtender, der am Leib trug und sich aufgepackt hatte, soviel er schleppen konnte und was ihm das Wertvollste war. Der Mann saß auch aufrecht, er saß so aufrecht wie Frau Dumont in ihren schwarzen Kleidern, und auch er rührte sich nicht.

Dann und wann flaches Stimmengewirr, näher und ferner aufkommend und verdrossen absterbend, dann endlich hörte man eine laute Stimme sagen: Wir müssen einsteigen. Der Zug wird aus der Halle gefahren.

In der Tat setzten die Wagen sich langsam in Bewegung, während da und dort noch ein Ruf undeutlich verhallte und Türen platschten. Schwerfällig, fast geräuschlos glitt der Zug hinaus, glitt stoßend und schlenkernd über unendliche Weichengelände und gewann langsam Fahrt. Dazwischen hielt er wieder an; durch die Ritzen der Fenster geisterte ein Widerschein bleicher Feuer, die tief am Horizont und sehr fern zuckten und hin und her sprangen, und in den Wagen blieb es ganz still, so still, daß man Atemzüge hörte, das Scharren von Sohlen, die Bewegung der Körper, die sich in den Kleidern rührten. Dann kam ein Donnern herauf, überfloß als ein schweres Schüttern den ganzen Himmel, verebbte und erneuerte sich.

Wellen, sagte eine Stimme, lauter Wellen. Eine Welle hinter der anderen.

Die Fahrt hörte ganz auf. Der Zug stand irgendwo auf einer schwarzen Heide, und wer sich vorbeugte, sah dann und wann irgendwo weit draußen ein Magnesiumlicht langsam niederschweben. Der Himmel rollte.

Das ist es, sagte eine Stimme, die dem Herrn mit der Flinte gehörte. Die Stimme klang wie die eines streitsüchtigen alten Beamten, der nicht müde geworden ist, auf einen Mißstand hinzuweisen, der sich jetzt rächen wird. Darum mache ich nicht mehr mit, sagte die Stimme. Ich besitze eine Blockhütte in der Heide, und dort gibt es keinen Alarm. Lieber elend hausen als gar kein Leben mehr.

Und bei dieser Rede sah der Herr mit der Büchse Frau Dumont nahm wenig von den Umständen wahr, unter kennte er sie schon lange und wollte zu ihr sagen: Da seht ihr es, was ihr davon habt, wenn ihr mitmacht.

Es wurde eine der unabsehbaren quälenden Fahrten, an welche die Menschen sich hatten gewöhnen müssen. Eva Dumont nahm wenig von den Umständen wahr, unter denen sie reiste, sie reiste so weit und nichts konnte sie mehr wundernehmen, und wenn etwas, dann bloß, daß sie überhaupt an ein Ziel kam.

Im Vorgelände von Schaaken stand der Zug mehrere Stunden. Es gab keine Einfahrt, und endlich hieß es, daß der Bahnhof Schaaken getroffen sei und der Zug nicht weiterfahre. Man stolperte zwischen den Gleisen. Gedränge entstand um die Bahnbediensteten, die Auskunft erteilten.

In den Wagen quetschten sich Reisende, die nach außen strebten, und andere, die zurückkamen, um ihre Koffer zu holen; Gerüchte flogen und widerlegten sich. Endlich wurde allgemein zum Aussteigen aufgerufen. Namen von Vorortstationen, Ziffern von Güterbahnhöfen wurden genannt, die niemand kannte und wo Anschlußzüge bereitstehen sollten.

Man nahm die Koffer auf, drängte und stieß sich übernächtig und abgespannt und tappte auf dem weglosen Grund. Wer zusammengehörte, tauschte Zurufe über die Köpfe weg, Gruppen sammelten sich und erhielten Zuwachs durch andere, die um Anschluß baten. Manche, die schwer zu tragen hatten, mußten stehenbleiben und absetzen; dann aber hasteten sie hinter den anderen her, als gingen sie sonst verloren. Frau Dumont ging allein, sie hatte nicht viel zu tragen und keine Gesellschaft nahm sich ihrer an; das Gehen war schattenhaft vor ihr, Laute und Schritte hinter ihr, und sie trieb dazwischen. Ein fahler Schein begann die Umrisse der Stadt zu erhellen. Der trottende Zug bog in eine Straße, und das Gehen wurde weniger beschwerlich. Häßliche bresthafte Häuser mit zugezogenen Läden, Schuppen und Kohlenzäune wechselten rechts und links.

Dann sah Frau Dumont auch den Herrn mit der Büchse wieder. Er ging in geringer Entfernung vor ihr, gleichfalls allein, ganz gerade, vorsichtig und etwas steif. An jeder Hand trug er eine Tasche aus starkem Leder, und die Taschen waren prall und mit Sorgfalt so vollgestopft, daß sie weder Beulen noch Falten aufwiesen. Die Taschen zogen die Arme des Herrn straff nach unten, und wenn der Herr ein Trümmerstück umgehen oder es übersteigen mußte, verrieten sie ihr Gewicht. Die Flinte hing jetzt am Riemen korrekt so über einer Schulter, daß ihr Lauf senkrecht aufwärts zeigte. Das alles hatte etwas Steifes, es erinnerte an eine Holzfigur; so ging er, ein Robinson, ein hölzerner Robinson, wütig, pedantisch und entschlossen nach einer Insel; er hatte sich losgesagt, machte nicht mehr mit. Vielleicht halfen ihm wertvoll Bücher, die er in seinen Taschen trug; seine Flinte würde ihm helfen, sich zu nähren und Vögel zu schießen.

Frau Dumont kannte den Weg nicht, aber vermutlich befanden sich weiter vorn Leute, die Bescheid wußten und die Richtung angaben, und die Grüppchen und Einzelgänger strudelten hinterher. Es ging um Ecken, der Marsch zog sich auseinander, und der Mann mit der Flinte kam Frau Dumont aus den Augen. Die Gegend sah städtischer aus, man befand sich offenbar nahe der Verkehrsmitte, doch war alles ausgestorben, die Läden gefallen, die Geleise der Tram unbefahren. Und da lag der Herr mit der Flinte plötzlich lang auf dem Gehsteig, ein paar Schritt von einer Laterne, deren winziges Licht vor dem fahlen Himmel eine Aura von Staub umgab.

Sie sah ihn liegen, ausgestreckt, ohne Anstalten und Bewegungen, genau so wie er gegangen war. Der Mann, der nicht mehr hatte mitspielen wollen, lag auf dem Gesicht und war nicht anders gefallen als eine kippende Holzfigur; er hatte beide Taschen noch an ihren Henkeln, und auch die Flinte lag auf ihm, ohne verrutscht zu sein. Die Schuhsohlen zeigten jetzt nach oben, gleichfalls gute, dauerhafte und wenig vernutzte Schuhsohlen, die ein Stück Geld gekostet hatten. Bloß die Brille befand sich nicht, wo sie hingehörte; sie lag zerbrochen neben dem Kopf, und ein paar Splitter lagen herumgesät. Das war das einzige, was den Anblick böse, was ihn beängstigend machte.

Frau Dumont blickte sich um, und da niemand sonst kam, bückte sie sich nieder und rief den Mann. Er zeigte keine Bewegung, und jetzt rührte sie ihn am Stoff seiner Jacke, zupfte und versuchte, ihn umzudrehen. Der Körper war schwer, es gelang nicht, ihr Hut und Schleier belästigten sie,

sie riß beides ab und schaute wieder zurück, ob jemand zu Hilfe käme. Aber ein paar Fußgänger hasteten vorbei, sie hatten es eilig, waren sogar ein wenig ausgebogen und trappelten unter ihren Lasten. Ein toter Mensch auf der Straße war damals nicht ungewöhnlich, sie hatten alle schon mehr Tote umgangen oder waren über sie weggestiegen, und da mit diesem schon jemand sich abgab, mochte das genügen. Reisende lassen sich nicht gern aufhalten. Eva Dumont überlegte, was sie zu tun habe, und wie sie aus dieser Sache herauskomme. Eine Regung für diesen Toten empfand sie nicht, er war ihr vor Minuten noch zuwider gewesen, jetzt war er ihr anvertraut, und sie hatte doch genug mit sich selber zu schaffen. Da kniete sie nun in ihren schwarzen Handschuhen und mit ihrem weißen Gesicht.

Plötzlich stand die Person mit dem weißen Pelz neben ihr und bückte sich gleichfalls. Beide Frauen streiften sich einen Augenblick mit den Augen, und Frau Dumont schien es dabei seltsamerweise, als habe die Fremde eine Art Ähnlichkeit mit ihr selbst. Doch war keine Zeit, sich mit solchen Vergleichen aufzuhalten.

Kommen Sie, sagte das Mädchen in dem weißen Fell, legen wir ihn auf den Rücken. Sie griff sehr besonnen zu, das hatte sogar etwas Handwerksmäßiges, etwas von dem, was Frau Dumont zu Beginn dieser Fahrt verärgert hatte. Ein geläufiger Mensch, der keine Ruhe geben kann. Jetzt hatten sie den Mann umgedreht; der Mann besaß keinen Blick mehr, obwohl die Augen weit offen standen. Der Mund klaffte schräg, und unter der Nase stand etwas Blut.

Sofort knöpfte das Mädchen mit ihren gelernten Bewegungen ihm Jacke, Kragen und Hemd auf, sie schien keine Abneigung überwinden zu müssen. Das Herz schlägt nicht mehr, sagte sie wie zu einem Schreiber hinter ihr. Es ist ein toter Mann. Er hat einen Schlag bekommen.

Ich bin Schwester, sagte sie nebenher im gleichen Ton zu Frau Dumont.

Sie hatte die Brille aufgenommen und sogar die Scherben gesammelt, die sie nun einen Augenblick in der Hand wog, unschlüssig, was sie mit ihnen beginnen solle. Schließlich warf sie die Scherben weg in den Rinnstein und schob das leere Brillengestell in eine Brusttasche des Toten.

Was machen wir jetzt, sagte sie mehr zu sich selbst, sah dann Frau Dumont an und überlegte. Einzelne Reisende tauchten noch immer aus der Dämmerung und trotteten vorüber; in keinem Haus rührte sich etwas.

Unser Zug, sagte Frau Dumont, wird nicht warten.

Das wäre nicht so schlimm, sagte die Schwester. Züge erreicht man fast immer noch. Aber wem lassen wir den Mann da?

Dann sagte sie bestimmt: Bitte bleiben Sie hier noch ein paar Minuten. Ich werde einen Arzt suchen oder eine Wache.

Sie entfernte sich, und jetzt saß Frau Dumont allein bei dem Toten. Sie wunderte sich dumpf, wie sie in diese Lage geraten sei, und dann schien ihr schattenhaft wahrscheinlich, dies sei eine notwendige Station ihrer Reise in das neblige Land, und dann kam ihr auch zu Bewußtsein, daß sie da noch immer kauerte in einer unbequemen Haltung, die allmählich schmerzte, und sie richtete sich einen Augenblick auf und ruhte sich aus. Aber dann schien ihr ungehörig, wie sie dastand und der entseelte Mensch da auf dem Boden lag vor ihren Schuhspitzen, und so ließ sie sich unwillkürlich wieder auf ein Knie nieder, als wäre das anständiger oder bereitwilliger, und endlich setzte sie sich auf den Straßenbord. Und jetzt saß sie da wieder in ihren schwarzen Handschuhen. Ziemlich weit oben sah sie die weiße Jacke schräg über die Straße treiben; sonst war die Straße vollends ganz unbelebt, niemand ging mehr vorüber und hatte Eile. Dagegen fielen jetzt die Sirenen ein und gaben heulend Alarm.

Eva Dumont kümmerte sich nicht darum, sie sah auch den Toten nicht an, das entstellte Gesicht blieb ihr gleichgültig; sie starrte auf einen Fleck Pflaster neben seinem Kopf und dachte: Ausgeschickt und auf Reisen, um bei den Toten zu sitzen. Was will dieser Mann von mir, warum hat er es auf mich abgesehen, was habe ich ihm getan, daß ich an seiner Leiche Wache halten muß? Warum hat er mich beschäftigt, schon als er in den Zug stieg? Warum hält er mich auf, wo ich doch Eile habe zu meinem eigenen Toten? Eile, Eile. Eile zu Toten und oh Gott was werde ich von ihm finden und in diesen Händen halten nach meiner Eile des Todes dem Tode den Tod —

Sie schluckte trocken und schob sorgfältig, so als wäre sie sehr gesammelt, an ihren Handschuhen, schob eifrig das feine Leder an ihren Fingern aufwärts, aber sie redete noch immer weiter in sich und sagte noch einmal: des Todes dem Tode den Tod. Lieber Gott, ich bin aus den Fugen. Zu Toten ausgeschickt und den Tod deklinierend. Des Todes dem Tod. Wie denn? Dieser Herr da, dieser vermögliche Mensch, der sich das Häuschen im Wald leisten konnte und so eine Flinte, das ist ein Stück für den Gewehrschrank eines Gutsbesitzers, lauter teure Sachen, so wie sie Junggesellen sich halten: und niemand dreht sich um nach ihm, vielleicht klagt nicht einmal jemand hinter ihm her; nichts fehlt und er selbst würde niemand fehlen, was ist das für eine billige Erwerbung, für eine schäbige Beute des Todes dem Tod. Na schön, alles da, er kann es sich leisten, er will nicht mehr mitmachen, und da stellt der Herr Tod ihm das Bein. Fertig. Wende dich, wie du willst, da ist kein Seitenweg. Du mußt es bestehen. Mundlos und wie ein Ding, wohl zu gebrauchen.

Sie hatte kein Gefühl für die Zeit, auch vergessen, daß

sie einen Zug erreichen wollte, trotzdem schien ihr, die Schwester bleibe viel länger aus, als ihre Absicht gewesen war. Es surrte aus dem rußigen Himmel, und die Flak schoß nach dem Punktziel. Jetzt kommen sie, dachte Frau Dumont, sich die Sache zu besehen. Es verging eine der Nächte, von denen Soldaten zuweilen etwas beklemmt sagten, die Zivilbevölkerung habe einen schweren Stand. Eine Batterie, die ganz in der Nähe liegen mußte, setzte röhrend ein und verstummte nach wenigen Schüssen. Eva Dumont rührte sich nicht, ein paar Splitter klingelten auf dem Pflaster. Aus dem schimmeligen Grau tauchte eine Katze, blinzelte, streckte das Genick und ließ sich dann nieder, indem sie die Lippen leckte. Sie blickte gleichgültig an den beiden Menschen vorbei. In diesem Augenblick schien es Frau Dumont, als gehöre sie doch zu dem Toten. Er war ein Mensch gewesen, wer kannte ihn? Niemand außer ihr hätte sich sonst vielleicht zu ihm gesetzt; nichts Besonderes und nicht viel, wenn ein Mensch sich zu einem anderen setzt, und doch ist auch das wenige oft schwer zu erlangen. Jetzt aber saß sie bei ihm. Es war jetzt gleichgültig, daß er tot war, und wessen Toter.

Inzwischen kam die Schwester zurück und sagte: Das ist ein vertrackter Zustand, aber es ist tatsächlich nicht zu schaffen. Ich habe geklingelt, wo ein Ärzteschild war, und es kam niemand, vielleicht ist da gar keine Praxis mehr und alles eingezogen, und schließlich machte man mir irgendwo auf, und ich fragte, wo die nächste Dienststelle liege, und da war auch eine und zwei Soldaten darin, und ich forderte Hilfe, und sie meinten, sie kämen aber nicht während des Alarms, da dürften sie nicht aus ihrem Bereich, und die Leitungen waren belegt oder waren gestört, und da bin ich wieder. Ein Toter macht viel Scherereien.

Bitte, gehen doch Sie, sagte die Schwester nach einer Pause. Versuchen Sie doch, noch Ihren Zug zu bekommen. Ich muß hier warten. Es gibt ja Hunde und Katzen.

Aber Eva Dumont schüttelte den Kopf und entgegnete: Ach nein. Ich würde allein ohnedies nicht den Weg finden.

Sie empfand plötzlich Furcht vor der Öde, vor dem rußigen Tod, der ihr in den Straßen noch einmal begegnen konnte. Sie war schwächer als vorher, und das hieß, daß sie zu sich kam. Die Schwester, diese beherzte und vielleicht ein wenig rüde Person, die ihr unangenehm gewesen, erschien ihr jetzt besser als jeder andere Aufenthalt. Sie sagte: Es ist am besten, wenn ich mit Ihnen warte. Vielleicht würde man mich irgendwo anhalten, solang Alarm ist. Vielleicht können wir nachher zusammen weiterreisen.

Wenn Sie wollen, sagte die Schwester. Die Schwester löste dem Toten sein seidenes Tuch aus dem Halsausschnitt, sie schlang es zusammen, umwand damit sein Gesicht und machte einen Knoten. Auch diese Handlung war mit ein paar Griffen vollendet, und dann sah Frau Dumont, wie die Schwester sich bekreuzigte und ihre Lippen sich etwas bewegten.

Dann fragte die Schwester gleichmütig, indem sie das Gespräch wieder aufnahm: Wohin fahren Sie? Und sie richtete ihren kühlen verständigen Blick auf die schwarze Dame. Sie sind in Trauer?

Ich fahre zu meinem Mann, sagte Eva Dumont.

— fragte die Schwester weiter, ohne sich eines Worts zu bedienen.

Ja, sagte Eva Dumont. Er wird morgen begraben. Er wird heute begraben.

Die Schwester schwieg, dann sagte sie: Sie tun mir sehr leid. Das sind sehr schwere Tage. Nein, es ist schwer und wird immer das Gleiche und immer schwer sein.

Und nachher: War es im Lazarett?

Nein. Es war ein Absturz mit dem Flugzeug.

Jäger?

Ja.

Und also ein Unfall?

Er war verwundet gewesen und sollte nicht fliegen. Er sollte nicht mehr, aber er hielt es nicht aus, er wollte sich wieder einfliegen. Dabei ist es passiert.

Kommen Sie, sagte die Schwester und zog sie einen Schritt fort, wo eine Treppe zu einem poveren Laden hinaufführte, dessen Jalousien blätterten. Hier können wir uns setzen. Sie holte Zigaretten hervor und bot an. Danke, sagte Frau Dumont und bediente sich. Danke. Das tut jetzt tatsächlich gut. Und sie wiederholte in ihren Gedanken: Gut, indem sie das Feuer annahm, sie dachte: ja, gut und kein gelernter Handgriff. Aber sie fuhr in sich zusammen dabei, es kam sie so an, es war die Spannung, die sich löste, die Kälte und Schlaflosigkeit.

Mein Gott, sagte die Schwester, die es wahrnahm, daß ich tatsächlich da nicht daran gedacht habe. Wie kann mir das jetzt erst einfallen. Kommen Sie doch her. Das Ding reicht für zwei.

Danke, sagte Eva Dumont noch einmal und erhob keinen Einspruch, sie saß auch nicht mehr gerade, sondern ließ zu, daß die Unbekannte den Pelz lockerte und sie mit hineinnahm. Sie schlief sogar einen Augenblick blitzhaft tief ein.

So saßen die beiden Frauen, Eva Dumont, in ihrem dreiundzwanzigsten Jahr verwitwet, und die fremde Schwester, und paßten auf. Und der unbekannte Tote, den sie bewachten, lag da vor ihnen und schien mit seiner Lage nicht unzufrieden. Man sah nicht einmal sogleich, daß er tot war, denn die Schwester hatte ihm eine seiner Taschen unter den

Kopf geschoben. Wer entfernter vorbeigegangen wäre, der hätte sich verwundern können über dies seltsame Biwak.

Die Menschen waren unterwegs, alle waren unterwegs wie aufgescheucht, verloren und suchten einander und strengten ihre Augen an und fanden sich nicht; Lebende suchten einander, und andere Lebende suchten Tote, und die Lebenden fanden andere Lebende als die, welche sie suchten, und fanden andere Tote, nach denen sie nicht unterwegs gewesen waren, oder sie fanden Tote, wo sie Lebendige antreffen wollten, und die Toten suchten sich auch auf und fanden sich. Alles war unterwegs, auch wenn diese elende graue Straße leer und verlassen blieb. Frau Dumont schrak wieder auf in dem Augenblick, als die Zigarette in ihren Fingern zu rutschen anfing, sie griff zu und sog den Rauch ein, und ihr begann flüchtig zu schwindeln. Sie spürte, daß sie schwach war und daß sie hungerte. Aber es war fast ein Wohlgefühl, Hunger zu spüren.

Ich muß ein Schiff erreichen, sagte die Schwester. Ein Schiff nach Norden. Ich habe einen Transport begleitet und mache Dienst in einem Lazarett. Übrigens habe ich einen Bruder, der Jäger ist. Ich heiße de Bruyn. Mette de Bruyn.

17.

ROSSA DER VATER war fast einen Tag dagewesen, und sie hatten sich fast an den Alten gewöhnt, ließen es ihm an nichts fehlen und setzten ihm einen Liegestuhl zwischen die ihrigen. So lag er herum mit seinen Hemdsärmeln und Hosenträgern. Die Hose saß ihm nicht ganz, sie reichte hinauf bis fast unter das Brustbein, und die Röhren ließen unten die Wollsocken sehen, und die Wollsocken schlotterten über den Stiefelrand. Er griff mit den Händen rücklings über sich in die Leisten des Faltstuhls, es waren alte vernutzte Arme mit steifen Gelenken, knochig und unschön. Er streckte sich in der Sonne und verlor alle Befangenheit, ließ hin und her schwatzen mit sich, und sie taten ihm den Gefallen und kamen häufig auf seinen Sohn zu sprechen, obwohl er von sich aus nicht davon anfing. Und ein paar, die gönnerhaft taten und so, als ließen sie den alten Kerl bloß um Gotteswillen ankommen, die taten es vermutlich bloß aus Verlegenheit. Sichtbar fühlte der alte Mann sich wohl, er fühlte sich vielleicht sogar erhoben, vielleicht war es der schönste Urlaub in seinem Leben, ein Urlaub, den er mit seinem Sohn verbrachte, auch wenn der Sohn nicht daran teilnahm. Lauter noble junge Leute, und nicht hochmütig, jezt konnte er sich alles vorstellen, wie das aussah und wo sein Sohn hingehörte. Das war so gut, als wenn Rossa dagewesen wäre und sich an dem Besuch geniert hätte, das war viel besser so.

Sie führten ihn auch herum und ließen ihn sogar in eine Maschine klettern und zeigten ihm die paar Dutzend Hebel und Zeigeruhren und erklärten ihm den simplen kleinen Gefechtsstand, das Meldewesen und die Lagekarten auf dem Zeichentisch. Alles betrachtete er sich langsam und eingehend wie ein Bauer, er stellte auch Fragen, die Hand und Fuß hatten. Zuletzt blieb er an der Seekarte stehen und fuhr über eine bestimmte Stelle suchend mit den Fingern her. Sie fragten, und er antwortete, dies sei die Höhe, auf der damals die Schlacht vor dem Skager Rak sich abgespielt habe. An dieser habe er an Bord eines Torpedoboots teilgenommen. Sie sagten nicht viel darauf, aber es gefiel ihnen, daß er damit erst jetzt herausrückte. Er gewann bei ihnen noch mehr.

Nun aber war seine Zeit da, er hatte den Aufenthalt über Gebühr ausgedehnt, weil er immer noch heimlich hoffte, daß sein Sohn vielleicht doch von der Dienstreise zurückkehre. Mehr konnte er nicht zusetzen, wiewohl ihm Hauptmann Rohde noch einen Zettel abgefaßt hatte für seinen Einheitsführer. Der alte Mann verabschiedete sich beklommen und wußte jetzt wieder nicht recht, war er ein Gast oder ein niederer Dienstgrad und ob und vor wem er strammstehen solle. Beklommen, das war er, aber er hatte doch ein verstecktes Glänzen in seinem Gesicht. Eine mißratene Reise, die trotzdem vorzüglich abgelaufen war. Ob er zu essen habe? Aber der Feldkoch hatte ihm schon ein Paket gemacht, dessen Papier fettete und das er an einem Bindfaden in der Hand trug. Gepäck hatte er sonst keines.

Dann ging er rüstig, ein wenig steif in den Knieen, ohne zurückzublicken, mit seinen beharrlichen Schritten der Lände zu. So war es gut; sie waren nie sonst zusammengekommen, Vater und Sohn, jetzt hatte es sich gefügt, das war viel Glück für den Alten, alle hatten sie etwas an seinem Sohn anzuerkennen gewußt. Sie sahen ihm nach vom Rollfeld, wie er hinunterstieg, und als sie sich abkehrten, sahen sie aneinander vorbei; das war sonderbar, wieviel Gemütsbewegung so ein alter Kauz diesen Burschen verursachte.

Als die Fähre dann draußen schwamm in dem Fjord, der gliß wie flüssige Glut zwischen schwarzen Schlackenrändern, kam der Fernsprecher Hirschmann aus der Gefechtsbaracke, suchte de Bruyn und meldete: Herr Leutnant, etwas von dem Gefreiten Rossa. Ein Funkspruch ans Geschwader und von dort weitergegeben. Rossa ist aufgefischt worden, und man hat ihn an Bord eines Transporters gebracht.

Und der Transporter, sagte de Bruyn, setzt seinen Marsch fort, und Rossa muß mit ihm fahren. Er fährt jetzt geradewegs dorthin, woher sein Vater gekommen ist. Und wenn dann der Alte dort ankommt, ist Rossa soeben mit dem nächsten Pott wieder abgefahren, abgesehen davon, daß keiner vom anderen weiß.

Teufel noch einmal, sagte Hörath, das hätte auch eine Viertelstunde früher kommen können. Ob wir den Alten noch erreichen?

Ach wo denn, sagte de Bruyn. Das ist doch alles so gut gegangen.

18.

Das ist aber noch ein vornehmes Vereinsleben hier, sagte der neue Hauptmann, den der Kommodore mitgebracht hatte. Särge nach Maß, weiße Tischtücher und zum Frühstück ein weiches Ei. Da merkt einer gleich, daß er wieder zuhause ist. Da kann man von Komfort reden. Macht jeder Tote euch so viel Scherereien?

Die Hauptleute Fuchs und Vehlgast sowie der Adjutant saßen beim Frühstück, und es handelte sich um die Beerdigung, die Fuchs so voreilig angeordnet hatte. Waaga sah Vehlgast an und mochte nicht antworten. Die Art, wie der neue Herr sich einführte, reizte den älteren Hauptmann Fuchs, und Waaga gefiel sie auch nicht besonders. Trotzdem, das Gesicht mißfiel ihm nicht. Verläßlich, dachte Waaga, verlassen, gelassen, alles zusammen. Er verstand, daß Vehlgasts Redeweise keine Herausforderung bedeuten sollte. Vehlgast wollte nichts verderben, aber offenbar wollte er auch nichts gewinnen.

Wir sind hier im Heimatkriegsgebiet, sagte Fuchs kühl, da gelten andere Bestimmungen. Man zieht die Angehörigen bei und erweist die militärischen Ehren.

Hauptmann Fuchs war Offizier im Kaiserlichen Heer und dann Schauspieler gewesen, bis er eines Stimmleidens wegen erneut hatte die Laufbahn wechseln müssen. Seither hatte er eine kleine Konzertagentur betrieben, die ihn ziemlich schäbig erhielt, bis er wieder Dienst hatte nehmen können.

Er haßte die Erinnerung an diese zurückliegenden Jahre. Obwohl er nicht mehr flog, legte er Wert darauf, nicht für einen Büro-Offizier angesehen zu werden. Da zum Beispiel innerhalb des Stabs ihm Angelegenheiten anvertraut waren, die unter das Aktenzeichen „Abwehr" fielen, so liebte er es, nachts Posten anzugehen, plötzlich vor ihnen aus dem Boden zu wachsen und sich melden zu lassen, oder er brachte geheimnisvolle Zeichen an abgestellten Maschinen an, um einen Mangel an Wachsamkeit nachzuweisen. Das Wort „Abwehr" mit seinem vieldeutigen und geheimnisvollen Klang hatte es ihm angetan. Ebenso liebte er alles, was mit militärischen Schaustellungen zusammenhing.

Wen oder was bestattet ihr da eigentlich, fragte der neue Hauptmann.

Es ist schon alles richtig veranlaßt, entgegnete Fuchs kühl. Wir sind keine Anfänger. Es gibt schließlich Diskretionen, Herr Vehlgast. Und Begründungen, weshalb so ein Sarg nicht mehr geöffnet wird, finden sich immer.

Und dabei schämt ihr euch gar nicht?

Oh ja, sagte der Adjutant finster, obwohl ihn Vehlgast jetzt auch reizte, wir schämen uns ziemlich.

Wieso denn, sagte Mayer-Pütz, der gerade auch Platz nahm, das sehe ich nicht ein. Das sind doch symbolische Handlungen, die ihren Wert in sich tragen. Hat einmal jemand untersucht, wer beispielsweise in so einem Grab des Unbekannten Soldaten drinliegt? Es gilt trotzdem.

Ich höre, sagte Vehlgast.

Das Militärische dran, fuhr Mayer-Pütz fort, das *Zur Salve fertig* und *Hoch legt an* und *Feuer*, das prägt sich ein. Das bleibt den Angehörigen unvergeßlich.

Eine Art Abfindung, sagte Vehlgast. Abfindungen haben etwas Unreelles.

Waaga hörte nicht weiter zu, was die Herren sich zu

sagen hatten. Fest stand, daß Vehlgast ihnen stark auf die Nerven fiel, und das war verständlich. Ich habe gleich so ein Gefühl gehabt, hörte man Fuchs ein paar Tage später sagen: genau von dem Tag an, als dieser Herr eintraf, ging alles quer. Es war mir gleich, als sei mit ihm der Klabautermann bei uns an Bord gegangen.

Frau Dumont ist unterwegs, meldete Waaga dem Kommodore. Es ist nicht möglich, sie aufzuhalten.

Rechnen Sie aus, wann sie eintreffen kann. Ich selber will heute nach Niebüll zur zweiten Gruppe. Vertreten Sie mich.

Jawohl, Herr Oberstleutnant. Aber wir machen keine Beerdigung.

Was soll denn das heißen?

Das sind doch lauter Lügen. Hier geht es doch nicht um einen Betriebsunfall, den man beschönigt. Das ist eine Frau aus einer Soldatenfamilie. Die will die Stelle sehen. Und dann sieht sie, was da los war, mit einem Blick.

Verhindern Sie, daß sie hinkommt.

Das wird schwer halten.

Von mir aus, sagte der Kommodore, machen Sie keine Beerdigung. Greifen Sie es an, wie Sie wollen. Jedenfalls habe ich jetzt genug von euren Uhrmachereien.

Und dann, fuhr er fort, denken Sie noch einmal nach über eine bestimmte neuartige Sorte von Betriebsunfällen.

Waaga begleitete ihn an die Maschine. Es lärmte überall von den Liegeplätzen, und Fahrzeuge waren auf der Ringstraße unterwegs. Das einzelne Flugzeug, das zum Start rollte und dann leicht abhob, fiel kaum auf in dem Getriebe.

Sogleich rief Waaga die Gruppe an und bat Brede, ihm seinen Oberwerkmeister und einen Wagen zu schicken. Er fuhr selbst mit, stieg am Scholmer Friedhof aus und hieß die Leute warten. Wenn niemand da ist, sagte er zu sich, lade ich einfach auf, und dann können sie sich meinetwegen wundern, was da vor sich gegangen ist.

Es war ein hübscher gepflegter Friedhof mit vielen alten Bäumen. Zu beiden Seiten des Hauptwegs reihten sich Grablegen im Geschmack der Zopfzeit, offenbar Ruhestätten von Notabeln, von Efeu dicht überwuchert. Vasen und Säulen leuchteten weiß vor dunklem Taxus, und Buchs duftete streng. Damals hatte der Tod noch Würden.

Die Kapelle stand offen und darin der Sarg des Hauptmann Dumont unter dem Fahnentuch, das blutrot schimmerte. Aber als eben Waaga eintreten wollte, richtete seitab sich jemand zwischen den Gräbern auf und kam herüber. Es war ein alter Mann in einer Gärtnerschürze.

Sie sind der Aufseher, sagte Waaga. Ich komme wegen des Sargs hier. Wir werden ihn mitnehmen.

Was wollen Sie mitnehmen? Ich kann Sie nicht so gut verstehen. Ich bin schon bei Jahren, Herr Oberleutnant.

Den Sarg nehmen wir wieder mit, Herr Aufseher, schrie der Adjutant vorgeneigt.

Den Sarg? Das können Sie aber nicht mehr, Herr Oberleutnant. Heute um drei ist die Beerdigung.

Die Beerdigung findet nicht statt.

Ich kann Sie nicht so gut —

Es wird keine Beerdigung geben, schrie Waaga noch einmal.

Das kann nicht sein. Das ist nicht in meiner Vorschrift. Wenn hier einer liegt, der muß auch beerdigt werden.

Aber ich sage Ihnen doch, daß wir den Sarg mitnehmen. Wir machen eine Überführung. Die Beerdigung findet wo anders statt.

Das geht jetzt nicht mehr an. Eine Beerdigung kann man nicht abbestellen, Herr Oberleutnant. Ich bin schon bei

Jahren, Herr Oberleutnant, aber dergleichen ist hier nicht passiert. Und das Grab ist auch fertig.

Lassen Sie es offen. Für Gräber gibt es immer Abnehmer.

Die Friedhofsordnung —

Das mit der Friedhofsordnung erledigen wir später, sagte Waaga ungeduldig. Ich habe meinen Wagen draußen, und wir können nicht so lange warten.

Aber der Alte wurde jetzt hartnäckig. Er war klein und stumpig, mit einer Schifferkrause und einer blauen Schirmmütze auf dem Kopf. Seine Augen standen wimperlos und mit roten Rändern in dem knitterigen Gesicht, und sein Atem roch teerig. Mit einer Flinkheit, die überraschte, war er an Waaga vorbeigeschlüpft, hatte die Tür zugezogen, verschlossen und den Schlüssel in seine Tasche versenkt. Jetzt stand er auf den Stufen und sah aus wie ein alter Köter, der einen Knochen nicht herausgeben will. Und Waaga mußte einlenken. Er konnte nicht mit einem Totengräber ins Handgemenge geraten um einen Sarg, der ein paar Eisenstücke enthielt. Hier half nicht einmal Brüllen; und das hatte er nun von den Verzierungen auf seinem Rock.

Dann also, sagte er und strengte seine Stimme immer widerwilliger an. Dann sagen Sie mir wenigstens, von wem Sie einen Befehl annehmen.

So etwas, sagte der Alte zäh, das könnte allenfalls nur der Herr Pastor genehmigen.

19.

Waaga machte kehrt, indes der Alte blinzelnd den Platz hielt. Er dachte: Da sieht man, wer Meister ist. Während er einen Seitenweg hinunterging auf ein Pförtchen zu, das in den Pastoratsgarten führte, fiel ihm der alte Schurr ein.

Der alte Schurr hatte eine Gärtnerei an der Friedhofsmauer besessen. Der alte Schurr trug einen hohen vom Wetter verfärbten Strohhut, er war ein Altlediger und galt für ein wenig wunderlich, obwohl er die schönsten Zähne besaß, das ganze Gebiß unangetastet, und sehr sanfte Augen. Überhaupt zeigten seine Bewegungen die Geduld, das Behutsame, das im Umgang mit Pflanzen erworben wird. Auch hatte er keinen teerigen Atem, sondern roch Zutrauen erweckend nach einer linden, von der Sonne gewärmten Erde und nach dem lauen Wasser, welches zum Begießen in Blechwannen bereitgestellt war. Die Mutter suchte ihn auf, um sich Kresse scheren oder Schwarzwurzeln ausziehen zu lassen. Alles wurde frisch aus dem Beet geholt, nichts stand erlahmt herum in Kisten oder in Körben. Der alte Schurr sah den Kleinen, wenn er mit der Mutter gekommen war, zog ein paar Radieschen aus, spülte sie im Becken rein, drehte das Kraut ab und bot sie ihm mit einer scherzenden Bewegung. Oder er fing auch an, einen Busch Astern zu schneiden. Dazu lachte er, es war ein frauenhaftes, hauchendes Lachen, und ging auf und ab mit seinen zarten Gebärden und seinem stoppeligen Gesicht. Obwohl der Alte mit dem Kirchhof nichts zu tun hatte außer dem Umstand, daß sein Glashaus an die Kirchhofmauer angebaut stand, schien er Waaga dem Kind der Herr des Totenackers oder dessen Pförtner. Denn man mußte an ihm vorbei, wenn man Gräber aufsuchte, und nahm Blumen von ihm mit. Der Alte zog ihn sonderbar an, und auf manchem kindlichen Streifzug hatte er ihn belauscht über die niedrige Mauer hinweg. Der Herr Gärtner kauerte dann da in guter Ruhe und zog Setzlinge aus einem Beet, er drückte ihre Wurzelballen behutsam zusammen und senkte sie ein in Töpfe, von denen ein Stapel neben ihm aufgeschichtet war. Immer war es die gleiche fast geräuschlose Bewegung; die Sonne fiel durch das Hutgeflecht, und durch kleine Löcher in der Krempe entstanden Lichtfunken, die geheimnisvoll in dem beschattetem Gesicht tanzten. Er pflanzt um, sagte der kleine Bursche zu sich. Der Alte war so freundlich, und doch verlor Waaga damals nie ganz eine Scheu vor ihm, er schien ihm ein großer Herr im Verborgenen, vielleicht verzaubert, ein Herrscher, der seine Herrschaft verbarg, wahrscheinlich kein gewöhnlicher Gärtner. Später merkte Waaga, daß er sich lange Zeit den Tod so wie den alten Schurr vorgestellt hatte.

Jetzt aber hatte er den Tod etwas genauer kennen gelernt, und der Tod sah nicht mehr aus wie der alte Schurr und schon eher wie der alte Knicker da bei der Kapelle, der glich dem Tod wahrscheinlich so, wie der Bediente etwas von der Herrschaft annimmt. Und als Waaga vollends durch die Pforte eintrat und in dem Garten voranging, wurde ihm bewußt, daß er jetzt einen Bereich beschritten hatte, in dem seine Uniform nichts galt, hier saß eine sehr alte Macht, und er nahm sich aus wie ein Emporkömmling in einem bunten Rock; das beklemmte ihn, denn er stammte selber aus einem Pfarrhaus. Eine braune Tür, und der Türknauf aus Messing, das nahm sich respektabel aus. Eigentlich durfte das Messing da nicht mehr sein, alle Buntmetalle waren gesammelt worden, aber hier die Tür ging nach hinten hinaus, da war sie nicht so gesehen. Die Tür war unverschlossen, und Waaga ging durch den Flur mit einem roten Ziegelboden und weißen Wänden; da standen auch Schränke und enthielten die Tauf-, Ehe- und Totenregister, die Verkündbücher und Amtsblätter und all den gesalbten heilig ehrwürdigen Muff, der die Luft so streng machte, so eine Luft zwischen Sakristei und Studierstube und bürgerlichen Zierden. So war es auch zuhause gewesen und jetzt nicht mehr und nie mehr; und sonderbar, wenn es sich um

Beerdigungen handelte, kam man doch nicht ohne den Pfarrer aus, wenigstens hier nicht im Heimatkriegsgebiet.

Und dann ging der Pfarrer mit hinüber und ließ den hartnäckigen Wächter abtreten, und die vier Männer von Bredes Werftzug holten den Sarg heraus. Bewegt euch anständig, sagte der Oberwerkmeister, bedenkt, was das für ein Ding ist, das ihr da angefaßt habt. Waaga mit dem Pfarrer sah zu, und die Männer in ihren schwarzen Schlosseranzügen mühten sich, gleichen Schritt zu halten, und die Kiste schwankte zwischen ihnen. Aber der Totengräber ging ein paar Schritte dahinter unwirsch und argwöhnisch bis zum Ausgang und so, als lasse er immer noch ungern diese Last aus seiner Botmäßigkeit und schüttle den Kopf über die Obrigkeit, welche wie häufig zu milde gewesen war.

Lassen Sie in Halle Drei abladen, sagte Waaga auf der Heimfahrt zu dem Oberwerkmeister, und lassen Sie dann die Männer wegtreten. Es braucht kein dummes Geschwätz zu geben.

20.

Es gibt Tage, an denen eine unendliche Strecke durchmessen wird. Der Geist, wenn er später die Bilder heraufruft, meint dann, ein Jahr habe für diese Bilder kaum Raum genug besessen, aber es war nur ein Tag, der alles enthielt, ein einziger Tag, der alles enthüllte. Und solche Tage können nur lang scheinen, aber manche sind wirklich früh da und sputen sich, damit es an Stunden nicht fehle.

Drüben in Randvig schlug Leutnant de Bruyn die Augen auf und blickte aus seinem Liegestuhl, ohne sich zu bewegen, hinüber zu seinem Rottenflieger. Es ging gegen zwei; die nördliche Nacht währte kurz, so daß eine Bereitschaftsrotte nicht aus den Kleidern kam, und de Bruyn machte diese

Nacht selber Dienst. In dem Raum war bis gegen elf Uhr geraucht und getrunken worden, einige grobe Tassen, Aschenschalen und angerissene Keksschachteln standen auf dem Tisch. Die Helle des abnehmenden Monds, den man nicht sah, floß durch das unabgeschirmte Fenster und schien ratlos auf jedes Ding.

De Bruyns Rottenflieger, der Gefreite Winckler, schlief halb ausgestreckt, beide Hände in den Taschen und so, wie er im Zwielicht eingenickt war. Sein Kopf lag auf dem Wulst der Schwimmweste, und sein Körper war, vom Schlaf überwältigt, zusammengesackt. Winckler schlief in der dumpfen gesammelten Lust, mit der junge Leute sich dem Schlaf überlassen, der dampfenden Lust des Säuglings, der sich an die fließende Brust krallt, er hatte den Mund halb offen, und seine Kniee zuckten manchmal wie von einem Sturz im Traum. Dann sah de Bruyn aber, daß den jungen Menschen Dinge heimsuchen mußten, die er am Tag von sich hielt. Er sah ihn erschrecken, den Kopf schütteln und wieder horchen. De Bruyn wußte einiges von ihm, zum Beispiel besaß Winckler eine Schwester von elf Jahren, die von Bomben getroffen im Gips liegen mußte und nie mehr ein gerader Mensch werden würde. Lauter arme Luder, die in der Heimat, geduldig und vertrauend, und sie hatten es nicht gut und hockten in Kellerlöchern und bekamen keine Sonderverpflegung und warteten, daß ihre Söhne, ihre Gatten und Brüder es wenden würden, und ihre Söhne, ihre Gatten und Brüder hielten auch Wacht und bekamen ihre Fliegerzulagen und ihre Sonderverpflegung, aber sie konnten nichts wenden, und wenn sie in die Heimat kamen, schämten sie sich. Das war nicht mehr wie vor Ilion, keine Jugend mehr, die ihre Leiber schützend vor die Heiligtümer der Heimat zu werfen vermochte, damit war es aus, von oben kam es herab schütternd und blendend, zerreißend und

Krüppel hinterlassend. De Bruyn wurde unruhig: wohin mit dem allem? Überall Klagen, die aus der Nacht ihre fahlen Häupter hoben, Klagen, die antworteten aus der eigenen Brust, Anfechtungen, die Männer zermürbten: wohin? Er hob den Oberkörper gegen die Tür hin, durch deren Ritzen Licht quoll, sie ging auf und ein Schreiber der Auswertung rief ihn halblaut an: Herr Leutnant!

De Bruyn war schnell aufgestanden und stand drüben zwinkernd im Lampenlicht. Ein Rauchschwaden hing in der Mitte des bretternen Raums und zog sich wie ein Leintuch, und das Radio leierte. Der Kartentisch glänzte, und auf der Haut der Karte hatte der Zeichner Schiffchen gemalt, kuriose Kinderschiffchen, jedes mit einem Rauchschnörkel oben und einer Ziffer unter dem Kiel. Das waren Standorte eines eigenen Schiffsgeleites, die stündlich erkoppelt wurden. Nun aber wuchsen vom Rand der Karte heran Kreuzchen, schossen aneinander und schoben sich fein geschlängelt heran, eine Kette von schwarzen Kreuzchen. Ein Ziel näherte sich den Schiffen.

De Bruyn sah auf die Uhr: keine Startzeit für Tag- und Schönwetterflieger, keine Startzeit für Jäger. Aber für uns vielleicht, Winckler und mich? O he. Er stieß die Tür auf ins Freie.

Wasser, Felsen, die Rollstraße lagen in einem schwimmenden elbischen Licht. Der Spätmond, die Hungerlaterne, schien blaß herauf über Slaggdalen. Die Luft erregte. De Bruyn lief ein paar Schritte in das Dämmern und kehrte um. Ach was, sagte er laut für sich. Lustig, Winckler. Er rührte scharf die Klingel zu den Warten und rief zugleich: Los, los. Heraus, Winckler. Sie liefen.

De Bruyn und der Gefreite liefen in das gaukelnde Licht. Die Warte waren schon heraus und bewegten sich vor ihnen schattenhaft gegen die beiden Maschinen. Neben dem Leutnant warf der junge Winckler die Beine wie ein Füllen. In ihrem Laufschritt kämpften die beiden Flugzeugführer gegen das Geschlenker von Schenkelsäcken und Signalgurten.

Ein Start um Kopf und Kragen, rief de Bruyn. Sie nannten es so, obwohl doch eigentlich jeder Start leicht um Kopf und Kragen ging. Machst du mit, Winckler? Ich nehm's auf die Kappe.

Herr Leutnant!

Es war zwei Uhr drei Minuten. Die Maschinen hatten Kaltstart und zogen vor langen Fahnen hinweg, die an der Blässe des Himmels trübe herunterflossen. Die Warte standen und blickten hinter den rasch Entschwindenden her.

Es wurde ein Nachtabschuß. Sie hatten Glück, daß sie Berührung bekamen. Der Mond half ihnen, sie sahen ihr Ziel einen Augenblick gegen die muschelfarbene Helle, die er ins Meer ergoß. Sogleich setzten sie an. Es war ein zweimotoriges einzeln fliegendes Kampfflugzeug, vermutlich ein Minenleger. Er fing an, Buntfeuer zu schießen, rot weiß, weiß rot; die Sterne strudelten über das schattenhafte Tragwerk, ein huschender Schatten das Flugzeug, der Sterne spritzte. Sie griffen an. Winckler war stark erregt, die barbarische rote Erregung des Tötens, Töten erlaubt und befohlen; er hielt hinein. Es wurde ein zäher Gegner, und die Abwehr gefährlich. Die zwei Jäger verständigten sich, jeder allein und gekrümmt in der brüllenden Zelle, die Hälse lang und die Stirne am Reflexvisier; hin und her in den Kopfhauben hörten sie ihre Stimmen krachen und röcheln, und dazwischen schrie der junge Winckler, ohne den Sprechknopf zu drücken, für sich allein; dann schlug ihm etwas durch die Kabine und sengte sein Gesicht an wie ein Rasiermesserschnitt. Er verstummte jäh, es troff ihm zwischen die Zähne, er sprudelte und spie aus und hielt wieder hinein. Sie sägten dem Fremden die Flächen an, saßen ihm auf wie die Habichte, hackten und hämmerten. Jetzt sackte ein Federbein heraus und schlenkerte, dann war es geschafft, ein Motor fing an zu flackern. Obacht er fällt, schrie de Bruyn. Aber der Gegner flog einen wilden Zickzack, dann schwang er schmierend ab, und hinter ihm her stürzten beide. De Bruyn kam noch einmal zum Schuß, und jetzt fegten sie niedrig über dem Wasser einem Schauer entgegen, der sie rasch einhüllte, sie sahen den Verfolgten ausbrechen, er blakte und qualmte stärker. Dann war ein zweiter Schauer da, schon milchig erhellt, und rechts und links See kühl erblauend, der Morgen heraufgekommen, und noch einmal das mörderische Fangspiel; sie schwangen weit aus und kreisten, da sahen sie nichts mehr, so lang sie sich draußen halten konnten, und dann kehrten sie um.

21.

Grell und verwunderlich langten der Tod und der Täuscher Ruhm in das Leben der Jäger. Es gab keinen Übergang, keinen Wechsel der Szene, keine vorbereitenden Umstände. Ein Mann vernahm den Alarm vielleicht am Schreibtisch oder in einem Sessel, geblümt und so groß wie ein Haus; er schmiß die Karten hin oder legte die Zigarre ab, und vielleicht gloste noch die Zigarre in der Schale, da war er schon selber nichts mehr als eine Erinnerung und stand unter: Verluste in der Tagesabschlußmeldung. Er kam einfach nicht wieder; obwohl er irgendwo geblieben sein mußte, fand man vielleicht nicht einmal eine Spur von ihm. Vielleicht aber auch kam er zurück ins Gewohnte, kam herab mit einem fremden Geruch von Erleuchtung oder Verwilderung, der erst langsam von ihm verflog. Er war durch den Tod gestoßen oder hatte ihn ausgeteilt; die Schuld, der Schrecken, die tierische Trauer und Entfesselung schufen eine Zone der Scheu um ihn für die Zurückgebliebenen. Aber seine Maschine stand dort wie versehentlich mit aus dem Traum gefallen, mit zerfetzten Blechen und verschleimten Rohren. Leise knackend, mit feinem Stöhnen kühlte das Flugzeug aus neben den Rabatten, auf welchen die Bodenmannschaft Blumen gezüchtet hatte, Kleinbürgerblumen: Kosmäen, Stinkende Hoffahrt, Studentennelken.

De Bruyn war auf den Beinen geblieben. Er hatte seinen Gefreiten zum Flicken begleitet und mit angesehen, daß es nicht viel auf sich habe mit der Schramme, wenn sie auch unangenehm blutete; die Oberlippe war zackig aufgerissen. Schwamm drüber, sagte der Horstarzt, nachdem er drei Nadeln eingeführt hatte. Das schwillt jetzt ein bißchen auf und beißt dann, mein Lieber, und mit den feurigen Küssen hat es für einige Zeit sein Bewenden, mit dem guten Armagnac auch, falls ihr noch welchen im Versteck habt. Oder soll ich das Maul gleich ganz vernähen? Das gibt gute Staatsbürger. Also, das wäre es.

Seine Genossen fingen an ihn zu hänseln.

Wie da plötzlich eine Stille war im Funksprech, sagte Hörath. Der Winckler! Es fiel geradezu auf. Jetzt kann er Trappist werden, oder wie man die Leute nennt.

Laßt mir meinen Winckler, sagte de Bruyn zufrieden. Er kann so bleiben. Fracksausen hat er nie gehabt. Was macht eigentlich unser anderer Spitaler, was macht Cornils? Hält der Spieß Verbindung mit Vraadal?

Jawohl, Herr Leutnant. Der Hauptfeldwebel hat gestern abend sogar Cornils selber am Apparat gehabt. Cornils fehlt nichts, er hat noch nicht einmal einen Schnupfen. Aber die Schwestern meinen es gut und wollen ihn noch ein bißchen päppeln.

Das wird ihm süß eingehen.

Nein, er mault und will entlassen werden. Er sagt, er geht zu Fuß zur Staffel zurück.

Cornils zu Fuß!

Mitten darin überfiel es de Bruyn in einem der Liegestühle; er blieb einfach liegen, wie er war, und eine Müdigkeit wie eine Kappe legte sich über ihn; die Sonne war lange herauf, sie begann zu wärmen. De Bruyn schlief schnell und dumpf ein, und augenblicklich begann er zu träumen.

Der Traum war beklemmend. Erst war es nur Himmel, der vor dem Träumenden flimmerte, ein Himmel mit einer hohen Aufzugsbewölkung, die branstig und böse durchstrahlt war. Unter dem hohen Bezug trieben Quellwolken mit flauschigem Rand nach vorn, der Horizont entließ immer neue Wolkenbäusche, die dort wie Sprengpunkte plötzlich austraten und dann, schnell sich vergrößernd, wie große Quallen schaukelnd, in den Farben des Rauchtopas spielend den Raum durchschwebten. Während aber das Treiben anhielt, wuchs gratig vor dem unendlichen Wallen eine Zeichnung. Sie spann sich zusammen wie ein Gespinst aus Glasfäden, und immer noch schossen neue Fäden hinein. Jetzt fing de Bruyn an, das Bild zu kennen, es war ein Blatt aus der Holzschnitt-Apokalypse, das Blatt mit dem Drachenkampf. De Bruyn kannte in dem Blatt jeden Zug und jeden Winkel; es hatte über dem Arbeitstisch seines Vaters gehangen. Er hatte als Kind einmal nachgefragt, warum denn das Gesicht des Kämpfenden so gepeinigt sei, denn er müsse doch siegen; es gefiel ihm nicht, ein Sieger mußte anders beschaffen sein. Damals hatte sein Vater ihm Auskunft gegeben, daß nicht jeder, der kämpfe, zu siegen bestimmt, und auch, daß ein Sieg, der nicht Qual verursache, kein Verdienst sei. Den Text kannte er damals nicht, der dem Bild zugrunde lag, die Qual und Entscheidungslosigkeit in Gesicht und Händen des Engels, die der Chronist mit den Worten zeichnet: Sie überwanden ihn nicht.

Jetzt zuckte das Liniengerüst, das Gesicht des Engels wendete sich dumpf, er setzte die Lanze gegen das Echsengekröse; das warf sich und wirbelte, im Gewölk verpuffend, und quoll sogleich wieder auf. Dann fielen tief unten am rechten Rand, über See, eines und dann noch ein paar winzige Flugzeuge aus dem Himmel und gingen schwärzlich ins Wasser nieder, das sich glatt und spurlos über ihnen schloß. Und das Bild verwischte sich nicht, es blieb zitternd stehen und warf und verzog sich dann und wann wie in einem Flußspiegel, es ließ sich nicht vertreiben. Plötzlich erwachte de Bruyn, spürte eine Schwüle stechend auf seinem Gesicht und fühlte sein Halstuch kleben; er griff hinein und starrte schon abwesend auf den Gefreiten Hirschmann, der eben aus der Baracke gelaufen kam. Hirschmann meldete ein Fernschreibgespräch.

Als de Bruyn zurückkam, sah er verändert aus. Sein Tag war schon lang gewesen, aber noch war es erst früher Vormittag.

Er rief: Macht alles fertig. Der Hauptfeldwebel soll kommen und der Oberwerkmeister. Verlegung sofort mit allen Maschinen nach Scholm.

22.

Der Angriff hatte begonnen. Die Schlacht war da, zu welcher der Angriff auf Schaaken bloß ein Vorgeplänkel gewesen, die jahrlange Schlacht, die am Himmel zog und ihr Land pflügte wie eine feurige Egge und ihre Kraft fressen sollte, ihre Maschinen, ihre Plätze und Werkstätten, endlich sie selbst, so viele noch übrig waren. Eine Schlacht ohne Aussicht für sie, sie konnten sie nicht gewinnen; sie war schon verloren, als sie begann. Das wußten wenige, denn sie waren gewöhnt worden zu siegen; sie taten das Ihre und Nächste und sahen nicht alles zugleich.

Es begann an dem Tag und wurde die längste und ausgedehnteste Aktion, in der sich das Geschwader bisher befunden hatte. Die Anflüge kamen in einer breiten Front und waren erkannt, als de Bruyn aus Randvig befohlen wurde. Sie dehnten sich über Stunden und währten noch, solang schon die ersten Rückflüge den Bereich schnitten.

Auf den Glaskarten der Gefechtsstände flogen die Punkte an, die Ziele bedeuteten. Sie sammelten sich wie schwarze Schmeißfliegen. Jede Marke war ein Kreuz, das der Fettstift hinschmierte, mit einer Uhrzeit dabei. Bald mangelte es an Platz in den beflogenen Schneisen, die Punkte klumpten sich an wie Bienenschwärme, es kam kaum mehr auf Meldungen an, es würde keine Mühe mehr verursachen, Berührung zu bekommen. Die Punkte sammelten sich zu Bändern, die Bänder streckten sich und bildeten Ströme, die Ströme wälzten sich fort, sandten Arme aus, die sich verloren oder wieder in die allgemeine Flut einmündeten oder sie schnitten Rinnsale schlängelten sich daneben wie Alt- oder Gegenwässer. Da und dort tauchten neue Kurse auf, die sich geschwinder fortpflanzten, das waren die Vorausjagden, die seitlichen Abschirmungen.

Es war fast unmöglich, das Bild zu entwirren, die Wellen zu unterscheiden oder die einzelnen Pulks zu verfolgen. Unaufhörlich spieen die Leitungen, die von den Meßgeräten herführten, ihre Werte aus, dann kamen Geräuschmeldungen, Sichtmeldungen, Beobachtungen einzelner Flugwachen, Funksprüche von Einheiten auf See. Die Gefechtsstände waren vom Murmeln vieler Stimmen erfüllt, es rauschte und plapperte in den Muscheln der Fernsprecher, Summer tönten und Lichter blinkten und zwinkerten; Zettel raschelten, wurden abgelesen und zu Bündeln gespießt. Die Leiter der Auswertungen führten ihre Nebenkarten, auf denen sie Deutungen der Lagebilder versuchten. Sie arbeiteten wie Entzifferer von Handschriften, deren Schlüssel verschollen ist, und lieferten die Unterlagen für die Befehle an die eigene Jagd.

Erst nach Mittag zeichneten sich die Linien deutlicher ab. Der Gegner griff tief im Heimatbereich Werkstätten an. Die Angriffe rollten, sie holten weit über See aus, um die Flakzonen zu vermeiden, aber die Rückflüge berührten den Geschwaderbereich. Jägerpulks lösten sich ab, um die Heimkehrenden aufzufangen.

Die Schlacht, sie war da, die Schlacht über Ilion, die Schlacht im Skamander. Sie hätten mehr Staffeln besitzen müssen, um sie an den Himmel zu hängen, als sie Maschinen aufbieten konnten. Das Signal zum Start stieg, die Arme wurden lang an den Gashebeln, die Staffeln rollten an, sammelten und zogen über die Plätze in hohen klirrenden Rudeln, bis sie verschwunden waren. Man schickte ihnen ihre Befehle in die Luft. Die Bodenstellen horchten; es war über den Horsten jetzt still geworden, nur in den Funkräumen und Gefechtswagen röchelten und schnarchten die Membranen, das schemenhafte Gefließ entstellter Laute schuf Ahnungen über das, was sich droben vollzog. Rufe suchten und überkreuzten sich, die geduldigen und gedehnten Anweisungen der Bodenstellen, wiederholt und noch einmal durchgesprochen: Ende. Ende, bitte kommen. Das gespannte Warten, das überdehnte Gehör, das formlose Ergießen aus den Hörmuscheln, dann die Bestätigungen, die *Verstanden* bedeuteten: Viktor Viktor. Laut Vorschrift hatten solche Rufe nur Decknamen und Schlüsselworte zu enthalten; sie hießen vielleicht: Steckrübe an Warzenschwein, machen Sie Stacheldraht in Hanni sechzig über Paula Dora. Aber es kamen auch jähe Anrufe dazwischen: Hinein! oder: Paß auf, Indianer links oben. Oder: Roß an Elch, rechts voraus Dicker Hund. Oder selbst einmal ein hingerotztes: Hast Pech, der nimmt dich.

Dann kamen die ersten zurückgelandet, sie kamen in Schwärmen, in Rotten oder einzeln wieder herein. Sie drückten das Feld an und wackelten, wenn sie abgeschossen hatten, und wenn sie dann ausrollten, rannten die Warte zu den Maschinen, hoben die Schützen heraus und trugen sie auf den Schultern. Sie kamen wie Helden, mit Ruhm bedeckt, und wenn sie sich unter den Türen der Gefechtsbaracken duckten, wurden sie wieder Dienstgrade, nahmen Haltung an und meldeten. Was sie droben gesehen hatten, ihre Schrecken und Überwindungen, ihre Einsamkeit in der brüllenden Zelle, in den Räumen, wo die Luft tödlich war, das verwandelte sich in Ziffern, die ein Plus oder Minus trugen. Und sogleich, sobald aufgetankt und munitioniert war, meldeten sie sich wieder ab. Jetzt warfen sie nicht mehr die Beine wie zum Alarmstart, sie stapften langsamer zu ihren Maschinen, sie gingen jetzt eher wie der Schütze, der sich zum zweiten und dritten Angriff erhebt. Die Warte keuchten, ein Dunst von Abgasen, von Schweiß und Öl, von erhitzten Blechen und verschleimten Waffen, von Treibstoff stand um die Maschinenrümpfe, die sich knackend streckten. Es kam jetzt nicht mehr auf Zugehörigkeit an. Wer als Fremder einfiel, rollte zu einem der Liegeplätze und wurde dort gewartet, und sobald vier oder sechs oder mehr Flugzeuge wieder klar waren, nahm einer die Führung, und sie starteten. Zuletzt flogen sie noch in Rotten.

Staffeln waren zersprengt worden, und neue Verbände formierten sich kurzlebig, in denen wenige schon zusammen geflogen waren. Man hörte Namen von Vermißten, erkundigte sich nach Schützen, von denen man gewohnt war, daß sie Erfolge heimbrachten. Neue Namen wurden gehört, die bisher kaum genannt worden waren. Der Nachwuchs zeichnete sich aus. Junge Leute kamen zurück und hatten abgeschossen, starteten hinaus und wurden nie mehr gesehen. Ihre

Namen wanderten, sie gingen von Mund zu Mund durch die Liegeplätze. Und neue Landungen anderer Flugzeugführer, alte sichere Leute von Nachbargruppen, die auch Abschüsse brachten, gut beobachtete und von Zeugenschaften gestützte. Man zählte; das Personal am Boden versuchte, Rechnungen aufzustellen. Aber noch hatte es selbst nichts von den Gefechten gesehen.

Da näherte sich die Schlacht für eine Weile, sie floß minutenlang in zwei Strömen zwischen Scholm und Niebüll hinweg. Straßen am Himmel, gleißende Straßen, Straßen von Metall, von Kondens und Geräuschen, das Röhren der Bomberströme, das helle, gereizte, hornissenhafte Geheul der Abschwünge, anschwellend und verflatternd. Das Donnern der schweren Verbände wie Gestänge von Schall. Man sah wenig; nur gute Augen erkannten die schwarzen ziehenden Keile und Rhomben von flüggen Tupfen, und nur die besten unterschieden die Jagd. Manchmal glänzte ein Punkt auf wie Staub, der im Licht funkt.

Plötzlich stand im Norden eine Lichterscheinung, die den Tag überstrahlte und sogleich wieder erlosch. Dann hob sich von der Stelle eine Rauchsäule, schoß aufwärts, als ob sie von einer trunkenen Kraft gespeist würde, wuchs immer noch und trieb einen Kopf aus, der quoll und dann auseinanderschlug wie ein Schirm. Gleich strudelte, fast daneben, aber dünner, ein Rauchpilz auf. Er floß in die Luft skurril aus wie Tusche, die im klaren Wasser Figuren bildet. Dann stand zwei Daumensprünge weiter ein drittes Fanal, die drei Säulen wölkten, sie drehten sich träg um sich selbst und verharrten. Sie hielten lotrecht wie Pfeiler einer Brücke, die über die Halbinsel geschlagen war. Über die Brücke rollte die Schlacht. Als sie weitergerollt war, sanken die Pfeiler langsam in sich zusammen. Die Stümpfe erhellte von innen ein trübes Rot.

Die Handlungen zogen sich auseinander. Jäger sahen einen schweren Verband ankommen, kurvten ein und gingen auf Position. Aber da hingen schon andere Jäger über ihnen, unerreichbar für sie, die Jagd des Gegners, deren Reichweite der ihrigen weit überlegen war. Ihre Besatzungen standen nicht unter dem Druck einer knappen Flugzeit. Sie drückten an, wenn sie selber zum Angriff ansetzten. Das Kurbeln begann, und der schwere Verband setzte seinen Marsch fort.

Jetzt hatte jeder schnell mit sich allein zu tun. Die Jäger trugen ihre Sache aus, sie verfolgten sich, kurvten einander aus, überstiegen einander und ließen sich fallen. Himmel oben und unten, das Meer zog über ihren Köpfen vorbei und vollendete seine Schwenkung, dann wieder Himmel, ein Himmel, aus dessen Leere jetzt Wolkenfetzen aufkochten, das Meer, in dem Schaumsträuße blühten. Eine schwarze Schleppe mit feurigem Kopf raste schlenkernd zu diesem Meer hinauf wie eine Rakete. Sie schwänzelte und kletterte noch immer hinauf ins Meer. Lichtschnüre platzten. Schwapp! ein Fallschirm, unschuldig, überirdisch erblüht. Noch ein Fallschirm. Die Kopfmuscheln rauschten. Eine krächzende Stimme: Paß auf! Eine ruhige und fast überdehnte Stimme: Dranbleiben. Wer Beschuß hatte, drehte ab nach der Küste zu.

Die See lag blau, hauchig, fein gerieft, da und dort sproßten Schaumpfeile schwimmender Einheiten. Gegen die Sonne hin fing die Fläche zu flimmern an, sie blendete und löste sich allmählich in Glanz auf. Inseln schwammen schwarz in dem Glanz wie Brocken im kochenden Blei. Das alles zog unter den Flächen der hochflossigen Vögel hinweg, der fliegenden Festungen, der Ketten von Festungen, die im Raum hingen. Sie standen, und Erde und Meer spulten sich unter ihnen gemächlich ab. Die Zeit fraß den Raum unter ihnen.

Sie standen aufgerückt zu Geschwadern und deckten einander, einer über dem andern, unter dem andern, neben dem andern.

Der kleine Brede hatte seinen Schwarm noch beisammen und sah vor sich die letzte Kette eines Pulks, die etwas rückwärts abhing. Er stürzte darauf, sie stürzten einer hinter dem andern. Das waren Teile von Augenblicken, Brede sah den Schatten in sein Visier tauchen und schweben und verlor ihn wieder, dann schob sich eine Fläche vergrößert herein, die Verdickungen der Motorgondeln wie Knäufe, eine Fischflanke, die Abwehr aus allen Luken flackernd — aus allen Knopflöchern, sagte Brede mit den Zähnen aufeinander, er dachte nichts, dann dachte er: jetzt, und drückte auf seine Knöpfe, und dann sah er nichts und dann einen dunklen Fetzen, einen spritzenden Span, im Fahrtwind davongetragen; dann schwang er ab, und erst nach Augenblicken suchten seine Gedanken. Wo bin ich gewesen, und woher komme ich? Er war nicht getroffen, er konnte nichts merken, daß er getroffen wäre. Eine Wärme fuhr in ihm auf, sein Kopf sauste, eine Wärme, die in der Kehle kitzelte. Dann drehte er den Kopf und sah seinen Rottenflieger hinter sich.

Da war kein Suchen mehr nach flüchtigen einzelnen Zielen. Der Himmel war voll von ihnen. Die Oberfähnriche Heinold und Neunhöfer flogen als Rotte. Sie hatten einen Pulk Jäger abgeschüttelt, nachdem ihre Staffel gesprengt worden war. Da sahen sie zwei der Viermotorigen von ihrem Verband abgefallen. Eine flog etwas seitlich und über der ersten, die angeschlagen schien, und die Geschwindigkeit beider war vermindert. Heinold setzte an, er kam von hinten gegen die höher fliegende Maschine und hatte sie messerschmal vor sich, die hohe Flosse, den Rumpf, die vier Gehäuse, er schaukelte, er tanzte in den Böen, sah einmal Bauch, einmal Flanke und Flosse weiß gebändert, das Geschlaker aus Kanzeln und Topf des gewaltigen Flügelfischs, dann eigene Treffer, eine Flamme wie aus dem Kopf eines Streichholzes zischend, eine Stichflamme; dann scherte er aus. Als er kurvte, sah er die beiden Flugzeuge noch beisammen. Das seine, das er beschossen hatte, brannte stark aus dem linken Tragwerk; er unterschied nicht, ob einer oder ob die beiden Motoren qualmten, aber es hatte Höhe eingebüßt und hing jetzt unter dem anderen Flugzeug. Dann sah er erst, daß dieser zweite auch eine Fahne schleppte. Das war Neunhöfer, dachte er, Neunhöfer hat ihn beschossen. Aber von Neunhöfer selber sah er gar nichts mehr. Der Zwischenraum zwischen den beiden kranken Maschinen wurde größer. Sie verloren weiter an Höhe und wechselten ihren Kurs, sie wollten vielleicht die Küste erreichen. Aber aus der einen schoß jetzt ein Lichtbündel, das den Rumpf zu zerschlitzen schien; eine Flamme wütete, aber sie hielt sich noch Augenblicke; endlich ein einzelner Fallschirm, dann nichts und noch drei Fallschirme schnell hintereinander, und noch einer, sie pendelten da und bildeten eine Figur wie ein großes W. Das fliegende Schiff zerbrach, es stürzte, man sah auf dem Meer Qualm und Schäumen, das Meer brannte. Brennende Flecken auf dem Meer, die auseinanderliefen, und schwarze Ballen darüber.

Darüber hatte der andere wieder den Kurs gewechselt, er schien erholt, Heinold sah keine Flammen mehr. Will er heim? sagte er. Er flog eine weite Kurve und noch einmal von vorn dort hinein gegen die dröhnende Zitadelle, er stürzte auf ihn und durch sein Feuer hindurch und spürte, jetzt war er selbst auch getroffen. Er soll nicht heimkommen, dachte er, während seine Waffen hämmerten. Hinab, dachte er, und dann quoll ihm selber in seine Kabine der Rauch.

23.

Hinab! Sie suchten einander. Sie suchten einer den andern auf und zerstörten sich. Sie luden sich auf mit Tonnen von Treibstoff und mit Tonnen von Sprengstoffen, um einander in Stücke zu blasen. Lauter teure Tote, der Tod kostete viel. Niemand kann für Lebendige so viel ausgeben. So hohe Kosten rechtfertigt allein der Krieg. Hinab! Wer stark ist, zerfetzt den andern. Hinab. Immer mehr hinab und herunter. Wer hinab ist, kommt nicht wieder herauf.

Der Unteroffizier Mahn kam auf Position, drückte an und schoß, er legte vor sich eine Feuerstraße, die sein Gegner, ein Jäger, schneiden mußte. Davor halten, dachte er und hörte den alten Gritzner, der sagte mit seiner grunzenden Stimme: Halt ihm vor die Schnauze, das ist meine Tour, laß ihn hineinfliegen. Im spitzen Winkel wuchsen sie aufeinander zu, drüben ein Fleck auf den Blechen, ein Fleck auf die sauber gefegte Flanke hingerotzt und vorher nicht dagewesen; er spürte den Schweiß ausbrechen in Lenden und Achseln und setzte zum Schrei an, da hörte er plötzlich, was in der Kopfmuschel plärrte und schon vorhin dagewesen war, oder was heißt vorhin, einen Bruchteil von eines Atemzugs Länge: der andere Schrei, der ihn warnte; aber schon war der Segen über ihm. Es schmetterte von schräg hinten in seine Kabine, beutelte ihm den Kopf und bog ihn. Oh Leben, alles das Dröhnen und Bellen ging in ein hohes Sirren über wie von Zikaden, betäubend, den Atem zerstörend, in der Mittagstille, auf dem Monte Pincio über Rom, betäubend wie Äther, die Mittagszikade, jetzt sah man das Sirren farbig, Ringe von irisierendem Licht, elastische, bis zum Springen beanspruchte Ringe aus feinem metallischem Stoff, Ringe, ins Milchweiße mündend, und dann träger rotierende Scheiben, und dann das Sirren wie unter seidenen Kissen erstickt.

Ein Feldwebel namens Lutz, siebente Staffel, taktische Nummer Elf, sah den Vorgang mit an. Merkwürdig, jetzt fingen die beiden Flugzeuge zu klettern an, dann schlug zuerst aus dem fremden Flugzeug die Flamme, es schmierte seitwärts über eine Fläche hinab. Die eigene Maschine flog noch einen Augenblick länger, dann schien sie überzogen zu stehen, und dann tauchte sie mit der Spitze vornüber und fiel eine Strecke weit durch wie ein Stein. Jetzt fing sie sich, schwang pendelnd um eine senkrechte Achse, trudelte und ließ ihre Flächen blitzen. Jetzt war sie schon sehr klein, ein Spielding, tot, zerbrechlich und zart, sie schob wie ein Falter vorm Wind schräg über eine samtgrüne Fläche, ein Feld von Luzernen, ein Kiefernwäldchen, vielfingerig wie ein Handschuh, das in grauen Sand auslief, und dort war jetzt der Schatten aufgetaucht und rann dem stürzenden Flugzeug sehr rasch entgegen. Das währte noch einen Augenblick, dann die Stichflamme, eine Brunnensäule von Dreck, die einen Augenblick stand und sich fein zerteilte und kreisförmig auseinandersank.

Lutz drehte den Kopf fleißig, denn er hatte niemand mehr hinter sich. Einen Augenblick war der Raum leer, die Leere der Schlacht, die Stille zwischen zwei Atemzügen, er hatte die Schlacht aus dem Gesicht verloren, die Schlacht hatte ihn ausgespuckt. Bläue oben und unten, ein paar Wölkchen tief drunten kraß und flott über ihren Schatten. Die Zeiger am Instrumentenbrett, leicht wie Geisterzungen. Sacra conversazione. Das tiefe Gedröhn, das Dröhnen der blauen Muschel; die Muschel dröhnte um ihn, süßer Gesang, Welt süß und dröhnend, das Muschel-Lied. Dann kehrte er jäh zu sich selbst und sah alle drei Pulks fast auf einen Schlag.

Er sah eigene Jäger, anscheinend eine Staffel, alle mit gelben Nummern, also die Neunte, aber nur sieben Flugzeuge, ein Schwarmkeil voraus und dann abgesetzt drei

Maschinen in Reihe fliegend. Dann sah er zweitens einen anderen Jagdverband, und das waren keine eigenen Jäger, viele Punkte, giftig und mückenklein und so hängend, daß sie sogleich auf diese Staffel zu stoßen vermochten. Sprechverkehr hörte er nicht, aber er sah, daß die gelben Nummern geradeaus weiterzogen. Offenbar kümmerten sie sich nicht um den Pulk, der sich über ihnen befand. Und deshalb, ohne eine genaue Verknüpfung seiner Gedanken, so wie der Anblick der Todesverachtung einen Sog ausübt, hielt der Feldwebel Lutz Kurs auf diese Staffel. Und jetzt sah er drittens, daß diese Maschinen ihrerseits schon im Angriff lagen. Sie flogen geradeaus gegen einen schweren Pulk. Das ging alles sehr schnell, die Geschwindigkeiten fraßen einander weg, Feuerschläge, aufreißende Lichter vorne und rechts und links, Lichtgestöber, Lichtstöße oben und unten; wie in der Schmiede, in der brüllenden Schmiede mitten darin, sie fielen und ließen sich fallen, zerstoben wie Funken im Sturm, keiner sah mehr den andern, zwei schleiften weiße Fahnen, Lutz selber brannte, eine Flamme leckte ihn an und war weg wie eingehaucht, dann spie es wieder, spie wie Flammengebläse und rußte ihn an. Sofort schoß er die Kabinenhaube ab, riß Haube und Gurten auf und wand sich halb erstickt auf den Bordrand.

Der Fahrtwind umschlang ihn brüllend, fegte ihn ab, nahm den Atem, es gurgelte in seiner Kehle und schnitt ins Gedärm, seine Hände wehrten sich, sie kamen nicht nach, dumme Hände, die sich wehrten und nicht losließen, wo es darauf ankam loszulassen; dann war der Druck mächtiger und legte ihn um. Eine Schwinge schoß an ihm vorbei, ein furchtbarer Streich, der ihn fehlte. Dann er selbst ein Bündel in der Luft, schlenkernd, den Mund voll Druck, und dann krampfhaft die Beine angekrümmt wie ein Kind in der Mutter, ein Kind in der großen Muschel, koppheister und noch einmal hei, noch einmal himmelan und auf und hinan zu der lustigen Erde mit dem dicken Kopf schwappend voll Blut und den fließenden Augen, mit dem Salzwasser die Wangen herab, himmelan und die himmlischen Heerscharen auch dabei, Friede auf Erden und allen die guten Willens sind. Den Menschen ein Wohlgefallen, die Erde so weit und so lustig grün. Eine Fabrik so spaßig wie aus der Spanschachtel, eine Fabrik, kenternd und noch einmal ganz herum, und dann in der Luft Blasen, Blasen wie Glaskugeln, anmutige Verneigung der Kugeln, und noch einmal ganz herum. Er wußte bis dahin von seiner Hand nichts. Seine Hand arbeitete, er und seine Hand, das waren wieder zwei Dinge, und die Hand war besonnener als der Feldwebel Lutz. Sie hatte den Griff gerissen. Sein Körper empfand den Ruck, als das Öffnen des Fallschirms einsetzte, einen Ruck und noch einen. Es zerrte und stieß, aber jetzt war der Sturz gebändigt. Die Kraft nahm zu, die über dem Sturz sich aufgefaltet hatte. Wohlgefällig, halb betäubt sah Lutz das weiße Segel über sich aufgebläht, das flüsternde Seidenzelt. Es war eine Kuppel, und die Kuppel hütete ihn. Sie gab ihm nach und ließ ihn spielen. Er schwang wie ein Kind in den Turnringen. Es war ihm, als schwebe er aufwärts, obwohl er noch immer mit sieben Sekundenmetern stürzte. Und jetzt auch verspürte er eine Zugluft an seinem linken Bein. Er sah an sich hinunter und sah seinen Fuß in der grauen Wollsocke, den Fuß über der Erde. Er hatte im Aussteigen den einen Pelzstiefel eingebüßt.

24.

In diesen Stunden war auch der Feldwebel Zehrer in der Luft gewesen. Besorgungen hatten ihn länger in Janneby West aufgehalten, denn er führte eine ganze Liste mit sich, auf der Wünsche älterer Hauptleute und Stabsoffiziere verzeichnet standen, die von Einlegesohlen über Stopfgarn und Sahne in Dosen bis zu Klaviernoten und Strumpfgürteln für stärkere Figuren reichten, und außerdem die allgemeiner gefaßten Aufträge jüngerer Offiziere, die eben „irgend etwas" mitgebracht wünschten. Nicht alles war leicht zu erlangen, Zehrer mußte eine Menge Leute aufsuchen und seine Künste spielen lassen, aber das diente seiner Beliebtheit, er legte Wert darauf, seine Unentbehrlichkeit zu befestigen. Er war ein großer Boß unter den Menschen, denen nichts mehr passieren konnte, weil beinahe jeder mit ihnen Geschäfte hatte. Und alle waren ihm dankbar, weil er verschwiegen blieb und ein Benehmen beibehielt, das genau seinem Dienstgrad entsprach.

Endlich an diesem Morgen war er mit seiner Weihe von Janneby abgeflogen und konnte zufrieden sein mit dem Gang seiner Erledigungen. Er hatte etliches umgesetzt. Warum können sie uns eigentlich denn nicht leiden in diesem Lande, sagte er zu sich, wir halten doch ihre Geschäfte ganz schön in Schwung. Nur hatte er aus Gefälligkeit einen Verwaltungsdienstgrad mitnehmen müssen, der in Flarup zu tun hatte, und diese Zwischenlandung in Flarup verdarb ihm den Tag. In Flarup war m y o gegeben worden, Landebefehl für alle eigenen Flugzeuge, als die Einflüge erkannt wurden. Man ließ ihn nicht starten. So etwas Dummes, sagte er, diese Kerle stören den ganzen Krieg. Und während die Flaruper Staffel hinausstartete, rollte er seinen Vogel weit ab an den Platzrand, wo er ihn im Schlagschatten eines Schuppens verbarg.

Jetzt lief er seit Stunden zwischen dem Flugzeug, der Flugleitung und den Räumen der Staffel unruhig hin und her. Es machte ihm Ärger, denn trotz seines angestrengten Lebenswandels wurde Zehrer immer dicker. Der Schlagschatten wanderte, er gab das Flugzeug mit seiner kostbaren Last preis, und jetzt brannte die Sonne schon einen halben Tag auf Rumpf und Tragwerk herunter. Sie sticht, dachte Zehrer aufgeregt. Es ist ekelhaft. Das Wetter wird umschlagen. Noch ein paar Stunden, und die halbe Sau wird mir zu stinken anfangen. Ich werde mit einer stinkenden halben Sau beim Stab ankommen, und das schöne Geld wird kaputt sein, und den Spott trage ich ohnedies.

Er horchte nach oben, aber die Luft war immer noch krank von Geräuschen, von fernem Murren der Batterien und dem stehenden Röhren der Durchflüge. Das Heulen und Surren der Abschwünge drang fein, aber wohl unterscheidbar an sein geübtes Ohr. Einige von den Flaruper Flugzeugen landeten mit Treffern, und sofort lief Zehrer von der Flugleitung zu den abgekämpften Piloten. Man achtete ihn nicht gerade hoch auf den Liegeplätzen, aber immerhin trug er eine goldene Spange und verstand, etwas darzustellen. Er hatte eine gewisse schmerzliche Art, über den Wechsel seiner Laufbahnen zu schweigen und doch mit seinen Erfahrungen mitteilsam zu sein. So rief er den Eindruck eines gereiften, zu seinem Leidwesen in den Schatten gestellten Aviatikers hervor, der sich seiner Umwelt erhält, damit eine bedeutende Überlieferung nicht verlorengehe.

Dann lief er wieder zu seiner Maschine, kletterte hinauf und steckte seinen Kopf unter die Kabinenhaube. In der Tat, dachte er, hier riecht es schon nach was Totem. Wer weiß, wie lang die das Zeug herumgehängt hatten. Vielleicht haben sie mir da überhaupt etwas angedreht.

Er horchte wieder den Himmel ab und murmelte: Jetzt wäre es genug, jetzt könnten sie endlich Ruhe geben. Das ist doch kein Krieg mehr.

Jedenfalls, überlegte er weiter, müssen die Ordonnanzen sich sogleich über das Zeug hermachen. Heute nacht noch.

Sie müssen es pökeln oder sonst was. Der Haag ist Metzger, der wird schon einen Trick wissen. Oder man muß es sofort abbraten und unter die Armen austeilen. Dann sähe man sofort, daß da ein Stab ist, der was für die Truppe tut.

Aber die Flugleitung sprach sich noch immer ungünstig über die Luftlage aus. Er kam nicht weiter.

25.

Am Nachmittag stellte sich auf dem Gefechtsstand der Führung, wo die einstweiligen Meldungen zusammenliefen, langsam eine Übersicht her. Dabei trat ein Sachverhalt, der zunächst zwar erfaßt, aber noch nicht beurteilt werden konnte, immer befremdender und zuletzt erkältend heraus, je mehr sich später Erfolge einstellten. Die dritte Gruppe hatte bei ihrem geschlossenen Start unter dem Major Schildknecht keine Ergebnisse erzielt. Weniger: sie hatte landen müssen, ohne zum Schuß gekommen zu sein. Nach dem Bericht stellte sich die Sache ungefähr so dar, daß die Gruppe den Verband, gegen den sie angesetzt worden, nicht entdeckt hatte, und daß dann die Bodenverständigung für eine Weile ausgefallen war. Sie hatte andere Gegner gesichtet aus ungünstiger eigener Position und bei fast verbrauchter Flugdauer, so daß sie das Gefecht nicht mehr hatte aufnehmen können. Das bedeutete einen vergeblichen Einsatz von dreiundzwanzig Maschinen, welche die Gruppe in die Luft gebracht hatte; denn de Bruyn aus Randvig hatte diesen ersten Einsatz noch nicht mitfliegen können. Erst bei den folgenden Starts, als Rohde und Sarowski zusammengeraffte Verbände geführt hatten, war die Gruppe glücklicher. Übrigens sprach sich herum, daß der Kommandeur selbst nach jener Landung ausgefallen war.

Als Schildknecht aus der Maschine stieg, sah er zuerst aus wie immer, halb nachlässig belustigt, ein wenig knifflig und so wie jemand, der sich auf keinen Fall dreinreden lassen wird. Nur als er näher kam, sah er um die Augen sehr müde und faltig aus, Alboin, wie der Stabsarzt ihn nannte, ein mächtiger Mensch mit großen Fäusten und losem geringeltem Haar, das der Wind aufblies.

Schnurstracks und etwas steifbeinig erschien er an der Lagekarte. Wo sind wir gewesen? sagte er zu seinem Adjutanten, stand da gebückt und mit den Händen in den Taschen und trampelnd, als ob ihn fröre. Sagen Sie einmal, Scheelius, haben Sie eigentlich die Bodenstelle gehört?

Jawohl, Herr Major. Ich hatte Verständigung.

Und ich habe nichts hereinbekommen. Ich habe niemand gehört. Und also der Pulk hinterher, Gott mit uns, hinterher wie die Blinden hinter dem Blinden, der auch blind ist. Ein Affentheater. Sagen Sie, ist Ihnen auch hundekalt, Scheelius? Ich hatte meinen Handschuh verloren. Schon im Einsteigen war er einfach nicht da, einfach wo hingefallen. Es war beschissen kalt droben. Sehen Sie die Finger da an: blau wie Winterkartoffeln.

In diesem Augenblick war einer der Schreiber aufmerksamer gewesen als der Adjutant und griff zu, denn der Kommandeur geriet ins Schwanken, und Scheelius hielt ihn sofort auch und dachte mit einem Blick in sein Gesicht: Das kann nicht gut ausgehen. Der schwere Mann wehrte sich und gab Zeichen des Unwillens, aber offenbar war ihm das Sprechen zu mühsam. Sie brachten ihn in die Koje des Gefechtsstand-Offiziers.

Rufen Sie augenblicklich den Stabsarzt, sagte Scheelius.

Er kann mir den Buckel runterrutschen, sagte Schildknecht, der etwas Stimme wiederfand; es klang aber wenig kräftig.

Dann versank er sofort in einen Zustand fliehenden Bewußtseins, er verwirrte sich, aber der Zustand war wohltätig, ein vergessener und sogleich vertrauter Zustand, es war zum Beispiel sein eigener Zustand aus einer gewissen häßlichen und vergessenen Zeit, der Zustand eines Knaben, der krank wird und sich legen muß; der Patient hat Fieber und ist etwas durcheinander, aber nicht unzufrieden, denn er ist abgemeldet; der Alte kann ihm nichts tun. Der Alte, der in dem Zimmer haust, wo an der Wand eine Trense und eine Reitpeitsche hängen, darf nicht herein. Er muß draußenbleiben, und dem Kranken ist sogar lächerig, weil er den Alten abgesetzt hat. Wenn der sich hinter den Wänden bewegt, so ist das rein komisch; er ist bloß komisch, wenn er Befehle gibt, die man nicht auszuführen braucht. Man hört ihn, er geht hinter den Wänden auf und nieder, er tobt sogar. Laß ihn toben. Er hat ins Gesicht geschlagen, der Alte, mitten hinein, und hat uns im kalten Zimmer sitzen lassen, wo man den Hauch sah und uns die Finger blau wurden, und wir mußten da unsere Schularbeiten machen, alles wegen der Abhärtung. Wir fingen an, hinter seinem Rücken zu stehlen, wir haben ihn beklaut, weil er uns kein Geld gab wegen der Abhärtung. Ein mächtiger Mann, wir konnten nicht aufkommen gegen ihn, eine eindrucksvolle Figur. Er kann mir den Buckel herunterrutschen.

Das sagte er laut und kam dabei wieder zu sich, und der Stabsarzt Winckelmann war über ihn hergebeugt mit der kurzen Narbe auf seiner Oberlippe.

Vorläufig nicht, Herr Major, sagte der Stabsarzt, der den Ärmel der Dienstbluse umgestülpt hatte, so daß sein wohlgebräunter, rundlicher, von hellem Flaum bewachsener Unterarm zum Vorschein kam. Er steckte die Spritze weg und spielte mit der Klappe eines ledernen Futterals.

Vorläufig ist ausgeflogen, wiederholte er. Bitte Herrn

Major gehorsamst, mich richtig zu verstehen. Und die vorläufig letzte Zigarre haben Herr Major gleichfalls heute geraucht.

26.

Um diese Zeit war auf dem Gefechtsstand in Scholm zuletzt auch der Leutnant Claas gesehen worden, der wegen gewisser Vorfälle in Gjusvig zu sofortiger Meldung befohlen war.

Der Leutnant war am Abend zuvor eingetroffen und hatte, um das Kasino zu meiden, bei Sarowski ein Unterkommen gesucht, wo er Bekannte besaß. Am Vormittag dann erschien er zeitig beim Geschwader, aber der Adjutant war nicht da, und der Kommodore sollte schon zum Gefechtsstand gefahren sein. So wartete der Leutnant eine ziemliche Weile, ein hübscher Junge, umgeschnallt mit Pistole, die Mütze mit dem Aluminiumzeug dran unter den Arm geklemmt. Er wartete, und niemand hatte Zeit oder war ermächtigt, sich mit ihm zu befassen. Er mochte nicht Platz nehmen und stand also da gegen das Fenster gekehrt. Jedesmal, wenn jemand durch den Raum ging, schickte er einen unsicheren Blick herüber aus seinem sauberen roten Gesicht, einem angestrengten Gesicht, in dem das Blut klopfte. Hier, in der hohen kahlen Baracke mit ihrer Geschäftigkeit, ihrem leeren, angespannten, maschinenhaften Gesumme spürte er, daß er dieser Sache durchaus nicht gewachsen war. Er sah keine Möglichkeit, diese dienstliche Handlung, zu der er befohlen war, zu bestehen. Er war erleichtert über den Aufschub, aber besaß noch keine Vorstellung, wie es weitergehen solle. Wäre er zu einer anderen Zeit auf die Welt gekommen, so hätte er im gleichen Alter in einem Extemporale geschwitzt oder sich chemische Formeln auf die Manschette geschrieben, um sie als unerlaubte Hilfsmittel zu benützen, und das wäre tadelnswert gewesen, aber nicht eben ehrenrührig, sondern eine seinem Alter angemessene Übertretung. Oder seinem Vater hatte im gleichen Alter ein jovialer Fuxmajor eine Dame anbefohlen, um sie nach Hause zu begleiten, und natürlich war das ein sogenanntes besseres Haus. Sein Vater hatte Glück gehabt, daß er so und nicht anders zur Welt kommen durfte, er selbst aber hatte weniger Glück und nicht mehr Verstand, und so hatte er eben seine Aufgabe nicht gelöst. Er hatte versagt, ja noch mehr, er war ganz einfach aus dem Geleise gesprungen. Wer von dem Personal, das hier ab und zu ging mit Brillen und Registraturgesichtern, wußte etwas von seinem Fall? Er sah ein, daß sein Vater, der eine akademische Bildung besaß und gewisse Ehrbegriffe, von dem allem nichts erfahren durfte. Das war undenkbar, jetzt sah er es deutlich ein. Wo sollte er bleiben?

Jetzt kam der Hauptmann Fuchs durchs Zimmer, und Claas meldete sich und suchte unsicher mit den Augen, ob Fuchs im Bilde sei, aber Fuchs sagte mit gewöhnlicher Stimme: Das wird längere Zeit dauern. Sie werden kaum warten können. Oder machen Sie es sich bequem, wenn Sie mögen! Oder aber Sie könnten sich auch zum Gefechtsstand begeben.

Und Claas begab sich zum Gefechtsstand, er war dort auch gesehen worden, während alles beschäftigt war und wiederum niemand sich mit ihm befassen konnte. Erst am Abend, als Fuchs nachfragte, erinnerte man sich wieder an ihn.

Auch seine Maschine fehlte. Die Unterlagen ergaben, daß diese Nummer einem Schwarm nachgestartet war, den Leutnant Brede gesammelt hatte. Brede selbst erinnerte sich an diese fünfte Maschine, die sich ihnen anhängte, aber sie hatten sie aus den Augen verloren, als sie später mit Jägern Berührung bekamen. Das Treffen hatte sich zum Teil über See abgespielt.

Wer aber hatte Claas zuletzt am Boden gesehen? Waaga entsann sich, kurz vor jener Zeit durch den Gefechtsraum gegangen zu sein; er sah den Jungen dort stehen und erinnerte sich, etwas an ihm machte ihn auch stutzig, er sagte zu ihm: Haben Sie schon Kaffee bekommen? und er rief einen Mann und sagte: Besorgen Sie eine Tasse für Leutnant Claas. Und dann sagte er noch zu ihm: Lassen Sie 's nicht so ran, Herr Claas, trinken Sie erst mal Kaffee.

Der Kaffee war freilich nicht getrunken worden, es erwies sich sogar, daß die Tasse noch dastand, eine Wirtshaustasse mit dem Stempel der Unterkunft- und Geräteverwaltung, dick, anmutlos, ohne Untertasse und mit einem angetrockneten Streifen da, wo der Kaffee über den Rand geschwappt war. Es war nichts weggetrunken; niemand vermag vorauszusehen, was so eine Aufforderung, erst einmal Kaffee zu trinken, für Folgen hervorbringen kann. Denn offenbar war der Leutnant dann schnurstracks hinausgegangen ohne einen Befehl und ohne irgendwo eingeteilt worden zu sein, und war dem Schwarm Brede nachgestartet, und damit aus, und niemand hat wieder etwas von ihm gehört.

27.

Die Handlungen flauten ab, und nur Scheelius hatte nicht genug, er holte sich noch eine Nachlese. Er hatte schon einen Abschuß gemeldet und stakte herum mit seinen glänzenden stutzigen Pferdeaugen und dem blauen Schatten um sein Untergesicht, er war aufgedreht wie an einem Jagdtag, und einiges sprach dafür, daß er nach der Landung auf Sarowskis Liegeplatz ein paar Glas gekippt hatte. Eben stand er mit Bergwein, dem Nachrichtenoffizier, an der Lagekarte und sah die letzten Meldungen ankommen, Nachzügler da und dort, und Bergwein hatte die Fettkreide in der Hand, zeichnete ein und sagte: Noch einmal zwei. Es war eine Sichtmeldung über zwei Viermotorige, mittlere Höhe, und die Richtungsangabe. Kommt vor die Tür, sagte Bergwein, ihr werdet sie gleich zu sehen bekommen.

Schreib auf, schrie Scheelius vor der Tür, ich starte — und fing zu laufen an. Ein paar Minuten, und man sah ihn vom Platz fegen. Er hielt schnurgerade nach Westen, als das Geräusch noch nicht über dem Platz war. Als das Geräusch hinter ihm her über den Platz wegzog, war Scheelius schon verschwunden. Man sah die Flugzeuge mit dem bloßen Auge für kurze Zeit.

Scheelius blieb ungefähr fünfundzwanzig Minuten aus, dann kam er zurück und wanderte auf seinen schweren federnden Beinen grinsend gegen den Gefechtsstand.

Ich weiß auch nicht, sagte er und steckte sich eine Zigarre zwischen seine Pferdezähne, wie das eigentlich zugegangen ist. Ich komme mir selber vor wie besoffen. Ich hatte ihren Kurs, und sie waren noch etwas höher, ich kam von unten, und beide feuerten. Ich bin der Sache überdrüssig, habe einfach nicht Lust, mir eine Position auszudenken; machen wir 's so ab, denke ich, sehe das Leitwerk und den hellen Bauch und dann eine Explosion. Nach dem Abschwung sehe ich beide noch einmal, aber der eine stinkt ab und geht immer tiefer. Von hinten unten, Mensch, denke ich und muß lachen, so etwas Dummes. Das paßt in keine Vorschrift. Ich glaube, daß ich besoffen war.

Es war ein heißer Tag, und der Tag gegen Abend wetterwendisch. Ein wässeriges Gelb zog im Westen herauf, und die Sonne greinte. Örtliche Gewitterbildungen schon heute, sagte in Scholm der Inspektor vom Wetterdienst. Die Nacht und morgen werden wir Regen bekommen.

Aber vorher noch und so lang die letzten Maschinengeräusche verebbten, wanderte es wie eine Wand über den Platz Scholm herein. Das kam lautlos nach all dem Gelärm, das im Ohr nachtobte, und saugte den letzten Laut ein. Es fiel über die grünen Fennen, die es einschluckte, und nieselte über die Randmarken, die mattenbehangenen Boxen, die Hallen, Baracken und Stapelplätze herein. Es zog über das Rollfeld mit einem wattigen, sanitären Glänzen, das Furcht weckte. Es war kein Nebel, denn die Frische und Feuchte fehlte, die sich aus wirklichem Nebel niederschlägt. Das kam trocken, steril und muffig wie aus entlüfteten Seuchenbaracken, wie eine Gegenwart, die das Vieh seufzen macht, wie ein Irren von Seelen, die sich nicht lösen können, wie die wandernde Angst. Die Männer an den Maschinen und Werkplätzen unterbrachen ihre Arbeit, und die Flugzeugführer traten heraus und schauten sich um. Das Bild widerstand ihnen.

Am Boden haben wir noch eine Gegenströmung, sagte der Wetterinspektor. Was da ankommt und abzieht, das ist der künstliche Nebel, mit dem Hosdrup sich zugedeckt hatte. Jetzt zieht das ganze Feld bei uns durch.

Aber noch immer grollten im Abflug nach Westen wie weichende Fronten von Donner die Geschwader der großen Bomber über der See. Die letzten Verfolger waren zurückgefallen, die Besatzungen sahen sich um, sahen die Luft frei, sahen die eigenen Nachbarn frei, nahe aufgerückt, ungeschlagen, verläßlich, so wie sie Stunden um Stunden gehangen hatten, vor sich, über sich, neben sich. Die Schützen in ihren Kanzeln, ihren Töpfen und Türmen lösten sich von den Waffen, sie streckten und schüttelten sich, sie suchten die Gesichter der andern, kehrten lärmend oder erschöpft wieder aus ihrem schrecklichen und beschwerlichen Traum. Sie hatten überlebt und bestanden, waren vom Schrecken getauft und hatten eine furchtbare Arbeit vollendet. Jetzt flogen sie heim aus dem Land der Barbaren, das sie verheert hatten, eine Mattigkeit oder wilder Übermut fiel sie an, während sie angelehnt oder hingekauert sich gehen ließen und der Abend gelbflüssig in den Scheiben glomm. Sie hatten Stunden um Stunden, einen Tag lang, über den Hageln der Flak gehangen, die Läufe und Rohre auf die Angreifer eingeschwungen, die nicht abließen und sich wieder und wieder heranwarfen. Sie wußten, daß sie gut standen, sie schossen wie aus dem rollenden Zug auf den galoppierenden Schützen, aber wenn der Gegner in Position liegt, dann ist auch der Mann am Fenster nicht gut daran, es gilt ihm, und er kann nicht Deckung nehmen. Sie waren müde und durchgeschüttelt, sie sahen Löcher im Rumpf und hatten an Bord Verwundete. Manches der großen Flugzeuge flog mit verminderter Kraft, es hatte Schäden und fiel noch weiter zurück. Eines oder zwei nahmen sich seiner an und hielten sich bei ihm; die Worte und Aufmunterungen, die von Bord zu Bord hin und herflogen, kamen kräftiger und gelöster. Jetzt war das Meer unter ihnen nicht mehr feindlich, es war jetzt ihr Meer und befahren von befreundeten Wächtern. Sie waren nicht alle Krieger, die hier in den rollenden Fronten flogen, sie hatten zu Hause Zentrifugen oder Addiermaschinen bedient oder waren mit dem Musterkoffer unterwegs gewesen, nicht für alle war es ihr Krieg, der Teufel konnte ihn holen, auch wenn er jetzt lustig war, solange es heimging und die Motoren verläßlich donnerten. Die Küste nahm sie auf, sie waren die künftigen Sieger.

Sie können starten, sagte in Flarup der Flugleiter zu dem Feldwebel Zehrer. Bei Möns haben Sie ein örtliches Gewitter in Auflösung, dem werden Sie ausweichen können.

Ich bringe meine halbe Sau heim, frohlockte Zehrer und lief zu seiner Weihe. Man kann mir nichts nachsagen.

Der Vogel hoppelte zum Start, drehte schwerfällig ein, dann brüllten die Motoren los. Das war der letzte Start dieses Tages.

28.

Mit einem der kurzlebigen Gewitter, von denen der Wetterdienst berichtete, bekam der Unteroffizier Rodenbeck zu tun. Rodenbeck hatte sich dran gehalten; er gehörte zu denen, die es zu einem dritten Start brachten, zuletzt mit einem Verband, den der Hauptmann Vehlgast versammelte. Vehlgast, den Hauptmann Fuchs für den Klabautermann ansehen wollte, stieg aus seinem Flugzeug so gleichmütig und verbindlich wie aus der Reisemaschine auf einem Zwischenlandeplatz, und als ob es da nichts zu erledigen gäbe außer Formalitäten und Treibstoff, und dann kletterte er wieder in den Sitz. Rodenbeck blieb, solange sie stiegen, noch ungefähr zwanzig Minuten in der Formation, und sie sahen keinen Gegner, es war die Zeit, in welcher die Durchflüge schon abflauten. Dann merkte Rodenbeck, daß er langsam zurückfiel. Die Kompression hat nachgelassen, dachte er, es war schon ein überzähliger Start, die Maschine mußte zur Überprüfung. Er verlor den Anschluß, blieb aber noch Minuten auf Kurs, er mochte nicht umkehren, obwohl diese Fliegerei keinen Sinn mehr hatte. Endlich sah er ein, daß er umkehren mußte, aber nach seiner Kehrtkurve geriet er in einen dichten opalisierenden Dunst, der ihm plötzlich die Sicht nahm. Überziehen konnte er den Schleier nicht, so blickte er auf den Höhenmesser und ließ sich fallen; da kam er aus der Wolke heraus.

Und zugleich sah er überrascht, daß gerade unter ihm ein Platz lag. Er kannte ihn nicht und hätte ihn vielleicht überhaupt nicht bemerkt, denn der Platz war vorzüglich getarnt, wenn nicht eben ein Schauer die Startbahnen übersprüht und jetzt ein schräger Sonnenstreif sie zum Glänzen gebracht hätte. So traten sie heraus, breite und lange, gleißende Bahnen, die sich schnitten und ungefähr ein großes A bildeten. Und kaum hatte er sie erkannt, so schälte auch das ganze Rollfeld sich aus, dessen Fläche durch Farbstreifen gebrochen war. Endlich erfaßte der Blick das Ganze, die Gebäude, braun, grau und grün gespritzt, es war eine große Anlage; Maschinen sah er keine. Er drehte ein, als schon eine Regenwand von der einen Seite verhüllend das Feld anschnitt, und fuhr die Landeklappen aus. Eine Bö stieß ihn, dann setzte er auf, wobei ein Wasserschwall gegen die Haube schwemmte, und rollte mit einer Wasserschleppe hinter sich aus. Es war eine einwandfreie Dreipunktlandung gewesen. Rodenbeck sah sich um, aber der Schauer hüllte jetzt alles ein, und so blieb er mit laufendem Quirl sitzen, bis sich ebenso plötzlich wieder die Sicht klärte; da fing alles in nassen Farben zu blitzen an. Er sah den roten, auf die Spitze gestellten Pfeil der Flugleitung und etwas links davon Leute, die ihn einwinkten. Er rollte auf sie zu.

Haben Sie eine Werft hier? fragte Rodenbeck. Können Sie mich auftanken? Wie heißt dieser Platz?

Sie konnten alles. Der Platz hieß Möns.

Hier ist für alles gesorgt, sagte ein Inspektor. Wir sind ausgezeichnet bevorratet. Wir haben uns oft darum beworben, einen Verband zu bekommen. Aber wir bekommen keinen.

Eine Art Gefolge sammelte sich um Rodenbeck, das nach

seinen Wünschen fragte. Es waren Männer mit grünen Spiegeln und Tannenbäumchen darauf, lauter Inspektoren, aber sie redeten ihn mit Herr Unteroffizier an. Rodenbeck merkte, daß er hier eine geehrte Persönlichkeit sei. Dann fragte er nach dem Horstkommandanten, um sich zu melden.

Der Horstkommandant, sagte der erste Inspektor, ein grauhaariger Mann, das bin ich sozusagen hier selber. Wir hatten einen Kommandanten hier, aber jetzt im Augenblick sind wir allein. Darf ich Sie in unser Kasino hinüberbitten? Herr Thamsen, bitte rufen Sie drüben an, damit ein Imbiß zurechtgemacht wird.

Aber Rodenbeck wollte erst noch in der Werft zusehen, wie die Dinge bestellt waren. Die Halle war schon in Bewegung, und es hieß, man werde die Nacht über an seiner Maschine bleiben.

Jetzt muß ich Scholm anrufen, sagte Rodenbeck.

Wir haben Ihre Landung bereits durchgegeben, antwortete ein anderer Inspektor. Wir können Ihnen aber auch noch direkte Verbindung verschaffen. Ich lasse das Gespräch zum Kasino legen.

Rodenbeck, das fliegerische Sorgenkind Sarowskis, ging mit seiner Begleitung auf der Ringstraße hin. Weitläufige niedrige Gebäude standen gut auseinandergezogen da, doch bewegte sich nirgends ein Mensch zwischen ihnen.

Unterkunft für zwölfhundert Köpfe, sagte der graue Inspektor wehmütig, aber wir bekommen keinen Verband. Dieser Hafen ist für den Luftkrieg gegen die Insel ausgebaut worden. Wir haben hier Abwurfmunition noch und noch. Ich will Ihnen den Horst zeigen, wenn Sie gegessen haben, Herr Unteroffizier. Sehen Sie dort die Stapel, das geht so auf Kilometerlängen, alles Abwurfmunition, gut gelagert und vorschriftsmäßig getarnt. Aber es kommt kein Flugzeug.

Außer mir, dachte Rodenbeck; ich bin der einzige, der hier ankommt, und ich bin ein unproduktiver Jagdflieger. Augenblicklich läuft also dieser ganze Laden für mich. Er schämte sich.

Die Sonne war wieder durchgebrochen, die Hecken glitzerten, und es dampfte aus ihnen. Die Hecken fielen Rodenbeck auf, wahre Dschungel von schnell wachsenden Rosen mit fleischigen dicht befilzten Stengeln. Da und dort blühte es noch, anderswo hatte massenhaft Frucht angesetzt, strotzte grün und färbte sich orangen. Eine Rosenluft, wohl zu atmen. Es duftete süß und stark.

Da steckt eine Unmasse von Vitaminen drin, sagte der graue Inspektor. Das wäre eine Ernte, wenn man sie bergen könnte. Das wäre sogar noch für die Bevölkerung. Aber wer kann sich damit abgeben? Wir kochen ein davon, um die Verpflegung aufzubessern. Aber es mangelt an Zucker.

Sonst läßt es sich hier leben, fuhr der stellvertretende Kommandant fort. Wir helfen uns ein wenig. Wir haben einen fleißigen Platzlandwirt, und dann ist ja der Kommandant Jagdherr im Horstbereich. Der Inspektor Garfs, Sie werden ihn nachher kennen lernen, der übt für uns die Jagd aus. Er schießt uns manchmal ein Kaninchen fürs Sonntagsessen. Wir sind nicht unzufrieden.

Sie kamen in das Kasino, das dürftig, aber aufgeräumt aussah. Rosen, die man wieder durchs Fenster erblickte, verbreiteten eine bescheidene Heiterkeit. Es roch nach Anstrich und nach dem billigen Seegras, das die paar Polster füllte. Der Herr des Horstes sprach mit der Ordonnanz und händigte dem Mann einen Schlüssel aus, worauf dieser mit einer Flasche kam und auch Gläser aufsetzte. Man trank auf das Wohl des geehrten Gasts. Jeder der Herren, die nacheinander noch eintraten und sich vorstellen ließen, warf sogleich einen verhüllten Blick auf die Flasche. Dann gab der Kommandant einen Wink, der auch ihn an dem Gelage beteiligte. Eine Aufgeräumtheit verbreitete sich, eine fast kriegerische Aufgeräumtheit.

Aber wie sich dann die Gesellschaft am Tisch niederließ, war es eine gedämpfte, fast demütige Runde, in der jeder ziemlich schweigsam das Seinige zu sich nahm. Es gab Margarine, Brot und eine Scheibe Wurst. Die Ordonnanz meldete, daß noch Eintopf von der Mittagskost zur Verfügung stehe, und der Kommandant kündete es an und fragte, wer noch gereicht wünsche. Alle Herren wünschten, und auch Rodenbeck aß ein paar Löffel davon. Er hatte keinen besonderen Hunger, er aß überhaupt bloß so wie im Frieden, weil eben Essenszeit war; doch ging ihm plötzlich auf, daß diese Männer offenbar Hunger hatten. Die meisten stachen sich von ihrer Margarine ein kleines Stück ab, das sie verzehrten, der Rest blieb auf dem Teller liegen. Es gab Zettel mit den Namen der Herren drauf; die Zettel wurden auf die Teller gelegt, als die Ordonnanz abräumte. Dies alles trug sich in einem dünnen und demütigen Behagen zu. Wie in einem Kloster, dachte sich Rodenbeck. Die Schule, die er besucht hatte, war einmal ein Klösterchen gewesen, das Brüder vom Gemeinsamen Leben bewohnt hatten. Ich bin bei den Brüdern vom Gemeinsamen Leben, dachte er. Es sind gute Leute.

Hinterher gab es noch einen kleinen Umstand wegen der Start- und Sonderverpflegung, die dem Unteroffizier zustand und die jener Inspektor auszuliefern hatte, der Garfs hieß und die Kaninchen schoß. Man sah aufmerksam zu, wie der Kommandant die Anweisung ausschrieb, die auf einen halben Liter Milch, auf ein Ei und Weißbrot sowie auf Schokolade, Keks und ein paar Gramm Kaffee lautete. Weißbrot haben wir nicht vorrätig, sagte der Kaninchentöter. Aber ich schicke einen Mann ab nach Möns mit dem Rad, um das Brot zu besorgen.

Bald danach meldete einer nach dem andern sich ab. Meist hieß es in einem vorsichtig scherzenden Tone, man habe noch Briefe zu schreiben. Das war hier offenbar die gängige Art, wie sich jemand auf das Seine zurückzog. Rodenbeck, um niemand lästig zu fallen, ließ sich gleichfalls seine Unterkunft zeigen. Hinter den Bergen bei den sieben Zwergen, dachte er, indem er sich auf seiner Bettstelle ausstreckte. Als er das Licht gelöscht hatte und den Laden wieder hinausstieß, merkte er, daß es draußen noch nicht völlig dunkel war. Der Rosenduft drang herein, aber zugleich belästigte ihn der strenge Geruch der Baracke, die unbenützt und für gewöhnlich versperrt stand. Er konnte lange nicht einschlafen, denn es herrschte völlige Stille, und er war diese Stille nicht gewohnt; er war auch nicht gewohnt, mit seinen Gedanken zurechtzukommen, und nun ließen sie sich nicht verscheuchen; es roch nach Rosen, und er lag und wendete unruhig den Kopf und schlief noch immer nicht ein.

29.

Aber da war die Dame in Schwarz noch, die der Herr mit der Flinte aufgehalten hatte; Waaga durfte sie nicht vergessen, auch wenn der Tag lang genug geworden war. Der Bahnhof hatte keine Auskunft darüber beschaffen können, wann aus der Richtung Schaaken ein Zug eintreffe, denn der Verkehr war gestört und ruhte fast gänzlich, auch lagen während des Tages fast alle Geleise still. Doch konnte auf dem einsamen kleinen Knotenpunkt eine schwarzgekleidete Frau nicht verfehlt werden, wenn sie dort ankam und suchte; und die Bahnhofswache war verständigt. Als der Anruf ihn weckte, war Waaga soeben in Kleidern eingenickt; sofort fuhr er los.

Auf der Fahrt, die langsam ging, denn die Straße war

voller Schlaglöcher, versuchte er sich zu sammeln, er war ermüdet und durch diesen Auftrag heruntergestimmt, den eine törichte Lüge ihm eingetragen hatte. In dem Stationsgebäude gab es weder Licht noch ließ sich ein Mensch finden, und Waaga stolperte umher zwischen den toten Schuppen und den Verschiebegeleisen, bis er die Wache fand. Es war eine Bretterbude, durch deren Ritzen Licht sickerte, er tastete nach der Klinke, und die Tür schnappte aus und fuhr gegen ihn. Eine dickte Wachtstubenluft drang mit heraus, und sofort sah er auch die Angekommene, die neben dem Eingang auf einem Stuhl saß, und Waaga erschrak vor ihr. Sie saß da, und gleich hinter ihr lag aufgeknöpft und in Socken ein Mann auf der Pritsche, hatte den Mund offen, schwitzte und schlief. Dann erhob sich hinter dem Tisch der Wachhabende, ein ungeschickter bebrillter Mensch, zu einer linkischen Ehrenbezeigung. Eine Glühbirne an der Decke war von einem Zeitungsblatt abgeschirmt, und ihr Licht fiel herab auf die Platte, die mit vielerlei Papieren bedeckt war. Da lag zum Beispiel Briefpapier, und dann lag da ein Heft privaten Zuschnitts, und ein anderes, zum Eintragen Besonderer Vorkommnisse bestimmt; das Wort Besonderes Vorkommnis drängte sich Waaga auf, indem er dem Mann abwinkte und einen Augenblick in seine Brillengläser starrte, die ein winziges Abbild der Zeitung spiegelten, jener Zeitung, welche von der Birne durchstrahlt war. Was macht eigentlich so ein Mann hier, dachte er, so ein Poet, der Buch führt? Alles traurig und kümmerlich; mit der Allgemeinen Wehrpflicht hat das angefangen. Man sollte nur Leute zulassen, die partout darauf aus sind.

Und da war jetzt das Besondere Vorkommnis, es saß da mit der Schwärze und dem Staub der Nacht in den Kleidern, es roch nach der Nacht und dem Schmerz. Er verneigte sich und nannte dem Besonderen Vorkommnis seinen Namen, und die Frau sagte nichts, als daß sie auch den Kopf senkte. Sie hob das Gesicht nicht wieder an, sondern griff neben sich, wo ihr geringes Gepäck stand, und fragte tonlos: Können wir gleich gehen?

Es war keine Rede mehr von einem Unterkommen. Zwischen Station und Flecken lag zwar der Gasthof, in dem Handlungsreisende nächtigten, aber jetzt im Krieg gab es da keinen Nachtdienst. Niemand öffnete. Waaga besann sich und sagte: Ich muß Sie bitten, mit mir zum Horst zu fahren. Es ist unnütz, nach einem anderen Quartier zu suchen.

Hoffentlich sind sie drin nicht am Saufen, dachte er.

Es wurde lichter, denn am Rande des bezogenen Himmels stand jetzt eine fischförmige Helligkeit, ohne daß man den Mond sah, der sie verursachte. Hier in Scholm hatte es noch nicht geregnet, obwohl einzelne Tropfen aus der Luft fielen, die Luft war erstickend und voll Staub. Die baumlose Landschaft, entgeistet und vom Kriege versehrt, schien zu stehen, und der Wagen stieß in den Löchern, während der Staub an den Fenstern hinaufkroch. Der Adjutant und die fremde Frau saßen im Grunde des Wagens; sie sah geradeaus, müde und übermäßig gesammelt, und er redete sie nicht an und gab nur Antwort, wo sie zu sprechen wünschte. Die Lüge hing zwischen ihnen, und Waaga, obwohl ihn diese Lüge immer tiefer verdroß, war entschlossen, die Entdeckung zu verschieben; er wollte es morgen früh unternehmen, wo ohnedies kein Aufschub mehr möglich war, aber nicht jetzt, hier in dem Wagen nicht. So saßen sie beieinander und blickten angestrengt geradeaus; sie bewachten eines das andere und beide sich selbst.

Sie sagte nicht viel, sie sagte etwa: Warum bloß ist er nicht ausgestiegen: mir hat er immer gesagt, er steige aus, wenn es Zeit dazu sei.

Und sie fragte noch einmal: Warum bloß hat er es nicht getan?

Sie sagte: Wenn es nur nicht gebrannt hat. Brennen war das Einzige, wovor ihm graute.

Hat es gebrannt? fragte sie wieder nach einer Weile.

Es hat nicht gebrannt, sagte Waaga.

Sie wiederholte: Er hat gesagt: nicht brennen, das will ich nicht. Aber gebrannt muß es doch haben. Es wird doch meistens ein Aufschlagbrand.

Nein, es waren besondere Umstände. Wir werden es Ihnen morgen erklären.

Morgen?

Dann wieder wandte sie die Augen zu ihm herüber, ohne ihn anzusprechen, sie war wohl in ihren Gedanken, die ihn prüften und wogen, vielleicht einen Argwohn enthielten, vielleicht eine Anklage: Wer bist denn du, der da sitzt und sein Leben hat? Schämst du dich nicht zu leben? Es war ein starres Gesicht, ohne Entgegenkommen. Sie dankte für seine kleinen Hilfen abwesend, ohne Freundlichkeit in ihrem Ton.

Es war meine Maschine, dachte Waaga. Er hat sich in meiner Maschine zu Tod geflogen. Meine Maschine, die ich nicht flog, hat ihn zu Tod geflogen.

Sie sagte: Er brauchte nicht mehr zu fliegen. Er sollte nicht mehr. Wie war ich stolz, weil er wieder fliegen wollte. Ich bin so stolz gewesen, daß er es wieder geschafft hat.

Waaga sah sie, wie sie es sagte, aufgerichtet in dem rollenden trüb erhellten Wagen, die Hände auf den Knieen beisammen. Das kam aus einer Zucht von Geschlechtern, aus einer absterbenden Zucht von Geschlechtern, in denen die Männer allein galten. Stolz, der wird teuer bezahlt. Die Männer suchten sich ihren Tod aus, sie konnten ihn sterben und dabei keine Rücksichten nehmen, amen, und die Weiber ergaben sich und beugten ihre Natur, die nach nichts fragte als nach Liebe und Liebesbesitz, unter Gesetze, die auf die

Ehre gegründet waren und den Verzicht verlangten. Was ist die Ehre? Das höchste und das erbärmlichste Ding; nichts Herrliches, das nicht auf der Ehre gründete, keine Dummheit und keine Grausamkeit, bei der sie nicht mitspielte; eine Erfindung der Menschen, gut, sich selbst zu zerfleischen und einer den andern und ein Volk das andere um die Ehre, denn kein Wesen ist so erbärmlich und so hoch wie der Mensch.

Als der Wagen hielt und sie ausgestiegen waren, fragte sie: Werde ich ihn — kann ich ihn sehen?

Sie verstand, daß dies jetzt in der Nacht nicht möglich sein würde.

Alles lag schwarz und tot; ganz gut so, dachte Waaga, viel besser als anders, er ging voraus, um zu öffnen und Licht zu machen. Jetzt mußte sie wieder sitzen bleiben in der Halle zwischen den leeren herumgerückten Sesseln und mit dem kleinen Koffer zu ihren Füßen. Waaga stieg und suchte, wo die Ordonnanzen schliefen. Es war ein Raum mit vier Bettstellen, und niemand erwachte, als Waaga eingetreten war; sie lagen da und schliefen, einer hatte eine gestreifte Bettjacke an, und ein anderer schlief bloß auf dem Bett in Strümpfen und Unterhosen, es roch nach Aschbechern und nach abgestandenem Bier. Bürgerliche Sauwirtschaft, dachte Waaga, verlottertes Volk, es kann sich alles erlauben, weil jeder sich schon was von ihnen hat zuschanzen lassen, was ihm nicht zustand, Herr Waaga nicht ausgeschlossen, und dafür brauchen sie nicht zu kämpfen. Köpfchen, mein Lieber, heißt es da, der Tod ist für Dumme; wer übrigbleibt, macht das Geschäft. Das Radio stand unabgeschaltet, ein sanftes Licht hinter den Skalen, es schwieg bis auf ein Knacken, das seine Gegenwart merken ließ. Der Apparat war auf dem Tisch aufgebaut, mit einem weißen Spitzendeckchen überhangen, links und rechts Rähmchen aufgestellt, alles wie eine Altardekoration, der Altar einer niederen Welt, der ihre Mitte abhanden gekommen war, in den Rähmchen Fotos von Liebchen und Angetrauten, die vorläufig nicht Gefahr liefen, Witwen zu werden, und darunter ein Teller mit Wursthaut und über die Ränder verschmiertem Senf. Waaga rüttelte einen wach, und der Mann richtete sich auf seine Ellbogen, und darauf wurden die übrigen auch nach und nach wach, aber sie zeigten es nicht, um nicht angeredet zu werden, sie lagen bloß und paßten neugierig auf, was da los sei.

Hören Sie, sagte Waaga. Ich jage nicht gerne jemand von euch raus. Aber ich muß einem Gast mein Zimmer abtreten, und das ist fertig zu machen. Legen Sie frische Bettwäsche auf, das ist die Hauptsache.

Jawohl, Herr Oberleutnant. Aber verzeihen Herr Oberleutnant, das wird nicht möglich sein. Wer soll mir Wäsche ausgeben? Ich kann jetzt den Fourier nicht erreichen.

Hört, haltet den Betrieb nicht auf. Ihr habt doch immer irgendwo was in Reserve, das jemand dringend braucht.

Jawohl, Herr Oberleutnant.

Jetzt dauerte es immer noch eine Weile, und so lang saßen Waaga und die fremde Frau in der Halle in ihren offenen Mänteln und ziemlich weit voneinander, denn der umfängliche, kreisrunde, niedrige Tisch stand zwischen ihnen. Die Platte war ein Wertstück, denn an dem Horst hatte man einst nicht gespart, es war ein geschliffener Schiefer des unteren Lias mit eingeschlossenen Seelilien. Aus dem schwarzen spiegelnden Grund stiegen die seltsamen Reste auf, spröde Stengel umwanden sich und wallten erstarrt mit ihren zarten büscheligen Kronen; steinerne Schönheiten, todlos und fühllos, Wesen aus einer Welt, die von keinem Menschen gesehen worden, die keiner Wandlung mehr unterworfen war. Von keinem Menschen gesehen mit seinem schmerzgetränkten Bewußtsein.

Essen und Trinken schlug sie aus, er bot eine Zigarette an, die nahm sie. Sie trug einen kleinen Hut, mehr eine Kappe, die helmartig über den Ohren aufgebogen war. Wenn sie den Rauch einsog, entstand auf ihrer Wange ein flüchtiger Schatten, und das Gesicht streckte sich, so daß es etwas von einem Pferd hatte, brüsk und empfindlich zugleich. Sie war hellhaarig, eine schöne Frau; nun mußte sie den Aufgaben einer Witwe gewachsen sein.

Haben Sie an Blumen gedacht? fragte sie. Heute macht das alles ja Schwierigkeiten.

Gewiß, wir haben daran gedacht.

Wenn das alles nur stimmt. Ich habe einen solchen Fall erlebt; ein Offizier wurde hergeschickt, und der brachte Sachen zurück und hatte seinen Auftrag. Und hinterher erfuhr die Frau doch, daß es ein Brand gewesen war. Ich glaube, man spricht da von Schonung der Hinterbliebenen. Wer darf sich denn so etwas herausnehmen? Das sind doch Unterschlagungen. Ich beanspruche meinen Anteil. Ich will nicht geschont werden —

Die Ordonnanz kam durch die Tür, baute sich auf und meldete, das Zimmer sei vorbereitet. Übrigens erschien nicht der Mann, den Waaga geweckt hatte, sondern ein älterer Obergefreiter namens Rollwagen, ein gutmütiger Mensch, auf den gern Unbequemes abgewälzt wurde. Rollwagen zog sich ein paarmal in die Höhe, solang er sprach, sank aber sogleich wieder zusammen und streckte ungeschickt und zartfühlend seinen Bauch vor. Da er Kinder besaß, erfaßte er diesen Fall und umschlang die Trauernde mit den Blicken eines betrübten Pflegevaters, der nichts ändern kann und der zugleich sagen will: Da hat man es wieder.

Gut. Haben Sie Dank, Rollwagen. Sie können weiterschlafen.

Aber die Frau stand nicht auf. Wie finde ich morgen zu Ihnen?

Sie rufen die Fernsprechvermittlung, und die findet mich immer.

Aber sie erhob sich noch nicht. Es ist mir leid, sagte sie mit einem seltsamen Ton, daß ich Sie so lang aufhalte. Ihre Nacht ist hin.

Wann und so lang Sie wollen, gnädige Frau.

Sie saßen noch ein paar Minuten mehr in ihren offenen Mänteln und mit matten Anreden. An den Wandteppichen fächerten Möven ihre langen unruhigen Schwingen auf.

Dann sagte Waaga stehend: Ich wollte dafür eine andere Form finden. Aber da Sie darauf warten, verschiebe ich es nicht. Ich glaube, Sie wissen es, ein Begräbnis wird nicht stattfinden. Die Maschine ist wie ein Stein aus dem Himmel gefallen und so, daß nichts brennen konnte. Aber es bleibt uns auch nichts mehr zu tun.

Sie antwortete nicht, und Waaga blickte nicht hin, sie weinte auch nicht, und nach einer Weile sagte sie erst: Gott sei Dank. Ich glaube, ich werde sogar schlafen können.

Und wieder nach einer Weile sagte sie trocken: Dann war das schon beinahe alles. Dann steht mir morgen nicht mehr sehr viel bevor.

Und endlich sagte sie noch einmal, aber in einem ganz anderen Ton: Und wozu hat das alles sein müssen?

Waaga antwortete nichts und hätte auch nicht gewußt, was er antworten sollte. Jetzt murrte die Glastür von einem Windstoß, und draußen fing es endlich zu regnen an.

30.

DERWEILEN waren sie bei Sarowski so weit, daß die Schlipse abgenommen und an die Lampe geknüpft wurden. Bergwein, der Nachrichtenoffizier, hatte den seinen schon abgeliefert und einen Schrank erklettert, von dem er wie ein

Gockel herunterkrähte. Man kämpfte noch mit dem Stabsintendanten, der sein gutes Stück retten wollte, und traute sich nicht an einen Regierungsrat des Wetterdienstes heran, weil er sozusagen Gast war. Der Regierungsrat hieß Mondauf, trug steife Kragen und lächelte wie ein Buddha. Sarowski hatte ihn mitgeschleppt, als er zufällig erfuhr, daß Mondauf Geburtstag habe.

Aber auch sonst war die Aufmerksamkeit noch geteilt. In einer Ecke wurde unter starker Beteiligung eine Runde in dem Spiel vom Kardinal Paff ausgetragen. Wer an der Reihe war, mußte den Kardinal Paff hochleben lassen. Er mußte feierlich sprechen: Es lebe hoch der Kardinal Paff, es mit einem Streich des Zeigefingers auf die Tischplatte bekräftigen und ein Glas kippen. Darauf verdoppelte sich der Name des Kardinals, das Klopfen und das Maß der ihm zugedachten Libation. In der dritten Runde hieß der Gefeierte schon Piffpaffpuff, und es folgten drei Gläser. Wer sich versah, mußte ausscheiden. Die Anforderungen steigerten sich, und die ausgeschiedenen Mitspieler taten das Ihre, um anzufeuern oder zu stören. Das Spiel übte die Wirkung, auf die es abgesehen war. Das Radio lärmte, in der Luft wogte der Rauch. Endlich gewann unter ungeheurem Jubel Mayer-Pütz, war eben noch imstand, sich feiern zu lassen, und kippte dann rücklings um wie gefällt.

Auch Verwaltungsoffiziere haben ihre Schlipse abzugeben, schrie Sarowski und befaßte sich mit dem Stabsintendanten. Ich weiß genau, Väterchen, daß Sie gegen vierzig Schlipse im Spind haben, eine Zivilgarderobe nicht gerechnet, um die der Aufsichtsrat eines Ölkonzerns Sie beneiden würde. Geben Sie her. Oder ich lasse Sie entkleiden und untersuchen, ob Sie vielleicht Sockenhalter tragen. Und dann sind Sie gesellschaftlich erledigt.

In solchen Launen gab Sarowski sich keine Mühe, seine

Verachtung für Existenzen, die nicht flogen, zu verbergen. Übrigens war nichts Schiefes oder Gehässiges in dieser Verachtung, sogar ein gewisses Wohlwollen, aber es handelte sich eben um Wesen, die nicht dazugehörten. Der Zahlmeister, im bürgerlichen Leben ein Inspektor, der sich die Fingerkuppen leckte, wenn er in seinen Akten herumwühlte, hob mit traurigem und ergebenem Lächeln das Kinn und gab seine Zierde preis. Teufel noch einmal, dachte er, warum muß ich diesen Unsinn mitmachen. Ein halb Dutzend Hände griffen nach seinem Hals, aber davon zog sich der Knoten fester. Die Burschen rissen den Zahlmeister an seinem Schlips aus dem Sessel und führten ihn unter Gesängen durchs Zimmer. Es ging über den liegenden Mayer-Pütz hinweg und über durcheinandergeworfene Stühle.

Halt, sagte Vehlgast, der auch eingeladen war. Durchschlagt den Knoten. Er zog ein Kappmesser aus der Gesäßtasche, ließ die Klinge aus dem Heft scheppern und schwang sie gegen den schwarzen Strick.

Vehlgast war außer dem Stabsarzt der einzige fast Nüchterne. Er verstand die grausame Probe, die für ihn darin lag, wenn er zu solchen Saufereien geladen wurde, und verstand auch, daß man ihn beobachtete. Aber er nahm es gleichmütig hin, bloß war er um einen Schein bleicher. Er trank ein paar Runden mit, und wenn es den andern zu nebeln begann, goß er den Schnaps zur Seite, ohne die Bewegung zu verstecken, oder goß ihn jemandem über den Kopf. Kein Gedanke, daß ihr mich kriegt, sagte er zu sich. Ich trinke noch nicht. Dieses Mal nicht und das nächste Mal auch noch nicht. Ich will noch nicht trinken.

Jetzt hingen die Schlipse alle um den Kranz der Lampe wie schlaffe Nattern, und das Anzünden begann. Die Schlipse brannten widerwillig; es stank, und Rußflocken wirbelten häßlich in der Zimmermitte. Man mußte mit

Streichhölzern nachhelfen, damit sie vollends abbrannten, und andere pusteten drein, um das Feuerwerk zu stören. Nur Sarowski und der Stabsarzt besaßen Schlipse, die nicht Feuer fingen, angeblich Beuteschlipse. Man konnte sich Mühe geben, soviel man wollte, die Schlipse blieben unbrennbar.

Sarowski lag halb auf dem Rücken und hielt sich den Bauch, weil sein Schlips nicht zu vernichten war. Er hat noch niemals gebrannt, Brüderchen, rief er und lachte, daß man seine herrlichen Zähne sah. Schon mancher hat versucht, Sarowski den Schlips anzuzünden. Aber Sarowski, ihr Lieben, ist nicht brennbar. Er ist ganz ungeheuer feuerfest.

Andere hatten sich des Geburtstags erinnert, um dessen willen Sarowski den Regierungsrat mitgeschleppt hatte. Sie umarmten ihn, und er mußte mit allen Brüderschaft trinken, und nachdem er viele Brüderschaften getrunken hatte, weinte er, weil sie alle schon morgen sterben müßten. Und dann trugen sie ihre Namenszüge auf seinem gesteiften Halskragen ein, und Bergwein weinte auch dicke Tränen. Weil es jetzt an Platz mangelte, öffnete der ergriffene Regierungsrat seine Jacke, damit sie auf seiner Hemdbrust weiterzuschreiben vermochten. Das ist doch gar nichts, schrie Sarowski, der aufmerksam wurde. Es muß ein Kopierstift sein.

Er fing an, einen obszönen Vers auf die Hemdbrust zu schreiben, es war aber bloß ein paar Worte lang ein Vers und dann bloß noch ein Duktus, und dann goß er eine Flasche darüber aus und bewunderte, wie die Züge ausflossen, und der Regierungsrat saß mit offenen Knieen da, und der Alkohol tropfte ihm aus der Hose.

Aber der Stabsarzt befahl, den Hauptmann Mayer-Pütz auf den Tisch zu legen, über den sie bisher hinweggestiegen waren, und ihn zu schmücken und zu salben. Sie legten ihn auf die Platte und entleerten die Aschenbecher über sein

Haupt. Der Stabsarzt fing an, ihm das Gesicht mit Senf einzufetten, indem er behauptete, dies seien Vorarbeiten für seine Konservierung. Auch um den Hals herum trug er einen dicken Streifen Senf auf und kippte eine Kelle voll auf den Mund des Besinnungslosen. Mayer-Pütz röchelte, und der Senf sprudelte auf seinen dicklichen Lippen. Man schleppte Stühle und Tische an, um über ihm einen Hügel aufzurichten. In einer Ecke droschen sie schon auf Gläser und Flaschen ein.

Sauerei, sagte der Stabsarzt, indem er die Senfkelle fortwarf und die Finger durchs Taschentuch zog.

Ein schönes Fest, sagte Vehlgast, der wieder ganz nüchtern war, nahm die Pistole und schoß das Licht aus.

31.

INDESSEN ging Waaga, der seiner Unterkunft beraubt war, langsam hinaus zur Stabsbaracke. Er schloß auf, machte Licht und wanderte ein paarmal ziellos durch sein Dienstzimmer. Der endlos lange Tag hatte ihn überfordert; dazu kam die Last, die ihm mit der fremden Frau aufgebürdet worden war; alle die Trauer, die Ratlosigkeit, die er nicht zu wenden vermochte, trieben ihn um. Er war jenseits der Müdigkeit angelangt und befand sich in jener glasklaren Erschöpfung, in der das Bewußtsein sich nicht mehr lenken läßt und sich ins Spielen verliert. Und Waaga spielte. Er setzte sich langsam am Fernsprecher nieder und fing ein Spiel an, das er dann und wann schon getrieben hatte, auch wenn die Vorschrift es streng verpönte. Er ließ sich verbinden.

Er sagte zum Beispiel: Bitte, geben Sie mir Messalina.

Jawohl, Herr Oberleutnant, ich verbinde. Einen Augenblick. Hier kommt Messalina. Bitte sprechen.

Ja, ist dort Messalina? Geben Sie mir Gazelle zwo.

Waaga ließ es auf den Zufall ankommen, wohin er gelangte oder wo er im Gespräch hängen blieb. Für die Helferinnen, die den Nachtdienst versahen, gab es in den ersten Stunden nach Mitternacht nicht viel zu tun. Die meisten ließen sich gerne beschäftigen und nahmen auch ein Gespräch auf, obwohl ihnen das untersagt war. Waaga wußte nicht, ob eine Dienststelle mit dem Decknamen Gazelle zwo existierte, und die Bedienung wußte es wahrscheinlich auch nicht. War sie aber schlagfertig, kam es zurück: Oh, da ist die Leitung ausgefallen. Aber warten Sie, und ich verschaffe Ihnen Okapi. Verlangen Sie dort weiter.

Viele Gespräche waren trotzdem unterwegs, es raunte auf den Leitungen, meist verbotene Gespräche, die sich einer verschaffte vielleicht mit einem Liebchen; mancher versuchte auch in der Nacht nach Hause durchzukommen über irgendeine Horstvermittlung, die ihn mit dem Ortsnetz verband.

Okapi meldete sich, und Waaga wollte jetzt Diana haben.

Diana? sagte eine bedauernde Stimme von weit. Wer spricht denn? Herr Oberleutnant, Diana haben wir nicht hier. Bleiben Sie in der Leitung. Ich werde bei der Aufsicht nachfragen.

Sprechen Sie? kam Messalina dazwischen, sprechen Sie noch? Ich trenne.

Trennen Sie nicht, sagte Waaga, ich spreche.

Jetzt kam Okapi wieder: Hören Sie? Mit Diana kann ich Sie nicht verbinden. Wir kennen hier keine Diana.

Nicht? Ich habe mich auch versprochen. Ich wollte sagen Artemis. Verbinden Sie mich.

Das ist etwas anderes. Bleiben Sie bitte in der Leitung.

Die Menschen waren weit auseinander, sie suchten herum und wollten gerne verbunden werden und fanden einander nicht und nahmen vorlieb. Oft war eine Stimme am Fernsprecher besser als Einsamkeit.

Es knackte, und Waaga war an ein Gespräch angeschlossen, das ihn nicht anging. Zwei Stimmen sprachen einander zu, gesenkte und leise Stimmen, auch die Stimme des Mädchens tief, eine Stimme von Lust satt und von Erregung gierig, mit zwei Lachtönen dazwischen, Vogelstimmen im Holz. Es waren kaum Sätze, nur Stimmen, die sich Laute zuwarfen, und sie ruhten beieinander aus.

Es knackte, und ein anderes Gespräch legte sich drüber, eine fette Kasernenstimme mit einem Fleischatem, die am Erzählen war.

Das Miststück, sagte die Stimme, ruft an, und ich dreh mich im Bett und weiß nicht, wohin den Hörer verstecken, und sie weiß genau, was los ist, da sind auch hinten noch andere Stimmen, die machen da grade ein Fest und wollen mich hochkriegen. Ich tuschle Quatsch hinein, damit sie merken soll, sie soll aufhören, aber das ist ihr ganz egal, sie wird immer lauter, sie schreit: Was denn, nun zier dich nicht so. Zwei, die kannst du wohl nicht bedienen, du schwache Nummer! Und schreit so laut, daß man es im ganzen Zimmer hören muß.

Ha, sagte die Gegenstimme. Die kennt doch jeder. In der hält doch längst keine Schraube mehr.

Na schön, die Strümpfe, die kriegst du, Erwin, da kannst du dich drauf verlassen. Wie? Wenn ich nächstens hochkomme. Keine Bedenken. Weißt du den neuesten Dreh schon? Daß sie in Janneby Ost die Startbahn verlängert haben. Warum? damit die Maschine vom Kommandierenden noch vom Boden loskommt. Sie mußten das letztemal drei Kisten Speck wieder ausladen. Jetzt hat man eine Baukompanie —

Sprechen Sie noch?

Hören Sie, fragte Waaga, was haben Sie denn da für Gespräche in Ihrer Leitung? Das war wohl ein Führungs-Blitzgespräch. Rufen Sie noch einmal zu Okapi.

Hören Sie? rief auch Okapi zurück. Da kommt jetzt Artemis. Es ist aber schwer zu verstehen. Sie müssen laut sprechen, Herr Oberleutnant.

Artemis kam und war gut zu verstehen. Waaga brauchte nicht einmal die Stimme anzustrengen.

Sind Sie da? Ich wollte die strenge Göttin selbst sprechen.

Göttin? Ach so. Jawohl, jetzt ist die Göttin da. Was wollen Sie wissen?

Deine Pfeile, Göttin. Wo fliegen Sie hin?

Sie suchen die Jugend. Frag Niobes Kinder, du Träumer. Bist du noch jung?

Nicht mehr besonders.

Dann gefällst du den Göttern nicht.

Sehr spröde. Aber du bist eine gebildete Göttin. Ich rufe wieder, Artemis.

Sei vorsichtig. Aktäon trägt ein Geweih.

Verfluchte Göttin. Dann gib mir den Tod persönlich.

Den Knecht? Ich kann nicht verbinden. Dies ist ein Endapparat.

Also geben Sie wieder Okapi.

Ich rufe zurück. Adieu, Herr Jäger. Du darfst einmal wiederkommen.

Und als Okapi wiederkam, sagte Waaga: Jetzt bitte den Tod persönlich.

Das wird immer besser. Ich verbinde. Sie müssen eine Weile warten.

Ja, aber ich bin müde. Beeilen Sie sich.

Und als sich jemand meldete, sagte Waaga: Ich habe heute auf eine Frage nicht anworten können. Diese Frage —

Sie wollen Auskunft? Es geht im Krieg alles nach Verteilerschlüssel.

Sehr scharfsinnig, aber das reicht nicht aus. Wer setzt den Schlüssel fest?

Das macht unser Chef persönlich.

Sind Sie denn nicht selber am Apparat?

Nein, hier ist das Vorzimmer. Der Chef ist nicht anwesend. Er ist auf Dienstreise. Fragen Sie allgemein, oder um wen handelt es sich?

Um einen Hauptmann. Seine Frau wollte etwas wissen.

Den Hauptmann Dumont? Ein kleiner Austausch. Er saß in einer fremden Maschine. Wir nahmen ihn dann.

Das ist immer noch keine Auskunft auf meine Frage.

Gefragt wird viel. Junge Leute. Man kann mit euch nicht verständig reden. Ihr müßtet alt und klug werden, um es zu begreifen. Aber weil ihr nicht alt genug seid, haben die Auskünfte keinen Sinn. Seid genügsamer. Habt ihr eigentlich etwas versäumt? Es kommt nicht auf die Länge an.

Vielleicht. Aber Hinterbliebene denken anders darüber.

Lauter Irrtümer. Leben ist die unangenehmere Todesart.

Auch gemeinsam?

Das will ich meinen. Da kann allerhand kommen. Es kann zum Beispiel so kommen, daß sie einander satt werden. Sie lauern sich auf, und die Bestie kratzt stündlich an der Tapetentür.

Ausreden und Gehässigkeiten. Sie vergessen die Liebe. Es gibt genug Gegenbeispiele.

Vielleicht. Aber werden Sie alt, Herr, und Sie bekommen manches zu sehen. Macht doch nicht solchen Lebtag. Krieg ist wie Frieden, nur der Umsatz ist angereichert.

Ich will nicht alt werden.

Danach wird nicht gefragt. Glauben Sie vielleicht, wir selbst können hier, wie wir wollen? So wenig wie Sie.

Sprechen Sie noch, fragte Okapi dazwischen.

Sprechen Sie noch, kam auch Messalina. Hören Sie, sprechen Sie noch? Messalina trennte.

32.

Derweilen war Vehlgast auch unterwegs, nachdem er Sarowskis Gelage verlassen hatte. Draußen spürte er wieder, daß er getrunken hatte, nicht viel, aber so, daß er in einer düsteren Entrückung hinging. Er träumte, er war nicht ganz wach; dies alles, das neue Leben fand nicht zu ihm, er war verwildert und konnte nicht mehr zurück. Das Rollfeld lag leer und erstorben, aber es war eine leere Mitte in einer Welt von verwehten Geräuschen. Überall spannen sich Handlungen ab, ferne, nicht betreffende, vereinzelte oder ineinander greifende Handlungen. Wie fast in jeder Nacht fanden Überfliegungen statt, meist durch Minenflugzeuge, kommend und gehend. Irgendwo grollte eine Batterie, es brannte irgendwo ferne, ein gleichgültiger, nicht betreffender Brand. In der Luft sanken Leuchtfallschirme sehr langsam und strömten ihr heillos grelles, totenhaftes Licht aus. Sie beschienen die Leere, alles das Vorläufige und Gewaltsame von Anlagen, deren Zweck die Gestaltlosigkeit forderte und sich kaum einem verriet, der nicht eingeweiht war. Man sah weit ab die Paternoster der Flaksalven sonderbar gemächlich in die Luft klettern, und das Rollen der Abschüsse kam erst eine Weile hinterher. Bündel von Lichtstrahlen reckten sich auf, sie wuchsen nicht aufwärts, sondern standen in ganzer Erstreckung mit einem Schlag in der Finsternis, bis sie ebenso plötzlich verschwanden wie ausgewischt.

Dies alles sah Vehlgast mit einem seltsamen Genuß. Als ob einer schwarzen Sekt söffe, sagte er zu sich. Hinab, murmelte er. Es soll nichts übrig bleiben. Aber es braucht nicht schnell zu gehen. Maschinen, stinkende Farbe, Farbe wie Aussatz, Vernichtung und Abwehr, gut vorbereitete Vernichtung, umsichtig getarnte Abwehr, damit es langsamer geht. Hinab, und es braucht nichts mehr nachzukommen.

Er ging weiter, und dann und wann hob sich ein Schatten, ein abgedecktes Flugzeug wie ein hochbordiger Kahn, der Umriß einer Splitterbox, die von Netzen behangen war, gegen den flutenden Himmel. Er empfand die Erscheinungen wie Landschaften eines Meeresgrunds: Hügel und Flügel, flache Dünen, Gestänge, starre Gerippe, Bärte von Algen, die von Wracken mit vergehenden Takelagen herunterfransten.

Gute Landschaften, murmelte Vehlgast. Wenn wir sie überlebten, würde uns etwas fehlen. Viel Aufwand, ein gewaltiger Aufwand an Kraft, um das Ende abwechslungsreich zu gestalten. Wofür wird denn sonst so viel aufgewandt? Gibt es ein Ding, das den Aufwand lohnte außer dem Spaß, den er selbst verursacht? Der Friede? Worin besteht der Friede? Ranglisten und Beförderungen, verhinderter Ehrgeiz, Lügen, Warenhäuser, Zwischenhandel und organisierte Verdauung. Einer macht den anderen fertig, damit er selbst besser lebt. Kann er es nicht, kauft er ihn, und das heißt dann Gemeinschaft. Der Alltag, von Haß und Gereiztheiten keuchend; Tobsüchte über Lächerlichkeiten, die nicht klappen, über lastige Einladungen und verspätete Mahlzeiten. Und im Keller die Bestien, die man aussperrt und die gern heraufmöchten. Das alles erhalten, das wiederherstellen? Ist das die Opfer wert, die da fallen? Warum fallen sie und wofür? Etwas, das man damit bezahlen könnte: so etwas Teures gibt es überhaupt nicht.

Auch der Zahlmeister hatte die Dunkelheit ausgenützt, um dem Fest zu entwischen, denn auf seinem Zimmer wartete jemand auf ihn. Jetzt hastete er durch die Finsternis mit seinen kurzsichtigen nachtblinden Augen und streckte zuweilen die Hände vor, um nicht anzustoßen. Obwohl er verdächtigt wurde, so wie man Leuten in seiner Dienststellung gern übel nachredete, hatte doch niemand eine

Ahnung davon, welche Gier in dem unscheinbaren trockenen Mann gloste; niemand kannte ihn wohl, vielleicht auch seine Frau nicht, die zu Hause in einer wasserfleckigen Schürze am Schüttstein stand und ihre Rüben schabte; jetzt saß sie vielleicht im Keller, ein Weibselend mit anderen Elendsweibern, er aber mußte sich sputen und hastete durch die Nacht.

Er rasselte mit dem Bund Schlüssel in seiner Tasche. Nachdem ihm Sarowski begegnet war und ihn überfahren hatte mit seiner gewalttätigen Einladung, die er nicht abweisen konnte, hatte er keine Wahl gehabt als den Schlüssel von außen herumzudrehen, das war gut gegen alle Zufälle und Zwischenfälle, wenn es vielleicht auch unbequem wurde für die Person, die sich drinnen befand und nun eingesperrt auf ihn warten mußte. Er war gewohnt vorzuzählen und vorsichtig auszugeben, er hatte sich dieses und alles künstlich und kundig aufgebaut. Er ließ nichts durch die Finger. Er stöhnte im Gehen; er stöhnte vor Zorn, weil es so spät geworden und er schon ermattet war, denn seine Jahre zerrannen, und die Lust war mühselig, die er vorbereiten und bar bezahlen mußte. Er haßte die hochnäsigen Jäger, die ihn zwangen, ihre Lebensart und ihre Vergnügungen zu teilen, die ihn Mißachtung spüren ließen und sich dennoch anbiederten, wenn es um Besorgungen ging. Aber er mußte sie ertragen; es war seine große Zeit, eine Zeit, von der er nicht wissen wollte, ob sie einmal zu Ende ging; er klammerte sich an sie, denn seine Jahre zerrannen; es konnte nie wiederkommen.

Endlich war er am Ziel, warf den Schlüssel im Schloß herum und öffnete; das Zimmer lag kaum beleuchtet, weil ein Schal über die Lampe auf dem Nachttisch geworfen war, auf der roten Wolldecke regte es sich, es war eine Luft voll von süßem Rauch und dem Geruch von Weiberkleidern. Er ging aber erst zu dem Schrank und öffnete, um die paar

Sachen herauszunehmen, die er brauchte, denn sein Schrank war immer sorgfältig abgeschlossen, auch jetzt. Dabei streifte er mit der Hand einen Mantel, den er dort aufgehängt hatte, und er hielt inne und faßte ihn liebkosend an. Er hatte ihn anfertigen lassen, aber noch nie getragen, er nahm ihn auch nicht in einen Urlaub zu Hause mit. Es war ein Stück, das er einmal dem Hauptmann Fuchs gezeigt und das Fuchs als ein zauberhaftes Stück bezeichnet hatte, als einen Mantel für einen Millionär und, wie er andern Orts sagte, durchaus nicht für einen Inspektor des mittleren Dienstes. Er streichelte diesen Mantel, bevor er sich in das Zimmer zurückwandte, als wäre dieser sein Leben, das er sich kundig bestellt und bar bezahlt hatte, er wollte es nicht verlieren, denn es war süß und mühselig; er wollte es halten.

33.

Rodenbeck erwachte früh, stützte sich auf und blickte durchs Fenster. Rose, Dorn und grüne Frucht, von Tau glänzend, dahinter milchige Frische; der Nebel reichte bis zu der Erde herab. Sofort rief er die Flugleitung an. Es hieß, vor dem Nachmittag sei eine Auflockerung nicht zu erwarten. Da legte er sich noch einmal zurück. Der Nebel, das Flugzeug, das vermutlich noch nicht klar geworden, davon kam ein Aufschub; mit Beklemmung sah er dem Augenblick entgegen, in dem er sich bei Sarowski zurückmelden mußte.

So oder so, fing er an zu denken, ich habe mir Mühe gegeben, aber abgeschossen habe ich nicht, und auch selbst keinen Treffer in der Maschine, und zuletzt habe ich wieder abgehängt, da ist kein Zweifel, wenn ich auch nichts dafür kann. Der Wille tut's nicht, man braucht außerdem Technik und die Fähigkeit zur Konzentration. Du kannst dir nicht deinen Platz anweisen lassen und auf ihm sterben, und stirbst du auf ihm, so heißt es: Wanderer, kommst du nach Sparta, und so weiter, und du hast das Deine getan. Du mußt vorher produktiv werden. Glück mußt du natürlich auch haben. Und wer einmal Pech hat, der kommt aus dem Pech schwer heraus. Es ist schwer, zu tun, was von einem verlangt wird.

In der Werft traf er mit dem grauen Inspektor zusammen, der gleichfalls nach dem Fortgang der Arbeiten Umschau hielt. Unverändert reichte der Nebel bis in das Gras herunter, und der alte Herr meinte zu Rodenbeck, ob er nicht Lust habe, die Nachbarschaft, ein Torfwerk mit seinen Gärtnereien, zu besichtigen. Er redete wie ein väterlicher Gastgeber, der die Pflicht spürt, seinem Besucher etwas zu bieten.

Das ist etwas Wunderbares, sagte er. Wenn Sie aus dem Süden kommen, so kennen Sie so etwas sicherlich nicht. Vor allen Dingen die Gewächshäuser müssen Sie dort sehen.

Der Unteroffizier zögerte. Er meinte, so ohne weiteres gehe das nicht. Jedenfalls müsse er erst einmal seine Staffel anrufen, ob es da etwas gebe.

Ich lasse Ihnen sofort das Gespräch herschaffen, sagte der Inspektor. Inzwischen sehe ich nach einem Gespann. Wir haben Pferde, und wenn Sie verlangt werden sollten, sind wir sehr schnell wieder am Platz.

Sie fuhren im Schritt ungefähr zwanzig Minuten; und wenn auch Rodenbeck nicht so sicher war, ob ihn die Sehenswürdigkeit, die der Alte anpries, besonders aufregen werde, es war jetzt doch angenehm und beruhigend, über Land zu kutschieren. Außer dem leisen Ackerweg gab es nicht viel zu erkennen: Weidezäune und Feldstreifen, die sich nach wenigen Schritten verloren. Dazu im Nebel Vogelrufe, aus der Höhe und rechts und links. Je weiter sie sich von dem Horst entfernten, desto dichter umschloß eine Stille das Gespann; das Seufzen der Räder, das Ächzen des Lederwerks, das satte Klappen der Hufe im lockeren Grund waren Bestandteile dieser Stille. Die Männer waren in eine andere Zone eingefahren. Als sie anhielten, sah Rodenbeck gläserne Firste, die hinstrichen und sich nach beiden Seiten im Nebel verloren.

Rodenbeck hatte sich bisher nichts Rechtes vorstellen können, jetzt bekam er eines der Werke gezeigt, die diesem Landstrich seine Torfdecke abräumten. Der Torf wurde abgestochen und getrocknet; und Tag und Nacht waren Anlagen mit seiner Verbrennung beschäftigt. Wo der Torf abgeräumt war, entstand urbarer Boden. Die Wärme heizte ausgedehnte Treibhäuser. Man setzte die Asche, die zurückblieb, dem Boden zu, um ihn zu düngen.

Ein alter Aufseher führte sie durch die Gewächshäuser; es waren ja lauter Alte, die auf solchen Stellen noch dienten, was junge Knochen besaß, war an den Fronten produktiv. Da ging es durch Hallen, in denen Gurken gezogen wurden, üppige grüne Galerien, die Pflanzen an Draht aufgebastet und von der Wucht ihrer Trachten niedergezogen, dann Häuser mit Tomaten und Häuser mit Erdbeeren. Es waren Gänge wie auf Pfaden schwelgerischer Urwälder, in gedämpftem Licht, in einer süßen, lauen, wassergesättigten Luft. Dazwischen kamen Häuser, die leer standen, weil eben die Kultur umgestellt und der Boden gewechselt wurde. Hier war es öde, die Schritte hallten, und in den leeren Becken sah man die Röhren bloß liegen, welche die Böden heizten.

Hier gibt es keine Unterschiede mehr in den Jahreszeiten, sagte der alte Mann, keine kalten Nächte und keine trockenen Wochen. Hier ist immer etwas am Wachsen. Was ausgetragen hat, das wird entfernt und macht der nächsten

Aufzucht Platz. Und das alles ist nicht teuer, weil uns die Wärme wenig kostet, die Wärme selber ist sozusagen ein Nebenprodukt. Sie hätten einmal die Herrlichkeit sehen müssen, als wir im Frieden hier Blumen zogen. Jetzt pflanzen wir nur noch, was der Ernährung dient. Aber vielleicht kommt Ihnen eine Frage, wenn Sie so diese Hallen entlang sehen und überlegen, wie hier eine Frucht ansetzen soll?

Die Besucher besannen sich nicht, daß sie etwas zu fragen hätten.

Die Insekten, sagte der Alte, und der Wind! Hier weht weder ein Wind noch schwärmen Insekten. Wie soll da Frucht ansetzen, werden Sie mich fragen.

Er löste eine Gurke aus dem Gerank und schnitt sie der Länge nach auf. Es war durchweg Fleisch ohne ein Mark mit Kernen.

Lauter Gewinn, erklärte der Alte. Die ganze Frucht ist genießbar; es gibt keinen Abfall außer den Schalen. Kosten Sie, das ist ewas Gesundes. Aber hier gewinnen wir der Natur das Ihre mit List ab; wir betrügen sie um den Samen, um den ihr zu tun ist. Bloß gibt sich dazu nicht jede Pflanze her. Nicht jede setzt Frucht an, ohne daß sie bestäubt worden. Wen meinen Sie, lassen wir das Geschäft der Bienen besorgen? Wir schicken Mädchen. Die gehen mit Haarpinseln durch die Häuser und pinseln die Blüten ab; eine freundliche Arbeit und leicht. Und die Pflanzen müssen für uns tragen.

Wie gefällt Ihnen das, fragte der Inspektor auf der Heimfahrt zum Horst: Mir gefällt das jedesmal. Das Produktive daran gefällt mir. Alles ist da produktiv.

Am Nachmittag hob sich die Bewölkung, und Rodenbeck fand seine Maschine vor der Werfthalle. Er bestieg sie vor einer Begleitung wie ein General. Empfehlen Sie uns Ihrem Herrn Kommodore, sagte der graue Inspektor. Ich hoffe,

Sie können ihm nichts Schlechtes über Möns erzählen. Wir würden es als ein Glück ansehen, einen Verband zu bekommen.

Rodenbeck startete gerade hinaus in seine Richtung. Es lag ihm nicht, diesen ehrlichen Leuten noch etwas vorzudonnern. Empfehlen ist gut, dachte er, als ob der Kommodore eben auf Rodenbeck wartete, damit der ihm angenehme Eindrücke von Zwischenlandungen wiedergibt. Und dann gingen ihm mit sehr deutlichen Bildern die Pflanzhäuser durch den Kopf.

Er hatte nur wenige Minuten Flugzeit vor sich. Die Inspektoren blieben stehen und blickten ihm nach. Es erhob sie, daß sie an den Geschehnissen teilgehabt hatten. Sie wußten nicht, daß ihr Gast ein fliegerisches Sorgenkind, ein unproduktiver Jagdflieger gewesen war.

34.

Noch in der Nacht hatte es sich bei den Verbänden herumgesprochen, und wer noch nichts davon wußte, bekam es weitergereicht. Verschiedene Gruppen hatten während der Einsätze des Tags zwei eigene Jagdflugzeuge da und dort auftauchen sehen, die keinen Kampf annahmen. Die Rotte schien zu beobachten. Jetzt erfuhr man mehr über sie. Der General selbst und sein erster Gehilfe sollten die Insassen dieser Flugzeuge gewesen sein. Sie hatten Eindrücke gesammelt, und ihre Äußerung sollte nicht auf sich warten lassen.

Indessen, auch bei den Geschwadern hatte sich bereits ein Urteil entwickelt. Von den Staffeln und Gruppen liefen die endgültigen Berichte ein. Man verglich die Angaben. Sie waren nicht leicht zu sichten, und ihre Nachprüfung sollte Schwierigkeiten verursachen. Meldungen lauteten: über See abgestürzt; sie hießen: brennend aus den Augen verloren. Die Mehrzahl nannte Abschüsse von Jägern. Faßte man zusammen, so kam das Bild eines Treffens von Jägern gegen Jäger heraus. Allein der Auftrag lautete nicht, Jäger abzuschießen.

Von den schweren Bombern waren vergleichsweise wenige zur Strecke gebracht worden. Die Einheiten hielten auf Gewissenhaftigkeit; und so meldeten die meisten ihre Abschüsse nur als wahrscheinlich an. Man hatte Treffer, Detonationen, Brände an Bord, Abhängen aus dem Verband, Verluste an Flughöhe, aber nur wenige Aufschläge beobachtet. Rechnete man nach, was an Zeugenaussagen einlief aus der Bevölkerung, von Schiffen und aus Gerätestellungen, so kam man auf die drei Brüche, die nördlich von Niebüll lagen, und auf vier sicher festgestellte Abstürze in die See.

Der Auftrag hatte gelautet, Kampfflugzeuge zu zerstören, und zwar im Anflug, ehe sie zum Abwurf gelangten. Aber was jetzt ankam, das waren schwere und gefährlich bestückte Kreuzer, die nicht leicht brannten und nicht so schnell fielen. Und diese Kreuzer flogen nicht einzeln. Aus geschlossenen Pulks, die noch über ihre Feuerkraft ganz verfügten und in denen eine Maschine die andere deckte, war nicht ein einziges Flugzeug sicher herausgeschossen worden. Auch de Bruyn hatte mit seinem rücksichtslosen Angriff von vorn nicht mehr erreicht, als daß er die Formation eine Strecke weit aufgesprengt und etliche Treffer angebracht hatte. Dafür war seine Staffel ihrerseits zerschlagen und von der nachstoßenden Jagd des Gegners gerupft worden. Erfolge gab es im ganzen gegen abhängende oder krank geschossene Flugzeuge. Es war ein Fleddern gewesen, auch wenn solch ein Gegner an Feuerkraft vierfach oder fünffach überlegen blieb.

Die Fliegenden Festungen hielten, was sie versprochen

hatten. Sie waren schreckliche Widersacher, und eine Jagd von mächtiger Reichweite gab ihnen das Geleit. Auch dieser Jagdschutz, der den Bomberstrom deckte, hatte seine Aufgabe erfüllt. Er hatte die meisten Angriffe im Ansatz gestört oder auf sich gezogen. Er besaß einen langen Atem im Kampf.

Man erfuhr, daß die beiden Nachbargeschwader nicht gleich erfolgreich gewesen waren. Der mißglückte erste Einsatz Schildknechts kam verstimmend hinzu. Die eigenen Opfer waren nicht unbeträchtlich. Auch was an Maschinen zurückkehrte, konnte nur zum Teil sofort wieder eingesetzt werden. Es gab keine zweite oder dritte Maschine, die für den Piloten bereitstand. Wer erfahren urteilte, der sah, daß es jetzt zwar noch einen Widerstand gab, aber bloß einen um die Ehre, sich teuer verkauft zu haben. Tausend Jäger, die zu jeder Stunde am Himmel hängen konnten, hätten den Gegner vielleicht aufgehalten. Aber diese Jäger waren nicht da. Der General hatte sie nicht bekommen, der um diese Jäger einen erbitterten und verzehrenden Kampf geführt hatte. Man hatte sich auf etwas verlassen, solange der Gegner zurückhielt, auf eine neue Waffe, auf Erprobungen, auf ein Mirakel, auf ein Ingenium. Jetzt war es zu spät geworden.

Das alles sah, wer den Überblick hatte. Der Mann in der Staffel sah es noch nicht. Die Staffeln besaßen ihr Selbstgefühl, sie brauchten sich nicht zu schämen. Sie waren gewöhnt worden, sich überlegen zu fühlen, und eine Niederlage gab es noch nicht in ihrer Vorstellung. Auch diesmal wußten sie nicht mehr, als daß sie das Ihre getan hatten.

Erst nach einiger Zeit entdeckten sie mit Erstaunen, daß dieser Tag, an dem sie glaubten, sich gut geschlagen zu haben, der erste Tag ihrer Niederlage gewesen war.

Gegen Mittag war das Fernschreiben da, eine Kommandeursache, die sich mit der Lage befaßte, und alsbald ein zweites, in dem es hieß, daß sein Inhalt unverzüglich den Besatzungen bekanntzugeben sei. Das erste Fernschreiben hatte zur Folge, daß sämtliche Offiziere der betroffenen Geschwader am gleichen Tag ihre Auszeichnungen ablegten. Der Inhalt des zweiten wurde zwar nicht in allen Staffeln dienstlich zur Kenntnis gebracht, doch sprach er sich eben deshalb, teilweise entstellt und mit gewissen schändenden Übertreibungen herum. Dagegen kam ein drittes Fernschreiben von dem General der Waffe selbst, und das wurde mit Zustimmung aufgenommen. Darin hieß es, daß der erste Gehilfe des Generals, Oberst Frenssen, bereits unterwegs sei, um die Verbände zu beraten. Frenssen war einer der großen Jäger, und fast alle kannten ihn. Er war ein Verbündeter, auch wenn er von oben kam.

35.

Der Himmel gab ihnen Gelegenheit, sich zu erholen, denn der Wettersturz unterbrach für Tage die Schlacht. Nur in den Werkstätten und Werfthallen, auf den Liegeplätzen gab es keine Ruhe.

Die Kommandeure und alle Kapitäne waren befohlen, und der Kommodore las den ersten Befehl vor, der von höchster Stelle kam und von enttäuschten Erwartungen sprach. Es war von einem befremdenden Versagen, von einem Mangel an Angriffsgeist die Rede. Das Wort Feigheit war nicht benutzt, aber stand zwischen den Zeilen. Dann folgte noch etwas von rücksichtsloser Entschlossenheit, die man erwarte, von Scharte und Auswetzen und wie es so heißt.

Meine Herren, sagte der Kommodore, ich habe diesen Befehl Ihnen zur Kenntnis gebracht.

Er hatte einen fast unmerklichen mundartlichen Ton in seinen Worten, den er sonst mied und nur durchließ, wenn er spielte oder eine Erregung versteckte. Er sah umher; niemand rührte sich. Die Offiziere saßen, wie sie von draußen gekommen oder aus ihren Maschinen geklettert waren, umgeschnallt, die Mütze vor sich auf den Knieen. Alle waren gewöhnt worden, dienstliche Anschisse hinzunehmen und ihr Gesicht in der Gewalt zu haben auch dann, wenn sie der Meinung waren, daß ihnen Unrecht geschah. Aber sie trugen Auszeichnungen, die sie nicht am Schreibtisch erworben und die auch keine namenlosen Mannschaften für sie erkämpft hatten. Und sie glaubten, diesmal vielleicht nicht besser gewesen zu sein als früher, aber auch keineswegs schlechter.

Der einäugige Major Stooß, der Kommandeur in Niebüll, der nicht trank und nicht rauchte und derzeit der beste Schütze war, saß ganz aufrecht mit seinen faltigen Wangen und mit niedergelassenen Lidern, als wolle er nicht hinsehen, und hatte die Arme hoch übereinander geschlagen, die Handflächen unter den Achseln. Auch Schildknecht, der Kommandeur der Dritten, fehlte nicht, obwohl er erledigt geschienen hatte und obwohl auch vermutlich höheren Orts das Urteil über ihn fertig vorlag; er ließ sich noch nicht von seinem Stabsarzt regieren, der versucht hatte, ihn krank zu sprechen. Freiwillig ging er nicht in die Verbannung noch in ein Lazarett, noch auch war er gewillt wegzusehen. Er sah es sich vielmehr an; seine Augen standen weit aufgerissen unter seiner großen krausen Stirne; es war kein guter Anblick. Sarowski machte sein unverschämtes Gesicht, es war so glatt wie Seife, und er blickte so herausfordernd wie ein Hahn. Die Diversionen der vergangenen Nacht hatten ihm seine Frische nicht genommen, aber ließen ihn gespannter erscheinen. Schleißner, neben de Bruyn der jüngste der anwesenden Kapitäne, lief rot an.

Also das ist es, dachte Schildknecht, was unser Herr und Meister, unser Alter und Höchstkommandierender, uns zu bieten hat. Seine Ungnade, sonst weiß er nichts und will auch nichts weiter erfahren. Das ist sein Stil, wenn es ihm an die Nieren geht und er für ein paar Augenblicke einen klaren Kopf kriegt und merkt, was er alles verschlampt hat. Wir kennen seine Ungnade schon, er hat sie uns schon einmal schriftlich zugestellt, als es schief ging und nichts mehr zu halten war, und mit ganz ähnlichen Wendungen. Und wir machten uns damals auf, Fink und ich, die es anging, machten uns auf aus der gelben Wüste, auf aus Tausend und einer Nacht, wir zwei mit unseren gelben Hosen und Hemden, die nicht mehr sehr gut rochen und an den Kanten ein wenig fransten, die Ohren voll Dreck und die Waden voll Flohbisse, und kamen nonstop vom Himmel herunter in sein Boudoir, um statt einer Antwort Maschinen und Sprit zu erbetteln für unsere Staffeln, die nicht mehr konnten. Er aber kommt durch den Seidenvorhang in Brokat oder wie man das heißt und in Juchten und Saffian, und es duftet wie bei Scheherazade, wir passen da gar nicht hin. Deshalb, wie Fink ihn so sieht, und sieht den Rubin auf dem Alten klunkern, auf seiner Brust und an einer Goldkette und so groß wie ein Taubenei aus Tausend und einer Nacht, da ist's ihm egal, er fängt vor lauter Elend zu grinsen an. Was grinsen Sie, Fink, fährt der Alte verdutzt los; und weil Fink nicht antwortet und gegen alle Erziehung noch weitergrinst, grinst er plötzlich auch und sagt: Na lach ruhig, Fink. Und jetzt erzählt mal, Jungens, was mit euch los ist. Ein gemütlicher, ein höchst burschikoser Satan, ein Satan aus dem Kommersbuch. Er wird alle zugrunde richten.

Zu fragen habe ich nichts, fuhr der Kommodore fort. Wenn eine Frage besteht, ist es die, wie eine Truppe sich zu verhalten hat, um solcher Kritik zu begegnen. Auch dafür sind Anweisungen bereits eingetroffen.

Damit nahm er das Fernschreiben Nummer zwei zur

Hand, sah sich nach seinem Adjutanten um und sagte: Lesen Sie die Punkte vor, Oberleutnant Waaga.

Dieses Stück befaßte sich nicht mehr mit der allgemeinen Lage, ging aber dafür ins einzelne. Das Verhalten der Besatzungen im Gefecht war schärfer zu überprüfen. Dies bezog sich auf alle die Fälle, in denen ein Flugzeugführer landete, ohne daß seine Maschine Schäden oder Beschuß aufwies oder die Tanks leergeflogen waren oder die Bordmunition verschossen oder der Mann selbst verwundet war. Hatte keine Feindberührung stattgefunden, so waren die Gründe dafür streng zu untersuchen. Und so weiter. Es folgten noch weitere Punkte, die zu untersuchen waren.

Und während Waaga las, dachte der Kommodore: Das ist die Gebrauchsanweisung für uns; die ist ihm hinterher eingefallen. Vermutlich ist sie ihm eingefallen, als er Krabb, seinen Intimus, zu sich kommen ließ, der ihm das Genick steifen muß. Den General läßt er nicht zu sich, aber er schickt nach Krabb und hebt einen mit ihm. Und Krabb ersinnt die Gebrauchsanweisungen. Sie nehmen Platz, die Herren Staffelkameraden vom Weltkrieg eins her, und während der Alte mit der Flasche ins Glas wackelt, sagt er zu seinem Intimus: Wie denkst du darüber, Krabb? Kein Mumm mehr unter den jungen Leuten, meinst du nicht auch? Und war es nicht bei uns etwas Anderes? Da wurde noch gestorben. Und jetzt plötzlich, fährt er fort, jetzt soll es nicht mehr gehen? Und bei dem allen, was wir für unsere Männer getan haben. Was hatten wir noch für Mühlen dagegen, die reinen Papierdrachen. Es fehlt an der Schneid und an nichts sonst. Sag selbst. Wir haben doch damals auch abgeschossen. Oder haben wir vielleicht nicht abgeschossen? Und dann plötzlich ist in seinem Kopf das Fernschreiben fertig. Ich werde ihnen was hinausjagen, denkt er, und jagt es hinaus, und dann sagt er: Prost, Krabb. Und Krabb sagt auch Prost, und sagt: Das walte Gott und das haben wir, und sagt: Wöhlchen. Dann ist er wieder stark und sicher, daß er das Seine getan hat.

Das Fernschreiben ging noch weiter: Bei leergeschossenen Magazinen war der Gegner durch Rammstoß zu vernichten.

Meine Herren, sagte der Kommodore, die Wirkung dieses Befehls auf die Besatzungen würde verschieden sein. Ich beschränke mich darauf, die Kommandeure und die Staffelführer zu unterrichten. In welcher Form er weitergegeben wird, überlasse ich Ihnen. Ich werde mich danach nicht erkundigen. Aber Sie werden das Äußerste tun, das Sie verantworten.

Fragen erhoben sich nicht; es war kein Kreis, in dem Fragen erörtert wurden. Es stimmte auch nicht, was durch den hinteren Ausgang verbreitet wurde, nämlich Sarowski habe noch im Vorraum die eiserne Kravatte aus seinem Halskragen gelöst.

36.

Die Neunte, hatte der Kommodore zuletzt noch befohlen, bleibt sofort mit allen Flugzeugen hier. Ich will erreichen, daß wir die Gruppe hierher zusammenbekommen, und allenfalls legen wir de Bruyn nach Möns. Lassen Sie sich das Wetter geben, de Bruyn, und wenn Sie durchkommen, so fliegen Sie noch heute abend nach Randvig und bereiten die Verlegung der Bodenteile vor. Einen Offizier schicke ich nach und beschaffe eine Transportmaschine, die Ihr Spitzenpersonal heranholt. Ich hoffe, sie wird zweimal fliegen können. Inzwischen versorgt Sie Brede mit Leuten der Stabskompanie.

Und also hatte de Bruyn sich gegen Abend bei seinem Kommandeur abgemeldet. Schildknecht war undurchsichtiger

Laune, er sagte nicht viel. De Bruyn ging, und während die technische Bereitschaft des Stabs sein Flugzeug fertigmachte, trat er ins Geschäftszimmer, um zu sehen, ob da Papierkram für seine Staffel lag. Er überlas flüchtig: Verwaltungsanordnungen, nach Verteilerschlüssel ausgegeben, Personalveränderungen, technische Anweisungen, Richtlinien über neue Abgaben an Personal. Dann ein Bescheid über ein Gesuch des Obergefreiten Moell seiner Staffel, betreffend die Heirat mit einer Ausländerin. Das Gesuch hatte bei höchster Stelle vorgelegt werden müssen. Es war abgelehnt.

Was haben Sie denn da für eine Lektüre, sagte Schildknecht, der mit krausen verächtlichen Augen hereinkam. Die gefällt Ihnen offenbar nicht?

Nein, Herr Major.

Lassen Sie sehen.

Schildknecht hielt den Wisch vor sich hin, den er zwar abgezeichnet hatte, aber was er abzeichnete, hatte er nicht immer gelesen.

De Bruyn sagte: Es fehlt an Papieren bei beiden Anwärtern. Sie bringen nicht alle Nachweise bei. Auch wegen einer Beförderung haben wir bei Moell Schwierigkeiten. Einer meiner zuverlässigsten Leute. Ich bedaure es für ihn.

Ich nicht, sagte Schildknecht, indem er das Papier zurückgab, und dabei sah er de Bruyn beinahe geringschätzig an. Um es genau zu sagen, mir ist das ganz gleichgültig. Es raucht im Dach, und da wollen die Leute noch heiraten und Kinder kriegen? Das ist mir gleich, ob ein Obergefreiter sein Stück bekommt oder nicht.

De Bruyn dachte, was Scheelius auch öfters gedacht hatte: Man weiß bei ihm nie, was kommt. Er ist mit sich selbst uneins. Aber jetzt mußte de Bruyn sich sputen, wenn er noch bei Tag hinkommen wollte. Die Sache mit Moell wurmte ihn, sie erzürnte ihn sogar. Er hatte ein ungutes

Gefühl, als er nach Randvig hinaufflog, auch wenn Moell bloß ein Obergefreiter und seine Absicht vielleicht eine Dummheit war.

Schildknecht, der Kommandeur, war seit vierundzwanzig Stunden abgeschrieben und wußte das. Es konnte ihn nicht überraschen, denn seit etlicher Zeit lag so etwas in der Luft bei seinen zahlreichen Eigenmächtigkeiten und seinem Gehaben, das spüren ließ, wie wenig er höhere Dienststellen achtete, und daß er offenbar alles nach Gesichtspunkten ansah, die nicht die amtlichen waren. Jetzt, nach seinem Versagen, das dem Geschwader etliche scharfe Rückfragen eingetragen hatte, mußte er dulden, daß sich der Arzt ausführlicher mit ihm befaßte. Und der Arzt stellte fest, daß er abgeflogen sei.

Das hätte ich nicht von Ihnen gedacht, sagte Schildknecht höhnisch, daß Sie auch schon zu befehlsgemäßen Überzeugungen gelangen. In dieser Hinsicht war Kreysler ein besserer Mensch als Sie.

Irrtum, Herr Major, sagte der Stabsarzt ruhig. Sie sind tatsächlich krank, Herr Major. Sie sind abgeflogen.

Abgeflogen von was? vielleicht von dem Gammelbetrieb hier?

Herr Major kennen selbst die Ursachen, sagte Winckelmann noch ruhiger. Ich möchte dabei bleiben, von keinen anderen Kenntnis zu nehmen.

Schildknecht gab aber nicht klein bei, obwohl der Doktor ihn unruhig machte, er sagte mit einer Grimasse: Abgeflogen? ich weiß auch, wer oder was abgeflogen ist. Die ganze Jagd ist am Ende. Wissen Sie auch seit wann? Der Tag läßt sich ziemlich genau festlegen. Das war ein gewisser Tag im September, der Tag, an dem die Schlacht um die Insel verlorenging, der Tag, an dem plötzlich der Himmel so voll hing, obwohl dort niemand mehr viel erwarten konnte, und das Wetter auch gegen uns war, und wir die Kämpfer im Stich lassen mußten, damit überhaupt noch etwas nach Hause kam. Damals war es aus; und sagen Sie selbst, was ist denn seither geschehen? Nichts. Höchstens Trugschlüsse und Vorspiegelungen. Alles versaut, das Hauptstück ist vorbei, das Nachspiel hat angefangen. Wir sind das Nachspiel.

Es lag kein Befehl vor, weder mündlich noch schriftlich, aber Schildknecht wußte, daß über ihn entschieden war, und man ahnte etwas davon, bis in die Staffeln herunter. Ein Kommandeur, sagte er zu sich, bei dem die Verständigung ausfällt, solang er mit seiner Gruppe in der Luft ist. Vielleicht will er gar nicht hören? Dafür bringt er eine intakte Gruppe zurück. Ist das etwas? Es eignet sich jedenfalls nicht für Gefechtsberichte.

Er würde nicht abgelöst werden, aber zur Auffrischung einen Urlaub erhalten, und in diesen Urlaub traf dann eine Versetzung in eine gehobene Dienststelle, wo er nichts verderben konnte. Vielleicht verband sich damit sogar eine Beförderung.

Es ist vorbei, sagte er zu sich selbst. Ich komme mir schon so vor wie mein eigener Nachlaßverwalter.

Das Dach raucht, wiederholte er und suchte gedankenlos in seinen Taschen. Dabei fiel ihm ein, daß ihm die Zigarren gesperrt waren; er holte eine hervor, biß die Spitze ab und spie sie ins Gras. Es ist Feuer im Dach, und bald wimmelt es in den Untergeschossen. Der Gehorsam tut es; draußen wird geschossen, und Männer fallen, unten hängen alle Mann über den Maschinen, und die Kapitäne gehen herum, nehmen sich ihre Burschen vor und hetzen ihre Bereitschaften. Dazu ist Frenssen losgeschickt, um allen eine Spritze zu geben. Und was geschieht im Innersten, auf dem Kommandostand, in der Sendezelle? Ein paar leere Pappschachteln liegen auf dem Tisch. Sonst ist die Zelle leer.

Laß gehen, sagte er weiter zu sich. Jeder kann froh sein, der an nichts mehr schuldig zu werden braucht.

Als er aber an seiner Maschine vorbei kam, blieb er stehen und sagte: Das ist noch lang die Frage. Das ist immer noch eine Frage, wer meinen Abgang bestimmt.

37.

Um diese Zeit ließ der Hauptmann Vehlgast seinen Wagen auf einem Feldweg stehen und trat in eine Kornfurche, die sacht zur Geest hinauf anstieg. Das grüne Korn, das ihm bis übers Koppel reichte, wehte, es lief im Wind silbrig an. Eine Schlechtwetterfront war durchgezogen, und jetzt mit der Rückseite breitete sich eine Bläue über die Landschaft. Vehlgast war müde und abgespannt, das Unkraut strickte sich um seine Stiefel, und die Stille, die er nicht gewohnt war, die abgeschiedene Landschaft, das einsame Grün und Blau beunruhigten ihn.

Der Hauptmann, dem man das Amt eines Abschußoffiziers anvertraut hate, befand sich seit dem Vormittag unterwegs. Es war Aufgabe der Bodenstellen, sich um eigene Brüche und um die Reste der Gegner zu kümmern, allein die Verbände unterhielten daneben noch ihren eigenen Dienst. Den Meldungen nachzugehen verursachte Schwierigkeiten; denn bei der Erregung inmitten der Kampfhandlungen waren sie häufig ungenau und Doppelmeldungen nicht selten. Oft waren die Erfolge strittig; nahe lag, daß eine feuernde Flakbatterie ein Flugzeug, das in ihren Bereich stürzte, für sich selbst buchte. Uhrzeiten waren zu vergleichen, und Vehlgast mußte bei Dienststellen und unter der Einwohnerschaft Zeugen suchen.

Jetzt stieß er im Kornfeld auf eine Trampelspur, die von rechts kam und offenbar zu dem Bruch eines eigenen Flugzeugs führte, dessen Lage man ihm in dieser Gegend bezeichnet hatte. Die Spur lief an einer Wallhecke entlang, dann bog sie in eine Bresche. Im Roggenfeld lagen die Trümmer, es hatte gebrannt, und abseits da und dort in dem seidigen Grün klafften Löcher wie Fraß, wo abgesprengte Teile in den Grund eingeschlagen hatten. Es war wenig, Vehlgast wunderte sich jedesmal, wie wenig es war, das übrigblieb, selbst bei großen Flugzeugen. Er stand, holte seine Karte heraus und nahm eine Eintragung vor. Zu tun war sonst nichts mehr.

Vehlgast nahm seine Mütze ab; dann, obwohl er keine Zeugen besaß, vertuschte er dennoch seine Gebärde, indem er das Taschentuch zog und sich Stirn und Schläfen wischte. Die niedrige Sonne flimmerte, und es dunstete aus dem Kornacker. Der Mützenrand hatte sich als ein blutroter Streif auf der Stirn des Hauptmanns abgezeichnet. Seine Lippen standen voneinander; er sog den Duft des grünen Roggens ein, dem ein Brandgeruch kaum aufdringlicher beigemischt war als der Geruch einer Feuerstelle, die man am Rande der Flur unterhalten hat. Der Hauch einer Wildrose mischte sich zaghaft hinein. Vehlgast wandte sich um, der Strauch ließ seine Ranken hinter ihm abwärts hängen, die weißen Blüten, fieberheiß aufgespreizt, boten sich an. Rosenkäfer saßen metallisch, trunken und festgesogen auf den Staubgefäßbündeln. Er riß eine der Blüten ab, von dem Ruck rauschte es, der Zweig sprengte Tropfen. Dabei, wie der Zweig so gebogen wurde, ließ sich ein Vogelnest sehen, das darin hing, Vehlgast spähte hinein, drei winzige Eier, schwach kobaltgrün und gesprenkelt, lagen darin. Ein Vogelnest, murmelte er abwesend, Hundsrosen. Es klagte im Busch, doppelstimmige, ziepende Laute. Endlich ließ er den Zweig fahren, und der Zweig schnellte in seine Lage zurück. Ich muß weiter, murmelte Vehlgast. Eine schlappe, gestaltlose Schwermut hatte ihn überkommen, und er haßte sich selbst.

Indem er die Blüte zwischen die Zähne steckte, klappte er die Karte herum und sah, daß unweit ein zweiter, ein feindlicher Bruch liegen mußte. Er trat durch die Hecke hinaus und dachte: Vielleicht ist weiter oben eine Übersicht. Ich muß mich umschauen. Aber sogleich senkte das Gelände sich noch einmal und stieg dann aufs neue gegen eine zweite, etwas höhere Welle. Eine Art Kuppe oder Buckel ragte dort auf.

Vehlgast hielt auf den Hügel zu, der anfänglich gegen das Licht ausgesehen hatte wie eines der Königsgräber in Jütland. Doch erkannte er in der Nähe einen Wasserspeicher. Er stieg hinauf und betrat den Gipfel, in den eine gußeiserne Deckplatte eingelassen war. Der Blick ging weit, doch überraschte es zugleich Vehlgast, der sich immer zu entfernen geglaubt hatte, daß er nun schon wieder nahe bei Menschen war. Nicht sehr weit ab lag eine Gruppe Häuser, die in der Karte noch nicht verzeichnet standen, keine Bauerngehöfte, sondern frischbackene, ziegelrote, billige Reihenhäuser, wie eine Fabriksiedlung. Sie hatten eine Zeile von Gärtchen hinter sich, die hellmaschig umdrahtet waren.

Zunächst suchte er die Ferne ab, ohne indessen etwas Besonderes wahrzunehmen. Erst dann wurde er auf eine Bewegung am Fuße des Hügels aufmerksam. Er hatte die Leute vorher nicht bemerken können, weil er von rückwärts herangekommen war, und auch sie wurden auf ihn nicht aufmerksam, weil sie gegen den Wind und gegen die Sonne zwinkerten, und weil die Luft das geringe Geräusch seiner Annäherung fortwehte. Dort unten am Hang, in die abendliche Sonne herausgekrochen, lagerten ein Mann und eine Frau. Die Gesichter konnte Vehlgast nicht sehen, aber offenbar waren es jüngere Leutchen, der Mensch in Hemdärmeln, vielleicht an seinem Feierabend, vielleicht auch ein Urlauber, der es sich bequem gemacht hatte. Die Frau neben ihm lag mit den Händen unter dem Kopf, das eine Knie hochgestellt und der Rock heruntergeglitten. Der Mann hatte seine Hand auf ihr liegen und bewegte sie dann und wann tätschelnd; sie schien sich darum nicht viel zu kümmern. Mit der einen Fußspitze, die sie in die Speichen eines Kinderwagens gesteckt hatte, teilte sie kleine, nachlässige Stöße aus und hielt den Wagen in einer schaukelnden Bewegung.

Der Friede, sagte Vehlgast und blickte auf sie herunter. Da habt ihr es. Die Helden liegen, und die Schützen sind gefallen, ihre Reste sind hin, aber ihr Tod führt auf Punkte, von denen wir sehen, wofür sie gefallen sind. Das Ziel, das sie selbst versäumt haben. Dafür? Das glaubt ihr selbst nicht. Für das da? Povres Ziel.

38.

ALLES WAR SEHR KURZ, sagte Eva Dumont. Jetzt wird es sehr lang werden.

Es war kurz, sagte der Oberleutnant Waaga. Aber ohne Mangel. Das meiste war drin.

Und das meinen Sie zu wissen?

Einiges weiß ich, einiges Bescheidene.

Ach was wollen Sie denn, Herr Waaga. Sie sind doch weiter nichts als ein Mann. Ein Mann ist gut dran. Er braucht nie zurückzubleiben. Was weiß ein Mann davon?

Es könnte zum Beispiel sein, daß dort, wo Sie sitzen, jetzt eine gewisse Frau Waaga säße, und etwa säße dann auf meinem Stuhle Hauptmann Dumont. Glauben Sie, daß Hauptmann Dumont so ahnungslos wäre? Obwohl er die Frau vorher nie gekannt hat.

Verzeihen Sie. Eigenes Unglück macht kurzsichtig.

Dazu ein Umstand. Haben Sie bemerkt, daß Hauptmann Dumont meine Maschine geflogen hat? Es könnte so aussehen, als wollte ich's nicht erwähnt haben. Es war die Winkel Eins. Meine Maschine.

Eva Dumont schwieg einige Zeit, und Waaga sagte dazwischen: Niemand kennt den Hergang. Aber Sie verstehen mich, was ich meine.

Ich verstehe sehr gut, sagte Eva Dumont.

Und wieder nach einer Weile: Gibt es denn wirklich keinen Anhalt für die Ursachen eines solchen, nun eines solchen Unfalls?

Niemand kennt den Hergang.

Hunde und Mörder, sagte Eva Dumont.

Verzeihen Sie.

Das war die Zeit, zu der Hauptmann Vehlgast durch das grüne Korn ging, und sie saßen vor dem Gasthof, in dem Frau Dumont abgestiegen war, einem Provinzhotel mit den Spuren der Vernachlässigung, die der Krieg verursachte. Eva Dumont wollte nicht drinnen sitzen, sie ertrug die Luft nicht in dem Speisesaal, und durch die Diele mit den Metzgerpalmen gingen Menschen. Sie bekamen zwei Stühle auf die leere Terrasse hinausgesetzt, und dort saßen sie, es war nichts um sie herum, keine Tische, alles leer, und die Stühle waren zwei altmodische weiße Gartenstühle aus Schnörkeldraht, und der kleine Platz vor ihnen lag schon im Schatten. Nur jenseits fiel eine braune Sonne auf die oberen Giebelteile der Häuser, und eine Scheibe blitzte. Die beiden saßen nebeneinander, aber eine Lücke zwischen ihnen, und sie sahen einander nicht an.

Waaga war es am Abend eingefallen, er müßte noch einmal anrufen und der Frau, deren Mann in seinem Flugzeug abgestürzt war, anbieten, ob er ihr etwas helfen könnte.

Sie können mir nichts helfen.

Er meine es so, sagte Waaga, ob es ihr vielleicht etwas nützen könnte, wenn sie diesen Abend nicht ganz allein sei.

Das bin ich gewöhnt und muß mich noch mehr gewöhnen.

Jawohl, gnädige Frau.

Er wartete ab, daß sie das Gespräch beende, aber dann sagte sie: So nicht. Ich verstehe Sie schon, Herr Waaga. Ich bin froh, wenn Sie kommen wollen.

Es war sehr kurz, wiederholte Eva Dumont. Das ist kaum fünf Wochen her, daß er von mir wegfuhr. Immer denkt man, dies könnte der letzte Urlaub gewesen sein; natürlich denkt man das, und hinterher weiß man, daß man es doch nicht gedacht hat; man war bloß der Meinung, man denke es, und auf alle Fälle. Aber gerade auf den einen Fall nicht. Er flog ja nicht mehr, und so mochte es vielleicht doch nicht der letzte Urlaub gewesen sein. Man hätte sich sonst doch noch etwas sagen müssen.

Was wollten Sie sagen?

Ich weiß es doch nicht. Aber die Angst ist schrecklich, eine immerwährende Angst, man könnte etwas vergessen haben.

Sie haben nichts vergessen, sagte Waaga. Denken Sie an einen Bahnsteig. Es ist ein Bahnsteig ohne Lichter und auch schon fast ohne Menschen, denn der Zug ist besetzt, alle Reisenden sind eingestiegen, und draußen muß bloß noch stehen, wer nicht mitfährt. Einer ist noch einmal ausgestiegen, er hat sein Gepäck schon verstaut, aber plötzlich kommt er noch einmal, denn das ist nicht leicht, sich damit abzufinden, daß der andere zurückbleiben soll. Die zwei stehen jetzt auf dem blinden Bahnsteig und müssen ihre Gesichter nahe aneinander bringen, wenn sie sich sehen wollen. Denn sie wollen ihre Gesichter sehen, obwohl sie sich auswendig wissen und sich ebenso gut erblicken würden, wenn sie die Augen geschlossen hielten oder es völlig finster wäre. Jetzt fragen sie sich und bewegen die Lippen und suchen in ihrem Innern, was sie sich noch sagen wollten. Aber sie finden nichts mehr. Es gibt nichts, das dem andern nicht längst gehörte. Es ist längst alles gesagt.

Wer ist das, fragte Eva Dumont. Woher wissen Sie es? Wie kommen Sie drauf?

Das waren Sie. Sie und ich auch, jedes mit einem andern. Verlassen Sie sich darauf, daß da nichts fehlt.

Aber das Leben. Da mußte doch noch etwas kommen.

Die Rast auf Schiern, Frau Dumont, an einem Hang, der abzutauen beginnt. Der Tag fing früh an, er hat sich erwärmt, Sie sind müde geworden, Sie spüren das Licht, die Wärme auf der Haut flimmern, die Luft gebrochen, eine fremde Witterung in der Luft; es wird morgen bedeckt sein, denn es kühlt nicht ab, obwohl die Sonne schon tief steht. Alles ist klargewaschen, am Horizont die Föhnwolke mit gelben Rändern. Sie sehen sehr weit, Sie haben jetzt Dinge gesehen, die Sie nicht kannten. Es kommt nichts mehr, denn wie gesagt, morgen wird der Himmel erloschen sein. Aber der Augenblick war unendlich, er könnte nicht länger währen. Der Augenblick geht nicht zu Ende. Es braucht nach ihm nichts mehr zu kommen.

Das waren aber Sie, sagte Eva Dumont aus ihrem weißen Gesicht, doch sie mußte lächeln. Denn wir selber, wir sind niemals zusammen Schi gelaufen.

Dann also ist es der Wirtsgarten, der Abend im August bei ganz bezogenem Himmel. Es ist ein Wirtsgarten mit Kastanien, die Luft stockt, der Fluß riecht faul, und die Ruder schmatzen und seufzen unten von Booten, die man nicht sieht; ein Mädchen lacht, es lacht töricht und girrend wie Mädchen lachen, die nicht wissen, worüber sie lachen.

Man sieht keinen Stern, aber ein paar bunte Glühbirnen sind im Laub versteckt, ärmliche und höchst selige Lichter, die spiegeln sich, und ihr Widerschein schaukelt in dem schwappenden Wasser. Menschen sitzen nicht viele da, und es werden auch keine mehr kommen. Denn seit Stunden will es gewittern; auch fallen durchs Laubwerk schon dann und wann Tropfen, ganz laue duftende Tropfen, die schnell vom Tisch wegdunsten. Eine Bedienerin faltet schon Tischtücher zusammen. Und Sie stehen nicht auf. Sie denken: Eine Minute noch bis zum Regen, was für eine wunderbare Minute, oder noch fünf Minuten oder noch fünfzehn, unendliche Zeit, weil sie nicht lang währen kann. Sie stehen nicht auf, und der andere auch nicht. Sie sind beide traurig, von Glück so angestrengt, daß Sie kein Wort sagen können. Es ist der schönste Abend.

Ja, sagte Eva Dumont, oh ja. Das war ich auch.

Behalten Sie es. Und vergessen Sie nicht die Fülle. Nehmen Sie es so: eine Stadt, eine sehr große Stadt; in der Höhe, als Sie Ihr Fenster öffneten, Ihr gemeinsames Fenster, kam die Luft kühl erfrischt, eine Luft wie vom Brunnen, Sie hörten das Plappern des Rasenmähers, einen Schritt im Kies, die Vögel, alle die Stille und dahinter das Tosen der Stadt. Wenn Sie aber unten ankommen, so liegen die Straßen da noch im Schatten, es sind Straßenschluchten, und alles verhält sich umgekehrt; in der Sonne weht es, und im Schatten stockt Hitze, denn es hat in den Gassen nicht abgekühlt. Menschen sind um diese Zeit wenige unterwegs, denn die Büros arbeiten schon, aber eben erst gehen die Läden auf. Die Luft ist voll von Gerüchen, es riecht nach Kellerluken und Mülleimern und Grünkram, nach faulen Apfelsinen und den Güssen der Sprengwagen. Aus den kleinen Cafés riecht es nach Vanille, nach Mokka und Näschereien. Man sieht in die Friseurläden, in deren Tiefe es von Spiegeln blinkt und von vernickelten Hähnen blitzt, und ein schwerer Duft von Parfüm und starken Essenzen kommt aus ihnen. Sie wechseln an Quergassen vorbei, Sie gehen durch Hitze und Kühle, durch Licht und Schatten wie sommers im Fluß durch Streifen lauen und frischen Wassers. Schwere, lautlose Wagen streichen vorüber, ein Leichenwagen, eine Hochzeitskutsche mit Myrten. Ein Mädchen in weißem Kittel trägt eine Kiste Apfelsinen heraus und stellt sie vor dem Laden zur Schau. Jetzt riecht es nach Ananas, nach Druckerschwärze und Bananen. Eine Glocke bimmelt aufgeregt, und Tauben schwärmen. Wenn es eine südliche Stadt ist, so schreien die Zeitungsjungen hallend durch die Gassenschluchten; sie schreien nicht mehr so hitzig und süchtig wie in den ersten Tagesstunden, denn ihre meisten Zeitungen haben sie verkauft, aber sie wetteifern jetzt, ihre vorletzte und letzte noch abzusetzen. Oder sie schreien Lose aus, jedem sein Los, unabwendbare Lose, und morgen schon kommt 's heraus. Sie schreien: *mañana sale! Sale mañana!* Und dazu das Klingeln einer Tram, das Gekreisch in den Gleisen, wenn sie um die Ecke biegt. So fängt der Tag an, und viel mehr kann er auch nicht bringen. Vielleicht wird er staubig und ermüdend.

Ach! Nichts davon. Weisheiten aus der Wetterwarte.

Ja, sagte Waaga unverständlich, ich spreche am Telefon. Aber nicht nur mit Wetterwarten. Hören Sie, schon schreien die Losverkäufer: *Sale hoy! Esta sera sale!* Heute abend ist Ziehung, heute noch kommt es heraus. Haben Sie Lust, sich eine Zeitung zu erwerben? Vielleicht stehen die schlimmen Dinge schon drin. Die Liste ist drin, *la lista grande, la gran lista con los nombres.* Jetzt haben Sie noch alles. Aber am Abend sind Sie vielleicht nicht unter den Gewinnern.

Verdammte Philosophie, sagte Eva Dumont. Ich will nichts mehr von Ihnen wissen. Sollen Ihre Bananen und Losverkäufer mich satt machen? Ihre Gelassenheit ist schrecklich. Aber haben Sie auch ein Herz? Das Herz schreit nach Dauer. Das Herz ist unersättlich. Meinen Sie etwa, es wolle bloß glücklich sein?

Sie vergessen, sagte Waaga, so ein Tag wurde nur unterbrochen. Er fängt wieder an. Sie vergessen, daß es kein Ende gibt.

Kein Ende? Sie werden rätselhafter. Was meinen Sie denn?

Unsterblichkeit. Sie wird alle satt machen.

Glauben Sie dran?

Ich konnte nie anders. Ja —, wenn Sie große Worte entschuldigen wollen.

Ich höre. Sie können weiter erzählen.

Sie brauchen mich nicht dazu. Sie wissen es doch selber. Besinnen Sie sich. Nehmen Sie einen anderen Morgen: ein helles Kleid und ein Mädchen, auch sehr hell, ein unermüdliches Mädchen mit kurzen Haaren und ihrem hellen Kleid, sie geht da, sie hat einen schnellen Schritt, sie geht eine Straße hinauf zwischen wehenden Bäumen, sagen wir einmal es ist die Lawsker Allee, und der Wind kommt stark, es ist schon fast ein Sturm. Die Wolken haben keine Zeit sich zu ballen, sie treiben zerrissen vor einer Bläue so tief, daß das Auge sie kaum ertragen kann. Und das Mädchen weiß soeben etwas, obwohl sie kein Examen in Metaphysik abgelegt hat, sie weiß etwas: wir können nicht ganz sterben. Besinnen Sie sich?

Sie sagen es. Ja, ich besinne mich.

Morgen wie schon nach dem Tod: Sie sind die Nacht durchgereist, es war eine lange staubige Nacht bei halbem Mond, aber sie ist jetzt vorbei. Es ist sehr hell, der Spätfrühling, wenn die Akazien aufgehen. Das Wasser füllt einen flachen Stein im Garten, die Vogeltränke, auf den Rand scheint die Sonne warm, und die Bienen kommen. Eine

Wolke von braunen Bienen summt über der Feuchte, und sie fallen ein und bilden einen runden Saum auf dem Steinrand. Die Kinder —

Das waren nur Sie, sagte Eva Dumont und fing zu weinen an. Denn ich habe keine Kinder.

39.

WOFÜR DAS ALLES? Auch der Oberfähnrich von Schwersenz hatte nicht auf dem eigenen Platz landen können und fiel deshalb in Flarup ein. Nach dem, wie er bisher sich angelassen hatte, stand Schwersenz eine erfolgreiche fliegerische Laufbahn bevor. Er war fix, kein Sorgenkind, und ähnlich wie etwa dem Rossa sagte man ihm nach, er wisse immer schon zum voraus, welche Bewegung sein Rottenführer jetzt machen werde, und folge ihr, ehe sie angedeutet sei. Zwar war er bei seinem ersten Feindflug abgeschossen worden, aber nach dem gebräuchlichen Aberglauben bedeutete das eine Lebensversicherung.

Jetzt in Flarup traf er den abgelösten Oberleutnant Kreysler, der dorthin kommandiert worden war. Kreysler seinerseits hatte kein Glück, er hatte dran glauben und gehen müssen, und niemand verließ gern den Verband, in dem er zu Hause war. Besser kam es selten, und es war schwer, anderswo Fuß zu fassen, es wäre denn dort gewesen, wo der Verschleiß für den Wechsel sorgte. Er wartete auf einen weiteren Marschbefehl. Wohin und zu was für einer Neuaufstellung, das konnte er sich denken; solche Neuaufstellungen waren zum alsbaldigen Verbrauch bestimmt. Kreysler war Spezialist, aber so viel Spezialist war er auch nicht, daß er nicht hätte anderswo aufgebraucht werden können.

Schwersenz und Kreysler kannten sich von Scholm her, und deshalb bot Kreysler dem Oberfähnrich sogleich Quartier an. Man konnte sich nicht denken, daß die beiden viel Gemeinsames besaßen, denn Schwersenz war ein Junker, und der viel ältere Kreysler ein bürgerlicher Mensch, ein Ingenieur mit wissenschaftlichen Neigungen; aber sie hatten dieselbe Baracke bewohnt, und Schwersenz war öfters bei Kreysler eingetreten, wenn er abends vom Liegeplatz kam. Kreysler wunderte sich ein paarmal darüber, aber jetzt sah er den jungen Menschen ein wenig deutlicher.

Eine Gruppe des Geschwaders lag damals noch an einer östlichen Front, und zuweilen kam die Reihe an einen der jungen Flugzeugführer, als Kurier hinüberzufliegen. Die Jungen rissen sich um solche Kommandos, denn es galt als Spaß, drüben ein paar Einsätze mitzufliegen. Doch bekam Schwersenz, als er kürzlich den Kommodore begleitet hatte, bei einer Kurbelei hinter den feindlichen Linien Treffer ins Leitwerk; und da die Maschine auf keine Steuerbewegung mehr folgte, war er gezwungen, sie aufzugeben. Er sprang ab und kam ohne Schaden am Boden an.

Es waren Kiefern und Birken, sagte der Junker, alles ein einziger Filz. Das war sehr dumm, aber ich konnte mir den Platz nicht aussuchen. Ich hatte Glück, denn man hatte mir gesagt, daß es sehr leicht sei, in so ein Gestrüpp hineinzutappen, aber sehr selten, daß jemand daraus wieder zurückkehre. Trotzdem, ich kam heraus, und mit der guten Null Acht in der Hand und nach allgemeiner Richtung fand ich den Anschluß wieder. Ich sah Häuser an einer Straße, und als ich lange genug beobachtet hatte, erkannte ich eigene Fahrzeuge, die sich dort bewegten. Der Stab eines rollenden Pulks nistete sich soeben dort ein. Und Sie können es glauben oder nicht, ich traf dabei einen von meinen Vettern, einen Panzerleutnant.

Kreyslers Miene verzog sich zu einem Lächeln. Es ist ziemlich unwahrscheinlich, aber in Ihrer Welt kommt das vor. Adlige Vettern treffen sich inmitten des Feldzugs. Früher dienten sie dazu noch in feindlichen Heeren und umarmten sich, wenn sie einander vom Pferd gehauen hatten.

Von mir aus. Also wir führten sogar noch ein Unternehmen durch, um den Fallschirm zu bergen. Der Fallschirm wurmte mich, ich mochte ihn nicht gern da liegen lassen. Nachher ließ man mich aufsitzen zu einem Feldflugplatz, und ich sollte dort auf ein Transportflugzeug warten. Und dabei passierte das Ding.

Welches Ding, fragte Kreysler.

Von außen merkte man Schwersenz nichts an; er trug so ein hübsches rüdes Reitergesicht und sah aus wie einer von jenen Leuten, die den Tod deshalb nicht fürchten können, weil sie zu wenig Vorstellungen besitzen. Aber er hatte seit jenem Ausflug eine kranke Stelle. Es war ein Fleck, so wie manchmal die Räude einen Spiegel befällt; in einer Ecke setzt es an und frißt den rückwärtigen Belag, und der Fleck breitet sich aus. Dort, wo er frißt, ist bald kein Spiegel mehr, nur noch Glas, das die Räude durchscheinen läßt. Der Junker kam jetzt auf jenen Vorfall zu sprechen, über den er dem Kommodore eine Meldung aufgesetzt hatte, weil er eine kitzlige Ehre besaß und einen Kommodore noch für den lieben Gott hielt. Er will etwas los werden, dachte Kreysler.

Nicht weit vom Platz, fuhr Schwersenz fort, befand sich eine Gefangenen-Sammelstelle, und ich sollte mir sie ansehen. Es ist nicht gerade ein Lager, mehr ein Pferch, von Draht umzogen, und von ein paar Türmen aus hält man in Schach, was sich drinnen bewegt. Ein Stabsfeldwebel regiert die Einheit, und der führt mich herum so ähnlich wie ein stolzer kleiner Besitzer in seinem Fabrikchen, wo Unterhosen gestrickt werden. Ich darf auch auf einen der Türme steigen, und dort passiert es. Droben steht ein älterer

Schütze, ein ruhiger schwerfälliger Mensch, und was er sich denkt, weiß ich nicht, vielleicht gar nichts, er will sich wohl einfach großmachen. Er deutet und sagt: Sehen Sie doch einmal hin, da unten, Herr Oberfähnrich, der Kerl dort mit der Nase, sieht der nicht komisch aus? Ich meine den mit der Nase in dem grünen Frack. Und schon ist er im Anschlag, übrigens ist es kein Karabiner, es ist die alte lange Spritze Modell Achtundneunzig. Ich verstehe noch nicht einmal, was da los ist, komme nicht einmal drauf, ihm das Ding zur Seite zu schlagen. Es knallt, und der Mann in dem grünen Kittel zeichnet und geht zu Boden. Es entsteht nicht einmal eine Aufregung. Niemand stürzt zu ihm hin, sie stehen da alle und rücken eher etwas zur Seite, obwohl nicht viel Platz zum Ausweichen ist, und da auf dem engen Fleck liegt der Mensch und bewegt sich noch ein wenig. Wie in einem Rudel, wenn ein krankes Tier fällt; kein anderes nimmt viel Notiz, es liegt eben dann, und die anderen stehen. Was sagen Sie dazu?

Sie sind ein Krieger, Schwersenz. Aber offenbar verstehen Sie weniger als ich, ein Bürger, von diesem Krieg. Regt Sie das auf? In unseren Städten sind es in einer einzigen Nacht Zehntausend.

Das kommt nicht auf mich. Aber der grüne Kittel kommt auf mich, denn ich bin dabei gewesen, und der Schütze auch, denn er ist von meiner Couleur. Und der Mann hat Kinder und fährt auf Weihnachtsurlaub. Was geht da eigentlich vor?

Sehen Sie das nicht? Das kommt von Prinzipien. Das kommt zum Beispiel so, daß man die Menschen in Gattungen einteilt, von denen die einen Wert haben und die anderen nicht. Dort drüben, so hat man den Mann unterrichtet, hat er eigentlich keine Menschen vor sich, bloß so eine Art Lebewesen. Wenn er darf, tötet fast jeder gern.

Das glaube ich aber nicht, Herr Oberleutnant.

Nicht? Sie sind doch selber ein ganz fleißiger Töter. Sie wollen doch abschießen.

Ich habe den Auftrag, Maschinen zu vernichten. Die Bedienungen kann ich dabei nicht aussparen.

Aussparen ist gut. Die zweckmäßigste Methode ist aber die, Sie blasen der Besatzung das Hirn heraus. Dann hat die Maschine keinen Kopf mehr und ist erledigt.

Ich setze mich aber dem gleichen Los aus. Es kann mich oder den anderen treffen.

Das ist eine alte Spielregel, aber für adlige Vettern. Alle Flieger sind so was wie adlige Vettern, und darum bringen Sie sich auch fleißig um. Der Haken sitzt da, daß man noch andere Leute beiziehen muß, viel Leute, viel zu viel Leute, denn der Konsum ist riesig. Und für die anderen Leute sind traurige Nebenumstände dabei. Ich setze diese Umstände, weil sie jederzeit zutreffen können. Nehmen Sie also den Mann in dem grünen Kittel, der da liegt und sich noch ein bißchen bewegt. Nehmen Sie an, der habe gar keine Lust gehabt einen Orlog zu machen, er will nichts davon wissen, aber man hat ihn geholt und ihm seinen Kittel angezogen. Die Kinderchen haben geweint und so weiter, und er muß nun kämpfen, wovon er nicht viel versteht. Er ist froh an der ersten Gelegenheit, bei der er die Spritze niederlegen kann, und er hofft, daß nun alles vorbei sein möge und er mit dem Leben wieder herauskomme. Trotzdem muß er jetzt sterben, und das alles bloß weil er die grüne Jacke trägt. Wozu es gut ist, weiß niemand, er selbst nicht noch auch der Schütze. Keiner kennt den andern. Sie wissen alle nichts voneinander. Aber daran können Sie nichts ändern, Herr von Schwersenz. Bleiben Sie im Vorderhaus, Herr von Schwersenz, seien Sie froh, wenn Sie an den Vorgängen im Hinterhaus nicht beteiligt sind.

Sie betreffen mich aber. Wie soll ich kämpfen, wenn Dinge vorgehen, die uns schänden?

Halten Sie sich inzwischen schadlos an dem, was die anderen schändet.

Übrigens, fuhr Kreysler fort, indem er die Antwort fallen ließ. Wofür kämpfen denn Sie eigentlich, Oberfähnrich Schwersenz?

Schwersenz schwieg. Er schwieg erst überrascht, dann ratlos und dann plötzlich hartnäckig.

Sie brauchen keine Antwort zu geben, sagte Kreysler gleichmütig. Ich dachte bloß, ich könnte es von Ihnen erfahren. Es ist schwer, hinter euch junge Leute zu kommen.

40.

Wenn behauptet wird, daß einer, sofern er sich etwas mit ganzer Kraft wünscht, es eines Tages besitzen werde, und sei es im Tod, so steht dem manche Erfahrung entgegen. Doch traf es auf den Flieger Jerg zu, der in Sarowskis Staffel als Waffenwart Dienst machte.

Ein Justierstand ist eine Erdanlage mit Kugelfängen auf drei Seiten, ein Schießstand für Flugzeuge, deren Bordwaffen hier eingeschossen und so gerichtet werden, daß die Geschoßbahnen in bestimmter Entfernung sich auf einen Punkt sammeln. Die weiße Vier war zum Justierstand gerollt; nun stand sie, den Schwanz aufgebockt, in ihrer Fluglage, und man hörte dann und wann einen Schuß, einen Feuerstoß, dessen Geräusch die Erdwände dumpf abfingen. Es galten während solcher Arbeiten strenge Sicherheitsvorschriften; niemand durfte sich dem Stand nähern, das beschäftigte Personal stand unter strenger Verwarnung.

Der Flieger Jerg befand sich noch nicht lange in der Staffel. Als er seinerzeit eingezogen worden, hatte er und mit ihm die ganze Freundschaft nicht anders geglaubt, als daß er bald über seinem Heimatstädtchen stolz kreisend erscheinen würde, denn sie waren des Glaubens, ein Flieger sei ein Mensch, der flöge. Jedoch während seiner Grundausbildung lernte der junge Marschierer, daß diese Bezeichnung weiter nichts als einen Dienstgrad bedeute. Er hielt damit aber hinter dem Berg, denn er genierte sich ein wenig und beantwortete briefliche Anfragen mit einem vieldeutigen Hinweis auf militärische Schweigepflicht. Jerg war das einzige Kind von Eltern, die in Thüringen eine bescheidene Weberei in die Höhe gebracht hatten. Die Mutter brachte ihn aus ihrer ersten Ehe zu, ihre zweite blieb kinderlos, aber es war ein großartiger Stiefvater, den der Kleine bekommen hatte, der Junge wurde sein Augapfel, und das alternde Paar war voller Stolz, dem Erben dereinst etwas Sicheres zu hinterlassen. Sein Bild, das auf dem Gläserschrank aufgebaut stand, zeigte ihn stolz mit der Schirmmütze und im Ausgehrock, die Schwinge auf beiden Kragenspiegeln. Bei seiner Staffel war Jerg wohlgelitten. Er war, in der Sprache der Hauptfeldwebel ausgedrückt, mit Leib und Seele Soldat, auch wenn er weiter nichts als den Piassavabesen führte und die Kannen scheuerte, in denen das Essen geholt wurde. Daß er der einzige war, der unter dem Personal einen kriegerischen Geist besaß, merkte niemand; er konnte das auch nicht ausdrücken, aber an gewissen Regungen und Eigentümlichkeiten wäre zu merken gewesen, daß er von Schlachtfeldern träumte. Er liebte Embleme und trug selbst noch auf seinem Geldbeutel eine Aluminiumschwinge. Auch besaß er eine träumerische Vorliebe für Eichenkränze, und das rührte vielleicht daher, daß er unter einem solchen aufgewachsen war, der zum Gedächtnis eines im ersten Weltkrieg gefallenen Onkels hinter Glas an der Wand hing. Als sein kriegerisches Wunschbild sich nicht nähern wollte, hatte

Jerg es wenigstens fertig gebracht, zu einem Lehrgang für Waffenwarte entsandt zu werden, den er mit Erfolg bestand. Sarowski hatte vor, ihn am nächsten Ersten zum Gefreiten zu machen.

Jerg war also nicht eben helle, aber er hatte ein gutes Herz. Mit Kameraden teilte er alles, sogar seine Geheimnisse hätte er mit ihnen geteilt, nur daß er eben leider keine Geheimnisse besaß. Inwendig auf der Tür seines Spinds, da wo die Haupthähne eine Galerie Liebchen aufgespießt hatten, prangte ein dümmliches Mädchen mit einem starken fast formlosen Mund, der wahrscheinlich sächselte, wenn sie ihn auftat. Es war eine Cousine und zu seinem Leidwesen keine Kriegsbraut; immerhin kam er auf den Einfall, das Wort Cousine so beziehungsvoll in den Mund zu nehmen, daß es fast schwerenöterhaft klang. Übrigens ließ er sich durch die damals beliebten Aktionen gern mit Adressen beliefern, an die er fleißig schrieb. Allein dieser Schreibfleiß hatte noch nicht vermocht, die leere Spindfläche vielfältiger zu bevölkern.

Jerg hatte eine ziemlich große Nase, der es nicht an Schwung gebrach, obwohl sie an einen Entenschnabel erinnerte. Er besaß eine weiße, etwas unreine Gesichtshaut und Löckchen, die sich von selbst über seinen Schläfen bildeten, so daß sie unter dem Rand des Schiffchens zu sehen waren. Jetzt also war er mit dem Oberfeldwebel Witt beim Justieren beschäftigt; er hatte Handgriffe zu leisten und Magazine zu wechseln, indessen der Oberfeldwebel im Führersitz hockte, durchlud und abzog. Witt merkte nicht, daß Jerg seinen Platz auf dem Tragwerk neben ihm verlassen hatte, außerdem konnte Jerg auch bloß zu Boden heruntergesprungen sein, um ein Werkzeug heraufzuholen oder einen Schlüssel auszuwechseln. Er konnte eine Anweisung mißverstanden haben: genug, Witt wurde es nicht einmal sofort klar, was eigentlich vor sich ging, weil er die große weiße Scheibe und sonst nichts vor sich im Blick hatte.

Jedenfalls schrie nach dem Schuß jemand hinter Witt laut auf, und dann schrie noch eine Stimme. Beide Stimmen riefen wie in höchster Beschwörung durcheinander. Witt hob sich aus dem Sitz und blickte zuerst rückwärts nach den Stimmen, bemerkte das Fuchteln und Deuten und wandte sich schnell wieder nach vorn; und da lag etwas, das der Flieger Jerg gewesen sein mußte, im schwarzen Überanzug und in Schnürschuhen. Ein Hosenbein war etwas emporgestrupft, und der Kopf lag dort, wo vom Kugelfang bröselige Erde herunterkrümelte wie frischer Aushub von Maulwurfshaufen.

Das alles ließ sich in einem Augenblick übersehen, alles war deutlich, auch, daß niemand mehr sich Mühe zu geben brauchte. Der Flieger Jerg konnte es nicht mehr zum Gefreiten bringen.

Laßt liegen, sagte Witt mit einer rostigen Stimme. Laßt alles so liegen und stehen. Es ist wegen dem Feldgericht. Einer soll nach der Unterkunft laufen und eine Decke besorgen. Der Fourier soll eine Decke herausgeben oder eine Zeltbahn.

Dann ging er aus dem Stand, ohne jemand ins Gesicht zu blicken, bückte sich unter dem Tragwerk durch und entfernte sich ein Stück weit gegen den Platzrand.

Zunächst war nicht aufzuklären, was den Flieger Jerg zu seinem Leichtsinn veranlaßt haben sollte, mit dem er sich noch während des Einschießens in die Schußbahn begab. Doch gab alsbald ein Stubenkamerad an, er wisse, daß Jerg schon früher dort in der Erde des Kugelfanges gewühlt habe, um sich Geschosse anzueignen. So war zu vermuten, Jerg habe sich einfach vergessen und sei gelaufen, um wieder ein Geschoß zu erbeuten. Tatsächlich fand man, als in Anwesenheit des Staffelkapitäns der Hauptfeldwebel zur Aufstellung seiner Sachen schritt, mehrere Geschosse in dem Fach des Spindes, das zur Aufnahme der Wertsachen bestimmt war. Es waren Geschosse mit allerhand Verfärbungen, mit Krümmungen und Abflachungen, wie sie durch Zufälle des Aufschlags entstehen. Vielleicht waren sie bestimmt gewesen, nach dem Krieg als Erinnerungsstücke Jergs Schreibtisch zu schmücken. Jetzt packte man sie zusammen mit dem Bild der Cousine in ein Paket.

Ich habe keine Schuld, sagte der Oberfeldwebel Witt, als er wieder zum Stand zurückkam. Ihr könnt euch drauf verlassen, daß ich keine Schuld habe. Jedem von euch hätte das geradeso passieren müssen. Auf so etwas konnte kein Mensch gefaßt sein. Kann einer eine Zigarette abgeben? Mir ist verdammt komisch.

Er blieb stehen, indessen seine zwei Männer auf der Ringstraße davontrotteten, und kehrte dem Stand und dem kleinen Toten drinnen den Rücken zu. Das war nicht angenehm, hier herumzustehen, ohnedies ein unangenehmes Land, das fast bloß aus Winden und wandernden Spiegelungen bestand, alles unbeweisbar, und aus Versehen konnte der kleine Jerg jetzt vorüberkommen und durch Vorbeigehen in gerader Haltung eine Ehrenbezeigung erweisen, die dem Oberfeldwebel Witt zustand. Witt hob sich der Magen, und er spuckte aus, obwohl er schon zahlreiche Tote gesehen hatte, die auch kein schöner Anblick gewesen waren; aber das war ein Elend hier in dem Land, das bloß ein Strich und darüber Schimäre war. Er hielt seine Zigarette grob mit drei Fingern angefaßt, so daß die Glut in das Hohle der Hand zeigte, wie Leute rauchen, die im Freien arbeiten und auch ihre Pause draußen zubringen.

Ein Abschuß Witt, verkündete jemand auf dem Liegeplatz. Aber niemand mochte über den ekelhaften Witz lachen.

Der Hauptmann Dumont war um ein Begräbnis gekommen, das seinem Dienstgrad entsprochen hätte, dagegen wäre der kleine Jerg mit seiner Beisetzung höchst zufrieden gewesen, die ihm ein posthumes Heldentum lieh, wenn er nur ihr Zeuge hätte sein können. Es wurde ein stimmungsvolles Begräbnis. Da die Luftwaffe eine Seelsorge nicht unterhielt, nahm ein Standortgeistlicher des Heeres die Handlung vor, und ein Kommando der Staffel erwies die militärischen Ehren. Der Pfarrer, dem außer den Personalien nur mitgeteilt war, daß ein Unfall diesen Tod verursacht habe, hielt eine fast dichterische Rede, die ursprünglich auf den Hauptmann Dumont zugeschnitten gewesen war. Er sprach von einem jungen Adler, wie der in früher Morgenstunde sich strahlend in die Lüfte geschwungen habe, unwissend, wie ihm der Absturz in Todesnacht schon bestimmt gewesen sei. Gewiß aber sei, daß der Adler dereinst wieder aus solcher Nacht —

Jetzt hatte die kleine Drahtweberei in Thüringen keinen Erben, und die beiden ältlichen Eltern konnten sich sogleich zur Ruhe setzen, denn es hatte für sie keinen Sinn mehr. Die Mutter fand ihre Freude nicht wieder an dieser Erde, doch lebte der Vater, so viel er trauerte, seltsamer Weise noch einmal auf: er war wieder unersetzlich. Wenigstens gelangte die Abschrift jener Grabrede in die Hände der Hinterbliebenen und verbreitete einen Nachruhm, von dem selbst Jerg kaum zu träumen gewagt hätte. Der Text erschien sogar im örtlichen Generalanzeiger, und in der Kirche hängte man um ein Schild mit seinem Namen den Eichenkranz.

41.

Indessen lag es am Tage, daß in den Staffeln kein fliegender Offizier mehr eine Auszeichnung trug. Die Männer studierten sie, einige sahen in der Halsgegend so unangezogen aus, es glitzerte nicht mehr; man sah auf den verfärbten Blusen die Stellen wie auf einer Zimmerwand Flecken, von denen man Bilder abgenommen hat.

Wie abgerüstete Weihnachtsbäume, sagte Sarowskis Oberwerkmeister.

Wann wollt ihr eure Verzierungen wieder anbringen? fragte der Hauptmann Fuchs neidisch und sarkastisch. Niemand hatte zu diesem Verhalten eine Äußerung abgegeben; sie behielten es unter sich.

Laßt es in der Schublade, sagte Sarowski und zeigte seine wohlgeschaffenen Zähne. Metall zieht den Blitz an.

Er rief seine Flugzeugführer zu einer Besprechung und hielt dabei eine seiner kürzesten Ansprachen. Es besteht die Gefahr, sagte er, daß sich eine Meinung bildet, wonach diese dicken Biester unangreifbar seien. Um diese Meinung umzustoßen, gibt es bloß ein Mittel: sie trotzdem angreifen. Es ist unser eigenes Land, Leute, über dem sie spazierenfliegen. Noch eine Frage?

Etwas später bestellte er sich den Unteroffizier Rodenbeck allein.

Sie sind nicht brutal genug, Rodenbeck. Sie haben ein Seelenleben. Sie sind gewissenhaft, und vor lauter Gewissenhaftigkeit, ob Sie nichts falsch machen, hauen Sie daneben.

Rodenbeck schwieg. Er sah aus wie ein Kandidat, der im Examen Pech hat.

Also, fuhr Sarowski fort, Sie kennen die Verfügung über die unproduktiven Jagdflieger. Ich würde Sie ungern aus meiner Staffel verlieren, obwohl mancher anderswo Karriere gemacht hat, dem die Jagd eben nicht lag. Aber wie gesagt, es täte mir leid, denn ich halte Sie für einen wertvollen Charakter. Sie würden es wohl auch nie fertig bringen, einen Abschuß zu melden, dessen Sie nicht völlig sicher sind?

Jawohl. Nein, Herr Oberleutnant.

Sie denken, Rodenbeck. Sie wollen sich konzentrieren, und die viele Konzentration bringt Sie aus dem Häuschen. Soll ich Ihnen etwas sagen? Sie müssen „es“ machen lassen. Sie müssen sozusagen die Maschine voranlassen. So ist Carcassonne gewesen, der hat abgeschossen wie ein Geiger. Ein Philosoph war er nicht. Was sind Sie in Zivil, Rodenbeck?

Student, Herr Oberleutnant.

Nehmen Sie es nicht tragisch. Eines Tages reut es Sie vielleicht nicht, daß Sie ein unproduktiver Jagdflieger waren. Das ist etwas anderes bei solchen, die sonst kein Angebot kennen. Für Sie gibt es doch noch was anderes auf der Welt.

Rodenbeck starrte Sarowski an; er kannte ihn so nicht. Sarowskis straffes und gut genährtes Gesicht war voll von einer erzürnten hoffnungslosen Geduld. Das ist die Ergebung, dachte Rodenbeck, die Ergebung der Berufenen. Die kann sich niemand auf Zeit aneignen.

Das da am Schluß, fing Sarowski noch einmal an, das hat bloß Sarowski gesagt. Das war nicht Ihr Kapitän.

Jawohl, Herr Oberleutnant.

Ihr Kapitän sagt: Reißen Sie sich zusammen. Sie haben noch Chancen. Danke, jetzt können Sie wegtreten, Rodenbeck.

42.

DIE ORDEN und Ehrenzeichen waren also abgelegt, und die Ankunft des Obersten Frenssen wurde stündlich erwartet, der, wie Schildknecht es bei sich ausdrückte, abgesandt war, um den Verbänden eine Spritze zu geben. Daß der hohe Gast Auszeichnungen mitbringen würde, neue Auszeichnungen etwa für die empfindlichen Herren, welche die ihrigen in die Taschen versenkt hatten, dafür bestanden keinerlei Aussichten. Dennoch ging seiner Ankunft ein Fernschreiben voraus, das Hoffnungen wecken konnte, wenn auch nicht bei denen, die ihren Unmut zur Schau trugen.

Das Fernschreiben kam offen, es war auch nicht von dem Erwarteten selbst unterfertigt, es kam von einem noch höheren Absender und trug keinen geringeren Namen als den des Generals selbst. Mayer-Pütz, Hauptmann beim Stab der dritten Gruppe, war der Empfänger, und des hohen Unterzeichnenden wegen und des Vermerks „Sofort vorlegen" — kam ein Mann der Stabskompanie in Atem, der das Schriftstück in verschlossenem Umschlag auszutragen hatte. Er fand Mayer-Pütz endlich in den Hinterräumen des Gruppenkasinos, wo er Pläne für die Betreuung des erwarteten Gastes entwarf und die Ordonnanzen scheuchte.

Mayer-Pütz las das Blatt, ließ die Ordonnanzen stehen und begab sich geradewegs hinaus, wo von ungefähr Bergwein, der Nachrichtenoffizier, und der Hauptmann Fuchs ihr Frühstück beendeten. Er nahm Platz, nachdem er jedem der Herren verbindlich die Hand auf die Stuhllehne gelegt hatte.

Warum so unwirsch am frühen Morgen, Herr Fuchs?

Haben Sie mich jemals wirsch gesehen, Herr Mayer-Pütz? fragte Fuchs, der nach seinen verunglückten Laufbahnen gern den Umdüsterten spielte.

Ein herrlicher Hund läuft bei der achten Staffel, sagte Mayer-Pütz träumerisch. Ein Hühnerhund, ein zauberhaftes Tier. Ich würde ihn zu mir nehmen, wenn es hier eine Jagd gäbe und der Hund nicht schon verdorben wäre. Alle Staffelhunde werden verdorben.

Mayer-Pütz hatte die Unterarme aus den Manschetten gestoßen und saß jetzt, die Ellbogen aufgestützt, indem er die weichen, zart knackenden Finger vor dem Kinn ineinander rieb. Endlich hielt er es nicht mehr aus.

Wie beurteilen Sie so ein Fernschreiben, Herr Fuchs? Lesen Sie. Eben eingegangen.

Fuchs zog das Blatt an sich, legte es neben seine Tasse und las mürrisch, indem er weiterkaute. In diesem Augenblick kam auch der Geschwaderadjutant.

Was soll ich davon halten, sagte Fuchs ungerührt. Zu halten gibt es da gar nichts. Ich kann Ihnen bloß gratulieren, Herr Mayer-Pütz, obwohl ich schlecht aufgelegt bin.

Wieso gratulieren? Ich sehe nicht ein, wozu.

Hier sitzt der Herr Adjutant, sagte Fuchs und deutete grob mit dem Messer. Der versteht sich auf das Lesen von Fernschreiben. — Fuchs nahm das Papier affektiert zwischen Ringfinger und kleinen Finger, um es Waaga über den Tisch zu reichen.

Waaga las und sagte: Das ist doch klar. Das liegt auf der Hand. Oberst Frenssen hat etwas in der Tasche für Sie, Herr Hauptmann. Ich nehme an, das Kriegsverdienstkreuz erster Klasse mit Schwertern.

Vielleicht sogar den Major, sagte Fuchs neidisch.

Das ist doch bekannt, sagte Waaga, daß Herr Hauptmann bei dem General einen Stein im Brett haben.

Darf man vielleicht erfahren, fragte der Nachrichtenoffizier, welches der Inhalt dieses aufregenden Fernschreibens ist?

Herr Hauptmann erlauben doch, sagte Waaga und las laut vor: Mein lieber Mayer-Pütz. Herzlichen Glückwunsch. Vergessen Sie nicht meinen Bären. Ihr — es folgt der Name des Generals.

Herzlich und schön, sagte der Nachrichtenoffizier. Bitte gehorsamst, Herrn Hauptmann gleichfalls gratulieren zu dürfen.

‚Mein lieber Mayer-Pütz', sagte Fuchs scheel, und am Schluß ‚Ihr'. So möchte ich auch einmal von einem General angeredet werden, und dazu von einem, der nicht bloß ein Dienstgrad, sondern eine klassische Persönlichkeit ist.

Mayer-Pütz glänzte, aber sein Mißtrauen war noch nicht ganz weggetragen. Jeder wußte, daß es zu den schönsten Erinnerungen des Hauptmanns gehörte, wie er einst auf einem Truppenbesuch im Südosten den General betreut hatte. Damals umschwebte er den Berühmten wie eine besorgte Amme, rückte ihm eigenhändig den Stuhl und fragte, hinter demselben stehend, unaufhörlich mit zarter Stimme, ob der General Wünsche habe. Schließlich, in vorgerückter Stunde, kam Mayer-Pütz endgültig zum Zug. Er genoß es bis zur Erschöpfung, daß man ihn jetzt Sitz an Sitz, vertraulich und doch respektvoll, in einer beinah intimen Unterhaltung mit dem großen Jäger sah. Vielmehr die Unterhaltung war ziemlich einseitig geblieben. Aber daran war nicht zu deuteln, daß der General Mayer-Pütz hatte vortragen lassen, ohne ihn zu unterbrechen oder ein Zeichen der Langeweile zu geben. Manche erinnerten sich an jene Nachtstunde, wie der gedankenvolle einsame Mann, der ebenso hartnäckig dachte wie blitzschnell schoß, und der damals schon erbittert und verkannt seinen aussichtslosen Kampf gegen die oberste Führung kämpfte, den Schwätzer ankommen ließ. In Wahrheit hörte er ihn gar nicht. Er saß da, seine schwarze Zigarre im Mund, blickte an Mayer-Pütz vorüber und nickte zuweilen abwesend. Nur einige Male wurde sein Blick gegenwärtig und weilte mit einem Ausdruck belustigter, etwas angewiderter Verwunderung auf dem Gesellschafter. Wahrscheinlich kam der General mit so einem Menschen kaum einmal zusammen. Mayer-Pütz schilderte Jagderlebnisse, und dann erfaßte ihn das Feuer, und er forderte mit einer leidenschaftlichen untertänigen Beredsamkeit den Besuch auf, zwei Tage zuzugeben, und dann wolle er, Mayer-Pütz, ihm einen leibhaftigen Bären vor den Schuß bringen, und müßte er drei Dörfer als Personal für das Treiben ausheben. Dabei erschrak er selber ein wenig, denn er war auf den Bären, zu dem er sich verstieg, nicht gefaßt gewesen, hatte nur von der Anwesenheit einiger letzter Bären in den wilden Bergen gehört und zwar schon manchem Hasen, aber noch keiner solchen Bestie die Kugel angetragen. So war es sein Glück, daß der Gast die Bärenjagd für diesmal ausgeschlagen hatte, doch widerfuhr Mayer-Pütz die Beseligung, daß der General beim Abschied, nebst einem Lob für treffliche Bewirtung, mit einem Grinsen über das halbe Gesicht noch gutmütig ihm zugenickt hatte: Vergessen Sie also nicht meinen Bären.

Er macht Ernst, fing Fuchs an. Wo wollen Sie jetzt einen Bären hernehmen, Herr Mayer-Pütz?

Ach was, sagte Mayer-Pütz, an dem Ehrgeiz und Argwohn herumrissen, meine Herren, sehen Sie denn überhaupt dieses Schreiben für echt an? Mir kommt es komisch vor. Vielleicht will jemand mir einen Streich spielen.

Waaga entgegnete: Das ist doch ausgeschlossen. Glauben Herr Hauptmann, daß jemand es wagen könnte, mit dem Namen des Generals Schindluder zu treiben? Kein Gedanke. Das wagt keiner.

Kein Gedanke daran, bestätigte der Nachrichtenoffizier. Wie sollte ein Scherz dieser Art in den Nachrichtenweg geraten?

Es ist schon so, beschloß Fuchs düster. Wenn ich es Ihnen auch nicht gerade gönne. Immerhin nochmals: Glückwunsch. Wir erwarten natürlich ein anständiges Gelage.

Mayer-Pütz stand auf und spazierte durch den Raum, indem er das Kreuz durchdrückte und das gemästete Kinn an den Halskragen zog. Er hatte den Daumen der rechten Hand zwischen den Rockknöpfen und spreizte die übrigen Finger nach der Stelle aus, wo die neue Zierde sitzen würde. Der Hauptmann wäre rein komisch gewesen, doch hatte de Bruyn über ihn einmal zu Brede geäußert, er sehe ihn für eine ausgemachte Sau an. Diese Äußerung fiel nach einer Sauferei in zivilem Kreise, bei der auch weibliche Personen aufgetreten waren. Offenbar war Mayer-Pütz aber jetzt sicher geworden.

Das sollen Sie nicht umsonst gesagt haben, erklärte er. Wenn etwas daraus würde, Sie sollten an diese Feier den Rest Ihres Lebens zurückdenken, meine Herren. Ich würde Ihnen exemplifizieren, was ich unter einem Fest verstehe.

Jawohl, Herr Major, sagte Fuchs düster.

Aber Mayer-Pütz rief beglückt: Sie Schäker, und verließ den Raum. Man hörte ihn hinter der Szene schallend in die Hände klatschen.

Los, ihr Böcke, tummelt euch, rief er den Ordonnanzen. Klar Schiff für höchsten Besuch! Der Oberst soll unserem General was erzählen können.

Die drei anderen Herren waren aufgestanden und griffen nach ihren Mützen.

Es lebe die Nachrichtentruppe, sagte Waaga draußen im Gehen. Das haben Sie sauber hingekriegt, Herr Bergwein.

Bitte sehr. Ich zeichne nur für Ton und Technik.

Der Hauptspaß kommt noch, sagte Fuchs. Stellt euch vor, wie die Gummiflasche um Frenssen herumhüpfen wird.

43.

An diesem Tage wurden in Scholm alle Flugmeldungen überwacht, und als gegen Abend eine Maschine von Mönkebüll nach Scholm angemeldet wurde, hielten sich beide Stäbe bereit. Der Geschwaderchef und der Kommandeur der Gruppe kamen mit ihren Begleitern angeflitzt, als das Flugzeug hereinlandete. Sie standen zwanglos, aber ziemlich exakt in Linie zu einem Glied aufgebaut und hoben die Hand an den Mützenschild, während der Luftschraubenwind ihre Hosen zum Flattern brachte, denn der landende Gast rollte jäh und ebenso exakt vor die Herren hin. Man sah ihn die Kabinenhaube zurückstoßen, die Funkhaube vom Kopf ziehen und mit einem Schiffchen vertauschen, und dann sprang er vom Tragwerk zu Boden, ohne sich von den Warten helfen zu lassen. Er hörte, gleichfalls die Hand an der Mütze, die Meldungen an, ohne sie zu vernehmen, und gab jedem nach der Reihe die Hand. Den Kommodore und Schildknecht kannte er, auf Waaga und Scheelius besann er sich nicht, noch auch auf den Hauptmann Mayer-Pütz, doch nach der Weise geübter Vorgesetzter erweckte er den Eindruck, als ob ihm ihre Gesichter sehr wohl geläufig wären.

Bitte, nichts, was an Besichtigungen erinnert, sagte der Gast zu dem Kommodore. Auch bitte ich um Ihr Einverständnis, daß mein Besuch als ein Besuch bei den Männern in Erscheinung tritt. Können wir gleich einen der Liegeplätze aufsuchen? Ist es den Herren recht, die mich begleiten, so gehen wir zu Fuß.

Mayer-Pütz raunte gedämpft, die Hand an der Mütze, dem Kommandeur etwas zu, und Schildknecht gab es dem Kommodore weiter. Nein, sagte der Kommodore kurz angebunden und etwas gespannt, im Augenblick wünscht der Oberst den Wagen nicht. Lauter sagte er zu dem Gast: Hauptmann Mayer-Pütz frägt, welche Wünsche Herr Oberst haben für das Abendessen.

Mayer-Pütz stand strahlend, die Hand am Mützenschild, die Hinterbacken beisammen, daß sie vor Anstrengung zitterten, und den Rumpf etwas vorgesenkt. Jetzt war sein Name gefallen, und der Oberst würde beziehungsvoll zu lächeln haben müssen. Aber Frenssen erinnerte sich an nichts, er sah ihn mit seinen abständigen hellgrauen Augen kurz an und sagte unbeteiligt: Abendessen? Nein, ich habe keine

Wünsche fürs Abendessen. Und dann hinterher, als habe er mit seinem Ton nicht verstimmen wollen, setzte er hinzu: Vielen Dank, aber ich habe keine besonderen Wünsche. Ich danke Ihnen.

Die Maschine, die Scheelius selbst zur Box rollte, brüllte hinter ihm los, und die Herren wandten sich zum Gehen außer Mayer-Pütz. Der kletterte in den Wagen, den Frenssen verschmäht hatte, und brauste dem Wirtschaftsgebäude zu. Ein stattlicher Mann, im Kriege stellte er was vor, er saß in dem offenen Wagen nicht weniger ansehnlich als so ein bedeutender Gast, und seine Rechte in sauberem grauem Wildleder ruhte würdig und lässig auf dem Türschlag. Keine besonderen Wünsche? dachte Mayer-Pütz. Das kennen wir. Jeder General sagt: Bitte keine Umstände, natürlich nur Truppenverpflegung. Strengstens. Wenn es aber einen anständigen Schweinsrücken gegeben hat, schön angezackt und mit röschen Kanten, dann vergessen sie bei dem Armagnac hinterher zu fragen, ob das wirklich Truppenverpflegung gewesen ist. Das ist gut, daß ich nicht geschlafen habe.

Pütz hatte vorgesorgt, doch bekam er keine Gelegenheit, sich auszuzeichnen. Auf den Liegeplätzen hatte der Gast den Wunsch geäußert, man möge ihm eine Gästeportion herausbringen, so könne er mit den Besatzungen draußen essen und gewinne Zeit. Denn mit Ende des Büchsenlichts war alles fliegende Personal zu einer Besprechung gebeten, auch die Kapitäne aus Flarup und Sollwitt sollten befohlen werden. De Bruyn kam am gleichen Abend aus Randvig zurück.

Lassen Sie abräumen, Herr Mayer-Pütz, sagte der Kommandeur grinsend, der etwas früher eintraf. Ihr Licht wird nicht leuchten. Der hohe Rat findet unverzüglich draußen im Tagesraum statt, und Sie brauchen für nichts zu sorgen, als daß Stühle herumgestellt sind.

Jawohl, Herr Major, antwortete Mayer-Pütz unverdrossen, obwohl er sich ärgerte. Was soll dabei angeboten werden? Vielleicht mache ich dem Oberst selbst Vorschläge.

Weder noch, entgegnete Schildknecht.

Dann kam der Adjutant und gab den Wunsch des Obersten weiter, daß bei der Besprechung nur das fliegende Personal zugegen sei. Der Oberst bitte die übrigen Herren für diesen Wunsch um Verständnis. Mit ihnen hoffe er anderen Tags noch zusammen zu sein.

Es wird eine Andacht, äußerte der Hauptmann Fuchs düster, eine Abreibung oder eine Salbung. Oder alles zusammen.

Die Befohlenen erschienen pünktlich; was Bereitschaft gehabt, kam unmittelbar von den Liegeplätzen. Sogleich erschien auch Frenssen mit Scheelius, der ihn begleitet hatte, und in dem Schweigen, das sein Eintritt verbreitete, wanderte sein Blick durch die glanzlose Versammlung. Erst jetzt gab er Anzeichen davon, daß die abgetakelten Blusen ihm auffielen.

Guten Abend, sagte er.

Er sagt: Guten Abend, flüsterte Mayer-Pütz, der von der Garderobe her Eindrücke sammelte. Ausdrücklich: ‚Guten Abend' hat er gesagt. Der kann sich offenbar etwas leisten.

Habe ich jeden von Ihnen schon begrüßt? fragte Frenssen und ließ sich ein paar Neulinge vorstellen. Dann sagte er abschließend, beiläufig und begütigend: Ihr macht alle so einen abgeblätterten Eindruck. Was ist mit euch eigentlich?

Auf eine Antwort wartete er nicht oder kannte sie schon, er fuhr gleich fort, indem er sich nach dem Kommodore umsah: Wenn Sie die Herren bitten wollten. Wir können anfangen.

44.

Die Tür schloß sich. Als Mayer-Pütz nach einer gewissen Zeit versuchte, seiner Pflicht gemäß nach dem Rechten zu sehen, stieß er sogleich gegen eine Stuhllehne. Durch den Spalt sah er nur, daß die Männer alle dicht gedrängt sich niedergelassen hatten, und in der Mitte saß Frenssen, übrigens in keinem Sessel, sondern auf einem Stuhl, den er sich offenbar selbst hergezogen hatte, vorgebeugt und die Ellbogen auf den Knieen, so wie man unter Gleichen eine Unternehmung berät. Ein paar Gesichter wandten sich um nach dem Geräusch, das die Tür verursachte, und vorsichtig zog Mayer-Pütz die Klinke wieder an.

Er war ausgeschaltet und überlegte, was er vollbringen konnte. Schließlich ging er nach hinten und befahl, daß man ihm serviere, was von dem Gast verschmäht worden war. Er ließ in einem fensterlosen Nebenraum decken, in dem er Rechnungsführer Bücher und Kassen verschloß, denn dort blieb er ungestört, und sein erster Vertrauter, der Obergefreite Rollwagen, mußte ihn bedienen.

Der Obergefreite bekleidete im bürgerlichen Leben den Posten eines Speisewagenkellners. Auf seine Weise war er auch ein Spezialist, der im militärischen Leben zur Wirkung gelangen konnte an einer Stelle, die für Gesundheit und Leben zuträglich war. Rollwagen hatte ein gewisses elegisches Wesen, er schien zur Nahrung wie zur Melancholie eine Beziehung zu besitzen und sah etwa aus wie ein Bäcker, der auf einer Italienreise Gedichte macht. Gästen, die er anerkannte, verschwieg er auch nicht, daß er schon der Verfasser einiger Verse geworden sei.

Jetzt stand er, ein weicher aber nicht eben dicker Mensch mit eingesunkenem Brustkorb und vortretendem Bauch, mit krummen Knieen und in einer weißen Jacke, die er weiß Gott woher sich beschafft hatte und die nicht ganz sauber war, vor dem speisenden Hauptmann. In der Hand schwenkte er einen Fetzen, der eine Serviette vorstellte, legte ihn auf dem Unterarm zurecht und nahm ihn von dort sogleich wieder weg, um ihn vorsichtig über den Tisch zu führen. Auch trat er während der Unterhaltung aus ein paar Schritten Abstand öfters zum Tisch, rückte an einem Gegenstand, hob ihn auf und stellte ihn schließlich wieder dorthin, wo er vorher auch schon gestanden hatte.

Ein vornehmer Herr, äußerte Rollwagen und ließ seine wässerigen unglücklichen Augen vorquellen. Dabei trat er, um seine Achtung zu versinnbildlichen, noch einen weiteren Schritt zurück. Ein wirklicher, außergewöhnlich vornehmer Herr.

Mayer-Pütz, der den Mund voll hatte, senkte zustimmend den Kopf und ermunterte damit zum Fortfahren. Obwohl er Leute wie Rollwagen für einen Dreck ansah, bediente er sich doch gern ihrer Erfahrungen und mochte jetzt zum Beispiel hören, woran ein Kellner einen wirklich vornehmen Mann erkenne.

Da ist nichts Eingelerntes, sagte Rollwagen mit seiner sehnsüchtigen Stimme. Nichts Angestrengtes, alles ein gewachsener Schick. Ein Gast ist für mich stets ein Gast, Herr Hauptmann. Das gehört zu meinem Beruf. Aber es gibt Gäste, bei denen mir mein Beruf eine Ehre ist.

Stop einen Augenblick, unterbrach Mayer-Pütz, nachdem er geschluckt hatte. Ein Glas von dem schwarzen Zeug, Rollwagen, würde zu dem da gut schmecken. Wir haben doch noch? Erzählen Sie nachher weiter.

Das schwarze Zeug, von dem Mayer-Pütz forderte, war ein Porter, der aus einer Schiffsversenkung stammte und unlängst in Fässern bei Scholm angetrieben war. Das feindliche Getränk, anfänglich mit Abscheu probiert, genoß bald den Zuspruch von Kennern und wurde nur mit Genehmigung des Hauptmanns ausgeschenkt.

Jawohl, Herr Hauptmann. Ein Glas Porter für Herrn Hauptmann. Rollwagen schob davon und kam wieder; Mayer-Pütz nahm ihm das Glas aus der Hand weg und führte es sofort zum Munde. Dann schmatzte er und sagte: Machen Sie weiter, Rollwagen.

Erwerben läßt sich das nicht, wiederholte Rollwagen und hob den Blick gegen die fensterlose Wand. Das macht die Geburt. Es gibt Herren, die auch bedient sein wollen, und man sieht ihnen an, daß sie zu Hause den Mülleimer vor die Haustür tragen und die Jacke über den Stuhl hängen, wenn sie zum Essen Platz nehmen. Jetzt aber wird die Ordonnanz fertig gemacht, wenn die Sauce nicht zur Hand ist. Alles ist bloß einstudiert.

Haha, sagte Mayer-Pütz, vor Ihnen muß man sich ja verflucht in acht nehmen. Aber woher wissen Sie, wie der Oberst es damit hält?

Da braucht man nur etwa zu sehen, wie der Oberst zu den Herren eintritt. Es ist das Lässige, das weiß was ihm zusteht, nichts Gezwungenes, alles an seinem Platz. Der Tod derartiger Männer —

Rollwagen ließ den Satz unvollendet. Mayer-Pütz erfuhr nicht, welche Wirkung der Obergefreite dem Tod derartiger Männer zuschrieb, und Rollwagen wußte selber nicht recht, wie er auf diese Wendung verfallen war.

Na, mein Lieber, sagte Mayer-Pütz und strich das Messer an der triefend vollgepackten Gabel ab, Leben ist doch auch ganz schön.

Für mich ist es schön gewesen, sagte Rollwagen, hob das Salzfaß, strich eine unsichtbare Krume vom Tischtuch und setzte das Salzfaß wieder hin, wo es gestanden hatte. Im allgemeinen schön. Es wird vielleicht sogar wieder einmal schön werden. Für uns — wenn ich Herrn Hauptmann sozusagen in einem Zuge mit mir nennen darf — ich meine für uns, die wir Beruf und Familie haben, muß es das Schönste sein. Aber ein Offizier muß es anders ansehen.

Pah, sagte Mayer-Pütz und warf sich in die Brust. Da wird auch allerhand Aufhebens gemacht, insbesondere in den Kreisen der fliegenden Herren. Mein lieber Rollwagen, ich kann Ihnen sagen, wenn ich so im Frieden morgens in meinen Betrieb hinübergehe und weiß, ich muß ihn in Schuß halten, damit er abwirft und meinen Leuten Arbeit und Brot erhalten bleiben; da bin ich auch Soldat, Rollwagen. Vielleicht mehr als so mancher Herr hier.

Rollwagen antwortete nicht, aber verbeugte sich in einer Gebärde hoffnungsloser Zustimmung.

Ich meinte nur, wer den Beruf hat, Herr Hauptmann. Wer den Beruf hat, der hegt, wenn ich mir die Meinung gestatten darf, andere Ansichten vom Leben.

Und die kann man wohl gleichfalls nicht lernen? Ha, Sie sind gut, Rollwagen. Erzählen Sie weiter. Haben Sie eigentlich mal einen anständigen Gewehrgriff gelernt?

Jawohl, Herr Hauptmann. Aber sogleich nach der Grundausbildung bin ich in meinem Fach eingesetzt worden. Ich habe da Ansichten kennen gelernt, allerlei Ansichten von Herren, bei denen ich solche nicht erwartet hätte. Es war zum Beispiel damals während der schnellen Feldzüge, als mancher Mann es mit der Besorgnis hatte, er käme nicht mehr rechtzeitig dazu. Auch da im Ausbildungsregiment und solang der Kommandeur an der Tafel saß, konnte man kräftige Worte hören, und der Kommandeur mußte sagen: Meine Herren, kein Murren, tun Sie Ihre Pflicht da, wo Sie hingestellt sind. Wie die Herren Kommandeure sich so äußern. Aber einmal, es war nach einem Ausmarsch, am Nachmittag und das Kasino ganz leer, saßen da die drei Kompaniechefs, lauter Aktive, und sprachen von Versetzungen und von Auszeichnungen und von einem der Herren, der inzwischen versetzt worden und gefallen war. Einer sagte zum andern: Lustig, Erich, sei zufrieden, überleben wir doch den Krieg. Ich hörte es aus dem Nebenraum, die Herren wußten nicht, daß ich dort anwesend war, und ich schlich mich hinaus, damit sie nicht merken sollten, daß ich mitgehört hatte. Ach so ist das, dachte ich mir. Die Herren waren, wenn ich mir den Ausdruck erlauben darf, Zwölfender, es waren beförderte Offiziere. Es war auch ihr Beruf, aber sie sahen ihn an wie einen bürgerlichen mit Laufbahn und Sondervergünstigungen.

Und was finden Sie denn da so unverständlich? Wollen Sie etwa den Krieg nicht auch überleben?

Das hoffe ich wohl, Herr Hauptmann. Aber ich habe keine andere Wahl, als darauf zu hoffen. Es kommt mir so zu.

Sie tun ja gerade, sagte Mayer-Pütz verächtlich, als ob das Sterben ein Vorrecht wäre.

Es ist, sozusagen und wenn ich mich so ausdrücken darf, in gewissem Sinne ein Vorrecht.

Das ist einmal ein Wirrkopf, dachte sich Mayer-Pütz. Halbbildung, wo man hinsieht. Nicht einmal Unteroffizier könnte so ein Kerl werden.

45.

INDESSEN aber war die geheimnisvolle Versammlung beendet, man hörte die Türen klappen, Schritte und Stimmengewirr. Die Halle mit dem Möventeppich belebte sich. Überall flammten die Feuerzeuge auf. Offenbar war drinnen nicht geraucht worden.

Sie haben nicht geraucht, stellte Mayer-Pütz bei sich fest, das hat was Feierliches. Nun, ich werde es schon erfahren. — Er war im Augenblick zur Stelle gewesen und schob sich nun jugendlich federnd durch die Umherstehenden. Im Gesicht trug er sein mitwisserisches Lächeln und suchte Frenssens Aufmerksamkeit zu erregen, der aber nicht herübersah.

Sie haben eine Spritze gekriegt, wiederholte er den Ausdruck, den Schildknecht gebraut hatte. Es ist so was Tätiges in der Luft.

Vehlgast stand für sich allein mit seinem weißen heillosen Gesicht, und der Kommandeur stellte sich zu ihm. Die beiden hatten etwas Verwandtes, groß gewachsene Männer mit den rücksichtslosen fatalen Gebärden von Konquistadoren, nur daß Vehlgast feiner geschaffen war.

Was halten Sie von dieser Sitzung, Herr Vehlgast, sagte der Major.

Drüben steht de Bruyn, entgegnete Vehlgast statt einer Auskunft. Er macht ein Gesicht, als ob ihn ein Engel gestreift hätte.

Engel? sagte Schildknecht, was für ein Engel.

Der Engel, der zu Gideon kam und zu ihm sprach: Hie Schwert des Herrn und Gideon, oder so ähnlich.

Wie? Sie sind aber beschlagen in der Heiligen Schrift. Sie sind tatsächlich gut, Vehlgast.

Er kommt aus den Bünden, dachte der Stabsarzt, der Frenssen beobachtete. Der Doktor Winckelmann war der einzige, der außer den Flugzeugführern zugezogen gewesen war. Er kommt von den Lagerfeuern. Er gehört zu den Leuten, die einst an den Feuern verschwörend aufgesprungen sind. Sie hatten Anhang, nicht weil sie ernannt waren oder bunte Litzen trugen. Sie fanden Gehorsam bloß wegen ihrer selbst. Aber das ist vorbei. Er ist ein Nachzüglei, und man verbraucht ihn. Man bedient sich seiner.

Der Oberst bewegte sich zwischen den Gruppen, und bald folgte ihm Mayer-Pütz, als wäre er seine persönliche Ordonnanz. Auf seine Weise verbreitete auch er Zuversicht und gedämpften Ernst.

Ein vornehmer Mann, äußerte er vertraulich zu einigen Unteroffizieren und nickte ihnen zu. Der geborene Truppenführer. Da ist gar nichts Angelerntes, alles gewachsener Schick. — und er lächelte sie bedeutungsvoll an, als wäre das Herrenmäßige des Obersten Frenssen sein persönliches Werk.

Frenssen kam auf Vehlgast zu und sagte: Ich freue mich, Sie hier zu sehen, Vehlgast. Ich möchte mir wünschen, daß Sie sich hier wohlfühlen.

Vollkommen, Herr Oberst, antwortete Vehlgast. Er war vor jener gewissen Geschichte, über die so verschieden berichtet wurde, eine Weile mit Frenssen geflogen, als Frenssen noch eine Gruppe führte. Frenssen spielte darauf nicht an, aber sprach mit ihm, wie er mit den andern redete, mit seiner gesammelten deutlichen Aussprache und in jener Sicherheit, die von innen nicht angefochten wird. Der Oberst war nicht älter als der Kommodore und Schildknecht, auch nicht älter als die anwesenden Hauptleute. Er besaß in seinem Umgang eine Verbindlichkeit, die für diese Rangverhältnisse um Verständnis warb.

Wie kommt Hauptmann Vehlgast zurecht in seiner Stellung, fragte er später Schildknecht allein, und Schildknecht antwortete ebenfalls: Vollkommen. Vehlgast flog in einem Schwarm, den ein alter Oberfeldwebel führte. Dabei hat er sich vollkommen durchgesetzt. Sie achten ihn alle.

Und auch sonst, Sie wissen, worauf ich anspiele?

Keinerlei Schwierigkeiten, Herr Oberst.

Ich schätze ihn, sagte Frenssen. Ein tapferer Mann.

Wir sind mit dem amtlichen Teil fertig, fuhr Frenssen fort. Es soll mich freuen, wenn alle, die es machen können, noch etwas zusammenbleiben. Bitte ohne Begrenzung durch Dienstgrade.

Frenssen stammte von Leuten, welche bei Fehrbellin und bei Roßbach mitgeschlagen hatten, aber dazwischen standen auch Theologen. Seine Erziehung hatte sich auf einer Art protestantischer Klosterschule abgespielt, und zu einer Offizierslaufbahn war er nicht von vorneherein entschlossen gewesen, bis die Ereignisse sie ihm aufdrängten. Er beherrschte mehr als die Figuren des Kunstflugs und konnte auch mehr als schießen, allein er besaß keine zweite Welt, in die er ausweichen konnte. Das machte sein Schicksal aus. Es war die dumme großartige Weise des Gehorsams, und er hatte nicht gelernt, weniger zu tun als sein Äußerstes.

Frenssen wehrte den Fragen nicht, er forderte sogar auf zu fragen. Sie erlaubten sich beispielsweise zu fragen: Wie sieht es mit den neuen Waffen aus? Wann werden sie eingesetzt?

Von neuen Waffen, sagte der Gast ohne Wärme und sandte seinen Blick geradeaus: Von neuen Waffen weiß ich nichts und verlasse mich auch nicht auf sie. So lang sie nicht da sind, gehen sie uns nichts an; es wäre auch falsch, wenn wir uns so einstellten, als kämen sie bald. Wir müssen mit dem auskommen, was wir haben, und das ist immerhin noch etwas. Verlaßt euch drauf: wenn sie kommen, dann werden es Waffen sein wie andere auch und nicht höhere Magie. Sie werden ihre Begrenzungen haben, und es wird eine Abwehr gegen sie geben. Zauberakte werden nicht stattfinden.

Sie fragten: Aber Maschinen? Warum müssen wir auf Maschinen warten? Drüben steigt ein Pilot in die nächste, wenn eine ausfällt.

Anderes ist noch vordringlicher oder wird als vordringlich angesehen. Alles ist vordringlich. Aber der General läßt nicht locker für euch, damit könnt ihr rechnen. Die Ereignisse unterstützen ihn jetzt vielleicht. Wir müssen so lange aushalten.

Und sie fragten zuletzt: Wann kommt die neue Maschine?

Die neue Maschine, sagte Frenssen, ist da. Es ist eine wunderbare Maschine. Sie kann alles zurückgewinnen, wenn man sie uns in genügender Zahl gibt. Aber die Herstellung muß erst anlaufen. Wer sie eines Tages fliegt, der kann sich Glück wünschen.

Und er dachte bei sich: Wenn bis dorthin noch einer da ist. Aber das war ein ungezügelter Gedanke gewesen.

Ich bin der Meinung, sagte er am Schluß, Sie könnten alle morgen wieder Ihren vollständigen Dienstanzug tragen.

46.

UND ALS ALLE entlassen waren und ihre Spangen und Kreuze wieder hervorsuchten, trat der Gast in sein fremdes Zimmer. Augenblicklich starrte ihn von der Wand über dem leichten billigen Schreibtisch das Bild seines Obersten Befehlshabers an. Warum hängt es im Gästezimmer, dachte Frenssen, ist das eine Verbannung oder eine Auszeichnung? Ohne einen klaren Gedanken, mit einer seltsamen Öde im Kopf, denn sein Auftrag erschöpfte ihn, ging er geradeaus auf das Bild zu.

Jetzt wanderte der Widerschein des Deckenlichts in das Glasviereck, das zu blinkern anfing und ihn blendete, und in diesem Augenblick rann aus den Blitzen und Tupfen eine ganz andere Figur in dem Bildrahmen zusammen; er sah sich selber, und zwar vom Rücken her — wenigstens war ihm sofort deutlich, daß dies er selbst, Frenssen, sei —, also sich selbst, wie er geradewegs in das Bild hinein und auf das Gesicht zuging, wobei er das Gefühl hatte, als gingen noch etliche zu seinen Seiten und hinter ihm, die er greifbar im Raum spürte, alles währte ja zusammen nur den Teil eines Augenblicks; also sie gingen da vorwärts in die Tiefe wie die eines Flurs, und er wunderte sich flüchtig, wie sie ohne Koppel und ohne die Waffe gingen und doch mit einem hartnäckigen unablenkbaren Schritt, und noch immer auf das Gesicht zu: aber sie hatten es nicht erreicht, und da schoben sich schon wie aus Kulissen rechts und links andere Schattengestalten, die den Fortgang versperrten, und er selbst sah sich die Arme anheben und die Schemen an seinen Flanken heruntertasten so wie man einen Mann nach versteckten Waffen abtastet, und er dachte dabei oder vielmehr wußte, daß die Gestalt dort, sein eigener Schemen, jetzt verblassend: *Das ist das Ende* — dachte, und dann war es aber auch vorbei, der Blitz wanderte und ließ jetzt wieder das Gesicht heraustreten, das stand im Glas klar und sagte mürrisch mit seiner dunklen rollenden Aussprache: Ich habe Sie mit den Brillanten ausgezeichnet. Aber ich habe nicht die Absicht, Sie anzuhören, Oberst Frenssen.

Frenssen blieb stehen, ohne den Blick zu wenden, als das sonderbare Divertimento zerronnen war. Spuk, murmelte er, das liegt an der Geographie. Ich bin nicht mehr ganz wach. Er dachte nach, der Vorspuk beklemmte ihn. Er war allein, der Wind jaulte am Dach, die Nacht war wieder regnerisch, und jetzt schrak der Wind zusammen und verstummte für einen Augenblick, so daß jeder Laut aufhörte. Dann flog wieder leise ein Sausen an, steigerte sich, seufzte und schrak weg und steigerte sich noch einmal und endete, aber jetzt kam es lange nicht wieder; kaum erträglich, warten zu müssen, bis es wieder sich aufmachte; es war ein Zwang, darauf zu passen. Das wird eine angenehme Nacht, sagte Frenssen zu sich, löschte das Licht und öffnete das Fenster. Erst war die Finsternis vollkommen, dann trat unten der dunkle Strich des Rollfelds heraus und sehr weit ab ein schwacher Widerschein gegen den Himmel. Es tropfte vom Dach.

Er schloß Fenster und schwarze Vorhänge wieder und machte Licht, und während er seine hohe Auszeichnung aus dem Hemdkragen löste, fiel sein Blick noch einmal auf das Bild, dessen Glas jetzt nur am Rand glomm. Er blieb einen Augenblick stehen, ohne den Blick abzuwenden, und sagte laut: Der Wahnsinnige.

Der Schlaf kam nicht, Frenssen lag ausgestreckt, und so lang er sich mühte, ihn zu finden, gingen Worte ihm nach, wie er sie da und dort in den Staffeln sagte und noch sagen sollte, und er hörte sich selbst reden. Laßt euch nicht kopfscheu machen. Drüben wird auch bloß mit Wasser gekocht. Wir müssen genau unseren Auftrag erfüllen. Euer Volk hat euch gehätschelt, ihr seid seine Lieblinge, jetzt müßt ihr das Eurige tun. Auswege gibt es nicht. Ihr fliegt jetzt *pro aris et focis,* falls einer Latein versteht. Unter euch, das ist das eigene Land. Sollen sie von uns enttäuscht werden? Wir können auf nichts warten, nicht einmal auf den eigenen Schwung. Die elegante Zeit ist vorüber. Ihr müßt jetzt genau so aufstehen wie der Schütze aus seinem Loch aufstehen muß.

Dann dachte er weiter: Man kann eine Sache wollen und für sie kämpfen, das ist ein herrliches Los. Man kann sie wollen und nicht für sie kämpfen: nicht der Rede wert. Man kann sie nicht wollen und sich deshalb weigern, zu kämpfen für sie, das kann sehr schwer werden, aber du hast deinen Frieden mit dir. Aber sie nicht wollen und doch kämpfen, weil da ganz bestimmte Umstände vorliegen, dabei mußt du verlieren so oder so. Da gibt es keinen Ausweg. Deine Mutter oder dein Weib aufgeben, weil sie den Teufel hat, dafür bist du nicht geschaffen. Du kannst nicht teilen und von nichts mehr wissen wollen, damit du ein sauberer Herr bleibst in dieser Welt. Ob du willst oder nicht, du mußt schuldig werden.

Der beste Offizier, sagte jemand zu ihm, den er nicht kannte, ist der verderblichste.

Er erschrak und sagte weiter: Aber ich kann nicht dazu helfen, daß sie das Kotzen kriegen müssen vor sich selber und mir. Ich kann sie nicht schonen. Wir müssen doch bei etwas bleiben. Jemand kann sich doch nicht einfach abmelden. Ich werde sie aber selber nicht überleben, beim lieben Gott.

Er verschränkte die Arme hinter dem Kopf und sagte, indem er an das Bild dachte: Ich hasse ihn. Ich hasse ihn wie die Pest.

Gott hat ihn uns geschickt, dachte er, und er muß uns verderben. Ich verstehe das und verstehe es nicht. Aber ich kann nicht austreten und kann es nicht wenden. *Nemo contra Deum nisi Deus ipse.*

47.

Der Kapitän der Staffel in Flarup war ein blonder Mensch von einem angenehmen Äußeren, mit nervösen Händen und hübschen, etwas leeren Augen, die gelangweilt und eine Spur bekümmert blickten, wenn niemand ihn unterhielt. Beckert stammte aus dem Rheinland, er gehörte zu den Erfolgreichen und hatte über ein Dutzend Abschüsse aufzuweisen. Eine Staffel muß einer zerstört haben, pflegte Sarowski zu sagen, dann kann er selbst eine kriegen. Im bürgerlichen Leben hatte Beckert als Handelsvertreter angefangen, aber als Kriegsoffizier hegte er einen Widerwillen gegen alles, was mit Geschäften und Schreibereien zusammenhing. Auch in den Zirkeln, die sich in den Kasinos bildeten, fühlte er sich nicht besonders wohl. Dagegen betrachtete er seine Flugzeugführer als seine Familie, spielte Karten mit ihnen, nahm an ihren Intimitäten vielleicht eine Spur zu vertraulich teil und trennte sich auch nicht von ihrer Gesellschaft, wenn er in einem Buch las. Er las viel und wahllos, seine Ordonnanz mußte ihm Bücher besorgen, wobei die Titel ihm gleichgültig waren. Mitten aus dem Lesen konnte er dann plötzlich auffahren und die Mütze aufsetzen, um in die Diensträume der Staffel hineinzuplatzen, etlichen Wirbel zu verursachen und etwa dem Rechnungsführer lange Meldungen abzufordern, denen er zerstreut zuhörte.

Mit Kreysler wußte er nichts anzufangen, als dieser sich bei ihm meldete. Natürlich kannte er die Ereignisse, die zu Kreyslers Ablösung geführt hatten, aber redete ihn nicht darauf an. So betrachtete er ihn mit seinen leeren, etwas bekümmerten Augen, wobei er mit dem Nagel seines rechten Daumens unter den Nagelrändern der Linken entlang fuhr.

Es wäre mir lieb, wenn Sie sich um die Schreibstube und vielleicht allgemein um den Innendienst kümmern wollten. Ich habe zur Zeit keinen Staffeloffizier und weiß, daß nicht alles im Blei ist. Sie könnten mich da wirklich entlasten.

So ungefähr würden wir es vorerst halten, faßte er nochmals zusammen und hatte das Bedürfnis, etwas Freundliches zu sagen. Ansonsten sind Sie willkommen, wenn Sie sich bei uns auf dem Liegeplatz aufhalten. Vor allem trinken Sie jetzt einen anständigen Kaffee mit uns. Ich möchte wünschen, daß Sie sich trotzdem hier ausgelastet fühlen.

Jawohl, Kapitän, sagte Kreysler. Gerne. Ich danke Ihnen.

Nennen Sie mich mit Namen.

Und Kreysler kümmerte sich um den Innendienst. Er trat in die Schreibstube, ging die Unterkünfte ab und prüfte auch einmal das Heraustreten und zeitgerechte Abrücken der Frühbereitschaft. Sie rückte ab, und in der Morgendämmerung schallte forsch-verdrossen ihr Gesang:

In Honolulu
In dem Lande der Azoren
Und auf Samoa
Ist alles gleich
Mit freudigem Gewinsel
Schwingt ein jeder seinen Pinsel —

Kreysler dachte nicht daran, als Neuerer oder Scharfmacher aufzutreten. Es war ihm gleich, ob der Spieß, der ihn studierte, ihn für eine weiche Nummer ansah. Seine Tage hier waren gezählt, und er spürte auch keine Lust, unentbehrlich zu werden. Noch etwas von Bedeutung? fragte er den Hauptfeldwebel und leitete damit seinen Rückzug ein.

Es mußte an dem Ort liegen, denn der Ort schien auf Kreysler gewartet zu haben und bot sich an. Er spürte die starke Anziehung. Am Abend, in der Dämmerung, denn er hatte jetzt keine Pflichten mehr, verließ er im Trainingsanzug nach hinten die Baracke, um eine Stunde zu laufen. Der Platz grenzte an den Flaruper Fjord, und nach wenigen Minuten Laufens war der Strandstreifen erreicht. Kreysler schlüpfte aus den Schuhen und entfernte sich rasch dem Ufer entlang, das einen fahlen Schein gab, während das Wasser zur Linken sich tiefer verdunkelte und auch das Land verschwamm. Unter den Sohlen schmiegte der Sand sich fest und fügsam; kühle und brutwarme Stellen wechselten. Der laufende Mann füllte sich mit Atem, er sprang über Geröll und fiel manchmal, die Arme schwingend, in Schritt oder blieb stehen, wo ihm flache Wasserzungen die Füße leckten. Endlich war die Strecke zu Ende, ein dunkles Gehöft schob sich bis an die Wasserlinie heran. Kreysler umging es, hinten lag eine Art Wirtsgarten, im Haus kläffte ein Hund wütend; er pochte, bis jemand sich sehen ließ.

Ein älteres Ehepaar hielt diese Wirtschaft, in der auch Boote zu mieten waren, doch offenbar war dies alles halb aufgelassen und jetzt in Kriegszeiten der Verkehr gering. Kreysler fragte, ob er sich in den Garten setzen könne, die Leute waren trocken zu ihm, aber nicht unfreundlich, sie wußten nicht recht, was sie von dem barfüßigen Menschen zu halten hatten, und er legte etliche Kronen auf Vorrat hin. Er trank rasch hintereinander ein paar große Gläser wasserhellen Aquavit, der ihn wärmte und ihm augenblicklich ins Gehirn schoß. Das Gras feuchtete, so zog er die Füße auf die Bank, lehnte sich rückwärts an einen Baum und blieb in der lichtlosen Nacht hocken. Er schenkte langsamer nach und trank; er wollte betrunken werden. Alles umringte ihn seltsam, dieses Zwischenland, in das er geraten war, dieses Jenseits, nein, verbesserte er sich, dieses Abseits. Alles schwamm, auch die Zeit schwamm, sie ging ihn nichts an, er blickte auf seine Uhr, deren grünflimmernde Punkte ihn erheiterten; das flüssige Ticken, auch das Vorrücken der Zeiger erheiterten ihn, alles war Fluß und alles Vergeudung, die Vergeudung Genuß. Der Innendienst. Die Frühbereitschaft. *In dem Lande der Azoren*. Spät, er behielt nicht wann, ging er auf dem Sande zurück.

Von da an begründete er seine Abwesenheit mit vielerlei Erledigungen und Kontrollgängen, auf denen er schwer zu verfolgen war. Auch suchte ihn niemand auf seinen Wegen, denn niemand hätte ohne Not einen Fuß in die Gegend gesetzt, die für die allerlangweiligste galt. Der Kapitän forderte ihn auf, sich mehr auf dem Liegeplatz einzufinden, und ließ sofort Kaffee aufgießen, wenn er kam. Es müsse ihm doch langweilig werden. Kreysler meinte, die Langeweile lasse sich tragen, und er verschaffe sich Arbeit. Und Beckert wollte wieder etwas Freundliches sagen und entgegnete, seine Tätigkeit mache sich schon bemerkbar. Ob er

Doppelkopf spiele? Nein. Damit war die Unterhaltung dann bald erschöpft.

Es war ein Eisvogel-Land. Es waren Kreyslers halkyonische Tage. Zwar keine windstillen Tage: am Rande der Störung, die damals durchzog, stand ein steifer, manchmal laut sausender Nordwest in der Luft, aber die Sonne brannte, die fernen Moränenzungen flimmerten. Eine scharfe Helle, von der die Augen tränten. Die Leute draußen hatten ein Paddelboot, das lag im Schuppen, aber man war bereit, es zu Wasser zu bringen. Der Fjord schlug Wellen, und Kreysler lag draußen in seinem roten Boot und war mit nichts beschäftigt, als es gegen die Wellen zu halten. Er lag im Wellental, das Tal hatte ihn geschluckt, er sah nur die Wasserhalden, auf denen Blasen und Schäume herunterflossen, und dann fing das Boot an zu klettern, der weiße Uferstrich wurde sichtbar, Züge von Röhricht mit Vogelschwärmen, dahinter die langen Grasrücken. Auf einem der Rücken glänzte mit seiner beschienenen Seite ein kleiner, stumpfer, sehr ferner Kirchturm, und Kreysler trieb die Bootspitze gegen den Kirchturm, ohne voranzukommen. Es gab Holme in dem Fjord, lange Bänke und Kieszungen mit Schilfdickichten, die den Wind brachen. Dort auf der Abseite zog er das Fahrzeug auf den Sand und glitt nackt ins Wasser. Das Wasser schien warm gegenüber der pfeifenden Luft. Kreysler tauchte und schwamm eine Strecke dicht über dem Grund hin, der hier aus einem weißen sehr feinen Schlamm bestand, in dem Muscheln staken. Setzte er einen Fuß auf, so quollen unter dem Tritt Gewölke von sonderbarer Form. Die Fischbrut wiegte sich, und glashelle Quallen pendelten. Kreysler schwamm eine Strecke und gewann einen anderen Holm. Er legte sich auf die Geschiebe, die trotz dem Wind erhitzt waren, stand wieder auf und wanderte bis zur Spitze hinaus. Draußen, eine Strecke vor der

Mündung des Fjords, lag ein Wrack, ein Schiff, das von einer Mine reinlich auseinandergetrennt und dessen eine Hälfte verschwunden war. Das halbe Schiff ragte hoch auf und war plötzlich zu Ende wie entzweigespiegelt. Kreysler bückte sich und wandte große Knollen von Flint um, die Borken von Kreide trugen. Er zerschmiß sie, und sie sprangen wie Glasfluß. Manchmal schloß der Glasfluß einen sauber erhaltenen Seeigel ein. Er betastete die Stücke und ließ sie durch die Finger gehen, die das feine Korn der geschmückten Krusten erfühlten, die Schuppen und Riffelungen, Gurten und Warzenkränze. Er betrachtete sie und warf sie wieder fort. Die knabenhafte Begierde des Sammelns war erloschen, der Genuß unerhört. Er richtete sich auf und wandte sich neuen Bildern zu.

Es waren die Tage, an welchen Frenssen die Gruppen in Scholm und Niebüll in Atem hielt. Einmal startete auch gegen Abend Flarup auf Befehl in den Sammelraum. Kreysler blieb unbeteiligt. Langsam gab er sich Rechenschaft über den Zustand, in den er unversehens geraten war. Bis damals hatte Kreysler niemals in seinem Leben viel Zeit zu vertun gehabt. Er war nie vom Glück begünstigt gewesen, besaß auch die Art nicht, die Gunst erwirbt, und hatte sich sein Fortkommen selber suchen müssen; das geriet ihm mittelmäßig; er besaß Familie und hatte mit den Seinen nicht gut, aber auch nicht gerade schlecht zu leben gehabt. Jetzt zum erstenmal gab es für ihn nichts zu tun und nichts zu versäumen; mehr: es war auch das erste Mal, daß er einen Verhalt dieser Art gleich erkannte und sich ihm mit Willen ergab. Im Krieg wird Verschwendung getrieben, unermeßlich ist der Verbrauch, unermeßlich der Unnutz von Zahllosen, die auf toter Strecke liegen. Niemand könnte das im Frieden bezahlen, nur für den Krieg ist der Aufwand nicht zu kostspielig. Die Mühle war in Gang, die Steine der Mühle mahlten, viel Gut lag still neben den fressenden Umdrehungen, bis endlich der Sog auch das Letzte davonnahm.

Kreysler besaß jetzt morgens Zeit, um aufzuwachen; er blieb eine Viertelstunde liegen und hielt die Augen geschlossen; und nicht mehr wie früher bedrängte ihn der Krieg, der verlorenging. Er sammelte andere Bilder. Er gönnte sich seinen Morgensport, lief in der tauigen Wiese und hatte dahinter einen dreißigpfündigen Findling liegen, den er schwang und stieß. Dann wusch, rieb und bürstete er sich und kleidete sich an. Und während er hinging, um seine scheinhaften Obliegenheiten abzuwickeln, bewegte er schon die Art und Weise im Kopf, sich zurückzuziehen.

Jetzt hatte er viel Zeit nachzudenken; allein seltsam, seine Gedanken gehorchten ihm nicht mehr wie früher, als die Zeit knapper gewesen war. Manchmal schienen es ihm nicht einmal mehr seine eigenen Gedanken. Er befremdete sich selbst. So zum Beispiel wünschte er oft, sich auf die Seinen zu sammeln, seine Frau und zwei kleine Söhne, und es gelang ihm kaum. Es war ihm gewiß, daß er sie nicht wiedersehen würde, und schon jetzt wurden sie ihm unerreichbar; ihm kam vor, als wäre die Trennung bereits vollzogen, und es jammerte ihn nicht einmal. Er konnte ihnen nicht mehr weiterhelfen, sie mußten allein fertig werden, und er würde für sie immer mehr verblassen und zuletzt nur noch ein Name sein. Zugleich pflanzte die Erhellung sich fort und ergriff länger Verwichenes: verglich er Vorstellungen, die er sich einstens über sein Leben gemacht, verglich er Pläne und Wünsche mit dem jämmerlich Unterbrochenen und notwendig Bruchstückhaften seiner inneren, mit der Mittelmäßigkeit seiner äußeren Laufbahn; und hielt er dagegen die Gleichgültigkeit, die unnatürliche Teilnahmlosigkeit, in der er dies alles ertrug: so schien es ihm fast, als ob er nicht ein und dieselbe Person wäre. Er war nicht identisch mit seinem eigenen Leben. Weniger: er hatte niemals wirklich zu irgend etwas, zu irgend jemand gehört. Er war so fühllos, so ornamental versteinert wie die organischen Reste, die in dem Flint von der Kieselsäure umflossen waren. Nichts ging ihn mehr etwas an.

Aber als er endlich so weit gelangt war, daß in ihm die Stille herrschte, die Stille des Eisvogel-Landes, als nichts mehr an ihn rührte, weder Versäumtes noch Versperrtes, weder Kränkungen noch Ungewißheit noch Bündnisse oder Pflichten, als das gegenwärtige Dasein bloß noch als eine dünne Schale auf ihm lag, die mit ihm keinen gemeinsamen Stoff mehr hatte, sagte er sich: Du bist überhaupt schon gestorben. Genau genommen, du hast überhaupt nie gelebt. Was bist du denn eigentlich? Eigentlich nichts als einer von den Leuten, die hinter der Spindtür fressen, damit es die andern nichts angehen soll. So ein Intelligenzler, den seine Bildung befähigt, in der Natur Trost zu suchen oder aus einem Büchlein, das er im Tornister herumträgt, und der ein gebildetes Tagebuch abfaßt. Hinter der Spindtür frißt du an deinem Geist, Herr Kreysler, und das ist auch nicht der Rede wert. Du bist dabeigewesen und hast dich trotzdem herausgehalten. Du nimmt so leicht Abschied, weil du niemals etwas besessen hast.

Und eines Tages empfand er nicht einmal Widerstand, als der Befehl kam, der ihn zu einer Truppe versetzte, bei der es nicht viel Anwartschaften auf Schonung gab.

48.

Aus allen Staffeln wurden sie in jenen Tagen ausgesiebt und in Marsch gesetzt. Da man Techniker nicht entbehren konnte außer solchen, die man gerne los wurde, so betrafen die Abgaben meist das Allgemeine Personal. Allgemeines

Personal waren Leute, die nichts Besonderes gelernt hatten und deshalb austauschbar und überall zu verwenden waren. Sie waren gut, um Lücken zu stopfen, sonst waren sie nicht viel wert in einer Zeit, die der Spezialisten bedurfte und deren Herrschaft begründet hatte. Spezialisten kosteten und mußten deshalb mit Vorsicht verbraucht werden, denn ihre Ausbildung war teuer. Spezialisten durften bleiben.

Die Leute, die ihre Rucksäcke gepackt hatten, sahen mit einer Art von Neid hinter dem Personal her, das zu seinem gewöhnlichen Dienst abrückte. Sie hatten selbst nichts mehr zu tun und standen voll Unbehagen in ihren Barackenstuben, in diesen Holzbuden, die mit Faserplatten verkleidet und mit billigen Bildchen verziert waren. Sie traten hinaus und blickten auf die lächerlichen Gärtchen vor den Splitterwällen, Spielereien von Kleinbürgern und Schrebergärtnern, die Beete mit weißen Steinen umlegt und darin ein paar Fichtenbäumchen, die nicht gedeihen wollten. Sie hatten daran gebastelt, und der Abschied davon bestürzte sie mehr als der erste Abschied von zu Hause, als sie damals gegangen waren. Damals besaßen sie kaum Vorstellungen davon, was jetzt kommen würde, und vertrauten darauf, daß schon manches gut abgelaufen war. Nun aber spürten sie, man ließ sie in die Feueresse abrücken, die sie verzehren sollte, und sträubten sich gegen das Ende.

Nur die Geriebenen und Gewitzten waren ihrer Sache sicherer. Die Fouriergehilfen, Kantinenhalter und Küchendienstler verließen sich darauf, daß sie auch am neuen Ort sogleich wieder Verpflegung abwiegen, eine Kantine eröffnen oder unentbehrlich sein würden, weil sie für den Chef kochten. Als der Hauptmann Fuchs den Obergefreiten Betz von der Stabskantine verabschiedete und ihm wünschte, der neue Dienst möge ihn nicht zu sauer ankommen, sagte Betz: Jawohl, Herr Hauptmann. Und ich werde mir gestatten,

Herrn Hauptmann in spätestens vier Wochen eine Postkarte zu schreiben und Herrn Hauptmann zu melden, wo ich Kantinenwirt bin.

Erst ziemlich spät begriff Fuchs, daß dies kein munteres Landsergewäsch, sondern eine Verhöhnung gewesen war. Man kann die Menschen nicht umkrempeln. Es gibt bestimmte Plätze, und die Menschen auf ihnen bleiben immer dieselben, auch wenn ihre Namen verschieden sind.

Der Gefreite Lepsch ging, der einen Sprachfehler hatte und hauptsächlich zum Postenstehen verwendet wurde, und der Schreiber Katzmann, der die Post besorgte bisher, sowie der Unteroffizier Klopsnies, der schon zweimal wegen Urlaubsüberschreitung mit geschärftem Arrest bestraft worden war. Das kommt alles von deiner verdammten Feigheit, dachte Klopsnies, daß du nicht zur richtigen Zeit abgehauen bist. Das wäre gar nicht so schwer gewesen. Aber du hättest es tun müssen, solange das alles bloß so ein Zustand war und nichts Besonderes. Jetzt, wo es in die Scheißgasse geht und alle anderen mit hinein müssen, jetzt kannst du dich nicht mehr verdrücken. — Selbst der Schreibstubenfeldwebel Karcher zog aus, der ein so guter Verschlußsachenverwalter gewesen war, und der Unteroffizier Heiling, dem seine Braut den Laufpaß gegeben hatte, weil eine gewisse leichte Operation in seinen Kinderzeiten an ihm versäumt worden war.

Dort, wohin sie gingen, waren weder kosmetische noch andere Operationen mehr an ihnen notwendig. Sie rückten ab und schrieben bald eine Karte aus einem Ausbildungslager oder von einem Truppenübungsplatz, schrieben einen Gruß und daß ihre jetzige Einheit da in der Aufstellung begriffen sei, schrieben es mit einer gewissen getrösteten Forschheit, und dann hörte man längere Zeit nichts mehr von ihnen und von etlichen überhaupt nichts mehr. Vielleicht kam von einem, der Glück gehabt hatte, ein zusammenfassender Bericht, und daß er schon wieder in einer anderen Aufstellung begriffen sei. Denn sie waren gut ausgerüstet, aber schlecht ausgebildet worden und konnten den gelichteten, abgekämpften alten Truppen nichts helfen, höchstens daß diese auf sie auch noch aufpassen mußten. Es hieß dann vielleicht: Der Feldwebel Karcher ist gleich am ersten Tag des Einsatzes gefallen, wenig Tage darauf wurde die Batterie aufgerieben, und der Gefreite Lepsch und der Unteroffizier Klopsnies liegen in einem Lazarett.

Es waren Einheiten, die zum alsbaldigen Verbrauch bestimmt waren, und die Männer in ihnen zogen mit, tapfere Männer, weil sie ohne Hoffnungen und die meisten mit bitteren Herzen gingen, sie wollten es durchstehen, weil sich einer vor dem andern nicht schämen wollte. Sie fielen, und bei wem noch Zeit dazu war, der wurde eingescharrt neben der Rollbahn, und die Schlacht rückte nach, und die Gleisketten der Schlacht wühlten ihn aus und zerrten hin und her, was von ihm übrig war, und verdammt und verflucht sollen die sein, die es noch einmal ebenso kommen lassen.

Und in Scholm von der Nachbarbatterie der stämmige lustige Flakleutnant Buck war auch mit dabei und kam herüber, und sie hoben noch einmal zusammen die Kalabasse. Was half es ihm nun, daß er so gut sein Gewicht gehalten hatte und es ihm immer gelungen war, Speck für sein erstes Frühstück zu haben? Denn er war im bürgerlichen Leben Dentist und frühstückte Speck. Buck hing den Kopf nicht, das wäre auch eine Schande gewesen, außerdem war er Junggeselle und niemandem eine Bürde in seinen Gedanken. Sein wohlgepflegtes Gesicht, das er sorglich der Sonne aussetzte, um eine ordentliche Farbe zu haben, glänzte von Gesundheit und gutem Willen.

Und wißt ihr auch, was ich übernehmen soll? fragte er. Ich übernehme einen Zug in einer bespannten Batterie. Hat jemand eine Fotografie von einem Pferd bei sich? Ich habe noch nie eines aus der Nähe gesehen. Der Spieß dagegen kommt aus der Nachrichtengeräteverwaltung, und die Geschützführer vom Luftgaupostamt oder aus der Baukompanie.

49.

Der Oberst hielt sich bei den Verbänden, die er besuchte, anderthalb oder zwei Tage auf, und solche Tage waren eine unruhige Zeit, obwohl Einflüge fehlten. Die Störung zog mit Gewalt durch den Raum, und eine zweite, schwächere, folgte ihr. Ein Absprung von der Gegenseite war nicht anzunehmen. Stundenlang blieb der Bereich in eine ungeheuerliche, sprühende und triefende Nässe eingehüllt, die ein Schuß aufgerührter, inbrünstiger Wärme würzte, einer Wärme wie aus bodenlosen Fischgründen und roten Tangwäldern: der laubittere, mütterliche, wühlende Atem des Atlant.

Der Gast war unterwegs, er strich durch die Buden und Tarnstände und bückte sich unter den triefenden Netzen durch, stand und saß und sah den Arbeiten der Bodendienste zu. Er beobachtete die Waffenpflege und das Munitionieren, die Abstimmung der Sprechanlagen, er ließ sich Leuchtpistolen und Seenotkapseln zeigen und besprach lange die Teile, an denen der Gegner in der Luft am empfindlichsten war.

In den Abendstunden hob sich die Bewölkung, und dann startete Frenssen und ließ in der Luft sammeln. Es war ein hartes Fliegen, und der Gast hielt scharf heran. Er schonte sie nicht, aber so hart er sie nahm, ihr Zutrauen wuchs wieder.

Das Turnieren hat aufgehört, sagte Frenssen, das Aussuchen des Gegners, das Abwarten und Annehmen oder

Verweigern des Gefechts. Jetzt ist die Masse im Spiel, und die Masse drüben an Bord, das sind keine Flieger; das sind Schützen, die in Kampfständen angeschnallt stehen, es ist Infanterie in der Luft. Ihr müßt selbst Masse bilden.

Sie hörten es und spürten den Schnitt nicht ohne Beklemmung, der das Heute und das Gestern trennte. Das Unbekannte kam auf sie zu, sie hatten ihm nicht ausweichen können. Sie mußten darin bestehen.

Die Leute am Boden sahen die Staffeln in wechselnden Formationen, schwenkend, aufschließend und sich lösend, scharf wie gestochen gegen die gestaltlose Wolkendecke, unter der schwärzliche Nebelfische hintrieben. Es gab erst Ruhe, wenn die Dämmerung einfiel.

Auch eine Frau blieb ein paarmal stehen und sah zu den Flugzeugen hinauf. Die Frau hatte auf der Straße, die ungefähr tausend Meter hinter dem Außendeich in dessen Richtung hinlief, ein einspänniges Fuhrwerk verlassen, und das Fuhrwerk rollte jetzt langsam dem nächsten Gehöft zu, um dort einzustellen. Die Frau ging in Schwarz und trug einen Regenmantel darüber, sie betrat einen Fußweg, der quer durch den Koog auf den Deich zuführte. Ebenso schnurgerade lief neben dem Weg ein Graben mit hohem Wasserspiegel; man sah eine Schleusenanlage dort, wo er auf den Deich stieß. Das Meer sah man nicht, nur die hohe Deichkrone unendlich und waagerecht. Weil der Pfad aufgeweicht war, mußte die Frau auf der seitlichen Grasnarbe gehen, das war beschwerlich, doch bewegte sie sich kundig und so wie jemand, der den Weg schon einmal gemacht hatte. Sie ging immer geradeaus, aber nicht bis zur Schleuse und auch nicht bis zu dem Aufstieg, der auf den Deich führte. An einem eirunden Schlammweiher blieb sie stehen, der dort hart am Weg in einem Acker mit grünem Klee eingesprengt war. Er hätte dem flüchtigen Blick wie eine natürliche Mulde erscheinen können, die Wasser sammelte, doch verrieten ein Kranz Erde, die umhergespritzt lag, und einige hingeschleuderte Bleche seine gewaltsame Entstehung.

Eva Dumont stand dort und bückte sich mit der Zeit etwas tiefer herunter, denn der nasse Wind kam ihr ins Gesicht, und sie mußte den Kopf senken, damit er sie nicht so heftig traf; sie schien kleiner zu werden; eine kleine Figur in der unbelebten mürrischen Landschaft; kein Mensch sah ihr zu. Sie hielt aus und hatte offenbar nichts vor sich, auch keine Eile, zurückzukehren. Einmal hob sie die Hand abwesend, bewegte sie und ließ sie wieder fallen wie jemand, der mit einem anderen spricht.

Dann war Frenssen davon, ohne viel Abschied; er sagte: Ich bleibe jetzt unterwegs, ich komme schnell wieder. Ich lasse euch nicht allein; ich tue für uns, was ich kann.

Und doch war es sein letzter Besuch bei den Verbänden gewesen. Er kam nicht wieder. Zunächst sprach sich nur etwas herum von einer plötzlichen Versetzung, und die Versetzung erschien sogar in den Veränderungsmeldungen des Personalamts. Die wirklichen Vorgänge erfuhr man im Geschwader erst später, als auch der General selbst hatte gehen müssen, und als Schildknecht und Vehlgast und de Bruyn schon gefallen waren. Der einäugige Major Stooß, der in Niebüll saß, konnte zuverlässig davon berichten, er hatte es von einem Geschwaderchef, der Frenssens Begleiter gewesen war. Frenssen, als er von den Geschwadern kam, hatte sich bei dem Alten, seinem Oberbefehlshaber, melden lassen, und der Alte, der etwas auf ihn hielt, denn immerhin war es Frenssen, der Alte also sollte ihn erst ruhig angehört und dann schließlich aber gefragt haben: Was soll dieser Vortrag? Worauf wollen Sie hinaus? — Wir haben nur einen einzigen Vorschlag, antwortete Frenssen. Wir bitten gehorsamst, den Oberbefehl an den General abzugeben. Das war zuviel, außer Frenssen hätte das niemand sagen können, nicht einmal der General selbst; und der Alte warf sich über den Tisch, mit den Fäusten trommelnd: Hinaus mit euch, Meuterer, Feiglinge, Schwätzer, zu euren Geschwadern! Und die Versetzung für Frenssen kam sogleich hinterher, es war noch Glück dabei, daß nichts andres kam als diese Versetzung in einen entfernten Raum, wo Frenssen nicht lästig wurde. Frenssen fiel selbst noch an einem der letzten Tage des Kriegs.

Frenssen blieb aus mit einer der neuen Maschinen, die er gerühmt hatte und die endlich gekommen waren, einer von den windschnellen schönen Maschinen, um die sie so lang gekämpft hatten, aber diese Maschinen kamen viel zu spät. Es fehlten schon Plätze, es fehlte der Treibstoff, es fehlte an Menschen, die diese Maschinen zu warten verstanden. Die fremde Jagd hing am Himmel und lauerte, wo sich Leben zeigte, und die Bombenteppiche pflügten die Rollfelder auf. Auch die Leute am Boden starben zahlreicher; hin und her gejagt zwischen den Angriffen, machten sie ihren Dienst. Sie standen aus ihrem Loch blutend auf, wenn sie eines erreicht hatten, und viele auch nicht mehr.

Keine Rede davon, daß sie noch etwas zu wenden vermocht hätten. Aber es war noch einen Augenblick lang die große Jagd. Es war die letzte Staffel, in der sich sammelte, was noch lebte und Rang und Namen hatte, und in der Geschwaderführer und Generale die Rotten füllten. Ein paarmal noch rasten sie Feuer säend durch die Ströme der Bomber und stießen manchen vom Himmel, sie waren entschwunden, ehe ein Schütze ins Ziel gegangen war. Einige stürzten ab, einige litten Bruch auf den zerhackten Rollfeldern, den einäugigen Major Stooß trug man halb verbrannt in ein Lazarett. Einige hatten vielleicht nicht die Absicht, wieder zu landen.

Niemand weiß, was ihre letzten Gedanken gewesen waren. Sie wollten sich nicht beiseite stehlen, auch wo nichts mehr zu gewinnen war, und vielleicht eben deshalb. Sie waren getäuscht worden, aber sie wollten selber nicht wieder täuschen. So sahen sie es wohl an, wenn sie selber sich Rechenschaft gaben; mancher braucht auch nicht zu denken; er kann nicht anders als er tut. Ob es andere anders ansehen und anders sehen werden, das wendet nichts daran.

Aber es soll nicht wiederkommen.

50.

Personal für de Bruyn war aus Randvig eingetroffen; das Transportflugzeug hatte die wichtigsten Männer gebracht, und Cornils und Rossa mit ihnen. Der eine kam aus dem Lazarett, den anderen hatte ein schneller Frachter, der einzeln fuhr, von seiner unfreiwilligen Reise zurückbefördert. Aber de Bruyn, der selbst das Kommando ausgewählt hatte, fragte sofort: Warum habt ihr den Moell nicht dabei?

Der Oberwerkmeister machte darüber eine Meldung. Ich habe am Abend, sagte er, antreten lassen, ich habe eingeteilt und die Sachen, die mitkommen sollten, nachgeprüft. Morgens war Moell nicht da; es hatte ihn niemand gesehen. Er kam auch die nächste Nacht nicht. Als die Maschine landete und sofort umkehren wollte, war Moell noch immer verschwunden, und dann bat der Hauptfeldwebel, weil kein Offizier mehr oben ist, einen Beamten vom Horst und ließ Moells Spind aufbrechen. Moell hatte nicht viel Zeug, aber man sah gleich, daß er sich ausgerüstet haben mußte wie jemand, der wegbleiben will. Sein Karabiner ist auch weg.

Das hätte ich bei Moell nicht gesucht, sagte de Bruyn. Hat man ihn irgend etwas äußern hören?

Moell hat nie viel geredet, Herr Leutnant, und zuletzt noch weniger. Es gab ja in den letzten Tagen oben nicht viel Arbeit für uns, und davon kommen die dümmsten Gedanken. Der Hauptfeldwebel sagte zu mir, ein Gesuch sei Moell abgelehnt worden, und davon habe er wahrscheinlich durchgedreht. Mehr ist mir nicht bekannt, denn wir mußten dann fliegen.

Ich hätte mich um Moell kümmern müssen, dachte de Bruyn, aber ich konnte es nicht. Das ist eine Schweinerei, daß es mit Moell so weit kommen mußte. Bornierte Maschinerie; was geht es die Maschinerie an, mit wem ein Obergefreiter sich zusammentun will? Aber einerlei, ich hätte gedacht, Moell würde damit fertig werden.

Laut sagte er zu dem Oberwerkmeister: Nun, vielleicht. Erwiesen ist nichts, und Moell wird es sich überlegen. Ihr seid vorläufig hier bei der Stabskompanie untergebracht, aber richtet euch nicht auf Bleiben ein. Wir werden vermutlich nach Möns drüben zu liegen kommen.

Nachher rief er Cornils und Rossa zu sich, die geräuschvoll begrüßt worden waren. Er musterte den Himmel und fragte: Wie stehts mit euch? Morgen wird etwas los sein. Maschinen sind da. Ihr sollt aber nicht fliegen, wenn ihr euch noch schlapp fühlt.

Ich fliege, sagte Rossa.

Ich fliege, sagte Cornils.

Gut, sagte de Bruyn, dann könnt ihr noch jetzt einen Platzflug machen. Hörath vertritt mich hier auf dem Liegeplatz, und ich selber will noch hinüber nach Möns, um dort zu erkunden.

Der Himmel war um die Mittagszeit aufgerissen, und blendendes Licht flutete sogleich herunter. Es wurde ein heißer und grüner Tag. De Bruyn hatte sich Bredes Storch ausgeliehen, und auf dem Sprung nach Möns hinüber ging ihm das Entweichen Moells durch den Kopf. Er dachte ungefähr: Als ich sagte, Moell hätte müssen mit dieser Sache fertig werden, da war das auch bloß so hingesagt und frisch aus der Kriegsschule. Fertig wird man mit der Tatsache, daß man eine unvorteilhafte Gesichtsform hat oder bei einer Beförderung übergangen wurde. Das eine hat der liebe Gott so eingerichtet, und das andere läßt sich nachholen. Moell aber hatte eine Chance, es ist vielleicht seine einzige, er will keine andere, er ist wahrscheinlich so ein sonderbarer Kerl, der sich mit einer anderen nicht trösten will. Man nimmt sie ihm also, warum und wozu, das weiß niemand und er selber am allerwenigsten. Zugleich steht das Flugzeug da und soll ihn mitnehmen, und nach aller Wahrscheinlichkeit kommt er niemals wieder in jenes Land. Das wird zuviel für ihn, er ist darauf nicht eingerichtet. Aber es hilft nichts. Tatbericht muß ich trotzdem einreichen.

In Möns vergaß er sich und dachte nicht weiter an Eusebius Moell und den Tatbericht, den er gegen ihn einreichen mußte. Für den Rückflug ließ er sich Zeit, denn es gab in Scholm nichts mehr zu erledigen. So zog er eine Schleife über den aufwärts gewandten Gesichtern der freundlichen Männer von Möns, stellte den Vogel gerade und hob sich davon. Die Sonne stand jetzt schon niedrig und sandte das flüssige honigfarbene Licht aus, das gewissen klaren Abenden dieser Küste eigentümlich war; de Bruyn hatte die Sonne im Rücken. Auch war es windstill geworden, Bäume und Wallhecken standen ungebogen, waagerecht angestrahlt, mit einem geringen Zittern. De Bruyn flog tiefer, er fing an, über die Hecken zu springen. Alles fertig, dachte er, die Pause ist vorüber; es wird morgen weitergehen. Das Licht dieses Abends veränderte ihn, auch die Landschaft kam ihm verändert vor, leer und wie eine Bühne ausgeleuchtet, voll Erwartung. Da fiel ihm ein, daß der Tag ein Sonntag war.

Dann wurde er auf etwas aufmerksam, das sich einem Betrachter am Boden entzog. Trotz ihrer Regungslosigkeit nämlich mangelte es dieser Landschaft nicht ganz an Leben, nur war es ein Leben, das nach Verstecken trachtete. Der Tag hatte Paare ins Freie gelockt, und jetzt waren sie allenthalben an ihr Ziel gelangt. Es war eine Landschaft voller Knicks; überall von Wällen begleitete Feldwege, kaum ein Stück Wiese, das nicht gleich einem Saal von grünen Wänden umzogen war. Nur das Dach fehlte, und von dort fiel de Bruyn herein. Eine Sündenwiese, murmelte er neugierig, Kaninchen im Gras und weiße Liebende. Das reine Venusfest.

Der Ausflug erheiterte ihn, und er wich vom Kurs, schlug Haken und führte Sprünge aus. Er wendete und nahm eins der Verstecke das zweitemal an. Sie hatten ihre bunten Kleider in die Hecken gehängt, und die Klügsten rührten sich wenig, schoben die Kniee auf und die Arme unter dem Kopf zusammen und blinzelten lässig gegen den rauschenden Vogel. Jedes hat seinen Ort, sagte de Bruyn, alles ist versorgt. Da ist für mich keine übrig geblieben.

Plötzlich sah er gegen das Ende einer Koppel ein Mädchen gehen. Sie ging in seiner Richtung, und als das Flugzeuggeräusch sie erreichte, blieb sie stehen, wandte sich nach ihm zurück und legte die Hand über die Augen; dann war er schon über sie hinweg. Er zog hoch, wendete über eine Fläche und flog noch einmal an. Sie stand noch immer, wo er sie überflogen hatte, und hatte sich mit ihm gedreht; jetzt sah er sie gegen das Licht. Ihr Kleid, dessen Farbe schwer zu benennen, war ein durchschienener und von hellen Rändern umflossener Schatten. Sie stand ruhig heraufgewandt, ein großes wohlgebildetes Mädchen, und plötzlich kam ihm eine ungereimte Vorstellung; sie schien seiner Schwester ähnlich, wie sie sich hielt. Mette? dachte er, das ist doch unmöglich, wie kann das Mette sein. Und doch ist es Mette. Er machte noch einmal kehrt, brauchte auch nicht zu suchen und sah das Mädchen, weil er jetzt wieder mit dem Licht kam, sehr hell schon von weitem. Auch sie hatte kehrt gemacht, und das überraschte ihn, denn sie ging jetzt gegen ihre anfängliche Richtung die Länge des Rasens wieder herunter und ihm entgegen, das Gesicht erhoben und die Arme so eingeschlagen, daß die Hand unter den Ellbogen griff, ganz gleichmäßigen Schritts und ohne ein Zeichen außer dem, daß ihre Lippen sich zu bewegen schienen, wie sie ihn ansah. Der Schatten des Flugzeugs fuhr ihr entgegen auf dem goldenen Grund, und sie tauchte durch den Schatten. Jetzt war er das drittemal über ihr und davon. Keine Spur, dachte er, keine Spur von Mette; aber was ist das mit ihr? Was ist das für ein Wesen? Mir aufgespart?

Die vorige Posse war ganz weggelöscht, seine Erheiterung verflogen; das Herz klopfte ihm, das sonderbare Bild riß ihn hin. Sofort spähte er aus, ob da ein Platz sei, wo er den Storch hinsetzen könnte. Aber da waren überall Zäune und Stangen, kein Weg breit und kein Feldstreifen lang genug, um darauf zu landen. Und wie er suchte, hatte er die Koppel verloren; er mußte steigen, um einen Anhalt zu finden, da sah er den Ort wieder unter sich, aber leer und ohne eine Spur von dem Wesen, das dort hätte gehen müssen.

51.

DER ABEND de Bruyns zog sich lang hin, obwohl er selber verboten hatte, daß Cornils und Rossa gefeiert würden, und seine Leute zur Unterkunft schickte. Denn er wollte jetzt ausgeruhte Knochen hinter sich. Aber er selbst fand das

Ende nicht. Der Geschwaderstab hatte Gäste, es war ein Hin und Her im Kasino bis in die späte Nacht; de Bruyn saß dabei, aber er sah zerstreut aus und wußte selbst nicht, was ihn aufhielt; endlich, als der Kommandeur sich erhob, stand er auch auf und ging nach draußen. Er ging durch die kleinen Waldstücke, die man zwischen den Gebäuden hatte stehen lassen, über die Kommandantur zur Technischen Verwaltung und sogar durch die Werft, wo eine Belegschaft Nachtdienst machte, und ging an der Wache vorbei zu seiner Unterkunft, die er alsbald wieder verließ. Eine Unruhe trieb ihn um, etwas wie die körperliche Aufregung, die durch übermäßiges Licht hervorgerufen wird, und der Nachbrand des heißen Nachmittags hielt sich auf Stirn und Wangen mit feinem Flimmern. Das Entweichen eines Untergebenen, die Erinnerung an den Obersten Frenssen, der ihn beschäftigte, die merkwürdigen Schlüsselbilder seines Heimflugs lösten sich ab und mengten sich durcheinander. Er suchte nach etwas, das er nicht fand, nach jemandem, der ihn anspräche, hatte das Gefühl, etwas zu versäumen und wußte doch nicht, was er nicht hätte versäumen wollen. Schließlich näherte er sich wieder dem Wirtschaftsgebäude; die Verdunkelung verriet nicht, ob da noch Leben sei; die Tür war unverschlossen; er trat hinein.

Der große vordere Raum mit dem Möventeppich und der Seelilienplatte stand leer und war bloß noch halb erleuchtet, es roch dumpf und sah trostlos und verwüstet aus. De Bruyn ging weiter in den hinteren Raum, nahm unschlüssig Platz und streckte den Arm aus, um zu klingeln; es verging einige Zeit, niemand kam, und doch hörte er noch Geräusch.

Erst nach einer Weile kamen die Schritte näher, de Bruyn beugte sich vor und sah eine junge Person, die in der Trübsal und Unordnung draußen ab und zu ging. Er klopfte auf den Tisch und rief: Komm her, Mädchen.

Sie wandte sich und erschien im Durchgang. Weiß und rot, dachte er, wie kommt sie in die stinkende Wirtschaft? Dann sagte er laut und musterte sie: Was treibst denn du hier, Mädchen; und habt ihr nichts mehr zu trinken?

So ungefähr sagte er, denn schließlich war er auch weiter nichts als ein Leutnant, der keine Lust hatte schlafen zu gehen, und die Person antwortete zögernd: Bitte? Ja, ich weiß selbst nicht. Herr Rollwagen —

Ach was, Herr Rollwagen, rief de Bruyn. Herr Rollwagen soll hier antreten oder soll Ihnen was herausgeben.

Sie ging nicht sehr gutwillig, und es dauerte eine Weile, bis sie wiederkam. Es war still, hohes Flugzeuggeräusch zog über den Horst weg, und durch die Vorhangspalten zuckte das schwache kalkige Licht einer Fallschirmleuchte. De Bruyn wurde plötzlich müde, er hatte das Kinn auf der Brust und die Arme auf beiden Sessellehnen; er vergaß sogar, wo er saß.

Als aber das Mädchen wieder hereinkam, fing er sie ein. Sie sperrte sich nicht, und das ernüchterte ihn, aber dabei blieb es auch; sie saß ganz hölzern auf seinen Knieen und sah ihn an; er wußte nicht, was er von dem Blick halten sollte. Schließlich war es ihm auch einerlei. Sie kam aus Scholm.

Man holt mich, sagte sie, wenn hier viel zu tun ist.

Das wird aber ein später Heimweg.

Ich kenne mich gut aus, sagte sie und schüttelte den Kopf.

Jeder kennt solche Unterhaltungen, dummes Gerede, auf das niemand aufpaßt und das immer auf das Gleiche hinauswill.

Sie machte sich nicht los, aber sie blieb aufrecht und hatte sogar die Arme vor der Brust verschränkt, schüttelte noch einmal den Kopf und sagte: So ist das nicht, Herr Leutnant.

Bei mir auch nicht, sagte de Bruyn leichtfertig. Trotzdem beiße ich ganz gern kleine Mädchen.

Ich bin keines. Sicher haben Sie selbst eine Frau.

Nein. Sehe ich danach aus?

Ich meine auch nicht grade so. So überhaupt.

So überhaupt sind es auch nicht mehr als vielleicht zweieinhalb Dutzend.

Sehen Sie. Aber ich habe bloß einen einzigen.

Ist das viel?

Sehr viel, sagte sie mit einem schweren Atem. Sie zog eine Hand heraus und zeigte sie flüchtig. Sehr viel, wenn er so weit fort ist.

Kommt 's darauf an?

Sehr.

Nachrichten?

Lange nicht.

Er zupfte sie am Haar, und offenbar war darin eine Weise, die sie begriff. Sie ließ den Kopf sinken und lehnte sich an ihn.

Komm her, sagte er und legte sie bequemer. Die Angst, welche die Menschen teilt und sie aneinander treibt. Sie hatte die Augen zu und rührte sich nicht mehr. Armseliges kleines Licht.

Armes kleines Luder, dachte er weiter, indem er auf sie niedersah. Es war ein hübsches Gesicht, weiß und rot, mit einem Flaum an den Schläfen und vor den Ohren herunter, ein wenig leer in seiner Verlassenheit, wie eben junge Weiber aussehen; ein gewöhnliches Gesicht, nichts von der hohen Erscheinung draußen, die unerreichbar gewesen und dann verschwunden war. Schnell, dachte de Bruyn, alles geht jetzt sehr schnell. Es geht zu schnell vorüber. Er verstand es selbst nicht recht und bewegte die Hand wegwerfend, dann blickte er wieder herunter auf die schweigsame fremde Person, die da an ihm lag, weil sie Angst hatte und mit sich selber nicht eins war. Es ist nichts damit, dachte er weiter, auch dafür zu spät, zu spät und ein Verbot drauf; was habe ich mit ihr zu tun? Nichts von mir und für mich; eine ganz fremde Person. Zuletzt gewann es wieder der Spott über ihn, er dachte: Was würde der Herr dieses Hauses, Mayer-Pütz, sagen, der so gerne was mitnimmt, die dicke Küchenfrau in der Stellung Pompejus nicht ausgenommen? Oh, würde er sagen, Sie fassen mein Personal an, de Bruyn? Und er würde die Augen kneifen und nächstens ein bißchen schweinigeln. Ach was, fort mit ihm. Er spielte mit der fremden Hand in der seinen, die matt blieb und keine Antwort gab; nicht viel, aber doch mehr als nichts jetzt, wo alles so eilig hinging. Ziemlich merkwürdig. Merkwürdige letzte Nacht.

52.

ABER sie war noch nicht zu Ende. Ein Luftzug strich über den Boden, und man hörte die Windfänge klappen; die junge Frau hatte sich sehr schnell und so leicht wie ein Hauch losgelöst. Und jetzt kam ein lauter und unbekümmerter Schritt, ein Schritt, der Vertrauen einflößte und doch etwas Unheimliches hatte, herein.

Noch ein verspäteter Gast; es war Vehlgast, der hereinkam. Sofort merkte de Bruyn, daß der Hauptmann getrunken hatte, sein Atem roch sehr stark, und de Bruyn dachte: Es ist passiert mit ihm. Aber er sah gelassen aus, höflich und gelassen wie stets, von einer beklemmenden Höflichkeit übrigens, die de Bruyn unsicher machte, nicht weil er jünger und der andere höher im Rang war, auch nicht des sonderbaren Augenblicks wegen, aus dem ihn der Hauptmann befreite. Er macht sich lustig, dachte de Bruyn, oder er ist verzweifelt; jedenfalls ist er wo anders als wir, und wir können ihn da nicht einholen. Uns fehlt etwas, und er weiß es, daß uns etwas fehlt.

Sie haben nichts dagegen? sagte Vehlgast, nachdem er einen Augenblick stehengeblieben war, legte sich im Sessel zurück und grub die Hände in seine Hosentaschen. Er sah de Bruyn an nicht anders als suche er einen Anlaß, um aufgeräumt zu bleiben, aber dann lenkte ihn offenbar etwas ab, sein Blick wanderte ohne Ausdruck, sein Gesicht verfiel sonderbar. Trotzdem wunderte sich de Bruyn, denn der Mann, den Fuchs den Klabautermann geheißen hatte, trug im Gesicht einen heillosen Frieden: ein beinahe zartes fatales Gesicht.

Wie? sagte Vehlgast, obwohl de Bruyn nichts gefragt hatte. Nun schön, de Bruyn, ich ging herum und sah Licht. Ich habe getrunken, und jetzt nehmen wir zusammen noch einen. Sie brauchen morgen das Gespräch nicht darauf zu bringen, falls Sie nicht besonderen Wert darauf legen. Das kleine Weib da soll etwas herschaffen. Was ist denn da? Wir wollen einen Schnaps kippen und uns ein wenig unterhalten. Bring einen Schnaps, kleines Weib.

Jawohl, Herr Hauptmann, sagte de Bruyn. Oder darf ich gehorsamst vorschlagen —

Du darfst gar nichts vorschlagen. Ich weiß genau, was du in deinem Zartgefühl vorschlagen willst. Aber jetzt wird weitergetrunken. Laß die Faxen, de Bruyn. Du kannst mich morgen wieder in der dritten Person anreden.

Er ist stärker betrunken, dachte de Bruyn, als es vorhin ausgesehen hat. Vehlgast, als ob er seinen Gedanken erriete, blickte ihn an.

Dritte Person, wiederholte er. Hier ist überhaupt alles so dritte Person. Wenn ich nicht irre, wird sogar der Krieg hier noch in der dritten Person geführt. Irre ich? Ihr seid alles feine Herren, und sogleich wird der Hauptmann Vehlgast sich unfein aufführen.

Ich wüßte nicht wie, Herr Hauptmann.

Ich auch noch nicht. Aber das wird sich finden. Wo standen wir? Also da, wo ich herkomme, war keine dritte Person. Was halten Sie davon eigentlich? Ein gewisser Hauptmann, er hat sich unmöglich gemacht, der wird verschickt und muß nun zur Strafe dorthin, wo es für andere eine Ehre sein soll zu stehen und zu fallen. Hier stimmt doch etwas nicht. Entweder, es ist eine Ehre oder eine Schande, dort mit dabei zu sein. Das Gleiche kann doch nicht für den einen Strafe und für den anderen Ehre bedeuten.

Der Ort macht es wohl nicht aus, Herr Hauptmann. Es kommt wohl darauf an, wie es der einzelne nimmt.

Der Ort? Das war aber sehr philosophisch. Kommen Sie mal durch einen Ort, wo jeder Laternenpfahl mit einem Aufgehängten geschmückt ist. Sie müssen sich altmodische Gußeisenpfähle vorstellen. An den Balkonen herunter hängen sie auch wie zum Trocknen, und Sie haben Glück, wenn es kalt ist, dann bleibt der Geruch fort, und die Leute schauen schon gar nicht mehr hin. Einmal an einem Ortsausgang hatten sie eine Fuhre auf einem Lastkraftwagen, alle stehend, und alle den Strick um den Hals. Die Stricke wurden an einem Baumast da festgemacht, und als alles fertig war, mußte der Fahrer Gas geben und fuhr unter dem Ast weg. Das polterte so, als die Wagenpritsche darunter wegschloff. Da haben Sie Ihre Orte. Wenn Sie die gesehen haben, da sind Sie weder ein einzelner mehr noch haben Sie die Wahl, wie Sie's nehmen wollen.

Das sind doch nicht wir, sagte de Bruyn gequält. Das ist doch nicht die Truppe, Herr Hauptmann. Das sind doch andere Leute.

Glauben Sie, man wird da einst so einen feinen Unterschied machen? Nein nein, das kommt auf alle, ob einer nun schuldig ist oder nicht.

Übrigens, fuhr Vehlgast fort und sah den Leutnant merkwürdig an, kennen Sie sich denn selber so zuverlässig, de Bruyn? Ich will Ihnen eine Begebenheit erzählen. Das war noch in unseren forschen Tagen, als wir am Siegen waren; und wer siegt, der erlaubt sich was, er weiß, er kann das und ist der Herr und muß sich ausweisen. Also wir machen Jagd über der Insel, und es ist auf dem Heimflug und ich habe noch was zu vergeben. Die Flak bellt und das reizt, unten lauter Straßen, Dächer und Straßen und darüber die Sprengwölkchen Punkt an Punkt und grade so viel, um das Blut zu pfeffern. Ich drücke eine Straße an, Sie kennen solche Straßen auch, die Straße ist leer, lauter ziemlich kleine rote Häuser daran und rechts und links eine Zeile von blühendem Rotdorn, sonderbare zwei Rot, die einander weh tun. Die Straße ist leer, eine Kahlheit der Angst da drunten wie eine Sekunde vor dem Hagel, und das hebt das Zwerchfell an; die große Kunst macht dich rasend. Da fährt ein Omnibus unten, und ich denke: Kerl, mach daß du unter Dach kommst, oder vielmehr nein, ich denke überhaupt nichts, das kommt so direkt aus der Magengrube. Der Teufel weiß, wieso das Ding unterwegs ist. Ich habe noch nicht auf die Knöpfe gedrückt, Gott soll mich strafen, da bremst das Ding scharf am Straßenbord und platzt auf, und da fahren lauter Kinder heraus, dicke und dünne, lauter Röcke und Haarschleifen, es ist ein Gerenne und Gekoller; es war ein Schulomnibus. Hätte Ihnen so etwas vorkommen können, de Bruyn?

Vielleicht kann es vorkommen, daß man es nicht so genau nimmt. Es kommt auf den Vorsatz an.

Und bei mir auf den Nachsatz. Erst spürte ich gar nichts Besonderes, und als ich zu Hause war auf dem eigenen Platz, immer noch nichts; aber dann auf den Abend fing es an. Es war Cognac und dann Whisky und dann beides durcheinander, lauter gute Beuteware, und ich denke dazwischen:

Was ist eigentlich aus uns geworden? Verdammt sollen die sein, die uns so weit gebracht haben. Denn das ist nicht der Krieg allein, der bringt es bloß an den Tag, es ist alles schon vorher da. Und dann ist es noch einmal Whisky und wieder Cognac, und endlich passierte es. Sie wissen schon was. Nun es ist egal.

Vehlgast stand auf und ging ein paarmal durch den aufwendigen, übermäßig hohen Raum. Die Möven fächerten schräg an den Wandbehängen. Am Himmel wieder das hohe Flugzeuggeräusch; das kalte Geblend der Magnesiumleuchten hinter den Vorhängen. Auf einen Augenblick verschob sich das alles vor den Augen de Bruyns; das trübe Licht trog, als hörte kurz über dem Kamin die Klinkerwand plötzlich auf, brüchig, und darüber nichts mehr; Rauch sank aus dem rußigen Himmel, und ein Zug blähte den Möventeppich und schüttelte ihn.

Warum sagen Sie nichts, de Bruyn? Sie hätten sich vielleicht nicht mit mir einlassen sollen. Aber jetzt hilft Ihnen nichts mehr; Sie müssen Ihre Unschuld verlieren. Ich habe Sie beobachtet an dem Abend mit Frenssen. Sie sind einer wie Frenssen, ein Humanist oder so was, und mit Pindar und Hölderlin groß geworden. Sie haben also einen gefährlichen Hang, und an dem hat man Sie gefangen: Sie wollen die hohen Bilder sehen und sehen sie auch; jeder sieht, was er selbst ist; ich sehe Vehlgast, und Sie sehen de Bruyn, aber von der Wirklichkeit begreifen Sie nicht viel. Noch schlimmer, Sie nehmen sich sogar heraus, die Wirklichkeit nicht zu akzeptieren. Hören Sie eigentlich zu?

Jawohl, Herr Hauptmann.

Sie brauchen nicht unbedingt zuzuhören. Aber es würde mich ärgern, wenn Sie weiter nichts als ein Narr wären. Wissen Sie, wenn ich Sie so ansehe, kommen mir gleich Verse in den Sinn, nicht grade mein Fall, ich kannte einen

Hauptmann drüben, der machte solche, auch nicht grade mein Fall, aber doch ein verflucht unerschrockener kleiner Hauptmann. Mir liegt das alles nicht sehr, so vom blanken Schild und den goldenen Sporen, von fliegenden Haaren und der Zügelfaust, alles durchaus nicht mein Fall, aber die Tränen könnten mir dabei kommen. Sag mal, warum will denn so einer wie du partout sterben?

Ich habe durchaus nicht diese Absicht, Herr Hauptmann.

Nicht? Jetzt habe ich uns schon wieder verwechselt. Weil Sie so eine gelehrte Bildung besitzen, verweise ich Sie noch auf eine Geschichte bei Herodot. Sie hat mich schon als Pennäler beschäftigt. Also dort wird von einem berichtet, der nach des Autors Meinung in einer Schlacht der weitaus tapferste Mann gewesen ist. Trotzdem wollen ihm seine Landsleute diesen Ruhm durchaus nicht gönnen. Sie sehen es als erwiesen an, dieser Mann habe die Absicht gehabt, auf dem Felde zu bleiben. Ein anderer wird ihm vorgezogen, der diese Absicht nicht besessen hatte. So steht es bei Herodot im Neunten. Sie wollen also nicht sterben?

Nur wenn es sein muß. Es ist ja immerhin möglich.

Aber Sie wollen es nicht, und das ist von Wichtigkeit. Hören Sie: Wenn Sie einmal alles wissen, was mit uns gespielt wird, und geben dann trotzdem nicht auf, obwohl Sie de Bruyn sind, dann sind Sie ein mutiger Mann.

Das verstehe ich nicht. Was meinen Herr Hauptmann damit?

Ich verstehe es auch nicht. Das übersteigt das Begriffsvermögen eines Hauptmanns in der Truppe mit Vorstrafen. Aber wir müssen doch einmal wieder dahin kommen, daß wir wissen, was vorn und hinten und was unten und oben ist, und daß wir nicht unten für vergleichsweise oben und vorne für eine mißdeutete Form von hinten ansehen. In dieser Hinsicht wären Sie nützlich, de Bruyn. Nun also, mir reicht es, daß Sie die Absicht haben, am Leben zu bleiben.

Ich werde mir Mühe geben, Herr Hauptmann.

Obwohl es natürlich auch eine traurige und langweilige Sache würde. Denn du kannst nicht eines Tages in einem höheren Stab sitzen und auf die nächste Nummer des Luftwaffenverordnungsblatts warten. Und wohin willst du umsteigen? Äußerlich gesprochen: Vehlgast wird man nicht gebrauchen können bei uns. Aber de Bruyn auch nicht.

Und wer soll nach der Meinung von Herrn Hauptmann dann übrigbleiben?

Vehlgast machte eine Gebärde, die Erschrecken verursachte. Dann nahm er sofort wieder einen leichten Ton an und sagte: Die Zwischenhändler werden auf jeden Fall da sein. An Verkäufern wird es nicht fehlen. Es macht übrigens Spaß, sich mit dir zu unterhalten. Ich könnte so fortmachen. Ich bin so glasklar besoffen.

Wir sind abgeschweift, redete Vehlgast weiter, aber es ist noch nicht genug. Ich habe nun einmal einen Narren an Ihnen gefressen, und deshalb will ich nicht, daß Sie als ein törichter kleiner Held in die Grube fahren. Sie müssen das alles mitnehmen. Machen Sie es sich deutlich, denn anderes hilft nicht, und dann prüfen Sie sich noch einmal. Also nehmen wir einen Mann, so einen Walthari oder Parzival, er ist ausgezogen, um zu fechten für seine Angebetete und scheut auch den Tod nicht für sie. Da muß er entdecken, daß die Angebetete eine Hure ist. Sie hat sich eingelassen, ein schwarzer Bock besitzt sie. Sie schläft mit dem schwarzen Bock. Jetzt ist der Mann übel dran. Was sollen wir mit dem Mann machen?

Hallo, rief Vehlgast, aus seinen Phantastereien auffahrend. Wo sind Sie denn hin, de Bruyn? Aber de Bruyn war nicht mehr zu entdecken. Vielleicht war er nie dagewesen.

53.

Leutnant de Bruyn? Nein, Leutnant de Bruyn ist nicht hier. Doch, hier spricht Randvig, die neunte Staffel. Gefreiter Hirschmann. Herr Leutnant ist dienstlich abwesend. Wer ist dort? Jawohl, Schwester. Nein, das wird keinen Zweck haben. Die Staffel ist in der Verlegung. Einen Augenblick, bitte. Bleiben Sie bitte am Apparat.

Sagen Sie mal, meinte der Hauptfeldwebel, nachdem er durch Zeichen das Gespräch unterbrochen hatte, und der Gefreite Hirschmann hielt die Sprechmuschel zu: Haben Sie vielleicht schon einmal etwas gehört über Geheimhaltung? Wer will denn da etwas von Ihnen?

Es ist die Schwester von Herrn Leutnant. Sie ruft von Vraadal an, aus dem Soldatenheim. Das Gespräch ist schwer zu verstehen.

Ach was, jeder kann sich als Schwester ausgeben. Ist Ihnen vielleicht bekannt, ob der Leutnant überhaupt eine Schwester besitzt?

Jawohl, Herr Hauptfeldwebel. Eine Schwester, die Schwester ist.

Da bin ich aber fertig über Ihre Personalkenntnisse. Geben Sie her.

Hier ist Hauptfeldwebel Hochreuther, sagte der Spieß. Jawohl, Fräulein — jawohl, Schwester. Sehr bedauerlich; der Herr Leutnant hätte es sonst auf jeden Fall möglich gemacht. Weiß nichts davon? Herr Leutnant wird sehr bedauern. Ja, er hat mit der fliegenden Staffel vorausverlegt. Nur diesen Abend? Jawohl, Schwester. Ich werde alles bestellen. Ende.

Es war tatsächlich die Schwester, sagte Hochreuther und setzte die Schirmmütze auf, die neben ihm auf dem Tisch lag. Das ist natürlich Pech. Sie fährt auf einem Transporter, der hat in Vraadal angelegt und läuft morgen früh wieder aus. Sie werden sich nicht zu sehen bekommen. Aber so ist es im Krieg. Die Falschen treffen sich, Hirschmann, und die anderen geraten haarscharf aneinander vorbei.

De Bruyns Spieß lehnte sich zurück und blickte durchs Fenster mit seinen kleinen, hellen und ziemlich gescheiten Augen, in deren Grunde eine verfluchte Ergebung und, wie bei den meisten Leuten seiner Dienststellung, ein Schuß Argwohn saß. Nach einer kleinen Weile zog sich sein Blick noch mehr zusammen, und er nahm seine Mütze wieder ab und sagte, ohne sich herzuwenden, zu dem Gefreiten Hirschmann: Sehen Sie doch einmal dort hinauf, Hirschmann, und strengen Sie Ihre Augen an. Sollten Sie vielleicht die Figur dort droben erkennen?

Es war erst Nachmittag und noch nicht spät, so daß die Wände gegen Gilsheia in eine satte kühle Glut eingetaucht lagen; aber die Sonne war schon vom Platz weg und hinunter gegen Roksheia, so daß der Bergstock drüben sich schwarz gegen den weinfarbenen Himmel aufhob. Und dort auf der Platte, die kahl lag, waagerecht und wie abgefegt, ging ein Mensch hin, sehr klein und scharf umrissen. Er hatte die Richtung zur Bucht, aber war noch weit entfernt.

Ich möchte schwören, Herr Hauptfeldwebel, sagte Hirschmann, daß dort der Obergefreite Moell herumgeht.

Was Sie nicht sagen, meinte der Spieß mit übertriebener Anerkennung. Der Obergefreite Moell? Sie haben scharfe Augen.

Und der Obergefreite Moell kam wirklich dort droben gegangen über die Platte mit ihren roten Schliffen, die nur spärlich von brandig verfärbten Flechten bewachsen war. Er kam mit der Sonne und warf einen langen Schatten vor sich, er kam aus der Wildnis wie ein Jäger zurückkehrt, aber ohne Beute, das Gewehr umgehängt und eine Decke über der Schulter. Er blickte nicht rückwärts, ging weiter mit langen Schritten und tauchte dann abwärts in die gewundene Schlucht, die zur Bucht hinauslief.

Die Schlucht nahm ihn auf, und sogleich umfingen ihn Wände bedrückend zu beiden Seiten. Es troff von der Nachtseite. Dort tobten die Wasser sich aus, Schutt ging wüst nieder, und Platten klafften und schieferten ab. Auf ihren Talfahrten rasteten da und dort hausgroße Klötze und ließen von ihrer Zinne Graswische wehen; Rinnsale klopften und gluckerten unter ihnen vorbei. Aber die Mittagseite streckte sich klar, ausgeformt und voll Ruhe. Polster von Beeren überlappten die Kuppen, starkduftend und satt. Dort waren die Gefechte der Wetter längst ausgetragen; in den Achseln und Schößen der Felsen wucherte holdes Geheck: Wacholder, Zwergbirken, weißdoldige Vogelbeeren. Sonne lag noch dort oben, die Freiheit glänzte in flüssiger Luft. Moell sah es nicht an, er stieg tiefer, und jetzt umfing ihn der Hochwald. Greise Linden zergingen, und glatt und saftig schossen aus ihrem Moder die jungen Schäfte auf. Erlen tanzten in Chören, töchterlich, zaghaft, mit bebenden Stämmchen am Ried. Farne standen fast mannshoch. Moell durchdrang sie und schritt weiter zu Tal.

Eusebius Moell hatte immer gegen den Wind und gegen den Berg gehen müssen, und jetzt also ging Eusebius Moell zu Tal. Moell war ein lediges Kind gewesen, er kam von einer Mutter, die als eine Wäscherin und Weißnäherin im Vorarlbergischen verstorben war. Der Mann, der sie später geehelicht und der auch dem Kind seinen Namen geliehen hatte, war sein Vater nicht. Sein Erzeuger hatte, ein schon älterer Mann, eine Weile als Bewacher von Kriegsgefangenen in dem Flecken gelegen und der Mutter das Kind hinterlassen, worauf er selber dann noch vor dessen Geburt in Kurland gefallen war. Wer mit Papieren zu tun hat, der weiß, wie oft sich uneheliche Geburt dort findet, wo in der

Herkunft aufwärts wiederum uneheliche Geburt vorkommt. So war die Mutter ihrerseits, eine demütige und mühselige kleine Person, als ein voreheliches Kind frühzeitig aus der mageren väterlichen Wirtschaft gedrängt worden und hatte sich allein plagen müssen. Und von dem Vater wiederum wußte man auch nicht viel, nur daß er ein Holzhäuer und später ein Fuhrmann gewesen sei. Mit solchen Widrigkeiten also hatte Eusebius, wie er kalenderfromm war getauft worden, bei der Beschaffung seiner Papiere zu tun. Und Papiere brauchte er, wo er leben und durchkommen wollte; Papiere waren wichtig, denn sie konnten eingesehen und alsdann abgelegt werden. Papiere waren unersetzlich, während ein Mensch leicht zu ersetzen war. Nicht jedermann half ihm willig bei seinen Bemühungen. So etwa kam aus einer Gemeinde im Nachbarland, wohin seine Nachforschungen geführt hatten, statt einer Auskunft der Rat, man möge sich drüben nicht so viel damit abgeben, woher einer komme, sondern vielmehr zusehen, wohin es gehe. Darüber nachzudenken, war Moells Sache nicht; er mußte seinen Kram in Ordnung bringen. Immerhin, seine Kindheit war nicht gänzlich düster gewesen; der Stiefvater hatte sein angetretenes Kind sogar einige Klassen einer kleinen Lateinschule besuchen lassen, an welcher er als Hausdiener ein halbes Brot fand, und ihn dann einem Schmied in die Lehre gegeben, der auch eine bescheidene Ausbesserung von Kraftwagen betrieb.

So war Moell erst ein Schmied geworden und dann ein Soldat, einer von denen, die sonst keine Heimat als die bei der Truppe besaßen, denn seine Mutter lebte nicht lang. Er wurde nicht anders, er gehörte nicht zu den tollen Obergefreiten, deren Namen die Strafbücher füllten und mit deren krausen Vergehen der Chef seine Unterhaltungen bestritt. Fr blieb von dem Ernst beschattet, den viele seinesgleichen im Gesicht trugen, denn sie kennen die langen Lasten, die aus kurzer Verschlingung erwachsen sind.

Man hatte auf Moell sich verlassen können, denn Moell selber vertraute auf die Gerechtigkeit. Er hatte das Seine getan, er hatte nichts leicht genommen, aber jetzt kam die Maschinerie, und sie tat das Ihrige. Und dann also war Moell ausgebrochen. Er wollte nicht mehr, denn in ihm lebten der Trotz des Holzknechts und die verwundete Seele der Weißnäherin, er nahm sich nicht mehr zusammen. Man nahm ihm, und jetzt das erstemal nahm er selbst. Er kam aus einem Lande, in dem man den Wald kannte, und ging nicht unbesonnen, er ließ sein Gewehr nicht zurück. Kein Gedanke, daß man ihn fangen konnte, und ernähren konnte er sich überall. Die Maschinerie kannte er, die unerbittlich auf seinen Fersen bleiben und sich vielleicht auch Ragnhilts bemächtigen würde, allein auch dafür gab es vermutlich Rat. Er war gegangen.

Aber als er eine Weile draußen gewesen war, sah er plötzlich ein, daß er nicht bleiben konnte. Das war eine sonderbare Erkenntnis, die kam aus keiner Begegnung, sie reifte auch nicht aus Hunger oder schlechten Erfahrungen oder Feigheit; sie war einfach da, als er aus einem kurzen Schlaf erwachte, und er konnte nichts mehr gegen sie tun. Er wußte nicht, was ihn rief, keine Pflicht oder etwas dergleichen, er kannte das Wort aus Ansprachen und fing nichts damit an. Oder war das Wort ein falsches, das galt auch gleich, er dachte nicht nach darüber. Aber er hatte zu etwas gehört, und er konnte es nicht mehr aufgeben. Er hatte immer getan, was ihm jemand als das Seine genannt hatte. Jetzt konnte er nicht weiter, er konnte sich selbst nicht angeben, was nun das Seinige sei. Er hatte sich zu viel zugemutet. Alleinsein ist schrecklich. Jetzt kam er, vom Gehorsam gebeugt. Er mußte Moell bleiben.

Ich habe den Ungehorsam nicht erlernt, sagte er zu sich. Ungehorsam ist schwer. Er muß gelernt sein.

Hochreuther war an seinem Platz geblieben, er beobachtete, wie nun der entwichene Obergefreite draußen erschien. Moell kam über den aufgegebenen Liegeplatz näher, wo die paar Schuppen schon abgeschlossen standen und alles nicht Ortsfeste abgebaut war. Er hielt sich nicht auf, es gab auch keine Leute mehr draußen, denn die Männer waren drinnen beschäftigt mit Räumen und Reinigen, und ein Teil der Staffel badete drunten am Fluß. Der Spieß sah zu, wie Moell in die Unterkunft eintrat, und eine Weile dauerte es, dann kam er wieder heraus und geradewegs nach der Schreibstube. Sein Gesicht sah angestrengt aus, er hatte die Bluse angezogen und sogar eine frische Kragenbinde eingeknöpft.

Die Kragenbinde, dachte Hochreuther. Ein wunderbares Mittel der Erziehung. Er schwenkte herum und tat so, als ob er beschäftigt wäre, und aufs neue schob er dabei die Schirmmütze auf den Kopf, dessen Haar über der Stirn stark gelichtet war. Er sah kaum recht auf, so großartig nahm er die Meldung des Obergefreiten Moell entgegen, ein bedeutender Spieß, und Hirschmann bewunderte ihn, wie er so sitzen blieb und mit einem Bleistiftstummel spielte.

Obergefreiter Moell bittet, sich zurückmelden zu dürfen.

Bitten ist gut, sagte der Spieß nachlässig und blickte noch immer gefesselt in das Luftwaffenverordnungsblatt. Die Abmeldung hatten Sie vergessen. Zurückmelden wovon?

Moell wußte keine Antwort, es war auch zu viel verlangt. Er hätte es nicht ausdrücken können. Deshalb blieb er stehen und bewegte die flache Hand an der Hosennaht.

Die Hand können Sie trotzdem ruhig halten, sagte der Spieß, denn ein Spieß sieht alles, auch wenn er nicht hinsieht. Hirschmann wartete gespannt ab, wie das weitergehen würde. Allein der Hochreuther brüllte nicht los, er war ein ziemlich gescheiter Spieß und kannte die Tonarten. Nur ein Anfänger hätte hier gebrüllt.

Na, Moell, fuhr er fort, also Sie kommen wieder. Da draußen war es wohl ein bißchen windig, wie?

Jawohl, Herr Hauptfeldwebel.

Immerhin gut, daß Sie aufgepaßt und die Vorschriften behalten haben. Jetzt macht es der Chef ab, und wir brauchen das Feldgericht nicht zu bemühen. Sie haben die Zeit eben eingehalten.

Jawohl, Herr Hauptfeldwebel. Aber es war nicht wegen der Vorschriften.

Hochreuther sah auf seinen Bleistiftstummel herab. Er wußte selbst nicht, warum ihm ein Zwischenstück aus seinem Leben jetzt einfiel, es war ein verborgenes Stück, und er erzählte niemals davon. Der Spieß kam auch nicht aus einer großen Kiste, sonst hätte er nicht kapituliert, aber immerhin, er besaß Ehrgeiz und einen wachen Kopf. Als Unteroffizier im Frieden hatte er einmal mit einem Mädchen getanzt, in Zivil, denn sie durften zu gewissen Ausgängen damals Zivil tragen, und es wurde eine sehr schnelle und hoffnungslos ernste Liebschaft daraus. Nur das Mädchen wußte nicht gleich, mit wem sie es eigentlich zu tun hatte, und als es herauskommen mußte, war das Unglück da. Denn das Mädchen war auch nicht viel, aber sie hatte ihr Abitur gemacht und fing an zu studieren, und studierende Töchter nahmen gemeinhin keinen langdienenden Unteroffizier. Das konnte nicht gut gehen, aber doch ließen sich beide nicht umwerfen, sie gaben sich nicht geschlagen und faßten ihr Werk an. Er wußte wohl, was ihm fehlte, sie auch; an den Abenden kam er zu ihr, und sie begannen zusammen zu lesen. Das war ein merkwürdiges Liebespaar, das da sich abmühte, damit eines das andere sollte behalten können. Hochreuther sah sich sitzen, er strengte sich an, aber sein Kopf war des Abends nicht immer mehr so ganz ausgeruht, der Dienst hatte ihn ermüdet, auch besuchte er schon die Fachschule und hatte noch allerlei sonst zu lernen. Der Kopf schwamm ihm, er sank ihm nieder, und eines Tages sahen sie ein, daß sie sich zu viel zugemutet hatten, der Wille allein reichte nicht aus. Jeder kommt irgendwo her und gehört irgendwo hin. Das Mädchen weinte, aber sie konnte die Liebe nicht halten, sie hatten getan, was sie konnten, aber jeder gehörte anderswohin.

So so, sagte Hochreuther nachsichtig und noch immer nicht so, wie es Hirschmann erwartet hätte. Jawohl, mein Lieber, jeder gehört irgendwo hin. Er ist auf einem Schiff, Moell, da ist es schwer, auszusteigen. Gar nicht zu reden davon, daß es gefährlich ist.

Der kann reden, dachte sich der Gefreite Hirschmann. Aus so einem Spieß könnte man einen Offizier machen.

54.

DER MORGEN über dem Watt, der die Flut gebracht hatte, ein heller Morgen, kühl, ohne Gespenster, ein Morgen wie von Rossen gezogen. Der Wind wehte von See her, und die Schafe der Halligen hoben sich schwerfällig aus den Knieen mit den bläulichen Schatten in ihrem bleichen Vließ; das Wasser schwatzte. Die Sonne stand noch unter dem Himmelsrand; kaum Erde, nur Wasser, das wogte, und Licht, das im Raum hin und her tastete.

Der Morgen zerstörter Städte mit ihrer übernächtigen Qual, wo die Menschen sich in den Bahnen drängten, so viele noch fuhren, in den Wagen, deren Scheiben zerplatzt waren, mit den Fußböden voll Splitter und Ziegelmehl, die

Gesichter voll Staub, ungewaschen, die Menschen selbst Staub. Sie fuhren, fuhren und liefen wie jeden Morgen, sie suchten ihre Arbeit als Zeichen, daß ihre Welt noch nicht völlig vertilgt sei.

Der Morgen der jungen Mutter mit ihrem Kinde in sich, die mit weißem Gesicht ihre Schale Milch wärmte, bevor sie ins Geschäft ging, in der unaufgeräumten Küche mit ihren Armutsgerüchen, dem Geruch nach undichten Gasleitungen, nach Ausguß und halbfeuchten Scheuerlappen; die junge Frau, die da stand in ihrem Elend und fröstelte und sich wünschte, der Tag wäre schon vorbei, der wie von Rossen gezogen kam.

Der Morgen in Scholm, in Niebüll, in Sollwitt und Flarup, wo jetzt die Motoren der Flugzeuge ansprangen und sich warmliefen, von hier und dort einsetzend, aufbrüllend und sich steigernd und schrill abfallend und wieder verebbend.

Der Morgen in Randvig, über dem grünen Rasen, der gegen den Fjord herabhing, dem Gischt, der ruhelos an den Lenden der Riffe wusch, über den Vogelbeerbüschen und blühenden Traubenkirschen. Fische trieben herein, weißbäuchig, vom Druck einer Mine zerrissen, und Vögel hasteten kreischend über den Beuten hin und her.

Das Schiff hatte in der Nacht abgelegt und schwamm schon lange. Mette de Bruyn war früh wach geworden, lag und sah die Helle an der Kabinendecke zunehmen. Das mißglückte Treffen mit ihrem Bruder beschäftigte sie; jetzt war die Möglichkeit wieder vorbei auf lange. Sie war die Ältere, beide Geschwister standen einander näher, als es oft unter Geschwistern gewöhnlich ist, beide allein, früh verwaist; es fehlte ihr nie an Pflichten. Sie war hellhaarig, spröde und schön, keins von den Mädchen, die leicht an den Mann kommen; das hatte sie nun vielleicht überhaupt versäumt und nicht mehr viel Aussichten auf das, was bei den Menschen sein Glück machen heißt. Nicht daß sie schon verblühte, das nicht, aber schon trug sie etwas an sich, das sich bei Schwestern einstellen kann, etwas Starrsinn, die Gewohnheit sich einzumischen, die Bürde, an der Verschwendung verhindert zu sein. Es war ihr nicht erlaubt, sich ganz aufzugeben, und nun teilte sie und hatte viel zu tun. Jetzt war sie wieder allein; sie fuhr, sie war unterwegs wie alle, die Massen schoben sich, und die einzelnen spähten nach einander aus; es wurde schwer für sie, einander noch zu begegnen. Sie waren eine Fracht überfüllter Züge, eine Fracht beladener Schiffe, und sie streckten die Hände aus, wenn sie glaubten, sich zu erkennen. Aber sie konnten nicht aussteigen; ihre Schiffe, ihre Züge, ihre Truppenteile, die Wagenschlangen auf ihren Rollbahnen trugen sie fort und vorbei.

Mette de Bruyn blieb liegen; es war ihr ungewohnt, nichts zu tun zu haben. Die Bewegungen des Schiffs hatten gegen Morgen zugenommen, sie horchte auf die Signale, die undeutbaren wirren Laute, das gleichmäßige tiefe Gesumm der Maschinen, und sie blickte die Lichtgerinnsel an, die an der weißlichen, von Rissen geäderten Decke der Schiffskammer hüpften. Eine Weile, und die Helle schien stumpfer zu werden, offenbar bezog sich der Himmel; auch das Mädchen flog eine Bangigkeit an, ein Morgen-Unmut, den sie nicht an sich kannte. Das ist nichts für mich, dachte sie. Ich kann nicht wach sein und nichts zu tun haben. Ich muß beschäftigt werden.

Bald trat sie hinaus, und die Luft warf sich gegen sie, sie erschrak an der Weite und Leere, an der Fülle, die sie umfing. Es blendete, obwohl die Sonne blind hinter hohen perlmutterartig unterlaufenen Schleiern stand, die See rollte bleifarbig; zwischen den Ladebäumen und Stahltrossen wanderte der Himmelsrand unregelmäßig auf und ab. Das Deck mit seinen Aufbauten hob und senkte sich als eine dunkle Masse in der widerstrahlenden Fläche; erst, wenn das Auge sich gewöhnte, traten einzelne Formen mit aufgeregten Lichtkanten heraus. Der Dampfer war randvoll geladen. Unförmlich bepackte, mit Planen abgedeckte Fahrzeuge standen auf den Ladeluken verkeilt und festgezurrt. Zwischen den Ungetümen drängten Männer sich Kopf an Kopf und war ein Gehen und Schieben hinter der Reeling hin, an der Müßige wie die Kugeln auf der Schnur sich reihten.

Die Nacht war verflogen, der Morgen erfrischte und verlangte sein Recht. Mit bloßen Oberkörpern um die Zapfstellen gedrängt, suchten die Männer Wasser zu erhaschen und seiften Gesicht und Arme, indessen der Wind die Haut schauern ließ. Eimer wurden ausgekippt, aus den Haufen der Schmausenden flogen Wurstpellen und Brotkanten, die kreischende Möven haschten. Die Batterien gaben Verpflegung aus. Von Kisten getrockneter Fische sprangen die Deckel ab, Pappkasten mit Schokolade und Zigaretten wurden angerissen, radgroße Käse zersägt. Die Ärmel hochgekrempelt, mit langen Messern schlitzten die Fouriere das Fleisch und teilten den Männern aus, die in Schlangen heranschoben. Eine Batterie war an ihren bunten Halstüchern, Andenken an einen der schnellen Feldzüge, kenntlich. Die Gesichter der Burschen standen tiefbraun über den senfgelben, mohnroten und kobaltnen Tupfen. Auf der einzigen Ladeluke, die unverstellt war, hatte sich ein Haufe zusammengeschart. Zwei Männer spielten die Quetschkommode und wurden von einem dritten begleitet, der eine Stange mit einer nägelgefüllten Blechdose gegen den Boden stieß. Sie alle wiegten, untergefaßt, hin und her und sangen die Kehrreime. Durch die Windstöße und das allgemeine verworrene Tosen drangen die Klänge scheckig herauf. Die Feldküchen fingen zu rauchen an. Fleisch glänzte blutig auf Hackklötzen, Abfall von Lauch und Rüben häufte sich, frischgeschälte Kartoffeln sprangen spritzend in die Kessel. Ein Durcheinander von Gerüchen, der Qualm der Küchenschlote, Gerüche von halbgarem Sud, Kohl und Zwiebeln, von Seife, von nackter Haut, Rauch von Knaster und Zigarren, von Benzin und Schmieröl, die Ausdünstung der unter Deck sich drängenden Pferde, und immer wieder in Stößen der mächtige Salz-Atem der See wehte heran. Offiziere und Zahlmeister schoben sich prüfend und Anweisungen erteilend durch das Gewühl. Die Männer, die nach Tromsö bestimmt waren, sangen lauter. Ihr Singen ergriff das Schiff. Das Deck sang, alle, mit was sie immer beschäftigt waren, sangen. Langsam hob und senkte sich das Deck mit seiner singenden Fracht. Ein zweiter, ebenso großer Dampfer wiegte sich in dem Kielwasser, dahinter ein dritter.

Die Bewacher, die in der Dämmerung näher aufgerückt wie die Hunde an der Herde gelaufen waren, hatten sich abgesetzt und geiferten in den Seen, die den großen Frachtern wenig anhaben konnten, nebenher. Sie liefen, legten sich schräg und verschwanden zuweilen völlig, als bohrten sie sich voll von verzweifeltem Eigensinn in die Wasserberge. Die Luft rauchte noch über der Stelle, wo sie außer Sicht gekommen waren, dann tauchten sie triefend wieder herauf. Schiffe unterwegs, Schiffe, Menschen; schlagende Herzen, Fahrzeuge, Waffen; Völkerzüge wie auf einer Woge von Kraft; warum sangen sie? Sie waren nicht mehr zu siegen bestimmt, nicht einmal mehr zu Taten. Sie fuhren aus, um auf letzten Inseln und in den äußersten Öden ihre eigenen Gefangenen zu werden; dann gaben sie sich eines Tages selbst auf.

Eine eigene Jagdrotte kam in Sicht. Die zwei Flugzeuge hielten erst weiten Abstand, ließen sich sehen und flogen dann im befohlenen Winkel das Geleit an. Sie schossen ihr Buntfeuer, das von den Bewachern erwidert wurde. Zweimal jagten sie dicht an den Schiffen entlang, und ihr Donnern warf sich gegen das horchende Mädchen. Sie legte die Hand an die Augen und sah ihnen nach.

55.

ABER am Morgen fiel dem Adjutanten in Scholm noch einmal die fremde Frau ein. Waaga war früh unterwegs, obwohl auch er wenig geschlafen hatte. Die Herren vom Ingenieurkorps, die zur Beratung anwesend waren, hatten Anweisungen mitgebracht, und am Vormittag sollte ein Flugzeug starten, um Zusatzgerät abzuholen.

Eine Maschine nach Remladingen, sagte der Kommodore und sah Waaga an. Das ist doch bei Ihnen. Es machte einen Tag zu Hause für Sie. Ich habe nichts dagegen, wenn Sie mitfliegen.

Danke gehorsamst. Aber ich weiß nicht, ob ich mich jetzt entfernen kann.

Sie können. Urlaub gibt es jetzt sowieso nicht. Und die zwanzig Stunden sind kaum der Rede wert.

Danke gehorsamst.

Mitleid? Der Satz des Kommodore fiel ihm ein: Ich hätte ganz gerne, Waaga, wenn Sie uns überlebten. Es wurde spät, und Waaga konnte nicht mehr viel schlafen. Er war einer der ältesten hier und einer von den wenigen, die Frau und Kinder besaßen. Solche Leute genossen gewisse Rücksichten, niemand sprach zwar davon, aber vielleicht war auch Abschätzigkeit in solchen Rücksichten. Im Grunde war es unpassend, verheiratet zu sein. Wer verheiratet ist, kämpft am Boden. Und wer nicht verheiratet ist, fühlt sich im Krieg überlegen, er ist dem andern so über wie einer der mit leichtem Gepäck reist; ob er will oder nicht, er tut sich etwas zugute darauf, daß er ledig ist. Waaga warf sich herum; er sah den Flug vor sich, die Wolken lagerten nahe und fern mit ihren runden Rücken, die Straßen leuchteten, Spiegel blitzten in den Weinbergen die roten Hänge hinauf. Es wird gegen Abend gehen, ein warmer Abend, und da bin ich; ein Schatten liegt schon schräg durch den Garten. Der Garten ist leer, denn die Kinder sind eben hereingerufen worden, aber sie haben da ihre kleine Wirtschaft zurückgelassen; ein Puppe liegt im Gras, ein umgestürztes Stühlchen, ein kleiner Blecheimer mit einem Rest trüben wärmlichen Wassers drin, ein vergessener roter Schuh. So ein Schuh ist winzig. Im Garten nebenan sind Leute zu hören, die aufmerksam werden, und auch hinter Fenstern sehen jetzt Leute zu, und ich sehe nicht hinauf. Es gibt immer Tratsch, wenn einer kommt, jeder freut sich mit, das versteht sich, aber Tratsch und Vergleichen ist doch immer dabei. Der Neid, der versteht sich auch, wenn viele so lang nicht mehr kommen und viele überhaupt niemals mehr, da wird genau zugesehen und mitgerechnet. Es ist ein wenig blamabel, nun dazustehen, auch wenn es bloß auf ein paar Stunden sein wird, denn das weiß ja niemand. Aber dann wird das sehr schnell ganz gleichgültig; eine Minute, und es ist gleichgültig geworden; von da an werden die Minuten unendlich lang. Kaum der Rede wert? Kein Mensch weiß, wie lang die Minuten dann werden. In der Nacht werde ich einmal aus dem Fenster sehen, und der Garten wächst draußen. Wahrscheinlich wird Alarm kommen, dann müssen alle heraus und in den Keller, und wieder ist es blamabel, heraus und in den Keller zu müssen. Aber das ist dann auch vergessen. Morgens sehe ich wieder aus dem Fenster, es ist hell und ganz still, die Sonnenblumen heruntemickend und noch nicht geöffnet. Eine Königskerze steht da, die Pflanze, die ich vor vier, nein vor fünf Jahren hereingeholt habe; sie kommt jedes Jahr, einmal sind es mehrere und dann bloß eine oder zwei, aber eine kommt jedes Jahr, immer eine neue und doch die gleiche Pflanze. Es ist grün, und an den Stein mit der Vogeltränke fliegen die Bienen an. Die Kinder —

Und dabei also fiel dem Adjutanten die fremde Frau ein. Sie fiel ihm auf eine dringende Weise ein und so, als ob sie noch am Orte sein müßte, obwohl es dafür keinen Grund gab. Er hatte sich seiner Aufgabe entledigt, er hatte sich ihrer, so gut es ging, angenommen, nachdem sie zu einer so sinnlosen und quälenden Reise veranlaßt worden war, er hatte ihr sogar einen Abend Gesellschaft geleistet und war besorgt gewesen, daß es ihr an nichts fehle. Etliches gab es ja zu veranlassen, zum Beispiel war an die Sachen zu denken, die der Hauptmann Dumont hinterlassen hatte: lauter Handlungen, die in der Gegenwart einer Frau schwer zu bestehen sind. Mit dem Übrigen mußte sie allein fertig werden, mehr konnte die Truppe nicht helfen, die Truppe war für andere Aufgaben da. Jetzt aber kam der Morgen gleich jenem, an dem der Hauptmann Dumont abgestürzt war, perlend hell. Die Gardine wehte über den Boden, und der Lärm einer Maschine barst über die Rasenflächen herein.

Waaga ließ sich ein Gespräch geben; er war nicht überrascht, als es hieß, ja, die Dame wohne noch hier. Sie wolle aber diesen Vormittag abreisen. Ob sie gerufen werden solle? Bitte, ja, sagte Waaga, und dann gleich hinterher dankte er, nein es sei nicht notwendig. Er sah auf die Uhr, es war noch früh; bis zum Einsatz, wenn er heute kam, Zeit genug. Er rief Bergwein, den Nachrichtenoffizier, an. Jawohl, antwortete Bergwein, es ist Abstimmverkehr. Es wird losgehen. Plötzlich fiel Waaga wieder ein, daß ihn das nicht betraf, er war abgemeldet; höchstens, daß die Maschine, mit der er fliegen sollte, Eile haben würde, vom Platz zu kommen, aber wiederum nein, die Maschine traf erst aus Niebüll ein, sie war noch nicht gelandet. Er besorgte sich einen Vorwand und rief die Fahrbereitschaft an.

Frau Dumont stand angekleidet zur Reise, den hellen Regenmantel über ihren schwarzen Sachen und ihr bißchen Zeug neben sich auf dem Boden; sie bezahlte gerade. Merkwürdigerweise war sie auch nicht sehr überrascht, als er im Gang auftauchte.

Wann geht Ihr Zug? fragte er. Es ist noch Zeit. Ich kann Sie mitnehmen und am Bahnhof absetzen.

Sie deutete hin und sagte: Die weißen Stühle. Man hat sie noch nicht weggeräumt. Wir können uns auf ein paar Minuten setzen.

Ich bin draußen gewesen, sagte Eva Dumont, da im Koog. Ich habe alles gesehen. Die Leute sind nicht übertrieben freundlich, jeder hat ja auch jetzt mit sich selber zu tun, aber ich habe ein Fuhrwerk bekommen. Übrigens wäre ich auch zu Fuß hingelaufen. Ich bin sogar jeden Tag draußen gewesen. Den ersten Tag waren noch Leute da, die sich zu schaffen machten, und sie begriffen etwas und wußten nicht, wie sie sich anstellen sollten, und ich blieb ein Stück entfernt und wartete ab, bis sie gingen. Und dann fuhr ich noch einmal hinaus. Dreimal bin ich draußen gewesen.

Ich muß Ihnen noch einmal danken, sagte sie, daß Sie mir den Betrug erspart haben. Überhaupt war das alles nicht schön für Sie, eine peinliche Aufgabe; widersprechen Sie nicht, ich weiß schon Bescheid. Nun also, hinausgefahren wäre ich auf jeden Fall und hätte die Wahrheit gesehen. Es hätte mich böse gemacht. Aber ich kann es jetzt ertragen.

Kann ich noch etwas für Sie tun, fragte Waaga, jetzt

oder später? Denn ich muß Sie jetzt bitten, einzusteigen. Ich muß gleich umkehren.

Sie haben schon einiges für mich getan, sagte Eva Dumont. Ich bin Ihnen noch etwas schuldig für den Abend, verstehen Sie, an dem wir hier saßen. Sie fragen nicht, aber vielleicht wundert es Sie, wieso ich hier bleiben mochte und warum ich noch hier bin. Erst war es zu schwer, denn die Reise ist weit, es ist schwer, sich zu entschließen. Und dann mußte ich warten, denn ich glaubte noch nicht daran, noch nicht einmal an dem Abend, an dem wir zusammen redeten. Aber dann glaubte ich daran und mußte es ihm auch sagen, ich mußte hinausfahren und es ihm zuerst sagen, und dann sagte ich es ihm noch einmal: Ich werde ein Kind haben.

56.

Etwa um diese Zeit, und während Brede und Scheelius schon bei ihren Flugzeugen standen, kam Schildknecht, der Kommandeur, aus seiner Koje und war fertig angezogen, als hätte sich nichts geändert.

Ich möchte wissen, fragte er breitbeinig an der Lagekarte und biß auf die Zigarre, indem er die Handschuhe anzog, ich möchte wissen, Bergwein, ob es Ihnen diesmal gelungen ist, anständig abzustimmen. Dann müßte es ja ausnahmsweise einmal klappen mit der Verständigung.

Alles Dreck, dachte er. Aber das andere macht auch keinen Spaß. Es ist zu spät zu allem.

Herr Major werden nicht starten, sagte halblaut der Stabsarzt, der sich einfand, sobald Gefechtsalarm gegeben war.

Nicht? Woher wissen Sie das?

Eine unmögliche Absicht. Ich übernehme dafür die Verantwortung nicht.

Das wird von Ihnen auch gar nicht verlangt, lieber Herr, sagte Schildknecht versöhnlich und niederträchtig. Sie vergessen, daß ich noch selbst am Regieren bin.

Leben Sie wohl, Herr Seelsorger, rief er im Hinaustreten. Sie waren ein nicht unvernünftiges Exemplar.

Als Waaga in die Ringstraße einbog, sah er auf dem Gefechtsstand den Wimpel klettern. In die heiße Leere, die über dem Rollfeld flimmerte und die rundum murrte von ferne laufenden Motoren, fiel überlaut die Stimme aus der Kommando-Anlage. Da und dort blitzte ein wendendes Fahrzeug.

Es ist zu spät, rief vor der Flugleitung der Feldwebel Zehrer ihn an. Wir haben gewartet, Herr Oberleutnant, aber jetzt kommen wir nicht mehr vom Platz. Ich muß die Maschine wegrollen.

Waaga hielt sich nicht auf. Nahe der großen Halle stand die Kommodoremaschine mit wirbelnder Latte; der Kommodore saß schon, er hielt nach dem Feld hin das Kinn erhoben. Etwas dahinter stand eine zweite Maschine, neu zugeführt und mit frischem Kennzeichen: Winkel Eins. Waaga, den Mund am Ohr eines der Warte, schrie: Aufgetankt? Munition drin? Der Mann nickte und schrie zurück: Alles klar, Herr Oberleutnant. Alles besorgt. Waaga zurück: Meine Kopfhaube! Weste! Fallschirm! Die Warte liefen.

Solange er sich mit hastigen Griffen anschirrte, sein Zeug festzog und aufsprang, hielt der Kommodore unverändert über die Motorhaube weg seinen dunklen Vogelkopf nach halbrechts gewandt, wo jetzt von ihrem Liegeplatz her die siebente Staffel, Rohdes Staffel, rote Nummern, Maschine dicht an Maschine, heranfegte und freikam, indessen sich ungelenk die Federbeine unter die Rümpfe schrägten. Dann stiegen zwei weiße Leuchtkugeln scharf flimmernd und fielen ins Gras nieder, das unwillig zu schwelen anfing. Von links her, dem eben verebbenden Toben entgegen, stürmten Sarowskis Flugzeuge. Jetzt, wie der Kommodore den Blick wandte, sah er auch die Winkel Eins, die leer gestanden, näher gerollt und zur Rotte aufgeschlossen. Er spähte, hielt einen Augenblick so an, und Waaga konnte seine Augen nicht erkennen, nur den dunklen Umriß des Kopfes, und dann neigte der Kopf sich zu einem geringen Nicken und wandte sich wieder weg. Es war die Spanne Zeit, in welcher nichts mehr zu ordnen und zu lenken blieb; das Beginnen rollte. Nun war die Neunte daran, die gerade gegenüber lag, wohin der Platz sich ein wenig wölbte. Über den Blickrand herauf, mit hellen Bäuchen und gelben Schnauzen schossen die Maschinen brüllend an und fegten niedrig über das Hallendach. Rund um den Platz, in Schwärmen, die sich dichter zusammenschlossen und sich ordneten, aufrückend und sich überschneidend, tobte der Aufbruch der Jagd. Sie gewann Höhe, und noch höher, in gleißenden Keilen stach die Niebüller Gruppe heran. Jetzt rollte die Kommodoremaschine, und während im gleichen Augenblick Waaga den Hebel nach vorn stieß, fuhren ihm seine eigenen Worte durch den Kopf: Das meiste war drin. Sehr kurz und sehr lang. Noch etwas sagen? Wir haben nichts vergessen. Es ist alles gesagt.

57.

Was wollt ihr wissen? Es war wie immer. Einer traf, und der andere wurde getroffen; und manchmal auch schossen und trafen beide zugleich. Wer getroffen hatte, der drückte weg oder wirbelte hoch, stellte das Flugzeug auf eine Fläche und wendete, um den nächsten anzunehmen. Einer deckte den andern und warnte ihn, und dann traf es vielleicht ihn selbst. Gegner und Gegner überkletterten sich und suchten einander Höhe abzugewinnen. Wer die stärksten Maschinen hatte, der gewann leichter. Überzahl erdrückte die Zahl. Die adligen Vettern zerhackten sich, sie spuckten einander Eisen in die Kabinen, und ihre Herzen zogen sich zusammen in wildem Triumph, wenn aus dem Flugzeug des andern die Stichflamme fuhr. Sie haßten sich schrecklich, wenn auch keiner den andern kannte. Am Boden, ehe das Startsignal stieg, und nachher auf ihren Liegeplätzen redeten sie jovial voneinander, nannten einander mit Spitznamen und hielten mit Anerkennungen nicht zurück; aber dann hatten sie nichts als den Ehrgeiz, einander auszurotten, sie meinten auch nicht einander, sie meinten die Zeichen, die ihre Maschinen trugen. Wer getroffen war, sackte über dem Knüppel zusammen, er sank in den Gurten seitwärts, und seine Maschine legte sich auch schräg und strich schmierend ab vor ihrer weißen oder rußdunklen Schleppe. Die Erde sog, und der Sturz wurde rasender, bis Glut aus dem Grund schlug und in einer prasselnden Fackel verging.

Das Treffen, das die Staffel des Leutnants de Bruyn fast vernichtete, verband sich nicht mit dem Namen eines Ortes, eines Passes oder eines Hügels, um den man focht. Es war überhaupt nicht an einen Ort gebunden; das Gefechtsfeld rollte, es rollte sehr schnell, es wanderte über einen weiten Raum, der über See anfing und sich noch weit landeinwärts erstreckte. Sie wollten die Thermopylen verteidigen, aber es gab keine Thermopylen mehr, und die Zeiten waren vorbei, in denen Schlachten mit prunkvollen Namen geschmückt wurden. Es war nicht einmal eine Schlacht, bloß ein unbedeutender Abschnitt, eine Teilhandlung aus den Ereignissen jenes Tages. Zog man die Flächen in Rechnung, die Räume, in denen und über denen an diesem Tage sich

Kämpfe abspielten, so lohnte ein solches Gefecht kaum die Erwähnung. Auch die Opfer bildeten im Verhältnis eine geringe Zahl.

De Bruyns Personal war also gekommen; es hatte nicht auf sich warten lassen, aber jetzt wartete es vergeblich auf die Rückkehr der fliegenden Staffel. Keines der Flugzeuge mit den gelben Nummern fiel wieder in Scholm ein, und das kleine Kommando stand da und hatte vorderhand nichts mehr zu tun. Es hätte in die Unterkünfte wegtreten können, um Feierabend zu machen. Bloß auf den Gefechtsständen gab es Arbeit. Sie konnten sich an die Fernsprecher hängen und Meldungen einsammeln und sich Beobachtungen durchgeben lassen. Sie konnten, nachdem der Einsatz vorbei war, einen Gefechtsbericht herstellen. Der sah für die neunte Staffel ungefähr so aus.

Es war über Scholm gesammelt worden, und was das Geschwader in die Luft brachte, befand sich also in einem geschlossenen Verband, der auf Kurs ging und sich noch vor der Küste dem Gegner stellte. In ihren Angriff stieß die starke Jagdspitze des Gegners und zog die ganze zweite und Teile der dritten Gruppe auf sich. Nur die siebente Staffel mit Rohde und die neunte unter de Bruyn drückten gegen den schweren Verband durch, warfen sich auf seine Spitze und sprengten sie. Eine Gruppe, die jetzt nachgestoßen wäre, hätte einigen Erfolg haben können. Allein eine solche Gruppe war nicht mehr da. Wer jetzt im Gefecht hing, der spürte ächzend, wie müde und hoffnungslos alt die Maschinen waren, mit denen sie einst hatten prahlen können. Sie brauchten vierzig und fünfundvierzig Minuten zum Sammeln und bis sie Gefechtshöhe erreicht hatten. Und noch immer hingen dann Gegner, unerreichbar an Höhe, über ihnen. Noch mitten im Kampfe blinkerte ihnen das rote Licht.

De Bruyn war mit insgesamt elf Flugzeugen gestartet. Von diesen elf landeten fünf wieder in flugfähigem Zustand, zwei auf dem kleinen Platz Haxtum, der ziemlich weit im Landinneren lag, drei in Mönkebüll, und zwei von diesen fünfen wiesen erhebliche Treffer auf. Von den fünf Besatzungen stammten die Aussagen, die vorläufig zu erlangen waren.

Zwei Flugzeuge waren im Absturz gesehen worden, davon eines mit weißer Fahne, vermutlich de Bruyn, und der andere der Gefreite Rossa. Das war gleich zu Anfang gewesen, noch über See und ungefähr zwanzig Kilometer nördlich der Inseln. Rossa sollte nahe bei einem eigenen Wachboot niedergegangen sein. Ein weiteres Flugzeug, offenbar Hörath, hatte einen der Bomber berührt und war in der Luft zerbrochen. Auch das Kampfflugzeug hatte Höhe verloren; Fallschirme waren gesehen worden, doch blieb ungewiß, ob der eigene Mann unter diesen Fallschirmen gewesen war. Zu Außenlandungen waren zwei weitere Flugzeuge gezwungen gewesen, davon hatte Cornils am Strand eine glatte Bauchlandung zuwege gebracht. Die zweite Maschine trug so starke Zerstörungen davon, daß sie an die Industrie zurückmußte. Das elfte Flugzeug blieb noch bis zum Ende des Tages vermißt.

Die Staffel hatte also vier Flugzeuge sicher eingebüßt, ein weiteres mit Wahrscheinlichkeit verloren. Nur drei waren von den verbliebenen bis zum nächsten Tag wieder gefechtsfähig, drei Flugzeugführer als verloren anzusehen, zwei andere schwer verletzt. Die Schlacht fraß. Jeder Tag fraß den Widerstand fort.

Sie hatten sich gewehrt und wehrten sich weiter, sie hatten auch Gegner ins Meer geschickt, auch Brüche der Gegner rauchten an der Küste und kohlten im Hinterland. Sarowski empfing in der Luft eine Warnung, als er zurücklanden wollte: Machen Sie nicht Luzie Anton auf eigenem Platz. Über Gartenzaun feindliche Jäger. Das wollen wir sehen, sagte Sarowski, denn er hatte noch Gritzner und Hessedenz hinter sich: wer Herr im Haus ist. Er stieß in den Schwarm hinein und nahm einen mit herunter. Habt ihr gesehen, was die da wollten? fragte er und zeigte seine wohlgeschaffenen Zähne. Aber Sarowski brennt nicht. Sarowski ist ganz ungeheuer feuerfest.

Auch andere Staffeln hatten Verluste; so kehrten Vehlgast und Oberfähnrich Schwersenz nicht zurück. Der Hauptmann Fuchs hätte aufatmen können des Klabautermanns wegen, aber ums Aufatmen war ihm auch nicht zu tun, und er hatte wieder Sorge mit Gräbern. Schildknecht, der Kommandeur, fiel gleich zu Beginn des Gefechts. *Et lux aeterna luceat ei,* er brauchte nicht mehr zu fragen, wer seinen Abgang bestimmen solle.

58.

Hörath machte sich aus den Gurten des Fallschirms los, stützte sich auf und versuchte aufzutreten. Doch da ihn ein Knöchel schmerzte, so blieb er hocken und ruhte einen Augenblick aus. Es war ganz einsam, ein unentdeckter Planet, genannt Erde, Mars oder Venus: Kusseln, Heidekraut, Föhren. Ein paar braune Lachen, über denen Libellen hingen. An einer lichten Stelle zeigten sich Äcker mit fahlgrüner Saat. Keine Spur von Leben, nur der Himmel kochte noch von Kondens; im Norden das Rollen der Durchflüge, ununterbrochenes, dumpfes Geroll.

Nach dem Stoß, der Hörath die Fläche abriß, hatten auch einige der fremden Besatzung ihr Flugzeug verlassen, und als er pendelte, sah Hörath noch zwei Fallschirme in der Luft, davon einen ziemlich nahe, dann verlor er den anderen aus dem Gesicht. Er hatte wenig Zeit und nicht genug sachliche Neugier, um fremde Fallschirme zu verfolgen, aber der eine also sank nahe bei ihm und eine Kleinigkeit schneller als er. Hörath sah den weißen Fleck noch, als er eben trachten mußte, selbst auf die Beine zu kommen. Das gelang nicht ganz nach der Vorschrift, er hatte das Pech mit dem Fuß.

Also konnte er jetzt auch Feierabend machen, im Heidekraut hocken bei wohlduftenden Föhren und auf einen warten, der ihn fand und mitnahm. Aber er war zu aufgeregt, stand auf und humpelte zu einer kleinen Erhebung. Er wollte sehen, wo der andere Springer geblieben war. Das Gehen schmerzte, und oben sah Hörath den Fallschirm nicht mehr. Das überraschte ihn, und er stutzte, ob er die Richtung verwechsle, aber dann erkannte er deutlich die Kieferngruppe, davor einen Torfstich und die zwei einzelnen Birken links davon. Vorher hatte der Fallschirm noch wie ein weißes Wäschestück dort gehangen, jetzt aber hing da kein Fallschirm mehr. Und doch sah er für einen kurzen Augenblick etwas Weißes, einen Zipfel sich am Boden bewegen. Aha, sagte er sich, ein Mensch versteckt einen Fallschirm, der vorher noch weithin sichtbar war. Der Mensch will also nicht, daß man seine Aufsprungstelle schnell findet. Ein zäher Bursche. Er gibt nicht auf.

Hörath verließ seinen Platz; der Weg war nicht leicht zu gehen, vor allem für einen Menschen mit einem beschädigten Bein. Trotzdem merkte er sich die Richtung und versuchte hinüberzugelangen. Er hinkte stark und mußte alle paar Schritte stehenbleiben, bis er eine Latte im Weg fand, die er als Stock brauchen konnte; von da an ging es ein wenig besser. Trotzdem lief ihm der Schweiß über das Gesicht, und sein Körper dampfte in den schweren Überkleidern, Mückenschwärme wirbelten auf und summten quälend um ihn. Ach was, dachte er, blieb stehen und stützte sich auf seine Latte. Was geht das schließlich mich an.

Aber an der nächsten Kieferngruppe sah er die beiden Birken ganz nahe und dachte: Ich will doch vollends hinüber. Ein Trampelpfad lief noch ein paar Schritte fort, führte dann aber in ein Röhricht und endete an einem Moorgraben. Hörath steckte den Kopf durchs Schilf; der Graben war breit, und das Bild der Sonne schaukelte in dem braunen seifigen Wasser; er spürte im Gesicht die Wärme, die gegen ihn heraufspiegelte. Aber ganz oben, gegen die Sonne schwer zu erkennen, schien ein Steg über den Graben zu führen. Ein Eifer ergriff ihn wie beim Versteckspielen. Also noch bis zu dem Steg, dachte er. Der Boden war schwierig, hoch mit Seggen bestanden und von Wildwechseln durchzogen, dazwischen Erlengestrüpp, das er umgehen mußte.

Plötzlich schien ihm, als wäre da jemand ganz nahe und beobachte ihn, und wie er sich unwillkürlich klein machte im Umschauen, erhielt er schon Feuer, zwei Schüsse schnell hintereinander und beide vorbei.

Er ist schon über den Steg, dachte Hörath und war sogleich in Deckung gegangen. Er ist fixer als ich. Aber er ist mir genau entgegengelaufen.

Seine Lage war ziemlich töricht. Als er losmarschiert war, hatte er sich nicht auf Feindseligkeiten gefaßt gemacht. Für ihn spielte sich der Krieg in der Luft ab. Außerdem führte er keine Waffe mit sich, wenn er die Signalpistole nicht rechnete.

Er lugte vorsichtig über Deckung und mußte sich eingestehen, daß er nicht erfaßt hatte, woher die Schüsse gefallen waren. Aber der andere mußte sehr nahe sein, vermutlich so nahe, daß Hörath mit den nächsten Schritten auf ihn getreten wäre, sonst hätte er sich sicherlich nicht durch die

Knallerei verraten. Ein zäher Bursche, der jetzt da in guter Deckung lag und beobachtete, indessen er, Hörath, nicht wußte, wo er den Partner zu suchen hatte. Stand er auf, so brauchte der andere bloß den Finger krumm zu machen. Wiederum konnte der drüben nicht wissen, daß Hörath keine Waffe besaß. Also mußten sie beide abwarten. Es war eine widerwärtige Stille, und die Stechmücken setzten die Rüssel an.

Dann dachte Hörath: Versuchen wir es doch einmal mit Zureden, und er sagte laut: Steh auf, Jack oder Dick. Hallo, hörst du. Steh auf und komm her.

Er probierte es mit seinen Schulbrocken und fing wieder an: Gib auf, Billy. Tu deine Kanone weg. Mach *hands up*, Jimmy.

Aber nichts rührte sich. Jim, sagte Hörath, du kommst sicher nicht weiter. Leute sind überall, und die Grenze ist ziemlich weit.

Dann fiel ihm die Signalpistole ein, und er dachte: Machen wir Feuerwerk. Er zog ein Bein an, holte eine Patrone aus dem Halfter, drehte sich auf die Seite, lud und schoß über sich in die Luft. Es war ein wunderbares rotes Radieschen, es wanderte spritzend aufwärts, glühte und fiel. Das kann einen Waldbrand absetzen, dachte Hörath. Noch einmal.

Er schoß noch zweimal, indem er dazwischen sagte: *Look here*, jetzt werden gleich Leute da sein. Komm raus, du machst dir bloß den Bauch naß dort hinten.

Endlich meldete sich der andere, ganz nahe, noch näher als Hörath vermutet hatte. Er stand auf, indem er die Hände in Schulterhöhe anhob, und sofort stand Hörath auch auf. Jetzt standen sie da miteinander, und nachdem sie ihre Feindseligkeiten eingestellt hatten, fanden sie nicht sogleich den richtigen Umgangston. Bloß das Schießen besitzt ein plumpe Allgemeinverständlichkeit, Feinheiten sind schwieriger zu treffen. Sie sagten also zunächst einmal Halloh und *How do you do.*

Der Herr Feind deutete auf Höraths Fußknöchel und meinte etwas, dann zog er Zigaretten heraus und sagte: *Help yourself, please.* Sie rauchten. Könnte ich vielleicht mal das Ding da bekommen, sagte Hörath, indem er auf die Pistole deutete. Es ist bloß wegen der Vorschrift. Er bekam sie und versenkte sie in die Tasche.

Na denn also, sagte Hörath und machte Zeichen, daß sie gehen wollten. Los. *Andiamo.* Er trat forscher auf, als er eigentlich verkraften konnte, und der Fuß schmerzte noch unangenehmer. Sie bewegten sich auf den Steg zu, und weil der Pfad schmal war, ließ Hörath den anderen vorausgehen. Er hatte Mühe hinterherzukommen, aber mochte nichts sagen, damit es nicht so auffallen solle. Aber der andere blieb doch bald stehen und sah, daß Hörath sich abquälte. Da deutete er an, daß Hörath ihn um die Schultern fassen solle, und Hörath mochte nicht zögern. So kamen sie ganz leidlich vorwärts, und der Oberleutnant Kreysler, wenn er sie beobachtet hätte, wäre mit den adligen Vettern zufrieden gewesen. Doch Kreysler rollte um diese Zeit schon anderswo.

Der Fremde sagte: *Look here,* und streckte den Arm aus und zeigte auf seine Armbanduhr. Die Uhr stand, Scheibe und Zifferblatt waren gesprungen. Das warst du, sagte er und wies auf die unbeweglichen Zeiger. Mit Gebärden deutete er an, wie der Rammstoß ihn an die Lafette geschleudert hatte. Plötzlich löste er die Uhr vom Gelenk ab und grinste. Er war jung und sah gutmütig aus, übrigens etwas stubenfarbig, und an den Rändern war sein Haar nicht gut geschnitten. Da, sagte er. *Please.* Souvenir.

Hörath war einer der Leute, welche Eleusis nur als ein lausiges Rollfeld in Erinnerung behalten hatten. Er hatte auch nicht im Homer gelesen und wußte daher nicht, daß ein Held jetzt das bronzene Wehrgehänge von der Schulter hebt, es dem andern umlegt und ihn umarmt. Aber etwas dergleichen fiel ihm doch ein, er besann sich, was er als Gegengabe anbieten könne. Da unterbrach sie ein hohes böses Geheul in der Luft.

Das Flugzeug war über ihre Köpfe hinweggefegt, daß der Schwall ihre Ohren schmerzte, man sah den helleren Bauch, das Kreuz, den weißen Streif um den hinteren Rumpf, dann war es davon, und zwei andere Flugzeuge barsten über sie weg. Die Jagd verschwand, nur das Geheul dahinter warf sich noch schrillend und jammernd hin und her. Man sah nicht, was hinter den Kiefern vorging, die Kiefern verbargen es, aber dann kamen zwei Flugzeuge wieder schlank und herrlich heraufgeschossen und gewannen Höhe; das erste Flugzeug war nicht mehr dabei. Jetzt flogen die beiden Maschinen eine Kurve, fast gleichzeitig blitzte es von ihren Flächen, und dann gingen sie auf Position und hämmerten los und dahin, wo der Wald das Unbekannte verbarg. Sie verschwanden wieder und fingen nun nach der andern Seite zu klettern an. Und jetzt teilten sie sich, das war wie ein Reigen, lustig anzusehen, wie der eine spitz wendete und wieder herunterstieß, und der andere solange weiter ausholte und wartete, bis der erste seinen Vortritt vollendet hatte. Dann stieß auch er herunter auf den nämlichen Punkt. Es war ein Spechthämmern, exakt, fein und grausam hinter dem wohlduftenden Föhrenwald.

Höraths Gefangener war etliche Sprünge vorausgelaufen auf die Höhe des Weges, wo sich der Blick öffnete. Keiner von beiden dachte in diesem Augenblick an das Verhältnis, in dem er sich zu dem andern befand, sie waren beide Gefangene des Geräuschs, das sie von Grund aus erregte, und sie stürzten ihm nach. Vorne im Austritt aus dem Gehölz war der Fremde stehen geblieben; Hörath sah ihn von hinten, so lang er selbst sich heranmühte, wie er da gegen das Licht stand mit abfallenden Schultern und die Hände in beiden Taschen. Das Haar, das hätte gestutzt werden müssen, stieß auf dem Kragen der Bluse auf, und seine Kiefer bewegten sich. Was er sah, schien kein guter Anblick. Hörath war später daran, aber er kam noch zurecht, um zu sehen, wie eben die Ausrottung des Oberfähnrichs von Schwersenz beendet wurde.

Nach draußen öffnete sich der Busch in eine bleiche Torfheide, die nach der Tiefe des Blicks etwas abfiel, und dann stieg das Gelände flach an und war gut einzusehen. Dort in der mageren Saat, die zu gilben anfing, lag das Flugzeug, gegen den Hang gelandet, am Ende einer kurzen und tiefen Spur. Es lag auf dem Bauch, nicht einmal geneigt, die Flächen waagerecht, in der Wanne festgerammt, die es sich selber gegraben hatte. Es waren dorthin vielleicht achthundert Meter, denn der Blick läßt sich leicht trügen über fallende Strecken weg. Sie sahen den Vorgang wie auf der Bühne, nahe und doch entrückt, und es ging sie gar nichts an. Das Geräusch tobte im Raum, jetzt überschnitten sich wieder die Vernichter wie Bussarde, kurvten auseinander und setzten jeder für sich an zum Stoß.

Hörath und sein Gefangener sahen die drei Flugzeuge; von dem Oberfähnrich Schwersenz konnten sie nichts erkennen, der durchs Kreuz geschossen in seiner zerhackten Maschine blutete, und dem vom Gürtel abwärts alles wie Blei war. Seine Gedanken verwirrten sich schon, und ein schreckliches Staunen ergriff ihn, als er merkte, daß jetzt das Ende da war; er hatte es sich nicht so gedacht. Er hatte sich nicht gedacht, daß sie noch einmal kommen würden, allein sie nahmen es gründlich und kehrten zweimal und dreimal um. Zu Boden mit ihm! Sie hatten gewonnen. Gewinnen ist herrlich für den, der gewinnen darf; die Kunst macht ihn rasend, es ist ein herrliches Spiel. Sie nahmen es nicht persönlich, sie kannten ja auch den Junker von Schwersenz gar nicht. Aber sie waren so unterrichtet, daß er ein Biest sein mußte in seiner Maschine, verächtlich und, wenn er davonkam, auch ziemlich gefährlich; nun verrichteten sie ihr Werk. Von Schwersenz hatte nicht mehr viel Macht über seine Vorstellungen, an Kreysler hätte er zum Beispiel von sich aus nicht gedacht, aber doch sah er jetzt einen Augenblick lang Kreysler vor sich und dann den Mann in der grünen Jacke, der lag und ein Bein anzog und sich noch ein wenig bewegte. Macht ihn tot, es ist nicht so persönlich zu nehmen, nur ganz allgemein.

Die beiden Männer am Waldrand konnten nicht wahrnehmen, daß er sich bewegte, denn seine Hände gehorchten noch: er zog seine Bluse auf und tastete nach einem Papier. Es war die Durchschrift der Meldung, die er kürzlich über einen gewissen Vorfall vorgelegt hatte, und die nachher der Adjutant unter Verschluß hielt. Was wollte er mit dem Papier? Es mußte jetzt ohnehin mit ihm verbrennen.

Die Männer zwischen den Föhren sahen kleine Flammen aus dem verwüsteten Flugzeug zucken, sie krochen leckend über das Tragwerk und sprangen von der Motorhaube zum Rumpf. Sie versammelten sich und quirlten als eine einzige Fackel trübrot und dann hell wallend. Der Rauch drehte sich, er sprang rußend, unruhig züngelnd über den Ort hin und her, und ein fallender Windstoß drückte die schwarze Wolke ins Korn. Kains Opfer. Es war vollendet; die großen Vögel entfernten sich schnell mit einem hohen frohlockenden Heulen.

Lauf, hatte Hörath erst zu dem andern aus seinem erhitzten Gesicht geschrieen, lauf hin! aber dann sah er das Vergebliche ein. Und der andere hob die Schultern langsam, blieb in dem heißen Schatten der Föhren stehen, zusammengezogen wie ein Mann, der im Regen steht. Sie sahen scheu zu dem Brand hin, der dort in dem weißen Roggen unwillig schwelte. Es war am Mittag, die hohe Stunde, in der Gott zu den Menschen redete. Konnte er die Menschen noch annehmen? Die feierliche Stunde im Korn; erst Mittag, und sie wußten doch nicht, wie ferner den Tag ertragen. Sie schämten sich.

59.

Da die Küstenbewohner gewöhnlich ein scharfes Auge haben für Vorgänge, die sich vor ihren Stränden abspielen, so kann es wundernehmen, daß der Hauptmann Vehlgast nicht rechtzeitig Hilfe bekam. Aber sonderbarerweise schien zunächst ein Fallschirm dort vor der Küste überhaupt nicht beobachtet worden zu sein. Später allerdings fand sich bei Durchsicht der Unterlagen eine Meldung, auch eine zweite über Lichtsignale draußen im Watt. Diese Meldungen waren erstattet und von den auswertenden Stellen vermerkt worden, allein die Dienste waren verzweigt, das Melden, das Annehmen der Meldung und das Ergreifen von Maßnahmen, das war nicht einerlei Ding.

So bemerkten auch Kinder um jene Zeit über dem Haff eine Vogelwolke, die zusammenschoß, zerstob und sich wieder sammelte. Das war nichts sehr Auffälliges, doch kam dann aus jener Richtung ein Signalschuß, hintereinander Rauch, Blitz und Knall. Vehlgast stand dort im Wasser, das ihm bis unter die Achseln reichte und seinen Stand unsicher machte, denn die schwache Dünung schlenkerte ihn hin und her. Er war schon erschöpft, als sich die Lachmöven um ihn versammelten. Eine kam aus dem Leeren angestrichen, dann eine zweite, dann mehr, sie kamen immer dichter, er sah in ihre Schnäbel, in ihre duffen Augen; ihr Vogelgeruch, der Luftzug von ihren Schwingen fuhr ihm ins Gesicht. Mühsam brachte er die Pistole herauf und schoß in den Schwarm. Verdammtes Viehzeug, sagte er matt, könnt ihr keine Rücksicht nehmen? Das versaut einem die letzte Gelegenheit, mit sich allein zu sein.

Vehlgast hatte noch mitten in der Kurbelei am Fallschirm gehangen; er hing und schwang und hatte das Gefühl, daß eine kräftige Strömung ihn faßte und gegen die Küste trieb. Er konnte nicht viel beobachten, denn die Luft war noch voll von dem Dröhnen, einem Mühlwerk von Donnern, von großen rauschenden Donnerrädern, die sich schnitten und ineinander griffen; dann wuchs es heran, übermäßiger Schall, ein Getacker, der Druck, der ihn schleuderte. Er sah die Maschine erst, als sie hinter ihm vorbei war, und da auch riß ihm der Schmerz wie eine Egge den Rücken auf. Das Flugzeug schoß weithin entlang in einer flachen schnellen Kurve, es kam nicht zurück, vielleicht war es nur Spaß gewesen, die Verlockung, die große Kunst, so wie zum Beispiel ein Omnibus in einer von Rotdorn geränderten Straße zu Zielübungen reizen kann. Jetzt blieb das Dröhnen zurück, nur der Wind sauste vernehmlicher, sang im Gehör und überschwemmte den Atem. Der Wind schien unschlüssig, wohin er den Hauptmann Vehlgast fallen lassen sollte. Vehlgast fiel und trieb, eine Strömung nahm den Fallschirm der anderen ab. Bald hing er über Wasser und bald über Watt, über der Wüste von silbern geädertem Schlick, die ein Feld von wattigen Quellwölkchen noch halb verhüllte. Der Wind schwenkte ihn, er spürte für einen Augenblick die feuchten Schleier, die Beschattung, und schon schlug er auf, patschend und spritzend, so daß der Schmerz ihn durchrannte, und noch einmal zerrte der Fallschirm an ihm, den eine Brise scharf strammte und tänzeln machte. Vehlgast schob sich empor auf Kniee und Ellbogen; er konnte dem Fallschirm nicht den Wind ablaufen, der Schlick klumpte an ihm; endlich war er die Gurte los.

Er quälte sich, mühselig und gekrümmt, bis er stand, verklebt bis in die Haare. Die Erde empfing ihn nicht freundlich, auf die er gefallen war. Bänke und Sände dehnten sich, schleimige, kahle, unbewohnbare Platten, dazwischen Pfützen und gewundene Schlammströme, in denen ziehende Bewegung herrschte. Vermaledeites Zwischenstück, sagte er erzürnt. Er konnte nicht glauben, daß dies gut ausgehen würde, aber trotzdem suchte er die Richtung nach dem festen Land. Er fing an zu gehen. Jeder Schritt schmerzte im Rücken, und er mußte die Stiefel beschwerlich aus dem Grund ziehen. Es schmatzte, pappte und sog.

Bald hielt ihn aber ein Priel auf, den er nicht überschreiten konnte. Er blickte hinauf und hinab, doch die Rinne wurde nirgends enger, und in ihr schoß eine Strömung ziemlich rasch hin, die ihn zu Fall bringen mußte, wenn er das Bett betrat. Die Schwimmweste, dachte er mit seinen langsam arbeitenden Gedanken. Aber die Schwimmweste füllte sich nicht, ein Splitter mußte sie zerfetzt haben.

Vehlgast merkte, daß er einen Fehler gemacht hatte. Das Schlauchboot war mit dem Fallschirmsack zurückgeblieben, und es wäre klüger gewesen, sich mit dem Schlauchboot zu befassen und dann zu warten, bis die Flut es anhob. Jetzt aber spürte er keine Kraft, den Weg rückwärts zu unternehmen, und vor allem, er sah diesen Weg gar nicht mehr. Die Verteilung von Land und Wasser war jetzt ganz anders. Wo vorher Pfützen geblinkt hatten, breiteten sich jetzt Haffe aus, die Schlammrücken waren geschwunden zu schmalen Nehrungen, und auf weite Strecken dehnte sich nur noch spiegelnde Flut. Das Wasser kam, drückte rätselhaft, stieg aus den Schleusen der Tiefe. Vehlgast erkannte nicht mehr, wo er vorher gegangen war. Eine Schwäche ergriff ihn. Obwohl ihm der Rücken wie Feuer brannte, fröstelte er. Gern hätte er sich niedergesetzt oder sich gelegt, am besten auf den Bauch; aber daran war nicht mehr zu denken; er hätte sich in schuhtiefes Wasser legen müssen. Ein Tier kann sich niederlegen, wenn es angeschossen und allein ist. Der Hauptmann Vehlgast mußte noch eine Weile gehen.

Wohin, das wußte er nicht recht, denn er konnte bald nicht mehr erkennen, wohin der nächste Tritt führte, aber einfach zu stehen und sich zu gedulden, das war zuviel verlangt. Ein tapferer Mann, der Hauptmann Vehlgast: es ist nicht leicht, vor einem Herrn Kontra tapfer zu sein, aber tapfer zu sein gegen Nichts, das ist auch nicht einfacher. Er blieb erschöpft stehen und fing an zu schwanken, wobei er erbittert den Möven zusah, die sich dumm um ihn scharten. Damals fing er an zu schießen. Die Möven flatterten und kreischten, sie streiften das Wasser und hoben sich leicht ins Blau. Sie konnten sich auch auf das Wasser niederlassen, und die Flut trug sie. Dumm und unschuldig, sie waren keine Menschen.

Das ist ein verdammtes Elend, sagte er, während er bis über den Bauch im Wasser stand und sein Körper zu zittern anfing, und verdammt und verflucht sollen die sein, die alles so haben kommen lassen, und verdammt und verflucht, die nachher nichts mehr davon hören wollen, und verdammt und verflucht, die es dann noch einmal probieren.

Er spürte, daß er sich nicht lange mehr halten konnte. Licht und Luft wechselten, und er sah geradeaus jetzt sehr klar einen Streifen Land, niedrig und nicht eingedeicht, dünn wie ein Messerrücken, ein schwarzer Strich, der eine Strecke weit die selige Bläue zerteilte: Himmel und Wasser ein und dasselbe Blau. Nur ein dünner Streif, wo Gott bei den Menschen wohnte in seiner Gnade; eine Warft und zwei Dächer, das Land der Menschen, geborgen, verloren, ganz unerreichbar.

Hoffentlich kommt de Bruyn zurück, dachte er noch. Es erfüllte ihn mit einer Befriedigung, deren Grund er nicht mehr deuten konnte, daß de Bruyn zurückkommen solle. De Bruyn, dachte er noch einmal, wird zurückkommen.

60.

Und de Bruyn kam zurück. Allerdings kam er nicht gleich, er ließ sich Zeit zur Rückkehr, und die Seenotmaschinen, die Boote, die noch in der Nacht das Wasser kämmten, fanden von ihm keine Spur. Da brachte die See ihn am dritten Morgen. Eine Küstenstreife fand ihn. Dieser Morgen war fast windstill heraufgekommen; ein hohes Schichtwolkenfeld, das sich auflöste, flaumte perlweiß am Himmel und gab ihn allmählich frei, so daß der Strand schimmerte. Die Flut, die mit Gurren und Streicheln kam, trug ein Schlauchboot zu den Sänden, wiegte es, schob an ihm, schwatzte und ließ es liegen. Die Leute der Streife wurden aufmerksam, kamen heran und beugten sich über das Boot. Sie sahen, daß der Mann darin tot war. Er lag zusammengekrümmt wie ein Kind im Mutterschoße, sein Haar war verkrustet, und ein Satz von Blut und bitterer Lake füllte die Wanne des Boots.

Der Stabsarzt war rasch gerufen, der Doktor Winckelmann mit dem zerhackten Gesicht. Er holte ihn heim, und nachdem er die beiden Durchschüsse durch Schenkel und Lenden untersucht hatte, schüttelte er den Kopf. Ein Mann, der mit derart furchtbaren Wunden noch einen Absprung bestanden und das Boot unter sich gebracht habe, der habe mehr Leben besessen als andere. Der Hauptmann Vehlgast war nicht mehr da, um zu sehen, daß de Bruyn sich Mühe gegeben hatte. Die Staffel bekam einen anderen Kapitän.